흥미진진한 세계명작 스토리

흥미진진한 세계명작 스토리

흥미진진한 세계명작 스토리

1판 1쇄 발행 | 2025년 07월 10일

저   자 | 예영수
발 행 인 | 예영수
발 행 처 | 엠북스
출판등록 | 2008년 10월 1일

주   소 | 08644 서울특별시 금천구 독산로10길 96, 1-1301
전   화 | 010-5474-6591

값 18,000원

ISBN 978-89-97883-24-0 03800

흥미진진한 세계명작 스토리

예영수 박사 지음
(Ph. D., Th. D., S.Ed. D.)

엠북스

노벨상 수상자(85명)을 배출한
세계명작 이야기

『세계명작 101 스토리와 성경의 만남』을 2014년 5월에 1판 1쇄를 출판하여 2016년 4월에 1판 5쇄를 출판하여 많은 독자들의 호평으로 절찬리에 판매되었었기에 이번에 『감동적인 세계명작 이야기』와 『흥미진진한 세계명작 스토리』, 두 권을 출판하게 되었습니다.

"명문" 시카고 대학은 석유 재벌 록펠러가 세운 학교입니다. 완전 3류 대학이었습니다. 1929년 5대 총장으로 부임한 로버트 허친스(대학 졸업 후 8년 만에 30세에 총장이 됨)가 시카고 대학을 뒤바꿔 놓았습니다.

허친스 총장은 학생들에게 4년 동안에 고전 100권을 외울 정도로 읽게 했습니다. 학생들은 우리의 지능에 걸맞게 공부를 시키라고 반발했습니다. 10권, 20권까지 별다른 변화가 없었습니다. 50권을 넘어가면서 학교분위기가 바뀌기 시작했습니다. 학생들은 질문을 던지고, 토론을 하고, 사색에 잠겼습니다. 고전 100권을 마스터하면서 지성의 숲을 통과한 학생들은 자신감에 차게 되었습니다. 허친스 총장이 부임한 지 85년이 지난 현재 시카고 대학은 85명의 노벨상 수상자를 배출했습니다.

세인트존스 대학도 4년 간 고전 100권 돌파가 전부입니다. 소위 명문 아이비리그에서는 월급쟁이들이 배출 되는데, 세인트존스에서는 미래의 학자, 사상가, 사회리더가 쏟아져 나옵니다. 1년이면 25권이니, 2주일에 1권꼴입니다.

필자는 한국과 미국 대학에서 영미 문학을 공부하고, 또 강의하면서 많은 명작들을 접하게 되었습니다. 세계명작들을 읽고 강의 할 때 마다, 그 책들 속에 있는 주인공들의 다양한 삶의 경험을 마치 필자의 경험인 것처럼 받아들임으로서 필자 자신의 삶에 풍요로움을 더하게 할 수 있었습니다.

그 이후 신학을 공부하고 강의하는 동안에 신구약 성경에 있는 그 풍요로운 삶의 이야기, 특히 구약에 있는 수많은 주인공들의 삶의 이야기들을 우리의 창조주이신 하나님과의 관계에서, 그리고 신약에서는 우리의 구세주이신 예수님과의 관계에서, 그리고 제자들과의 관계에서 생각하게 되었습니다. 성경에서 읽게 되는 수많은 사건들은 문학으로도 최고의 것이었습니다. 탕자의 비유나 우물가의 사마리아 여인의 이야기는 최고의 단편이면서 최고의 장편화 할 수 있는 작품이었습니다.

밀턴의 『실낙원』과 단테의 『신곡』을 읽고 강의할 때, 하나님과의 관계에서 그 많은 인물들의 삶은 필자의 마음에 감동과 기쁨을 주기도 하지만 한숨과 서글픔을 주기도 했습니다.

어느 날 도서출판 두란노의 〈목회와 신학〉에서 "문학과 말씀의 만남"을 주제로 글을 3회 써달라는 요청을 받았습니다. 그 3회의 글들이 1994년부터 1998년까지 5년간의 연재로 이어졌습니다. 그 이후 〈기독교신문〉, 〈목회자신문〉, 〈목사장로신문〉, 캐나다 토론토의 〈한겨레미션〉 등의 요청으로 계속 연재를 하게 되어서 감사했습니다.

"세계명작과 말씀의 만남"을 계속 연재하는 동안, 필자는 소설 같은 사건들을 경험하기도 했습니다. 여러분의 목회자들이 필자가 원장으로 있는 〈국제크리스천 학술원〉 앞으로 자신들의 신학사상을 검증해 달라는 요청이 오고, 한국기독교총연합회에서도 신학사상검증을 위한 요청이 왔습니다. 그래서 저명한 학자들(주로 대학 총장과 대학원장들)로 신학사상검증위원회를 구성하고 그들 목회자들의 신학사상을 철저히 검증한 결과 이단성이 없다는 보고서를 제출했습니다. 이단사냥꾼들의 지능적인 조작과 무자비한 인격살해를 보면서 바리새적인 인간들의 잔인함에 분노를 느꼈습니다.

필자가 미국 극작가 아스 밀러의 『시련』에서 취급한 잔인한 마녀사냥 이야기를 남의 일처럼 강의를 하곤 했는데, 그런 잔인하고 비극적인 일들이 실제로 한국교계에서도 부패한 정치꾼들의 장난으로 발생하고 있음을 깨닫게 되어 문학이란 세계만국의 정신분석학적 체험적 언어임을 실감했습니다. 단테의 『신곡』, 도스토예프스키의 『카라마조프의 형제들』, 셰익스피어의 『햄릿』에 나오는 이야기들이 삶의 실상임을 깨우치게 되어 감사했습니다.

그 결과 필자는 그동안에 읽고 강의한 세계명작 이야기들을 성경과 관련 지어 책으로 출판함으로서, 작가들의 인생경험을 많은 독자들과 나누어 갖고 싶었습니다.

좋은 책을 저술하도록 격려하며 간식과 커피로 밤중에도 수고를 아끼지 않은 아내 배선애 권사에게 감사를 드립니다.

이 책을 읽는 모든 분들이 저명한 작가들이 표출하는 여러 가지 기쁘기도 하고 슬프기도 한 다양하고 풍요로운 삶의 체험들을 자신의 것으로 누림으로서, 삶의 지적인 국면을 확대해나가는 큰 즐거움의 시간을 함께 갖기를 바라는 마음 간절합니다. 감사한 마음뿐입니다!

저자 碧松 예영수

1
주여! 어디로 가시나이까?

헨리크 센케비치, 『쿼바디스』
(Henryk Sienkiewicz, *Quo Vadis*)

요한복음 13:36에서 시몬 베드로가 예수님에게 "주여 어디로 가시나이까"라고 물었을 때 예수님은 대답하시기를 "내가 가는 곳에 네가 지금은 따라올 수 없으나 후에는 따라오리라"라고 하셨다.

폴란드의 역사소설이 헨리크 센케비치(1846-1916, 1905년 노벨문학상 수상)의 『쿼바디스』는 로마 제국의 5대 황제 네로(37-68, 54-68 사이의 13년간 통치) 시대에 젊은 기독교 여성 리기아와 로마의 귀족 비니키우스 사이의 사랑 이야기를 말하면서, 도망가던 베드로에 관한 감동적인 이야기를 하고 있다.

네로 황제의 방탕한 궁중의 모든 것 중에서도, 집정관 페트로니우스만이 잔인하지도 방탕하지도 않은 삶을 영위하고 있었다. 페트로니우스는 네로 황제로부터 우아한 인품을 지닌 심미가적 스타일의 인물이라는 평을 받았다. 페트로니우스는 궁중의 유혈 상황과 방탕함에 혐오감을 느끼고 있었다.

페트로니우스는 누나의 아들인 조카 비니키우스에게 깊은 애정을 느끼고 있었다. 조카 비니키우스는 아시아에서의 전쟁이 끝나자, 로마로 돌아와서 "외삼촌! 저는 샘가에서 그녀를 본 순간부터 사랑에 빠졌답니다."라고 고백했다. 리기아에 대한 사랑을 고백한 것이다. 비니키우스는 용모를 갖추고, 분수를 지킬 줄 아는 청년이었다.

리기아는 로마에 정복당한 리디아 족장의 딸로서 인질로 잡혀와서 로마의 아울루스 장군의 저택에서 장군의 친딸처럼 사랑을 받고 있었다. 리기아의 볼은 장밋빛을 띠고, 푸른 두 눈은 바다와 같고, 이마는 석고같이 희고, 검은 머리는 금빛 물결처럼 빛을 반사하고, 마치 새벽의 여신인 오로라가 살아 있다고 생각할 정도로 아름다웠다. 페트로니우스는 아울루스 장군이 절대로 리기아를 비니키우스의 정부로 줄 리가 없다는 것을 잘 알고 있었다. 그러나 페트로니우스는 조카 비니키루스를 위해 네로 황제를 이용하기로 했다.

다음날 네로 황제로부터 아울루스 장군에게 리기아를 황궁으로 보내라는 명령이 내렸다. 아울루스 장군은 근심에 싸였으나, 가족의 안전을 위해, 황명을 거절할 수 없기에 리기아를 황궁으로 보내면서, 하인들을 동행하게 했다. 하인 중에는 리디아족의 우루서스가 있었다. 우루서스는 어린 시절부터 리기아의 친구요 종으로서 함께 자랐으며, 엄청난 힘을 가진 거인이지만, 그의 마음은 어린아이처럼 온화했다. 아울루스 장군은 네로의 황궁에서는 죽지 않으면 명예를 지키기 어렵다는 것을 알기에 리기아에게 슬픈 표정으로 작별 인사를 했다. 그러나 리기아는 많은 로마인처럼 비밀한 믿음을 가지고 있었는데, 예수를 믿는 기독교인이었다.

리기아는 2일간 황궁에 있었다. 첫날 저녁에 리기아는 연회에 참석해야만 했는데, 그 연회는 퇴폐적이었다. 비니키우스는 아울루스 장군의 저택에서는 매력적인 젊은이로 보였는데, 황궁에서의 연회에서는 술에 취해 리기아에게 사랑을 하자고 강요하는 행동에 리기아는 놀라서 기절할 지경이었다. 그때, 우루서스가 나타나서 리기아를 업고 도망쳐서 황궁의 숙소로 안전하게 데려왔다.

그다음 날 밤에 비니키우스는 리기아를 가마에 태워 자기 집으로 데리고 가려고 했다. 그러자 모든 불빛이 일시에 꺼지고 소란이 일어났다. 이것은 황제가 가끔 무리를 거느리고 장난삼아 도시 곳곳에서 사람들을 습격하곤 했기 때문이었다. 그러기에 아무도 대항해서 싸우지 않고 모르는 척했다. 어두운 거리에서 벌어지는 혼란한 틈을 타서, 우루서스가 리기아를 가마에서 둘러메고 어디론가 사라졌다.

고집이 센 비니키우스는 리기아가 도망간 것을 알게 되자, 좌절감과 분노로 거의 미칠 지경이었다. 그는 친구들에게도 무뚝뚝하게 대하고 노예들에게도 잔인하게 굴었다. 페트로니우스는 조카 비니키우스에게 리기아를 잃은 슬픔을 다른 여자로 대신하라고 하면서 자신의 아름다운 금발 미인 여자 노예 에우니케를 주어 즐기라고 했다. 비니키우스도 에우니케를 거절할 뿐 아니라, 에우니케도 새파랗게 질린 공포의 표정으로 주인의 명령을 완강하게 거부했다. 페트로니우스는 에우니케가 자신의 명령에 불복하는 것에 놀랐으나, 그 이유가 에우니케가 주인인 자기를 열정적으로 사랑하기 때문이란 것을 알고는 더더욱 놀랐다. 페트로니우스는 여자 노예를 새로운 눈으로 바라보니, 정말 아름답고 사랑스러웠다. 페트로니우스는 그 여자 노예에게서 이때까지 자기가 잃어버리고 살았던 삶의 의미를 찾게 되었다.

페트로니우스는 젊은 조카 비니키우스를 위해 리기아를 찾아내기 위해 그리스인으로 자칭 예언자 킬로니데스를 고용했다. 킬로는 꼽추로 흉측한 외모를 지녔지만, 유창한 말솜씨로 거짓말을 일삼으며 비니키우스에게서 돈을 타 내곤 했다. 킬로는 리기아가 기독교인이며, 같은 기독교도인 크리스프스 장로님의 집에 있다는 것을 발견했다. 비니키우스는 참고 기다릴 수가 없어서, 크리스프스 장로님의 집으로 가서, 거인 우루서스의 존재는 안중에 없다는 듯이, 리기아를 빨리 자기에게로 데려오라고 요구했다. 거인 우루서스는 비니키우스를 내동댕이쳐서 거의 죽음의 지경으로 만들어 놓았다.

비니키우스가 의식을 회복하고 눈을 떴을 때, 그는 기독교인들이 자기를 형제에게 대하듯 애정이 깃들인 태도로 자기를 간호하고 있는 것을 보게 되었다. 그들 중에서도 간호사 같은 한 여인이 자기를 사랑의 태도로 간호하고 있는 것을 발견했다. 그녀는 바로 리기아였다. 비니키우스의 마음에 그 처녀에 대한 이때까지 상상해 보지도 못한 순수한 사랑의 열정이 천천히 엄습해 들어오고 있었다. 그는 자기 주변에서 말하고 있는 기독교의 가르침에 귀를 기울였다. 그 집에 가끔 방문하는 분은 사도 바울이었다. 사도 바울의 온순함이 젊은 로마인 비니키우스의 마음을 끌었다.

그러나 리기아의 마음은 의심과 혼란으로 어리둥절했다. 그녀는 이교도인 비니키우스를 사랑하게 되고, 크리스프스 장로님의 말씀에 따라 그분의 집에서 숨어 살고 있었고, 비니키우스는 우루시스에게 맞은 자리가 치료되자 리기아의 사랑을 간절히 요구하고 있었다. 마침내 비니키우스는 사도 바울에게 "저는 리기아를 몹시 사랑하고 있답니다."라고 고백했다. 사도 바울은 젊은이의 신실함에 감동하여 두 사람의 결혼을 승인하고, 리기아를 불러서 비니키우스와 결혼하게 했다.

비니키우스가 리기아와 결혼하게 되자, 네로 황제는 비니키우스를 황궁으로 소환했다. 황궁에는 네로 황제의 연회가 진행 중이었다. 황제는 나날이 흉포해지고 광란하는 것 같았다. 마침내 황제의 광기가 극에 달하여 로마를 불태워 버리라고 명령했다. 로마가 파괴되는 것을 보고 시를 쓰기 위함이었다. 분노한 로마 시민들은 희생양을 요구했다. 겁에 질린 네로 황제는 기독교도들이 방화범이라고 하고는, 수천 명의 기독교인들을 잡아서 순교의 대열에 서게 하고, 대살육을 감행하게 했다.

리기아도 투옥되었다. 비니키우스와 그의 삼촌 페트로니우스는 리기아를 구하기 위해 전력을 다했으나, 희망이 보이지를 않았다. 마침내 리기아의 순교의 날이 왔다. 기독교 신자들은 야수와 같다하여 그들에게 맹수의 가죽을 씌웠다. 그들은 경기장 내에서 찬송가를 합창하기 시작했다. 굶주린 맹견들이 신자들에게 덤벼들었다. 기독교도들은 개에게 찢겨 죽으면서 "그리스도를 위하여!"라고 기도문을 읊었다. 네로 황제는 사자들을 풀어놓으라고 명령했다. 황제는 스스로 도취해 노래를 불렀다. 베드로는 관람석에서 이런 광경을 보고 있었다.

경기장의 문이 열리고 거인 우루서스가 나왔다. 나팔 소리가 갑자기 울려 퍼지며 철문이 덜컹 열리더니. 큰 뿔을 가진 검은 들소가 쏜살같이 뛰어나왔다. 그 들소의 등에는 한 여인이 묶여 있었는데, 리기아였다. 비니키우스는 아연실색하여 리기아가 고통 없이 빨리 죽도록 기도했다. 그러나 거인 우루서스는 들소의 큰 뿔을 잡고 들소를 때려눕혔다. 군중들은 거인과 처녀에게 자비를 베풀라고 소리를 질렀다. 네로 황제는 하는 수없이 손가락을 위로 치켜들고 그들을 살리라는 신호를 보냈다.

기독교인이 된 비니키우스는 리기아와 함께 로마를 도망쳐 나왔다. 그러나 네로 황제는 페트로니우스가 기독교도들을 위한다고 하여 자결할 것을 명령했다. 네로도 오래 가지 않았다. 네로의 궁신들, 친구들, 로마 시민들은 네로의 잔인함에 경악하여 네로를 황제 자리에서 몰아내고, 사형을 선고했다. 네로가 자결을 하지 못하자 그의 충실한 하인이 네로를 찔렀다.

베드로는 그를 따르는 신도들의 간곡한 요청으로 로마로부터 떠나갔다. 도망가던 베드로에게 빛 가운데 예수님이 나타나셨다. 베드로는 "Quo vadis, domine? (주여! 어디로 가시나이까?)"라고 물었다. 예수님은 "그대가 나의 백성을 버리고 도망가니, 내가 다시 십자가에 못 박히려 로마로 가는 중이다."라고 하셨다. 그 말씀에 베드로는 부끄러워 발을 돌려 다시 로마로 돌아가서 십자가에 거꾸로 못 박혀 순교 당했다.

요한복음 14:4-6에서 "내가 어디로 가는지 그 길을 너희가 아느니라 도마가 이르되 주여 주께서 어디로 가시는지 우리가 알지 못하거늘 그 길을 어찌 알겠사옵나이까 예수께서 이르시되 내가 곧 길이요 진리요 생명이니 나로 말미암지 않고는 아버지께로 올 자가 없느니라"라고 하셨다.

2
하나는 모두를 위해, 모두는 하나를 위해

알렉상드르 뒤마, 『삼총사』
(Alexandre Dumas, *The Three Musketeers*)

마태복음 25:23에서 "그 주인이 이르되 잘하였도다 착하고 충성된 종아 네가 적은 일에 충성하였으매 내가 많은 것을 네게 맡기리니 네 주인의 즐거움에 참여할지어다"라고 했다.

프랑스 역사 소설가 알렉상드로 뒤마(1802-1870)는 『삼총사』에서 다르타냥과 삼총사 아토스, 포르토스, 아리마스는 같은 총사들에게 뿐만 아니라 그들의 군주인 루이 13세 왕에게 충성을 다한다는 스릴에 찬 검객들의 이야기를 하고 있다.

1625년, 가스코뉴의 가난한 귀족 출신인 18세의 젊은 신사 다르타냥은 아버지로부터 왕의 총사대장 트레빌에게 보내는 소개장을 받아 쥐고, 왕의 근위병의 총사에 가담하기 위해 상처받은 낡은 말을 타고 파리로 떠났다. 다르타냥은 커다랗고 영리해 보이는 눈에, 코는 매부리코였지만 콧대가 가늘고 날렵했으며, 지나치게 발달한 턱 근육, 길쭉하고 까무잡잡한 얼굴에 튀어나온 광대뼈가 용맹한 인상을 주었다. 소년이라 하기에는 성숙해 보였고, 어른이라 하기에는 어려 보였다.

다르타냥은 프랑뫼니 호텔 앞에서 말에서 내렸을 때 중년의 귀족

하나가 어떤 미모의 여성과 이야기를 하다가 다르타냥의 조랑말을 보고 비웃었다. 다르타냥은 첫눈에 그녀가 아주 이국적인 아름다움을 지닌 여인이라 생각했다. 그녀의 피부는 창백할 정도로 새하얗고, 금발의 긴 머리를 양 어깨 위로 드리웠으며, 슬픔을 머금은 듯한 파란 눈에 장밋빛 입술과 순백의 하얀 손을 가지고 있었다. 그녀는 22세의 '미레디'란 여자였다.

다르타냥과 중년 귀족 사이에 시비가 벌어져, 소동 중에, 호텔에서 나온 남자들의 몽둥이에 다르타냥의 칼은 두 동강이 나고, 다르타냥은 피투성이가 된 채 쓰러지고, 트레빌 총사대장에게 주는 소개장도 잃어버렸다. 다르타냥을 비웃은 귀족은 로슈포르 백작으로서, 리슐리 추기경의 첩보원이었으며, 미모의 밀레디는 추기경의 스파이였다.

트레빌 총사대장은 친구의 아들인 다르타냥을 친절하게 맞이했다. 총사대장은 다르타냥에게 바로 총사가 될 수는 없고, 총사들 보다 한 계급아래 학술부대에서 먼저 수련을 받고 2년 후에 총사가 될 것이라 했다. 다르타냥은 창밖을 바라보다가 자기를 비웃은 귀족을 보았다. 그는 건물을 뛰쳐나왔으나, 그 귀족은 사라지고 없었다. 다르타냥은 서투르게도 그곳에 있던 3명의 총사들에게 시비를 걸었다. 그리고 다음날 12시에 결투를 하자고 했다. 삼총사들은, 총사들 중에서도, 그 유명한 아토스, 포르토스, 아리마스였다.

그다음 날, 다르타냥은 약속된 시간에 약속된 장소로 갔다. 다르타냥은 첫 번째 결투 대상인 아토스와 싸울 준비를 하고 있는데, 첫째 총사 뒤에 그와 결투할 두 총사가 서 있는 것을 보고 놀랐다. 삼총사들은 가스코뉴에서 온 젊은이가 자기들 삼총사들과 결투하려는 용기에 놀라움을 표현하고 있었다. 결투가 시작하려는 찰나에, 쥐사크가 지휘하는 리슐리 추기경의 친위대가 나타나서 다르타냥과 삼총사들을 불법적인 결투를 한 죄목으로 체포하려고 했다. 다르타냥은 삼총사들 편에 가담하여 추기경의 친위대와 싸워 쉽게 친위대를 물리쳤다. 다르타냥은 친위대에서도 검객으로 유명한 쥐사크 지휘관과 싸워 그에게 치명적인 상처를 입혔다. 루이 13세 왕은 이 사실을 보고받고서 다르타냥을 왕의 근위병으로 임명하고 포상금까지 내렸다. 다르타냥과 삼총사는 친구가 되었다. 아토스는 우울하고 염세적이며, 포르토스는 활발하고 자랑하며, 아리마스는 신앙심이 깊었다. 삼총사는 만날 때마다 칼을 빼 들고 "하나는 모두를 위해, 모두는 하나를 위해"를 외쳤다.

다르타냥은 왕의 총사들과 부패한 리슐리 추기경의 친위대 사이에 적대적인 갈등이 있는 것을 알았다. 추기경은 왕국에서 정치적으로 가장 강한 자였다. 루이 13세 왕은 추기경을 증오하면서도 두려워한 것은 그의 권력 영향 아래 있었기 때문이다. 리슐리 추기경은 오스트리아 출생의 안 도토리슈 왕비의 적이었다. 왕비가 추기경의 사랑을 거절했기 때문이다. 영국의 버킹엄 공작도 안 왕비를 사랑했다. 버킹엄 공작은 프랑스의 찰즈 1세 왕의 총신이었다. 왕비는 루이 13세 왕을 싫어했으나 왕비의 의무에 충실하면서, 미남인 버킹엄 공작을 좋아하고 있었다.

어느 날 다르타냥은 혼자서 하숙집에서 휴식하고 있는데, 하숙집 위층에서 도움을 요청하는 여인의 고함이 들렸다. 다르타냥은 칼을 빼 들고 달려가서 그 여인을 유기하려는 자들로부터 구했다. 그녀는 하숙집 주인인 은퇴한 포목상 보나시외 씨의 부인인 콘스탕스 보나시외 부인이었다. 다르타냥은 첫눈에 그녀의 아름다움에 끌려 그녀와 사랑에 빠지게 되었다. 그녀는 안 왕비의 시녀였다.

보나시외 부인은 안 왕비와 버킹엄 공작의 위험한 밀통 사건에 연루되어 있었다. 다르타냥은 보나시외 부인의 보호자로서 왕비와 공작이 밀회하는 자리에 같이 가기로 했다. 안 왕비는 26-7살로, 절정의 아름다움을 뽐낼 나이였다. 왕비는 마치 여신처럼 아름다웠고, 에메랄드빛의 두 눈은 부드러움과 위엄으로 빛났으며, 그녀의 조그만 입술은 웃을 때 더욱 우아했다. 그녀의 살결은 벨벳처럼 부드러웠고, 손과 팔은 너무나 아름다워서 시인들이 칭송을 했으며, 그녀의 곱슬곱슬한 머리카락은 기막힌 조화로 그녀의 얼굴을 감싸고 있었다.

버킹엄 공작은 잠시 눈이 부신 듯 멍하니 서 있다가, 왕비 앞에서 서둘러 무릎을 꿇고, 왕비의 옷자락에 입을 맞추고는, 사랑을 고백했다. 왕비는 "전 한 번도 당신을 사랑한다고 말한 적이 없어요. 그러나 당신을 위해서 왔어요. 자칫 당신의 목숨과 제 명예가 모두 위태로워질 수 있어서요. 우리가 더이상 만나선 안 된다는 것을 말씀드리고 싶군요"라고 했다.

버킹엄 공작이 열렬하게 사랑을 고백했으나, 왕비는 거절했다. 버킹엄 공작은 왕비의 호의를 보여주는 징표로 지니고 계신 물건이라도 하나 달라고 했다. 왕비는 작은 장미 나무상자를 주면서 "나에 대한 추억으로 간직하세요."라고 했다. 그 상자에는 루이 13세 왕으로부터 받은 12개의 다이아몬드가 있는 목걸이가 있었다. 버킹엄은 상자를 받아 들고 두 번째 무릎을 꿇었다. 왕비는 눈을 감고 손을 내밀었다. 공작은 왕비의 손에 키스를 하고 떠났다. 보나시외 부인은 다르타냥의 도움으로 버킹엄이 무사히 궁 밖으로 빠져나가게 했다.

이런 사실을 스파이들을 통해 들은 리슐리 추기경은 루이 13세 왕을 위해 무도회를 열겠다고 하고, 루이 왕에게 왕비로 하여금 다이아몬드 목걸이를 하고 무도회에 오시면 좋겠다고 제안했다. 왕은 왕비에게 무도회에 다이아몬드 목걸이를 하고 나오라고 했다.

보나시외 부인의 요청으로 다르타냥은 왕비를 위해 급히 영국에 가서 버킹엄 공작으로부터 다이아몬드 목걸이를 받아 오기로 했다. 무도회 날까지 한 주일뿐이었다. 삼총사들이 다르타냥을 무사히 영국으로 가도록 도왔다. 버킹엄 공작은 다이아몬드 목걸이에 2개의 다이아몬드가 없어진 것을 알고 경악했다. 추기경이 스파이인 미레디 부인을 통해 버킹엄 집에 침범하여 다이아몬드 2개를 목걸이에서 빼서 오게 했던 것이다. 버킹엄은 런던에서 최고로 유명한 보석 세공사에게 똑같은 다이아몬드 2개를 3일간 주야로 만들게 해서 다르타냥에게 주었다. 다르타냥은 다이아몬드 목걸이를 보나시외 부인을 통해 왕비에게 전달했다.

무도회가 화려하게 진행되고 있을 때 루이 13세 왕은 슬픈 표정이었고 뭔가 깊은 수심에 잠긴 듯했다. 추기경의 창백한 얼굴에 기쁨의 미소가 입술에 스쳤다. 왕비가 다이아몬드 목걸이를 하고 있지 않았기 때문이다. 추기경이 왕에게 상자 하나를 건네주었다. 열어보니 다이아몬드 2개가 있었다. 왕은 "이게 무엇이오?"라고 물었다. 추기경은 "왕비님의 목걸이에 보석이 몇 개인지 물어보시지요?"라고 했다. 그때 왕비가 다시 나타났다. 과연 프랑스에서 가장 아름다운 여인이었다. 왼쪽 어깨 위에는 깃털과 드레스에 색깔을 맞춘 푸른색 리본에 박힌 다이아몬드가 반짝이고 있었다. 왕은 기쁨에 몸을 떨었고, 추기경은 분노로 몸을 떨었다. 추기경은 이마에 식은땀이 매어나왔다. 왕은 "한데 목걸이에 다이아몬드가 2개 빠진 것 같아 내가 가져왔소."하고 추기경이 준 다이아몬드 2개를 왕비에게 내 밀었다. 왕비는 놀라는척하면서 "어마나, 그렇게 되면 14개가 되겠네요."라고 했다. 왕이 헤아려 보니 목걸이에는 12개의 다이아몬드가 있었다. 왕은 "이게 어찌된 일이오, 추기경?"라고 하문했다. 추기경은 "왕비님께 2개를 더 드리고 싶었으나, 감히 용기가 나지 않아 그 방법을 택했던 겁니다."라고 떨면서 말했다.

왕비는 보나시외 부인을 통해 다르타냥을 불렀다. 다르타냥은 얼른 무릎을 꿇고 왕비의 손을 잡아 공손히 입술에 댔다. 왕비는 다르타냥의 손에 무언가를 남기고 물러갔다. 그것은 다이아몬드 반지였다.

요한1서 4:18에서 "사랑 안에 두려움이 없고 온전한 사랑이 두려움을 내쫓나니 두려움에는 형벌이 있음이라 두려워하는 자는 사랑 안에서 온전히 이루지 못하였느니라"고 했다.

3
진정한 사랑

셰익스피어, 『소네트 116』
(Shakespeare, *Sonnet 116*)

잠언 15:17에서 "채소를 먹으며 서로 사랑하는 것이 살진 소를 먹으며 서로 미워하는 것보다 나으니라"고 하고, 베드로전서 4:8에서 "무엇보다도 뜨겁게 서로 사랑할지니 사랑은 허다한 죄를 덮느니라"고 했다.

영국의 극작가 셰익스피어(1564-1616)는 『소네트 116』에서 진정한 사랑은 항구적이고, 충성스러우며, 변하지 않으며, 시간의 흐름 앞에서도 아랑곳없이 변하지 않는다고 한다.

이 소네트는 진실한 사랑의 정의를 영구히 장엄하게 선포하고 있다. 실제로, 셰익스피어가 경축하는 사랑의 종류는 아주 낭만적이지 않다. 여기 이 사랑은 진정한 우정, 인간과 인간과의 사랑, 플라톤적 성스러운 사랑을 나타낸다. 셰익스피어가 이 소네트에서 말하는 사랑은 남자와 여자 사이의 사랑으로는 불가능하다. 셰익스피어는 그가 즐겨 사용하는 영국국교회 기도서에서 사랑의 주제를 이용한 것 같다. 다시 말하면, 여기서 시인이 말하는 사랑은 예수 그리스도의 사랑의 속성을 뜻하는 것 같다.

첫째 연(1-4행)에서 시인은 "1. 진정한 마음의 충실한 연인들의 결합을 방해하지 않겠소./ 2. 사랑에 장애물이 생길 때 변하는 것은 진실한 사랑이 아니오./ 3. 사랑받는 이가 변덕을 부릴 때 변하는 것도 사랑이 아니오./ 4. 따라서 변절하고 싶어 하는 것도 사랑은 아닙니다."라고 하여 진정한 사랑이 아닌 것을 지적하고 있다.

첫째 행에서, 진정한 사랑은 진정한 마음의 결합이라고 하고, 진정한 사랑은 변화하지 않은 견고한 바탕 위에 서 있음을 시사한다.

둘째, 셋째, 넷째 행에서, 시인은 진정한 사랑이 아닌 것은, 사랑에 장애물이 생기거나, 환경이 변하거나, 사랑하는 이가 변덕을 부릴 때, 사랑하는 이의 정절에 금이 갔을 때, 그래서 나도 그 사랑을 포기하고 변절하려는 것은 진정한 사랑이 아니라고 한다. 다시 말해서 진정한 사랑은 환경이 변해도, 사랑하는 이가 순결을 지키지 못해도, 나의 사랑이 변하지 않는 것이 진정한 사랑이라고 한다.

둘째 연(5-8행)에서, 시인은 "5. 아! 그것은 폭풍우를 만나도 끄떡도 하지 않는 등대요./ 6. 절대로 흔들리지 않고 폭풍우를 통해 빛을 발하오./ 7. 진정한 사랑은 성실하다오. 모든 항해 배를 인도하는 북극성처럼,/ 8. 별의 높이는 잴 수 있지만, 그 가치는 측량할 수 없이 무한하다오."라고 노래한다.

첫째 연에서 참사랑을 추상적으로 정의한 것을, 둘째 연에서는 진정한 사랑을, 등대와 북극성이라는 구체적인 이미지를 이용하여 설명하고 있다.

다섯째 행과 여섯째 행에서, 등대의 이미지는 폭풍우가 몰아치는 캄캄한 밤에도 끄떡도 하지 않고 우뚝 서서 빛을 비춰줌으로써, 폭풍우 가운데 있는 배들이 난파당하지 않고 방향을 잡아줌으로써 희망을 준다. 사랑의 관계가 위기에 처하게 되고, 어떻게 해야 할지 갈피를 잡지 못할 지경이 되더라도, 참사랑은, 등대가 비추어주는 횃불처럼, 찬연히 빛을 발하여 갈 길을 제시해 주고, 믿음과 소망과 더 큰 사랑을 주는 것이라고 한다(고전 13:13).

일곱째 행과 여덟째 행에서, 시인은 북극성의 이미지를 사용하여, 망망한 바다에서 방향감각을 상실하고 방황할 때 북극성은 길을 인도하여 안전한 항해를 하도록 해 준다. 진정한 사랑은 북극성처럼 변함이 없이 어떤 삶의 난관 속에서도 빛을 발하고 삶의 여정을 인도한다는 것이다. 북극성의 별의 가치는 과학적으로 그 높이 같은 것은 젤 수 있겠지만, 그 별이 상징하는 진정한 사랑을 위한 가치는 측량할 수 없이 무한하다고 한다.

고린도전서 13:13에서 "그런즉 믿음, 소망, 사랑, 이 세 가지는 항상 있을 것인데 그 중의 제일은 사랑이라"라고 함으로써 사랑을 강조하고 있다. 믿음과 소망보다 사랑이 훨씬 뛰어난 것은 6가지 이유에서이다. (1) 믿음과 소망은 하나님의 계시에 집중하지만, 사랑은 하나님 자신에 집중한다. (2) 믿음과 소망은 완전한 세계에서 하나님과 영원히 함께함을 집중하지만, 사랑은 하나님 자신에 집중한다. (3) 믿음과 소망은 사람의 성품에서 유래하지만, 참사랑(아가페의 사랑)은 하나님의 성품에서 유래한다. (4) 믿음과 소망은 인간의 가슴으로부터 일어나지만, 참사랑은 하나님의 선물로서 하나님의 사랑으로서만 참사랑을 할 수 있다. (5) 믿음과 소망은 사람을 자라나게 하지만, 사랑은 어떤 다른 것보다 더 사람을 자라나게 한다. (6) 사람이 하나님을 믿고 소망하여도 다른 사람들보다 우월하다는 감정을 가질 수 있지만, 참사랑은 욕심이 없음과 헌신으로 다른 사람을 돌보는 마음을 갖게 한다.

셰익스피어는 『소네트 116』의 셋째 연과 결론에서 진정한 사랑은 시간의 흐름에도 변하지 않으며 영원하다고 했다.

에베소서 5:2에서 "그리스도께서 너희를 사랑하신 것 같이 너희도 사랑 가운데서 행하라 그는 우리를 위하여 자신을 버리사 향기로운 제물과 희생제물로 하나님께 드리셨느니라"라고 했다.

셰익스피어는 『소네트 116』의 첫째 연(1-4행)에서 진정한 사랑은 환경이 변해도, 사랑하는 이가 순결을 지키지 못해도, 나의 사랑이 변하지 않는 것이 진정한 사랑이라고 한다. 둘째 연(5-8행)에서 진정한 사랑은 마치 등대처럼 꿋꿋하게 서서 폭풍우에 갈피를 잡지 못하는 배에 희망을 주듯이, 마치 북극성처럼 반짝이는 빛으로 항로의 방향을 바로잡도록 인도 하듯이, 진정한 사랑은 측량할 수 없을 정도로 고귀하고 심오하다는 것이다.

이런 진정한 사랑은 원죄를 타고난 인간으로서는 불가능하리라. 그러나 로마서 5:8에서 바울은 "우리가 아직 죄인 되었을 때 그리스도께서 우리를 위하여 죽으심으로 하나님께서 우리에 대한 자기의 사랑을 확증하셨느니라"라고 하심으로써 예수 그리스도만이 자기 자신까지 희생하시어 우리에게 변함없는 사랑을 입증하셨다.

시인은 셋째 연(9~12행)에서, 진정한 사랑은 시간의 흐름에도 변하지 않으며 영원하여 최후 심판의 날까지 지속된다고 다음과 같이 노래한다.

"9. 진정한 사랑은 시간의 광대가 지껄이는 노리갯감은 아니라오./ 10. 비록 빨간 입술과 볼이 시간의 낫에 베여진다 하더라도/ 11. 진정한 사랑은 짧은 시간과 주간에도 변하는 것이 아니라오./ 12

최후 심판의 마지막 날까지 계속되는 거라오."

아홉째 행에서, 시인은 영국 왕실과 무대에서 일시적으로 고용되는 광대의 비유를 사용하여, 진정한 사랑은 무대에 잠깐 출연하고 살아지는 시간의 광대가 아니라고 한다. 셰익스피어 시대에 광대(어릿광대)는 왕과 귀족들의 궁전과 무대 등에서 최고로 등용되었다. 어릿광대(농담하는 자)는 궁전과 귀족들의 저택에서 왕과 귀족들을 웃기고 즐겁게 하도록 극적인 연출을 한다. 그들은 노래를 부르고, 노래로 이야기하고, 풍자로 웃기기도 하고, 그리고 그들은 공이나, 접시나,·나이프 따위를 차례로 던져 올렸다 되받는 곡예도 하고 육체적인 곡예도 하였다. 셰익스피어의 광대는 청중에게 즐거움을 주는 역할을 담당하는 한편, 복합적인 인물들로서 사랑, 심리적 소요, 개인적인 정체(신분), 다양한 주제에 통달하고, 왕이나 귀족들의 정치 상황에도 바른길로 인도하는 자, 등 다양한 역할을 담당하게 했다. 그러다가 왕이 싫증이 나서 그만두라고 하면, 그들의 역할은 그것으로 끝나 버린다. 광대란 그만큼 그들의 흥행의 시간과 생명은 짧다는 것이다. 진정한 사랑의 가치는 왕의 변덕에 따라 무대를 내려가야 하는 단명의 광대 역할과는 다르다는 것이다.

열 번째 행과 열한 번째 행에서, 젊은 연인의 "빨간 입술과 볼"이 "시간의 낫"에 베어진다는 것은 청춘의 아름다움도, 마치 곡식이 낫에 베여지는 것처럼, 시간이 가면 재빠르게 소멸하여짐을 상징한다. 진정한 사랑은, 청춘의 아름다움이 재빨리 살아져도, 시간이 흐르고, 한 주가 지나고 또 다른 주가 지나가도 변하지 않는다고 한다.

열두 번째 행에서, 시인은 진정한 사랑은 최후 심판의 날까지 변하지 않고 계속되는 것이라고 한다. 시인이 "심판의 날"을 언급함으로써 『소네트 116』의 진정한 사랑은, 결국 예수님의 재림으로 심판이 이루어진 후에, 새 하늘과 새 땅과 새 예루살렘에서 그리스도와 함께 영원히 누리게 됨을 노래하고 있다.

시인은 13행과 14행의 맺는말에서 "13. 만일 내가 말한 것이 틀렸다고 증명될 수 있는 거라면/ 14. 아예 나는 시를 쓰지 않았을 것이고, 아무도 사랑하지 않았으리."라고 단언한다.

시인은 만일 내 말이 틀렸다며, 말도 꺼내지 아니했을 것이며, 아예 진실한 사랑에 대한 시도 쓰지 않았을 것이고, 애당초 사랑하지도 않았을 것이라고 한다. 시인은 부정적인 말로 결론을 맺음으로써, 더욱 강한 긍정적인 해답을 얻고자 한다.

에베소서 5:2에서 "그리스도께서 너희를 사랑하신 것 같이 너희도 사랑 가운데서 행하라 그는 우리를 위하여 자신을 버리사 향기로운 제물과 희생제물로 하나님께 드리셨느니라"라고 했다.

4

예수님을 대접한 노(老)구두 수선공

레오 톨스토이, 『사랑이 있는 곳에 하나님도 계신다』
(Lep Tolstoy, *Where Love Is, God Is*)

요한일서 3:17-18에서 "누가 이 세상의 재물을 가지고 형제의 궁핍함을 보고도 도와줄 마음을 닫으면 하나님의 사랑이 어찌 그 속에 거하겠느냐 자녀들아 우리가 말과 혀로만 사랑하지 말고 행함과 진실함으로 하자"라고 했다.

러시아 소설가 레오 톨스토이(1828-1910)는 단편소설 『사랑이 있는 곳에 하나님도 계신다』에서 러시아의 어느 도시에 마르틴 아브제이치(Martin Avdeiteh)라는 구두 수선공이 궁핍한 사람들을 도와줌으로써 예수님을 만나는 감동적인 이야기를 하고 있다.

아브제이치의 작업실은 지하에 있는 작고 비좁은 방이었다. 방에는 커다란 창문이 하나 있었는데, 아브제이치는 그 창문을 통해 매일 분주하게 오가는 사람들의 발밖에 보이지 않았지만, 신발만 봐도 그 사람이 누구인지 알 수 있었다. 그는 구두 수선도 잘하고, 값도 비싸지 않고, 수선 날짜를 잘 지켰기 때문에 그에게는 늘 많은 주문이 들어왔다.

아브제이치의 아내는 세 살 난 아들 카피톤만을 남기고 세상을 떠났다. 일찍이 태어난 두 아들은 태어난 지 얼마 되지 않아 모두 죽었다. 어린 카피톤은 아빠의 심부름도 곧잘 하는 나이가 되었다. 그러나 카피톤이 일주일 내내 열이 오르며 앓던 어느 날, 그만 숨을 거두고 말았다.

아브제이치는 아들의 장례를 치른 후 하나님에게 원망과 불평을 늘어놓기 시작했다. 두 아들과 아내, 그리고 카피톤까지 잃다니! 그는 하나님을 원망하며, 교회에도 나가지 않았으며, 자신의 생명을 거두어 달라고 기도했다.

그러던 어느 날 한 노인이 아브제이치를 찾아왔다. 그 노인은 수도원에서 오는 길이었는데, 성지 순례를 8년째 하는 중이라고 했다. 아브제이치는 자신의 서글픈 신세타령을 하고서, 죽고 싶은 소원밖에 없다고 했다.

그 노인은 "마르틴, 자네의 생각이 틀렸네. 세상은 우리 지혜가 아닌 하나님의 섭리에 따라 움직이고 있네. 자네 부인과 아들들이 하나님의 품으로 간 것도, 자네의 생명이 아직 땅에 있는 것도 모두 하나님의 뜻이라네."라고 했다. "그럼, 대체 무엇을 위해 살아야 합니까?" "하나님을 위해 살아야 하네. 자네에게 생명을 주신 분이 하나님이시니까 말일세." "도대체 어떻게 해야 합니까?" "성경을 읽어보게. 그 속에 모든 것이 담겨 있다네."

아브제이치는 『신약성경』 한 권을 사서 읽기 시작했다. 한 구절 한 구절이 마음에 닿았다. 그는 완전히 성경에 빠져들어 날마다 성경을 읽게 되었다. 아들 카파톤 생각에 괴로워하던 마음이, 점차 하나님을 찬양하는 마음으로 바뀌었다. 이젠 성경 읽는 즐거움으로 삶을 누리게 되었다.

누가복음 6:29-31의 "이 뺨을 치는 자에게 저 뺨도 돌려대며….

남에게 대접을 받고자 하는 대로 너희도 남을 대접하라"라는 말씀을 과, 반석 위에 지은 집과 모래 위에 세운 집에 관한 것을 읽고서, 아브제이치는 "내 집은 반석 위에 세워졌으면 얼마나 좋을까!"하고 생각했다. 그는 누가복음 7장의 백부장의 이야기, 어느 과부의 아들 이야기, 예수님 발에 향유를 붓고 눈물로 예수님의 발을 씻은 이야기 를 읽었다.

아브제이치는 '나는 나 자신만을 위해 살아온 바리새인이냐, 아니 면…' 하고 명상에 잠겼다가 잠이 들었다. 갑자기 "마르틴!"하고 부 르는 소리를 들었다. "거기 누구요?" 밀려드는 졸음을 이기지 못하고 잠이 들었다. 또다시 누군가 "마르틴 내일 창 너머로 잘 지켜보아라. 내가 가겠다."라고 했다.

일하는 내내 아브제이치는 지난밤의 일만 생각하고 있었다. 꿈인 것 같기도 하고 실제로 목소리를 들은 것 같기도 했다. 그는 창문 쪽을 더 자주 내다보았다. 정원사가 지나가고, 물장수도 지나갔다. 낡은 펠트 장화를 신고 손에는 삽을 든 나이 든 노병이 나타났다. 이웃집 상인이 불쌍히 여겨 돌봐 주고 있는 스태파니치라는 노병으로 정원사를 도와 생계를 잇는 사람이었다. 노병은 구둣방의 창문 앞에 서 눈을 쓸기 시작했다. 한참 후에 노병은 삽을 벽에 세워 둔 체 힘든 표정으로 쉬고 있었다. 아브제이치는 일어서서 손가락으로 창 문을 톡톡 두드렸다. 노병을 들어오라고 손짓을 한 뒤, 문을 열고 그를 맞았다. "아이고, 이렇게 고마울 데가! 사실 뼈마디가 쑤신다 네." "자, 따뜻한 차 한 잔 드십시오." 그들은 차를 들면서 이야기를 나누었다.

두 사람이 차를 마시는 동안 아브제이치는 줄곧 길 쪽만 바라보았다. "누구를 기다리는 건가?" 아브제이치는 지난밤에 예수님이 이곳 저곳 돌아다니시며 병을 고치시고 사람들을 돕는 성경 내용을 읽었다는 것과 그리고 "내일 창 너머로 잘 지켜보아라. 내가 가겠다."라는 음성을 들었다고 이야기했다. 아브제이치는 예수님께서 늘 낮고 천한 사람이 있는 곳을 찾아가셨고, 스스로 높이는 자는 낮아지고 스스로 낮추는 자는 높아질 것이라고 했다는 것, 제자들의 발도 직접 씻겨 주셨다고 이야기했다. 노병은 차를 마시는 것도 잊은 채 귀를 기울이고, 그의 눈에는 눈물이 볼을 타고 흘러내렸다. 노병은 "자네 덕분에 몸도 마음도 아주 따뜻해졌다네."하고 떠났다.

두 명의 군인이 지나갔다. 반짝이는 구두를 신은 이웃집 주인이 지나갔다. 바구니를 든 빵 장수도 지나갔다. 털실로 짠 기다란 양말에 너덜너덜한 신발을 신은 한 여인이 창문 앞에 나타났다. 아브제이치는 창문 아래에서 그녀를 올려다보았다. 그 여인은 누더기 같은 얇은 여름옷을 입고 아이를 감싸 안고는 추위에 떨고 있었다. 아이의 울음소리와 여자가 아이를 달래는 목소리가 들렸다. 그는 계단을 올라가 여인을 불러들였다. 여인은 아침부터 아무것도 먹지 못해 아이가 먹을 젖도 나오지 않는다고 했다. 아브제이치는 수프와 빵을 여인에게 먹으라고 권하고, 아기는 자기가 받아 안았다. 여인은 가슴에 십자가를 긋고, 탁자에 앉아 식사하기 시작했다. 아기는 계속 울었다. 아브제이치는 아기를 달랬다. 아기는 울음을 그치고 방긋 웃기 시작했다.

그녀는 군인의 아내였는데, 남편이 8개월 전에 먼 곳으로 파견한 후로 소식이 없다고 했다. 그동안 식모살이를 하다가 아이를 낳았는데, 아무도 자기를 써 주는 사람이 없다는 것이다. 하나밖에 없는 솔도 20코페이카에 저당 잡혔다고 했다. 아브제이치는 벽장을 열고 소매 없는 낡은 외투를 찾아 여인에게 주고, 침대 밑으로 기어들어가 가방 속에서 20코페이카를 찾아내어 여인에게 주면서 저당 잡힌 솔을 찾으라고 했다. 여인은 눈물을 뚝뚝 흘리기 시작했다. 여인은 소매 없는 외투를 걸쳐 입고 그 안에 아기를 감싸 안은 뒤 아브제이치에게 감사하다고 인사를 하고는 떠났다.

아브제이치의 시선은 여전히 창문 밖에 있었다. 하늘에는 어둑어둑한 땅거미가 내려앉고 있었다. 그러다가 그는 문득 창문 맞은편에서 사과를 파는 노부인을 발견했다. 노부인은 몇 개밖에 남지 않은 사과 바구니를 말뚝 위에 올려놓고, 자루에다 나무토막을 주섬주섬 정리했다. 그때 찢어진 모자를 쓴 한 사내아이가 바구니 속의 사과를 하나 집더니 그대로 도망치려고 했다. 그러자 노부인이 잽싸게 아이의 옷소매를 움켜쥐었다. 빠져나가려고 발버둥 치는 아이의 머리칼을 거머쥐고는 욕설을 퍼부었다.

아브제이치는 바늘을 바닥에 내동댕이치고 문밖으로 뛰쳐나갔다. 계단에서 발을 헛디뎌 안경까지 떨어뜨렸다. 노부인은 아이의 머리채를 끌고 때리면서 경찰서로 데려가려고 했다. 아브제이치는 두 사람을 떼어 놓으려고 하면서 "놓아주시지요, 부인, 그리스도의 이름으로 용서해 주십시오."라고 했다. "이런 불량한 녀석은 경찰서에 끌고 가서 따끔한 맛을 보여줘야 해요!" "부탁입니다. 부인!" 아브제이치의 간청으로 노부인은 아이를 놓아주었다. "저 할머니에게 용서를 빌어라." 그제야 아이는 눈물을 흘리며 노부인에게 잘못했다고 빌었다. 아브제이치는 바구니에서 사과 한 개를 집어 아이에게 주었다. "하나님은 용서하라고 가르치셨습니다. 그렇지 않으면 우리도 용서받을 수가 없습니다.” 노부인도 아이도 그 말씀을 듣고 있었다. 노부인은 아이가 일곱이나 있었지만, 지금은 딸 하나만 남아 있다고 했다. 노부인이 자루를 어깨에 메려고 하자, 아이가 재빨리 “할머니, 제가 들어다 들일게요.”하고 자루를 들었다. 둘은 정답게 함께 갔다.

어느새 해가 저물어 가로 등지기가 가로등에 불을 켜고 다니고 있었다. 아브제이치는 구두방 안을 정리하고, 등잔에 불을 켜고, 어제 저녁에 읽다가 가죽 조각을 끼워둔 곳을 펼치려고 했는데, 이상하게 도 다른 페이지가 펼쳐졌다. 갑자기 인기척이 났다. 방 한구석에 사람의 그림자 같은 것이 어른거리고 있었다. “마르틴, 마르틴.”“누구십니까?”“보아라, 이 사람이 바로 나였다.” 어두운 구석에서 스테파니치 노병이 나와서 빙긋이 웃고 사라졌다. “이 사람이 나였다.” 아이를 안은 여인이 나와 아기와 함께 생긋이 웃고 사라졌다. “이 사람이 또한 나였다.” 노부인과 사과를 든 사내아이가 미소를 짓더니 연기처럼 사라졌다. 아브제이치는 기쁨에 차올라, 자기 가슴에 성호를 긋고 나서, 성경을 읽기 시작했다.

“내가 주릴 때에 너희가 먹을 것을 주었고 목마를 때에 마시게 하였고 나그네 되었을 때에 영접하였고 헐벗었을 때에 옷을 입혔고 병들었을 때에 돌보았고 옥에 갇혔을 때에 와서 보았느니라”(마 25:3 5-36). “임금이 대답하여 이르시되 내가 진실로 너희에게 이르노니 너희가 여기 내 형제 중에 지극히 작은 자 하나에게 한 것이 곧 내게 한 것이니라 하시고”(마 25:40). 아브제이치는 지난밤에 들었 던 그 목소리가 꿈이 아니라, 예수님이 자기를 찾아와서 말씀하신 것임을 알았다.

5

하나님의 정의(正義)

단테, 『신곡』 「천국편」
(Dante, *The Divine Comedy: Paradise*)

시편 기자는 시편 33:5에서 "주님은 정의와 공의를 사랑하시는 분, 주의 한결같은 사랑이 온 땅에 가득하구나"라고 함으로써 하나님은 정의와 사랑의 하나님임을 말씀하고 있다.

이탈리아의 시인 단테 알리기에리(Dante Alighieri, 1265-1321)는 『신곡』에서 단테 자신이 직접 내레이터로서 효과적으로 지옥과 연옥을 통해서 최종적으로 천국에 도달하는 여정을 그리고 있다. 그 영정은 생명, 죽음, 사랑, 미움의 의미를 밝히는 영정이다. 많은 종교적인 독자들이 믿는 것은, 단테는 영적으로 성령의 힘에 의해서 영감을 받아 일종의 예언자로서, 그의 천국과 지옥의 비밀은 소설이라기보다 진실에 가까운 작품이라고 믿고 있다.

단테의 『신곡』 중 「천국편」은 단테의 천국으로의 여행 이야기이다, 이 책은 휴머니즘 작품으로 중세의 타락성을 경고하면서도 결국 베아트리체에 의해 인도되어 하나님 나라에 도달하며, 하나님 나라는 초인간적인 존재들이 사는 세 번째 나라이며, 그곳에서는 삼위일체 하나님이 계신 곳이다. 천국편은 하나님의 장려함을 두 눈으로 직접 보기 위한 지고한 이상을 그리고 있다. 천국편은 가장 신학적이며, 또한 많은 학자들이 주장하는 신곡의 가장 아름답고 신비로운 구절들을 묘사하고 있는 곳이기도 하다.

단테는 『신곡』의 「천국편」의 18곡, 19곡, 20곡에서 하나님의 정의(正義)에 대해 진지하게 기술하고 있다. 단테는 빛을 발하는 비아트리체(Beatrice, 단테가 사랑하는 이상화된 여성)의 안내로 천국의 여섯째 하늘에 오게 된다. 헤엄치듯 하는 빛들은 "사랑하라 정의를, 땅을 심판하는 자들이여"라는 글을 형성함으로써 성경적인 메시지를 전달한다. 그 글자들은 백합의 모형으로 변하더니, (로마)제국을 상징하는 독수리 모양으로 변한다. 단테는 천국의 정의와 지상의 정의 사이에 관계를 명상하면서, 이 땅의 정의를 악용하며 군림하는 교황에 대해 통렬히 비난한다.

한 무리의 영혼들이 독수리의 모양을 형성하여, 일제히 합창으로 단테에게 말을 건넨다. 단테는 하나님의 정의에 대해 설명해 달라고 한다. 영혼들은 하나님의 정의의 본질은 인간의 지혜로는 추측할 수 없다는 대답을 듣는다. 특별히 단테를 괴롭히는 문제는 그리스도의 이름을 결코 들은 적이 없는 덕스러운 이교도의 운명에 관한 것이었다.

어떤 사람이 인도의 강가에서 태어났는데
거기는 그리스도에 대해 말하는 이도
읽는 이도 쓰는 이도 없었다.
그가 생각하는 것 행하는 것은 모두
인간의 이성이 미치는 한도에서는 뛰어났다.
그는 한평생 언행에서 죄를 지은 적이 없다.
그가 세례도 못 받고 신앙도 없이 죽었다면

그를 지옥에 떨어뜨릴 정의는 어디 있는가?
그에게 신앙이 없다 할지라도 그의 탓이 아니지 않는가?

인간은 창조주의 계획의 복잡한 영역을 알지 못할 것이며, 하나님이 경영하시는 정의(正義)의 깊이를 이해할 수 없다는 것이다. 그래서 인간은 성경 말씀에 믿음을 가져야 한다고 한다. 그럼에도 단테는 왜 덕 있는 이교도가 선한 그리스도인에게 주어지는 축복을 받지 못해야 하는지에 대한 문제를 이해하려는 욕구에 마음이 사로잡혀 있었다.

욥이 회오리바람 속에서 들은 그런 음성이 "이런 경우를 질문하는 소견이 한정된 너는 누구냐?"하는 음성을 단테는 들었다. 그 음성은 "선한 것은 모두 하나님으로부터 오고, 그리고 하나님으로부터 오는 것은 그 무엇도 악할 수 없다"라고 했다. 단테가 들은 대답은 이들 덕 있는 이교도들의 영혼은, 허울뿐인 기독교의 경배 자들보다, 천국에서 훨씬 영광된 자리를 갖게 된다고 하고, 심판 날에 그리스도를 모르고 죽은 이들은, 자신들을 기독교인라고 선포하고서 가증스러운 죄를 범한 자들보다 그리스도 가까이 가게 될 것이다.

지상의 정의가, 광채를 발하는 하나님 나라에 의해 다스려질 때, 많은 영들이 보석으로 찬란하게 빛나게 된다. 그렇지만 교황이 탐욕과 야심으로 이탈리아에서 제국의 권세를 확립하지 못하게 함으로써, 하나님 나라의 유익을 주시는 영향이 사람들 위에 충만한 효력을 주지 못하도록 막아버린 것이다.

"기적과 순교로 일찍이 세워진 로마 교회의 벽 안에서 /공공연히 매매가 행해지고 있는 것을 보고 /다시 한번 마음속에 노여움이 일어나게 된다." "교회의 벽"은 교황권을 말한다. 마태복음 21:12에서 "예수께서 성전에 들어가사 성전 안에서 매매하는 모든 자들을 내쫓으시며 돈 바꾸는 자들의 상과 비둘기 파는 자들의 의자를 둘러 엎으시고"라고 했다. 단테는 예수 그리스도께서 예루살렘 성전 안에서 돈 바꾸는 일과 매매 하는 자들을 좇아내실 때 그리스도의 분노를 영상하게 하고 있다.

단테는 "아아, 많은 천상의 용사들이여,/ 나는 그대들을 바라보고 있다./ 악한 본보기(교황의 부패)를 따라 세상이 바른길에서/ 벗어나고 있으니 기도해다오. 모두를 위해 기도해 다오." 단테는 다시 한번 교황이 탐욕에 가득찬 악행으로 세상을 빗나가게 인도하고 있는 실상을 고발하고 있다.

> 옛날에 전쟁은 칼로 했으나,
> 지금은 자기를 멋대로 파문 선고와 금지령으로 전쟁을 한다.
> 하나님의 사랑으로 고루 주시는 빵(교회 재정)을
> 이쪽저쪽에서 서로 빼앗으려고 싸움을 한다.
> 그러나 (돈 받고) 처음부터 사면해 줄 속셈으로
> 글을 쓰는 너(교황 요한 XXII) 생각해 보라.
> 네가 망치고 있는 포도밭(교회) 때문에 죽어간
> 베드로와 바울도 실은 아직 살아 계신다.

단테는 말한다. "나는,/ 홀로 살기를 좋아하다가/ 춤 때문에 끌려가 순교당한 사람에게/ 한결같이 눈길을 보내고 있다." 단테가 말하는 이미지는, 광야에서 홀로 살다가, 살로매의 춤 때문에 목이 잘려 순교자의 죽음을 당한 세례자 요한을 말하고 있다. 단테는 세례자

요한도 왕권과 교권에 의해 순교당한 것임을 상기시키고 있다.

그러나 교황은 "너희들이 말하는 어부들이나 바울들 따위는 내 알 바 아니다."라고 한다. 어부들은 베드로와 같은 예수님의 어부 출신 제자들을 의미하고, 바울들은 바울과 같은 예수님을 전하고 순교한 제자들을 의미한다. 단테는 교황이 너무나 부(富)의 축적에만 마음이 사로잡혀 그 외에는 아무것도, 심지어는 예수님의 제자들까지도 알지 못함을 고발하고 있다. 단테는 정의를 짓밟고 탐욕에 빠져 있는 교황에 대해 비난하고 있다.

단테는 숭고한 자리에 앉을 자격이 없는 범죄한 동시대의 덕이 없는 왕들의 이름을 들었다. 오스트리아의 알베르트 왕은 프라가 왕국(보헤미아)을 침범하여 쇠망시킨 죄, 멧돼지의 습격을 받아 말에서 떨어져 죽은 프랑스 왕 필립은 프랑스 화폐 유통을 부패시킨 죄, 영국의 에드워드 1세와 스콧트렌드의 월리스 사이의 정복욕으로 국경선 분쟁의 죄, 스페인 왕페르디난드 4세와 보헤미아의 벤체스라우 4세의 음탕한 생활의 죄, 십자군을 이끌고 성지를 회복해야 할 의무를 다하지 못한 예루살렘의 유명무실한 나폴리 왕의 죄를 열거하고 있다.

그 반면에 20곡에서 영광에 빛나는 슬기로운 왕들의 영혼은 하나님의 마음에 합당한 다윗 왕, 자식 잃은 과부를 위로한 트라야누스 황제, 기도하여 15년 생명을 연장한 히스기야 왕, 법전을 가지고 교황에게 로마를 양도하기 위해 그리스의 콘스탄티노풀로 천도한 콘스탄티누스 황제 등이었다. 그리고 트로이의 법을 가장 잘 지키지만 그리스도를 알지 못한 리페우스 왕은 성 그레고리의 기도로 림보에서 천국으로 오게 되었다.

예레미야 33:15에서 "그 날 그 때에 내가 다윗에게서 한 공의로운 가지가 나게 하리니 그가 이 땅에 정의와 공의를 실행할 것이라"고 했다.

오실 "이상적인 왕"은 다윗의 계열로부터 의로운 가지가 나올 것이다. 다윗의 대를 이은 허약한, 약한, 죄 많은 통치 자들과 대조해서 "이 왕"은 의로울 것이다. 그 분은 이 땅에 정의와 의로움을 가져올 것이다. 이 관념은 그 분은 개인적으로 정의와 의로움을 집행할 것이고 그리고 다른 사람들에게 정의로움과 옳은 것을 행하도록 가르치실 것이다. 그날에는 사회에 불법과 부정의와 폭력과 부도덕은 없을 것이다.

오실 이상적인 왕은 예루살렘에게 그분의 이름인 우리의 의로우신 주를 주실 것이다. 메시아는 예루살렘에서 그의 다스리심의 보좌를 세우실 것이다. 그래서, 그 수도는 하나님의 메시아요 왕의 의로우심을 반영할 것이다. 의로우심이 예루살렘을 통해서 이상적인 왕으로부터 흘러나올 것이다. 예루살렘은 우리의 주 의로우심의 수도로 알려질 것이다. 약속된 메시아이신 주 예수 그리스도가 우주의 주관자이신 하나님 아버지의 우편에 좌정하시리라.

6

총독의 아기를 사랑한 주방 하녀

베르톨트 브레히트, 『코카서스의 백묵원』
(Bertolt Brecht, *The Caucasian Chalk Circle*)

고린도전서 13:7에서 사랑은 "모든 것을 참으며 모든 것을 믿으며 모든 것을 바라며 모든 것을 견디느니라"라고 하고, 8절에서 "사랑은 언제까지든지 떨어지지 아니하나니"라고 했다.

독일의 극작가 베르톨트 브레히트(1898-1956)는 『코카서스의 백묵원』에서 혁명의 혼란 가운데 누카 도성의 총독 부인이 어린 아들을 두고 도망쳐 버린 후, 그 집의 주방 하녀인 그루샤가 그 아기를 자신의 친 아들처럼 사랑하고 키운 감동적인 이야기를 하고 있다.

제2차 세계대전으로 코카서스의 누카 도시가 파괴되기 여러 해 전에 부활절 주일에서 시작한다. 총독 게올기 마바셔위리는 민중들의 가난과 불만에는 귀를 기울이지 않고, 권력 유지와 아들 아기 마이클을 위한 궁전 건축에만 몰두했다. 총독과 총독부인 나텔라는 부산을 떨며 부활절 예배에 참석할 준비를 하고, 마이클을 데리고 교회로 갔다. 교회로 가는 도중에 살이 찐 카즈베키 왕자로부터 상냥한 체하는 인사를 받았다. 카츠베키 왕자는 혁명 지도자로서, 바로 그날 총독을 타도하고, 총독을 살해할 계획이었다.

코카서스 시민들은 아직도 혁명이 일어난 것을 모르고 있었다.

젊은 군인 사이몬 샤샤바는 총독의 주방 하녀 그루샤와 서로 결혼하겠다는 이야기를 나누고 있었다. 그때 혁명이 발생했다. 대공(大公)은 도망쳐 버리고, 그의 총독들은 처형되었다. 총독 부인은 모두를 버리고 도망쳤다. 사이몬은 총독부인의 호위병으로서 부인을 따라가야만 했다. 사이몬은 그루샤에게 돌아와서 결혼하겠다고 하고, 기다리라고 했다.

총독부인은 자기의 안전만을 생각하는 이기적인 여자라, 경황 중에 어린 아기 마이클을 그루샤에게 맡겨둔 채 도망가버렸다. 마이클은 그루샤의 품에서 잠들고 있었다. 하인들이 아기 주변에 모여들었다. 하인들은 잡히면 모두 죽는다면서 도망가 버렸다. 한 부인이 그루샤에게 "아기를 두고 함께 도망치자고, 넌, 바보야. 시간 없어. 혁명군들이 오고 있어!"라고 했다. 그루샤는 아기를 보자기로 싸서 내려놓고 복도로 걸어 나갔다.

말들의 발굽소리가 요란하게 들리고, 살찐 왕자가 호위병들과 말을 타고 달려갔다. 그중 한 명이 창끝에 총독의 머리를 꽂자 치켜들고 달려갔다. 그루샤는 다시 돌아와서 저녁이 될 때까지, 밤이 올 때까지, 새벽이 올 때까지 아기를 바라보다가, 마침내 아기를 품에 안고 도둑처럼 사라졌다.

그루샤는 아기를 등에 업고 북쪽 산으로 갔다. 혁명군들이 총독의 아들을 죽이려고 도처에 찾아다녔다. 그루샤는 이기 보자기를 시골 농가의 집 대문밖에 두고 보고 있었다. 농촌 부인이 아기 보자기를 발견하고 아기를 안고 들어갔다. 그루샤는 안도감으로 도시를 향해 걸어갔다. 그런데 두 혁명군 병사가 아기 있는 시골 농가로 가는 것을 보았다. 그류사는 급히 시골 농가로 달려갔다. 한 병사가 시골 농가로 들어가서 아기에 대해 물었다. 겁에 질린 농촌 부인은 아기가 자기 집에 있다고 했다. 그루샤는 그 병사를 막대기로 쓰러트리고 아기를 안고 도망을 쳤다. 그루샤는 마이클을 안고 산 쪽으로 도망치면서 마이클이 자기의 아들이란 생각이 들었다. 갑자기 그루샤 앞에 깊은 절벽 아래 강물이 흘러내리고, 그 위로 낡은 목조 다리가 놓여 있는 것을 보았다. 그루샤는 위험을 무릅쓰고 마이클을 안고 다리를 건넜다. 혁명군 중이 한 명은 머리에 붕대를 감고 있었다. 그루샤에게 얻어맞은 자였다. 혁명군들은 다리를 건너지 못한다는 것을 알자, 욕설을 하면서 돌아갔다. 그루샤는 자식에 대한 어머니의 자기희생적인 사랑이 어떤 것인지 알기 시작했다.

그루샤는 북쪽 산악지대에 있는 오라버니 라브렌티 집으로 찾아갔다. 오빠는 환영했으나, 올케인 아니코는 마음이 좁은 여인이었다. 오라버니 집에 6개월 간 힘겹게 살았다. 오라버니는 병으로 침대에 누워 거의 죽어간다는 주서프란 시골뜨기와 결혼하라고 했다. 그루샤는 마이클이 주서프의 아들인 것처럼 위장하기 위해, 신랑의 어머니의 농가에서 2년 간만 산다는 조건으로 결혼을 승낙했다. 전쟁이 종식되었다는 뉴스를 듣자, 주서프는 침대에서 벌떡 일어났다. 주서프는 전쟁에 가지 않으려고 병을 가장했던 것이지만, 그루샤는 자기 연민에 빠지지 않았다.

이런 상황에서 전쟁이 끝나고, 사이몬이 찾아왔다. 사이몬은 그루샤가 결혼한 사실만을 보고, 그루샤가 마이클의 안전을 위해 결혼하지 않을 수 없었던 상황을 이해하지 못하고, "내가 준 십자가 목걸이를 돌려줘. 아니, 차라리 개울에 던져버려!"라고 했다.

그때 여러 사람들이 "군인들이 와서, 마이클을 데리고 가요!"라고 큰소리를 쳤다. 무장한 두 군인이 마이클을 데리고 가다가 그루샤를 보자 "당신이 그루샤요? 이 아이가 당신의 아이요?"하고 물었다. 그루샤가 그렇다고 답하자, 그들은 "우리는 법의 명령에 따라 아이를 도시로 데리고 가야 해요."라고 했다. 그루샤는 그들을 따라갔다.

혁명이 일어나던 일요일, 도시 기록서기관인 아즈다크는 숲속에서 방황하는 나이 많은 도망자를 만나 그를 숨겨주었다. 그 도망자는 아즈다크에게 자기를 숨겨주고 도망가도록 해준다면 150,000피아스타(은화)를 주겠다고 했다. 노인 도망자는 왕자가 주도한 혁명 봉기로 도망치던 대공(大公)이었다. 아즈다크는 도망자가 대공이란 사실을 발견하고서도 대공을 경찰에게 넘기지 않았다. 그러나 아즈드다크는 대공 같은 부패한 인간을 고발하지 않았다는 것이 부끄러워 스스로 자신을 벌해 달라고 경찰서로 갔다. 그런데 도시 재판관이 혁명군에 의해 교수형으로 처형되었기에 공석이라, 혁명 지도자 카즈베키 왕자는 지적인 아즈다크를 재판관으로 임명했다.

아즈다크는 관습에 얽매이지 않는 재판관이었다. 부자들로부터는 뇌물을 받고, 그의 판결은 예측불허였다. 어떤 가슴이 풍만한 여자가 어떤 남자를 강간죄로 고발했다. 아즈다크가 관찰해 보니, 그 여자가 풍만한 가슴을 흔들며 걸어 다니는 것을 보았다. 그래서 그는 판결하기를, 오히려 치명적인 무기(젖가슴)로 남자를 공격한 그녀의 죄를 조사하라고 명령했다. 그 후, 공국의 정치 상황이 뒤바뀌어, 카즈베키 왕자와 그의 지지자들이 쫓겨나게 되고, 대공이 다시 정권을 잡게 되었다. 아즈다크는 혁명군 편이라 재판관직에서 쫓겨나게 되었다. 그러나 대공은 자기가 도피 중에 자기를 구해준 은혜를 생각하여 아즈다크를 재판관으로 재임명했다.

총독부인 나텔라는 혁명이 발발하자, 버렸던 아들 마이클을 되찾으려 했다. 아즈다크는 나텔라에게 아들을 찾아주고, 그 아들을 자기아들이라고 주장하는 주방 하녀를 교수형에 처해버리겠다고 약속했다.

드디어 마이클이 누구의 아들이냐를 판결하는 재판이 열렸다. 아기를 낳은 생모가 어머니의 자격이 있느냐, 아니면 위험을 무릅쓰고 키워준 주방 하녀가 어머니의 자격이 있느냐 하는 판결이었다. 아즈다크는 부자인 총리부인 나텔라로부터 많은 뇌물을 받고, 돈 없는 그루샤에게는 거친 말로 대했다. 그루샤는 아즈다크 재판관이 부패하고 냉혹한 자라고 호되게 꾸짖었다. 그루샤는 영웅적인 여인이었으나, 아즈다크는 실용주의적인 인간이었다.

총독 부인의 변호사는 "피고는 아기를 유괴해 놓고, 돌려주기를 거절합니다. 피는 물보다 진합니다."라고 변호한다. 아즈다크는 "변호비를 얼마나 받았소?"라고 질문한다. 변호사는 "이상한 질문이네요. 500피아스타 받았습니다. 모든 유대 중에 피의 유대가 가장 강하다고 합니다. 어머니와 자식 사이의 유대…"라고 하자, 재판관은 그루샤에게 "너의 주장을 말해 봐."라고 한다. 그루샤는 "저는 정성을 다해 양심껏 아기를 키웠습니다. 먹여 살렸고요, 나 자신의 안전보다는 아기의 안정을 생각하고요, 모든 사람에게 친절하도록 가르쳤어요."라고 했다. 변호사는 "총독 부인은 남편을 잃어버리고, 또한 아기까지 잃어버리면 잔인한 일입니다. 상속자인 아기가 없으면 남편분(총독)의 재산도 상속받지 못합니다. 아기를 되돌려 받지 못하면 변호비도 내지 못합니다. 위험한 지경에 처해 있습니다."라고 했다.

아기에 대한 재판이 진행되는 가운데 재판관은 "아기에 대한 재판은 15분간 휴정하고, 노부부의 이혼 사건부터 먼저 판결하겠소. 두 분이 몇 년간 같이 살았소?”라고 물었다. 노부인은 “40년 간 입니다.” 라고 했다. “왜 이혼하려고 합니까?” 노영감이 “서로 좋아하지 않기 때문입니다.”라고 답했다.

재판관은 아기문제부터 해결해 놓고 이혼 문제를 판결하겠다고 했다. 재판관은 그루샤에게 “난 그 아기가 너의 아기가 아니란 생각이 드는데, 아기가 부자로 살기를 원하지 않는가? 그 아기가 너의 것이 아니라고 선언만 하면, 아기는 궁중에서 살면서, 많은 말들도 타고, 많은 군인도, 또 부자로 사는데?”라고 했다. 그루샤는 큰 소리로 “전 아기를 포기할 수 없어요. 제가 키웠어요. 아기도 저를 알고요.” 라고 외쳤다.

경찰이 아기를 안고 들어왔다. 총독 부인은 아기를 돼지처럼 누더 기로 싸고 왔다고 불평한다. 재판관은 경찰관에게 백묵을 가져오라 고 명령한다. 경찰관이 백묵을 가져오자, 재판관은 큰 원을 땅바닥에 그려놓고 아기를 그 가운데 두게 하고, “두 여자분은 아기 가까이 원안에 들어가서 아기의 팔 하나씩을 잡아요. 진짜 어머니는 아기를 자기 쪽 원 밖으로 끌어내는 사람이요.”라고 했다. 변호사는 “재판관 님. 이상한 판결이잖아요.”라고 불평한다. 재판관은 “준비! 힘껏 당겨 요!”라고 명령한다. 총독 부인은 아기를 힘껏 끌어당긴다. 그루샤는 아기의 팔은 놓고는 놀란 표정으로 아기를 바라본다. 변호사는 “피가 더 진하다고 했잖아요!”라고 한다. 그루샤는 “재판장님, 용서하세요. 제발 아기가 몇 마디 말을 더 배울 때까지만 저와 있게 해 주세요.”라 고 간청한다. 재판관은 “판결에 복종해요! 확실히 하기 위해 다시 한번 누가 진짜 어머니인가 해 보겠어! 두 사람 아기 가까이 서요! 준비! 당겨요!”라고 명령한다. 총독 부인은 아기의 팔을 힘껏 당겼지만 그루샤는 손을 놓아버린다. 그루샤는 "제가 이 아기를 키웠어요. 어떻게 제가 이 아기의 팔은 찢어버려요. 전 그렇게 할 수 없어요."라고 울먹이면서 말했다.

아즈다크 재판관이 코카서스 도시에서 백묵으로 그린 원을 이 작품의 제목인 "코카서스의 백묵원"이라 했다.

아즈다크는 "본 재판관은 누가 진짜 어머니인지를 확실히 알았소. 아기를 진정으로 사랑하는 부인이 아기의 진짜 어머니요."라고 하고, 그루샤를 보고 "아기를 데리고 다른 도시로 가서 살아요."라고 하고, 총독 부인을 향해 "사기죄로 벌금형을 때리기 전에 사라져요. 당신의 재산은 시의 재산으로 몰수하고, 그 큰 저택은 아이들의 놀이터로 개조할 것을 명령하오."라고 판결했다. 재판관은 기절한 총독 부인을 밖으로 운반해 가게하고는 "젠장, 이 법복은 너무 더워서 다시 입기 싫어졌어. 아참 이혼 관계 판결을 내려서 서명했으니 그렇게 아시오. 오늘 저녁은 목장에서 댄스파티나 열 것이니 모두 참석 하도록 해요." 라고 했다. 재판관은 늙은 부부의 이혼을 허가 한다는 것을 잘 못하여 그루샤와 병을 가장했던 주서프와의 이혼에 서명을 했던 것이다. 그 결과 그루샤와 사이몬은 결혼하여 마이클을 데리고 떠났다.

사람들은 아즈다크 재판관 시대를 진정으로 정의의 시대라고들 평가했다. 평론가들은 아즈다크의 백묵원의 심판을 솔로몬왕이 아들 하나를 두고 서로 자기 아들이라 주장한 두 창기를 심판한 것과 같은(왕상 3:16-28) 지혜로운 판결이라 칭찬한다.

고린도전서 13:13에서 "그런즉 믿음, 소망, 사랑, 이 세 가지는 항상 있을 것인데 그중에 제일은 사랑이라"라고 했다.

7

아름다움은 진리요, 진리는 아름다운 것

존 키츠, 『희랍 항아리의 송시』
(John Keats, *Ode on a Grecian Urn*)

아가 4:10에서 "내 누이, 내 신부야 네 사랑이 어찌 그리 아름다운지 네 사랑은 포도주보다 진하고 네 기름의 향기는 각양 향품보다 향기롭구나"라고 하여 솔로몬은 사랑의 아름다움의 극치를 노래하고 있다.

영국의 낭만주의 시인 존 키츠(1795-1821)는 사람들의 그림이 있는 희랍 항아리를 바라보고 있다. 그 은 항아리에 그려진 이야기를 보고 경탄하고 있다. 사람들의 살아있는 듯한 자세, 신과 같은 표정을 한 남자들이 있고, 연인들을 피하는 수줍어하는 처녀들, 열성적으로 연주하는 악사들.

시인은, 항아리 표면의 그림에서 예술은 실생활보다 좋다고 생각하는 것 같다. 예를 들면, 피리부는 사람들이 나타내는 음악은 더욱 아름답기 때문이다. 실제 삶에서의 음악과는 달리 끝나지 않기에 더욱 아름답다. 조각에서 연인은 육체적으로 그의 연인에게 다가갈 수는 없지만, 실생활에서처럼 그의 옆은 떠날 수는 없다. 이것은 그의 사랑이 영원하게 한다. 키츠는 항아리를 바라보면서 나무 잎사귀가 지지 않고, 젊은 연인들은 결코 싫증이 나지 않고, 기쁨도 영원하다.

시인 키츠는 『희랍 항아리의 송시』(1819)란 5연의 시에서, 고대 희랍 항아리에 그려진, 아름다운 자연을 배경으로, 서로를 가까이서 쳐다보고 있는 아름다운 젊은 남녀의 영원하면서도 애절한 사랑을 노래하면서 "아름다운 것은 진리요, 진리는 아름다운 것(Beauty is truth, truth beauty)"라는 유명한 말로 사랑의 아름다움과 진실을 노래하고 있다.

여기 옛날 그리스 항아리 위에 그려진 세계는 불멸의 예술의 세계로서, 좌절, 낙담, 고난, 불안이 교차하는 변화무쌍한 현실 세계와는 대조를 이룬다.

첫째 연에서 시인은 고대로부터 인간의 손댐이 없이, 본래대로의 모습으로 존재해 온 항아리 위의 그림을 보고서 노래한다. "그대 아직도 순결한 정숙한 신부(新婦)여,/ 그대 침묵과 느린 시간의 양녀(養女)여,/ 목가적 사가(史家)여, 우리의 시보다/ 더 감미로운 꽃다운 이야기를 표현하는구나."

시인의 상상력 가운데, 항아리의 그림을 통해, 정숙한 신부(新婦)와 말없이 시간의 제한을 받지 않는 양녀가 사랑의 이야기를, 목가적(숲의) 사가(史家)는 항아리에 그려진 삶의 역사를 이야기하고 있다고 한다. 시인은 그 이야기를 일련의 질문들로 이어가고 있다. 항아리에 그려진 격양한 행동을 하는 인물들은 무엇 하는 사람들인가를, 사랑으로 홀딱 반한 남자들은 수줍어하는 처녀들은? 악기들은 무슨 피리이며 무슨 작은 북들인가? 왜 사랑하는 남녀가 미칠 듯한 환희에 차 있는가?

둘째 연과 셋째 연에서 시인은 연인들의 사랑과 음악가가 연주하는 사랑의 예찬과 그들을 둘러싸고 있는 자연(나무들)은 영원하다고 한다. 시인은 제2연에서 다음과 같이 노래한다. "들리는 멜로디는 감미롭지만, 안 들리는 멜로디는/ 더욱 감미로워라. 그러기에 부드러운 피리여 계속 불어라./ 감각의 귀에다가 아니라, 더욱 애정을 느끼도록,/ 소리 없는 노래를 영혼의 귀에다 불러 주어라./ 나무 아래의 아름다운 젊은이여, 그대는 그 노래를/ 그칠 수 없을 것이고, 저 나무들도 잎이 지는 일이 없으리라./ 대담한 연인이여, 결코, 결코, 그대는 키스할 수 없으리라./ 비록 목표에 가까이 다가가고 있지만―하지만 슬퍼하지 마라./ 비록 그대가 키스의 축복을 누리진 못해도, 그녀는 쇠퇴하지 않으리./ 영원히 그대는 사랑할 것이고, 그녀는 아름다울 것이리라./ 멜로디는 인간의 귀로 듣는 것보다 더욱 사랑스럽다."

　시인은 항아리에 그려진 음악가가 계속 연주하기를 격려한다. 들리는 가락과 피리 소리는 감미로우나, 들리지 않은 곡조와 음악은 영적인 귀에 더욱 감미롭다는 것은 이 땅을 초월한 하늘나라에 대한 동경을 나타낸다. 그의 노래는 절대 끊이지 않고, 나무는 그 잎이 절대 떨어지지 않는다. 작은 숲속의 젊은이는 악기를 연주하면서, 가까이 다가온 그의 사랑하는 처녀로부터 키스 받기를 원하고 있지만, 결코 입 맞추지는 못한다. 그의 사랑하는 여인은 결코 늙지 않고 아름다움을 잃지 않는다. 항아리에 그려진 젊음, 처녀, 악기는 영원하다.

　시인은 셋째 연에서 다음과 같이 노래한다. "아 행복하고 행복한 나뭇가지들이여!/ 그대의 잎들은 떨어질 리도 없고, 봄과 작별할 일도 없으리라./ 그리고 행복한 연주자여, 피로할 줄 모르며/ 새로운 노래들을 영원히 노래하는구나./ 더욱더 행복한 사랑이여! 더욱더 행복하고 행복한 사랑이여!/ 영원히 따스하고, 그리고 언제나 즐길

수 있는/ 영원히 헐떡이며, 그리고 영원히 젊은/ 슬픔으로 가득 차고,
싫증 나게 하는,/ 불타는 이마와 바싹 말리는 혀를 가지게 하는/
모든 숨 쉬는 인간의 격정 그 이상으로 행복하도다.”

　항아리 위의 나무는 행복하다. 그들의 잎사귀는 떨어지지 않기
때문이다. 음악가는 행복하다. 영원히 새로운 노래를 연주하고 있기
때문이다. 항아리 위의 연인들은, 결국 좌절과 불만과 슬픔과 실증을
가져오는 실제의 사랑보다, 영원히 따뜻한, 영원히 가슴 두근거리는,
영원히 젊은 사랑을 즐거워한다. 시인은 항아리의 그림에서 천국의
찬미와 사랑을 상상하는 것 같다.

　시인은 넷째 연에서 공동체의 종교의식에 대하여 노래한다. 제사
를 지내기 위해 송아지를 끌고 가는 사제에 대해 기술하고, 강가나
해변에 있는 작은 도시나 산 위의 성채도 텅 비도록 모두 제사를
드리러 갔다고 한다. 시인은 희랍 항아리에 있는 마을은 영원히 텅
비고, 거리는 영원히 조용하리라고 한다. 둘째 연과 셋째 연에서
사랑의 황홀하고 흥분되는 장면과는 대조되어 제사 지내러 가는
장면은 경건하고 조용하면서도 쓸쓸하고 영원히 황폐한 모습이다.
시인은 “작은 마을이여, 그대의 거리는 영원히/ 조용하리라. 그리고
네가 왜 황폐하게 되었는가를/ 말하려고 한 사람도 돌아올 수는
영원히 없을 것이다.”라고 했다.

　시인은 다섯째 연에서 그 유명한 “아름다운 것은 진리요, 진리는
아름다운 것(Beauty is truth, truth beauty)이라 읊음으로써
미(美)와 진리를 동일시하고 있다. 시인은 다섯째 연에서 다음과
같이 노래한다. “오 희랍의 형체여! 아름다운 자태여!/ 숲의 나뭇가지
들과 짓밟힌 잡초와 함께/ 대리석에 아로새긴 젊은이들과 처녀들./

그대 말 없는 현상이여, 우리의 생각이 미칠 수 없도록 애타게 하는구나!/ 영원히 그러는 것처럼, 차가운 목가(牧歌)여!/ 낡은 세대가 이 세대를 황폐케 해버릴 때도/ 그대는 남으리라 인간의 친구로. 우리의 슬픔과 또 다른 슬픔 가운데서/ 그대는 말하리라, '아름다움은 진리요, 진리는 아름다움' 이라고/ 이것이 그대가 지상에서 아는 전부요, 알아야 할 전부이리라."

아름다운 항아리는 남자들과 처녀들, 나무와 풀로 장식되어 있기에, 우리의 사색을 어딘지 모르는 곳, 영원에로의 묵상으로 이끌어 간다. 우리 세대가 가고 난 다음, 그대는 아직도 여기에 있을 것이고, 그대는 친구에게 "아름다운 것은 진리요, 진리는 아름다운 것"이라고 말할 것이라고 한다. 그것이 그대가 이 땅에서 아는 전부이며, 그대가 알 필요가 있는 전부라고 한다. 미와 진리를 동일시한 것은 많은 평론가들의 논쟁거리가 되었지만, 시인 키츠의 시구절 내용은 이 시 자체의 문맥에서 검토해야 한다.

둘째 연과 셋째 연에서 시인은 이 땅 위에 남녀의 사랑과 음악을 통한 사랑의 송가를, 이 땅 넘어 영원한 행복과 따스함과 영원한 멜로디와 연결함으로써 영원을 동경하고 있음을 보게 된다.

시인의 상상 속에서, 항아리는 일시적 행복한 상황(조건)을 영구적인 것 안에서 보존할 수 있게 한다. 그러나 시인 키츠나 그의 세대는 항아리의 그림에서처럼 영원할 수 없다. 늙어지는 나이는 그들을 황폐하게 하고 그들에게 비애를 가져다줄 것이다. 그렇지만, 사랑의 그림이 그려진 항아리가 지속하는 한, 그들과 그들 다음에 오는 세대들을 위해 무엇인가를 할 수 있을 것이다. 그 항아리는 그들에게 항아리에 그려진 아름다움을 통해서 영원 안에서(하나님 나라에서)

일종의 가능한 행복(진리)의 비전을 가져다줄 것이다. 마치 그 항아리가 시인 키츠에게 정서적인 삶의 장면에 행복의 비전을 가져다준 것처럼 말이다.

이 땅에서 우리가 아는 모든 것과 아름다운 예술 작품에서 우리가 알 필요가 있는 모든 것은, 항아리든 항아리에 대한 시(詩)이든, 그것들은 어렴풋한 불변하는 행복을 가져다주어서 장래의 천국을 인식하게 한다. 시인 키츠가 "이것이 그대가 지상에서 아는 전부요"라고 읊을 때, 그는 이 땅 넘어 하늘나라의 존재를 연상하고 있다. 비록 시인 키츠는 특별히 종교인은 아니지만, 행복의 문제와 시를 쓰는 동안 행복의 짧음을 명상하면서, 언뜻 하나님 나라를 연상했을 것이다. "아름다움은 진리요, 진리는 아름다움"이란 것은 지상의 사랑의 아름다움은 하나님 나라와 연결될 때 그 아름다움은 진리란 뜻이리라.

로마서 14:17에서 바울은 "하나님의 나라는 먹는 것과 마시는 것이 아니요 오직 성령 안에 있는 의와 평강과 희락이라"하고, 누가복음 17:21에서 예수님은 "또 여기 있다 저기 있다고도 못하리니 하나님의 나라는 너희 안에 있느니라"라고 하셨다.

8

사랑과 신앙을 통한 가정생활의 축복

레오 톨스토이, 『안나 카레니나』

(Lep Tolstoy, *Anna Karenina*)

시편 128:1-6은 여호와를 경외하며 그 도에 행하는 자의 가정은 복된 가정이라고 말씀하고, "네가 네 손이 수고한대로 먹을 것이라 네가 복되고 형통하리로다 네 집 내실에 있는 네 아내는 결실한 포도나무 같으며 네 상에 둘린 자식은 어린 감람나무 같으리로다"라고 말씀하고 있다.

러시아 소설가 레오 톨스토이(1828-1910)는 『안나 카레니나』에서 19세기 후반부 러시아를 배경으로 아내와 남편 간의 사랑과 이해는 가정생활의 위로와 행복의 근원이라고 묘사한다.

농장주인 드미트리치 레빈은 뛰는 가슴을 안고 매력적인 셰르바츠카야 키티를 만나기 위해 동물원 공원에 있는 스케이트장으로 갔다. 키티를 발견하자 그의 가슴은 기쁨과 공포에 사로잡혔다. 레빈에게 키티는 쐐기풀 가운데 핀 장미로 보였다. 키티는 18세 된 처녀로 밝고 온순한 눈매를 지니고, 날씬한 어깨 위로 자연스레 흘러내린 금발의 미녀였다. 레빈은 용기를 내어 그녀 가까이 가서 스케이트를 타자고 했다. 레빈은 일류 스케이트 선수였다. 그들은 속도를 내며 나란히 스케이트를 탔다. 키티는 빨리 달릴수록 레빈의 손을 더욱 꼭 잡았다. 그녀의 상냥함 속에는 계산된 침착함이 있었다.

식사하는 동안 레빈은 안나의 오빠인 스티바 오블론스키에게 키티를 사랑한다고 고백했다. 스티바의 부인은 '돌리'로서 키티의 언니였다. 스티바는 레빈에게 키티에게는 다른 구혼자가 있는데, 부유하고 용감한 고급 장교인 브론스키 백작이라고 했다. 키티의 어머니 공작부인은 사위로, 가축과 농업에 종사하는 레빈보다, 고급 장교인 브론스키 백작을 훨씬 선호하고 있었다.

무도회가 막 시작했을 때, 키티는 어머니와 함께 붉은 제복을 입고 분칠한 얼굴을 한 시종들을 대동하여, 꽃이 늘어선 넓고 환한 계단으로 들어섰다. 무도회에 초대받은 사람들은 한 발짝 옆으로 물러서서 키티의 아름다움에 감탄했다. 무도회에서 춤추는 젊은이들은 거의 모두 키티에게 반했다.

키티는 자신의 인생에서 가장 행복한 날 중 하루를 보내고 있었다. 키티는 브론스키와 몇 차례 왈츠를 췄다. 키티는 브론스키와 마주르카를 추기 위해서 5명의 젊은이에게 선약이 있다며 모두 거절했다. 키티가 어리벙벙하게 된 것은 브론스키가 마지막 마주르카를 안나하고만 추었기 때문이다.

키티는 안나 카레니나와 마주치게 되었다. 키티는 안나가 환희의 술에 취해 있음을 보았다. 키티는 안나를 취하게 한 것은 자신이 연모하는 브론스키임을 알게 되었다. 키티는 그들이 사람들로 꽉 찬 홀에서 자신들만이 존재하는 듯 행동하고 있었다. 키티는 안나를 바라보면서 "그녀에겐 뭔가 낯설고 악마 같은 매력이 있어."라고 혼잣말을 했다. 결국 브론스키는 키티에겐 관심이 없고, 유부녀인 안나와 밀회하고 불륜의 정을 나누게 됨이 발견된다.

그날 저녁에 레빈은 키티의 집을 방문했다. 키티가 혼자서 레빈을 맞이했다. 레빈은 늠름하면서도 수줍어하는 모습으로 키티를 뚫어지게 바라보면서 "내 아내가 되어주십시오!"라고 결혼 신청을 했다. 키티는 환희와 행복을 느꼈지만, 브론스키 백작을 생각했다. 키티는 레빈을 좋아하지만, 브론스키를 사랑하고 있음을 알게 되었다. 키티는 밝고 순진무구한 눈을 들어 레빈을 바라보면서 "그럴 수가 없어요. 저를 용서하세요."라고 하면서 레빈의 결혼 신청을 거절했다. 키티의 어머니는 브론스키를 좋아했으나, 키티의 아버지 공작은 레빈을 천 배나 나은 사람으로 생각했다.

레빈은 키티로부터 결혼 신청을 거절당하자, 폐병으로 고생하는 니콜라이 형을 방문함으로써 거절당한 서글픔을 잊으려 했다. 니콜라이 형은 수척한 얼굴로 이마를 찡그리고, 입을 실룩거리며 간신히 말했다. 레빈은 형을 바라보면서 불쌍한 생각이 들었다. 니콜라이와 2년간 함께 지낸 마리아 니콜라예브나는 레빈에게 니콜라이 형이 건강에 해로운 보드카를 너무 많이 마신다고 귀띔해 주었다. 그때 니콜라이가 나타나 "이 여잔 매춘부고, 넌 신사야."라고 말했다. 그는 얼굴을 찌푸리고 다시 보드카에 손을 댔다. 레빈은 마리아의 도움을 받아 고주망태가 된 형을 잠자리에 눕혔다.

레빈은 모스크바를 떠나 저녁 무렵에 농촌집에 도착했다. 그는 말들과 네덜란드산 암소들을 돌보고, 새로 태어난 송아지도 보았다. 유모와 일꾼들로부터 인사를 받았다. 다음날, 42명의 농부와 함께 경작에 힘을 기울여 즐거움을 느꼈다. 그의 집은 넓고 낡았으나, 부모님들이 살던 세계였다. 레빈은 이 집에서 아내와 가족과 함께 이상적인 삶을 재건하려고 꿈꾸었다. 그의 미래 아내는 매력적이고 신성하고 이상적인 어머니를 꼭 빼닮아야 했다.

레빈이 농사일로 바쁘게 돌아가는데, 키티의 형부이며 안나의 오빠인 오블론스키 스티바가 찾아왔다. 레빈은 스티바를 기쁨으로 맞이했다. 그들은 함께 사냥도 하고 여러 가지 대화를 나누었다. 그러나 스티바는 키티에 관해서는 한 마디도 하지 않고, 단순히 키티가 병들었다는 이야기만 했다. 키티의 말이 나오자, 레빈은 거절당한 치욕으로 얼굴을 붉혔다. 키티의 언니 돌리가 집안일로 시골로 와서 키티가 레빈보다 더욱 괴로워하고 있다고 했다.

키티의 치유할 길 없는 슬픔은 바로 레빈이 청혼했는데 거절하고, 그 후 브론스키에게 기만당한 데서 생겼으며, 그것 때문에 심리적으로 병들었다는 것이다. 레빈은 모욕감을 느꼈다. 스티바는 "그때 일어난 일은, 처제의 어머니의 영향이라네."라고 했다. "내가 자네라면 당장 모스크바로 가겠네, 그리고." "난 청혼했고 거절당했네. 그래서 키티의 가문은 이제 내겐 괴롭고 수치스러운 기억일세." "말도 안 되는 소리"

키티는 건강 회복을 위해 부모님들과 함께 독일의 온천장으로 전지 여행을 떠났다. 키티는 신앙심 깊게 보이는 스탈 부인을 만나게 되어 종교에 관심을 끌게 되었다. 키티는 그때까지 살아왔던 본능의 세계 외에도 영적인 삶이 있음을 알게 되었다. 키티는 스탈 부인이 선물한 불어 복음서를 읽었으며, 다른 사람들을 사랑하면 평화로워지고 아름다운 사람이 된다는 사실을 깨달았다. 키티는 사람들을 돕는 일에 간호사처럼 역할을 했으며, "위안의 천사"라고 칭찬을 받았다. 키티는 건강 회복을 하고, 모스크바로 돌아왔다.

시골의 농촌 파티에서 레빈과 키티는 자연스럽게 만나게 되었다.

만찬 중에 키티는 큰 종이에 무엇인가 쓰고 있었다. 키티는 "그때 일을 잊고 용서해 주세요."라고 썼다. 레빈은 떨리는 손으로 분필을 잡고 "잊고 용서할 것도 없어요. 난 당신을 여전히 사랑하니까요."라고 썼다. 레빈은 행복에 취하게 되었다. 키티는 레빈을 사랑하고 아버지와 어머니에게 알리겠다고 했다. 레빈과 키티는 과거의 결정과 행동에 대해 서로를 관대하게 용서했다.

스티바가 레빈에게 결혼식을 하기 위해서는 고해성사해야 한다고 했다. 레빈은 아침 예배를 드리고 참회하기 위해 8시에 교회에 갔다. 신부님이 물었다. "교회가 가르친 걸 모두 믿습니까?" "저는 모든 걸 의심합니다." "신의 창조물을 보고도 어떻게 신을 의심할 수 있나요?" "모르겠습니다."

결혼식 날 레빈은 미친 듯 기뻐했다. 결혼식 날 저녁에 레빈은 입을 셔츠를 찾지 못해 결혼식에 늦었으며, 하객들이 초조하게 기다리게 했다. 키티는 불안했다. 신랑이 도착하자, 주례 신부님이 무어라고 선서를 시켰는데 신랑 신부는 무슨 소리인지 알지 못했다. 신부는 사랑에 젖어 흥분상태이고, 신랑은 눈물짓고 있었기 때문이었다.

그들은 살면서 가끔 말다툼도 하고 질투도 했으나, 서로를 용서하고 애정 생활을 계속했다. 어느 날, 스티바가 미남인 러시아 귀족 친구 베스라브스키를 대동하고 레빈의 집을 방문했다. 그런데 베스라브스키가 키티와 시시덕거리고 있었다. 레빈은 미친 듯한 질투심이 일어났다. 레빈과 키티는 다투었다. 레빈은 키티에게 사과하고 베스라브스키에게 잘하겠다고 약속했다. 그러나 사냥을 나갔을 때나, 함께 식사할 때나 베스라브스키는 키티와 키득거리는 버릇을 계속했다. 그는 자신의 향락만을 추구하고 사는 자였다. 레빈은 자기 행동이 과격한 줄 알면서도 베스라브스키를 쫓아내 버렸다.

모스크바에서 레빈과 키티는 셋째 아기의 출산을 기다리고 있었다. 병원에서 키티가 출산 때 죽을 지도 모른다는 말을 듣고, 레빈은 염려에 찼었다. 그러나 레빈은 아들을 갖게 되고, 다행히 키티도 무사하여 모두 기쁨에 넘치는 경험을 하게 되었다. 레빈은 결혼한 후, 아이들의 아버지가 된 후, 삶의 의미를 생각하게 되고, 철학적인 질문을 던지기 시작했다. 레빈은 철학책과 고전을 읽으면서 사색에 잠기기도 했다. 레빈은 결국 단순한 농촌 생활에서 행복을 찾게 되고, 그리고 하나님과 선을 지향하면서 사는 것이 삶의 의미에 관한 질문의 답임을 알게 되었다. 자기 자신만을 위해서, 자기 자신의 욕망을 채우기 위해서 사는 것은 유치하다고 보았다.

레빈은 농장에서 하늘을 쳐다보면서, 신앙을 찾은 것을 알고, 하나님께 감사했다. 그때부터 레빈은 말다툼이나 "왕따"시키는 행동으로 다른 사람들과 멀어지는 행동은 절대 용납하지 않았다. 그 이후부터 레빈은 작은 도덕적인 실수가 있다고 하더라도, 결코 그의 믿음을 버리지 않았다. 키티는 남편의 신앙적인 깊이를 이해하지 못했으나 행복한 가정생활을 영위하고 있었다.

톨스토이는 이 소설에서 레빈과 키티의 가정이 "여호와를 경외하며 그의 길을 걷는 자마다 복이 있도다"(시 128:1)의 복된 가정이 되었음을 말한다.

제 2 장
좋은 친구, 그리고 용서

9

배신당함과 회복

알렉상드르 뒤마, 『몬테 크리스트 백작』
(Alexandre Dumas, *The Count of Monte-Cristo*)

호세아 11:7에서 "내 백성이 끝끝내 내게서 물러가나니 비록 그들을 불러 위에 계신 이에게로 돌아오라 할지라도 일어나는 자가 하나도 없도다"라고 하여 인간의 악한 마음을 탄식하고 있다.

프랑스 소설가 알렉상드로 뒤마(1802-1870)는 『몬테 크리스트 백작』에서 악을 행한 자는 벌을 받게 되지만, 선을 행한 자는 보상을 받게 된다는 시적 정의를 말하면서 하나님의 정의가 무엇인가를 묻고 있다.

1815년 2월 24일에 마르세유 항에 범선 파라옹 호가 들어왔다. 19세에 훤칠한 키에, 맑고 검은 눈동자와 윤기 나는 머리카락에 침착하고 강인한 정신력을 가진 듯한 청년이 민첩한 행동으로 명령을 내리고 있었다. 에드몽 당테스였다. 그는 선주인 모렐 씨에게 르클레르 선장이 항해 중 뇌염으로 병사했기에 일등항해사인 자기가 선원들을 지휘했다고 했다.

당테스는 르클레르 선장의 마지막 명령으로 엘바 섬으로 가서 소포와 편지를 베르트랑 원수에게 전했으며, 엘바섬에서 나폴레옹 황제도 만나 뵈었다고 했다. 모렐 선장은 "자네의 신변에 위험이

닥칠지도 모르니 이 사실을 비밀로 해 두게.”라고 주의를 주었다. 그 당시 프랑스에는 나폴레옹 보나파르트 지지파와 왕조옹호파가 극심한 정치적 갈등관계에 있었다. 선주는 당테스를 파라옹 호의 선장으로 임명했다. 당테스는 20세에 선장이 된 것이다.

당테스는 적으로 둘러싸여 있었다. 배의 회계사인 당글라르는 당테스가 선장이 된다는데 증오와 질투의 빛을 띄우고 있었고, 페르낭은 당테스의 약혼녀 메르세데스를 짝사랑하여 질투심으로 떨었다. 그들은 공모하여 “파라옹 호의 일등 항해사 에드몽 당테스란 자는 엘바섬에 둘러서 나폴레옹에게 밀서를 전했으며, 황제로부터 밀서를 받아 파리의 나폴레옹 지지파 본부로 전달하려고 한다.”라고 쓴 고발장을 검찰에 보냈다. 이웃의 양복 재단사 카드루스는 가난하고 욕심이 많은 자로 공모자들과 함께 하면서 침묵했다.

다음날, 당테스와 메르세데스의 약혼 피로연에는 초대받은 파라옹 호의 선원들과 당테스의 군인 친구들로 꽉 차 있었다. 메르세데스는 17세의 앳된 소녀로서 칠흑 같은 검은 머리에 아름다운 눈매를 가진 상냥한 처녀였다. 모든 하객들이 기뻐하고 있을 때, 경사 1명이 4명의 병사와 함께 연회장에 들어오더니 당테스를 체포하여 호송 마차에 태우고 사라졌다.

검사 대리 빌포르가 당테스를 심문했다. 빌포르는 나폴레옹 편지의 수취인이 “파리의 누이르티”란 것을 보고는 깜짝 놀랐다. 자기 아버지의 이름이었다. 빌포드는 편지를 읽고 난 후에 공포에 질린 얼굴로 그 편지를 불에 태워버리고는, 당테스에게 누명을 쓰지 않기 위해 편지에 관한 이야기는 한 마디도 하지 말라고 했다.

빌포르는 경사를 불러, 무엇인가 귀속말로 했다. 당테스는 총검으로 무장한 4명의 병사들에 의해 정치 중범들을 수용하는 바위산 위의 이프 성채의 습기 찬 지하 감방에 가두어졌다. 빌포르는 자기 아버지가 나폴레옹 지지파와 연관된 것을 숨기기 위해 당테스를 배신한 것이다.

이프 성채의 감찰관이 순시 차 와서 당테스에게 체포된 날 자를 물었다. "1815년 2월 28일 오후 2시입니다." 감찰관은 "오늘이 1816년 7월 30일이니, 겨우 17개월밖에 되지 않았군."이라고 했다. 당테스는 그날부터 감방 천장에서 석회덩이를 뜯어내어 벽에 1816년 7월 30일이라 적고서 매일 금을 하나씩 새겨두기 시작했다. 그로부터 1년 후, 새로운 소장이 죄수들의 이름 대신에 방 번호를 부르기 시작했다. 당테스는 죄수 34호였다.

당테스는 꿇어앉아 "하나님, 저를 이곳에서 구해 주소서. 감옥에서 나가게 해 주소서! 저를 불쌍히 여기시고, 절망 속에 죽게 하지 마옵소서!"라고 기도했다. 그다음 날 밤 9시경, 당테스는 벽을 긁는 소리를 들었는데, 벽을 뚫고 머리를 내민 늙은이를 보았다. 그 노인은 자신을 27호라고 하고 파리아 사제라고 소개하고, 도망치려고 땅굴을 팠는데, 당테스의 감방으로 오게 되었다고 했다. 이프 성채에 1811년에 감금되었다고 했다.

파리아 사제는 당테스의 이야기를 모두 듣고 난 후에, 당테스를 감옥에 보낸 것은 동료인 당글라르에게 출세의 질투를 샀고, 페르낭 몽데고에게서 결혼 문제의 원한을 샀고, 카드로스는 옆에서 그것을 지켜보았고, 빌포르는 자기 자신의 아버지의 음모를 숨기기 위해 당테스를 배신한 결과라고 했다. 파리아 사제는 엘바섬에서 받은 편지의 수취인 누아르티 빌포드는 대리 검사 빌포드의 아버지라고 했다. 당테스는 분노의 불길이 타올라 견딜 수가 없었으며, 이를 갈면서 복수의 결심을 하게 되었다. 이 순간부터 당테스는 친절과 사랑의 사람으로부터 증오와 복수심에 찬 인간으로 변화하기 시작했다.

당테스는 파리아 사제가 많은 지식을 가진 분임을 알게 되어 스승으로 모실 터이니, 그 풍부한 지식을 가르쳐 달라고 했다. 사제는 철학, 역사, 문학, 과학, 수학을 가르치고, 영어, 스페인어, 독일어 등과 예절을 더하여 검술까지 가르쳐 주었다. 당테스는 완전히 다른 사람으로 변했으며 얼굴에는 빛이 나고 있었다.

당테스가 수감된 지 14년째 된 해에 파리아 사제는 중병으로 쓰러졌다. 사제는 당테스에게 "하나님께서 너를 내 아들로 보내 주셨네!"라고 말하고, 몬테크리스토 섬에 막대한 보물을 숨겨둔 위치를 알리는 지도를 유산으로 주었다. 원래 그 보물은 로마 교황청의 추기경 스파다 가문의 소유였다. 파리아 사제는 스파다 귀족의 비서였다. 교황 알렉상드르 6세는 이탈리아 전체에 세력 확장을 위해 최고 실력자인 로스릴리오지와 스파다 두 사람을 초청하여 포도주로 독살해 버렸다. 스파다는 교황청으로 떠나기 전에 조카에게 유언장을 남겼지만, 결국 파리아 사제가 스파다 백작 가문에 살아남은 최후의 사람이 되었다고 했다. 파리아 사제는 그 스파다의 유언장을 당테스에게 유산으로 주고는, 그 유언장은 몬테크리스토 섬의 동굴 속에 있는 금괴, 금화, 다이아몬드, 에메랄드 등 천3백만 에퀴 정도의 가치의 위치를 알려주는 지도라고 했다. 파리아 사제는 "오! 하나님…"하고는 세상을 떠났다. 당테스는 죽은 파리아 사제를 넣는 자루에 들어가서, 이프 성채의 묘지인 바다에 던져졌다.

당테스는 밀수선 '쥔 아멜리' 호의 구출을 받았다. 당테스는 자코포라는 수부에게 오늘이 며칠이냐고 물었다. "1829년 2월 28일이야." 당테스는 깜짝 놀랐다. 14년 전 바로 이날이 자신이 체포되어, 19세의 나이에 이프 성채에 수감된 날이었기 때문이다. 이제 33세의 나이에 자유의 몸이 된 것이다. 당테스는 해적들에게 자기는 부상을 당했기 때문에 몬테크리스토 섬에서 휴양을 해야겠다고 하고 돌아오는 길에 함께 가겠다고 했다.

당테스는 지도를 따라 탐사한 결과 동굴 깊숙한 곳에 스파다 가문의 문장이 새겨진 큰 떡갈나무 상자를 발견했다. 첫째 칸에는 금화가, 둘째 칸에는 금괴가, 셋째 칸에는 다이아몬드, 진주, 루비가 가득 차 있었다. 당테스는 그 자리에서 무릎을 꿇고 감사기도를 드렸다.

당테스는 자코포와 함께 밀수선으로부터 리보르노 항구에서 내려 다이아몬드 4개를 1개에 5천 프랑을 받고 팔았다. 당테스는 자코포에게 자신이 숙부의 유산을 상속받았다고 하고는, 새로운 배 한척을 사서 자코포에게 주면서 마르세유로 가서 루이 당테스라는 노인(당테스의 아버지)과 메르세데스라는 처녀의 소식을 알아오게 했다.

당테스는 이탈리아 북부의 도시 제노바에서 정교한 요트 한 척을 입수하고, 몬테크리스토 섬으로 가서, 동굴 속에 있는 보물을 모두 꺼내어 요트로 운반한 뒤 비밀금고 안에 숨겨 두었다.

당테스는 아버지는 세상을 떠났으며, 메르세데스는, 당테스가 죽은 줄 알고, 페르낭 몽데고와 결혼한 것을 알게 되었다. 당테스는 자신을 보나파르트 당원이라고 밀고하여, 이프 성채에 보낸 4명(카드루스, 페르낭, 당글라르, 빌포르)에 대한 복수와, 아버지를 잘 돌보아준 모렐 선장과 그의 자녀들에게는 보은을 철저히 하려고 했다.

당테스는 부조니 신부로 변장하여, 카드루스에게 접근하여, 자기를 투옥한 자들에 대한 정보를 얻게 된다. 검사 대리 빌포르는 검사 총장이 되었으며, 페르낭은 메르세데스와 결혼하고, 왕정파와 결탁하여 그리스 전쟁의 공로로 장군이 되어 지금은 모르세르 백작으로 영광을 누리며, 당글라르는 국왕의 시종의 딸과 결혼하여 은행가로서 백만장자가 되어 지금은 당글라르 남작으로 파리에서 가장 부자인 권력자 중의 하나라고 했다.

당테스는 옛 선주 모렐 씨가 파산 지경에 처해 있으며, 당테스의 아버지가 세상을 떠날 때까지 돌보아주었으며, 노인이 생활하도록 벽로 선반 위에 금으로 채운 빨간 명주 지갑을 놓아두었다고 했다. 카드루스는 그 빨간 지갑을 부조니 신부에게 주었다. 모렐 씨는 당테스를 위해 검찰에 여러 번 탄원서를 제출했으나, 오히려 나폴레옹 지지파로 몰려 박해를 받아 몰락하게 되었으며, 착한 딸 쥘리와 육군 중위인 아들 막시밀리앵이 있다고 했다.

당테스는 보물섬의 이름을 따서 자신을 몬테크리스토("그리스도의 산"이란 뜻) 백작이라 했다. 몬테크리스토 백작은 부유함이나 사회적 품위와 노예로 산 그리스 왕녀 에데로 때문에 파리에서 명성을 떨쳤다.

욥기 33:26에서 "그는 하나님께 기도하므로 하나님이 은혜를 베푸사 그로 말미암아 기뻐 외치며 하나님의 얼굴을 보게 하시고 사람에게 그의 공의를 회복시키시느니라"라고 기도의 회복하는 힘을 말씀하고 있다.

10
사천시의 착한 여인

베르톨트 브레히트, 『사천시의 선한 여인』
(Bertolt Brecht, *The Good Woman of Setzuan*)

마태복음 25:34-36에서 "그 때에 임금이 그 오른편에 있는 자들에게 이르시되 내 아버지께 복 받을 자들이여 나아와 창세로부터 너희를 위하여 예비된 나라를 상속받으라 내가 주릴 때에 너희가 먹을 것을 주었고 목마를 때에 마시게 하였고 나그네 되었을 때에 영접하였고 헐벗었을 때에 옷을 입혔고 병들었을 때에 돌보았고 옥에 갇혔을 때에 와서 보았느니라"라고 했다.

독일의 극작가 베르톨트 브레히트(1898-1956)의 『사천시의 선한 여인』에서 중국 사천시에 사는 창녀 셴태는 세 신들에게 하룻밤을 재워준 결과 '선한 여인'으로 인정을 받아 은전 일천 냥으로 담배 가게를 사들여서, 창녀의 삶을 청산하고, 새로운 삶을 시작한 이야기를 하고 있다.

담배 가게를 판 신 씨 부인은 셴태의 담배 가게 주위를 맴돌면서 쌀과 돈을 좀 달라고 했다. 마음씨 착한 셴태는 신 씨 부인의 요구를 거절하기 힘들었다. 나이 많은 남편과 부인과 그들의 조카라는 사람들이 찾아와서 도와 달라고 했다. 이들은 오래전에 셴태가 어려웠을 때 셴태를 도와준 자들이라고 했다. 사실 이들은 셴태를 도와주는 척 하면서 착취한 자들이다. 실직을 당했다는 누더기를 입은 사람이 담배 가게에 들어오더니, 담배꽁초라도 있으면 달라고 했다. 셴태는 거절할 수 없어서 담배를 한 개피를 주었다.

셴태가 마음이 착해서 사람들에게 이용당하는 것을 본 남편이란 자는 셴태에게 충고하기를, 담배 가게는 친척에게 속한 것이기에 도와주지 못한다고 거절하라고 했다. 그때 목수가 찾아와서 담배 가게의 선반을 올려놓은 값으로 100은 전이란 많은 돈을 달라고 요구했다. 담배 가게가 신씨 부인의 것이었을 때 선반값을 신씨 부인이 벌써 주었다고 했는데도 막무가내였다. 셴태는 남편이란 자의 충고대로 담배 가게는 자기 '사촌 슈이타'의 것이라고 하면서 사촌에게 가보라고 했다.

부인이란 여자의 오라버니와 그의 임신한 올케가 찾아와서 도와달라고 했다. 그때 담배 가게 집주인 '미추' 부인이 찾아와서 셴태에게 신원 보증서를 보여 달라고 했다. 셴태는 사촌인 슈이타가 담배 가게 주인이니 그에게 가보라고 했다. 결국 남편, 아내, 조카, 형제, 올케 등 그들의 다른 가족들과 합쳐서 8명의 식구가 셴태에게 붙어 쌀과 담배와 술을 축내고 있었다.

8명의 침입자는 욕심이 더하여 자기들의 조카를 시켜서 도둑질했다. 셴태는 슈이타로 변장하여 자기 사촌으로 나타난다. 슈이타는 선반값으로 100은 전을 달라는 목수에게 20은 전만 주겠다고 하고, 싫으면 선반을 떼어가라고 한다. 그리고 8명의 식객에게 담배 가게를 떠나라고 한다. 떠나지 않으면 도둑질한 사실을 경찰에게 폭로하겠다고 위협했다. 8명의 식객이 떠나기를 거절하자, 슈이타는 경찰을 데리고 온다. 그때 8명 중 조카란 소년이 들어왔는데, 셔츠 밑으로 도둑질하여 가지고 온 과자와 빵 덩어리를 떨어뜨렸다. 경찰은 소년의 멱살을 잡고 "이것들은 어디서 훔친 거야?"라고 하고는, 8명의 식객을 모두 잡아가 버렸다.

담배 가게 주인인 미추 부인은 셴태의 사촌 슈이타가 경찰을 동원한 것을 보고 놀라서, 집세를 6개월분인 200은 전을 미리 달라고 요구한다. 슈이타가 그런 많은 액수의 돈이 없다고 하자, 경찰이 돌아와서 셴태에게 돈이 없으면 결혼하여 남편과 함께 가정을 이루면 믿을 수 있으니, 부자 신랑을 구한다는 광고를 내라고 했다. 미추 부인은 신랑 될 사람으로 세 아기가 있는 홀아비가 있다고 했다.

셴태는 공원을 산책하다가 양선이란 자를 만났는데, 그는 실직당한 비행기 조종사였다. 셴태는 양선이 밧줄을 가지고 있는 것을 보고 실직당한 것을 비관하여 자살하려는 것을 알게 되었다. 셴태는 양선을 사랑하게 되었다. 왕 서방이 오더니 비가 오기 때문에 아무도 물을 사서 먹지 않는다고 불평을 하자, 셴태는 실의에 빠져있는 양선에게 물을 사서 마시게 함으로써 자신의 사랑을 표현하려 했다. 셴태는 비 오는 날 물을 사서 마시게 하는 순진하면서도 비현실적인 사람이었다.

셴태의 담배 가게 이웃에서 이발관을 운영하는 슈푸는 셴태를 보자 사랑에 빠진다. 셴태가 담배 가게 앞 광장에 나와서 "사천시의 아침은 정말 아름답구나!"라고 감탄했다. 그 장면을 본 이발사 슈푸는 광장에 나와서 "셴태는 정말 아름답구나!"라고 감탄하는 말을 했다. 셴태가 들으라고 한 찬사였다. 노부부가 광장에 나와서 셴태가 좋아하는 모습을 보고, 담배 가게 집세를 돕기 위해 200은 전을 빌려주겠다고 했다. 셴태는 감사하게 받았다.

비행기 조종사 양선의 어머니 양부인이 셴태에게 와서, 양선이 북경 비행장의 조종사로 취직하게 되었다고 하고, 문제는 비행장 사장이 500은 전을 요구하니 셴태에게 도와 달라고 했다. 셴태는 노부부에게 받은 200은 전을 양부인에게 빌려주었다.

셴태가 사촌 슈이타로 변장하여 앉아서 신문을 보고 있는데, 양선이 찾아와서 북경에 있는 비행장 사장에게 500은 전을 주어야 한다고 또 말했다. 그런데, 양선이 비행기 조종사로 취직하게 되면, 다른 비행사를 면직시켜야 한다고 했다. 슈이타는 양선에게 500은 전을 주기 위해 담배 가게를 집주인인 미추 부인에게 팔겠다고 했다. 미추 부인은 300은 전을 주겠다고 했다. 그러면 전번에 셴태에게서 받은 200은 전과 합치면 500은 전이 된다고 했다. 그러나 슈이타는 노부부에게 200은 전을 돌려주어야 하니, 300은 전 받고는 담배 가게를 팔지 않겠다고 했다. 양선은 셴태와 결혼할 의사가 전혀 없으면서도, 슈이타에게 셴태와 결혼하겠다고 거짓된 말을 하고는 300은 전을 받아달라고 했다.

셴태는 양선과 사람들의 행동을 보고서 사촌 슈이타의 가면을 쓰고서 '무방비'라는 탄식하는 노래를 부른다. 선한 사람은 이 세상에서 자신을 방어하지 못하고, 한 사람을 돕게 되면, 동시에 수많은 사람이 상처받게 된다는 내용의 노래였다.

이발사 슈푸는 셴태와 결혼하고 싶다는 말을 슈이타에게 한다. 슈이타는 슈푸를 격려한다. 그러나 셴태는 슈이타보다 양선을 좋아해서 양선과 함께 가버린다. 셴태에게 200은 전을 빌려준 노인이 병이 들어 돈이 필요하다고 했다. 셴태와 양선이 결혼하려는 날 셴태는 양선에게 노인에게 200은 전을 돌려주어야 한다고 하자, 그들은 말다툼했다. 결혼식 날 아무리 기다려도 슈이타가 나타나지 않자 하객들은 모두 가버리고, 결혼식은 결국 하지 못하게 되었다.

아직도 셴태를 사랑하는 이발사 슈푸가 셴태를 찾아와서 선한 일에 사용하라고 백지수표를 전달해 주면서 필요한 액수를 기입해서 사용하라고 한다. 셴태는 임신하게 되어, 자기 배를 만져보면서 기쁨에 차서 "오, 이 기쁨, 새로운 인간이 탄생하려 하는구나! 아들아, 이 세상을 보렴. 저건 나무야, 저 분은 물장수야. 나의 어린 아들을 위해 물 한 잔 주세요. 아, 여기 경찰관 나리가 오시는 군, 저 과수원에 가서 버찌를 따자꾸나."라고 혼잣말을 했다.

왕 서방이 목수의 굶주린 아들 3명을 데려오고, 부인과 남편은 조카가 훔친 물건들을 가져와서 보관해 달라고 하고, 8명의 식객이 찾아오고, 모두가 "사천시의 선한 여인이여!"라고 하면서 도움을 요청했다. 셴태는 사촌인 슈이타가 모든 것을 처리할 것이라고 했다. 슈이타는 이발사가 준 백지수표에 '10,000(일만) 은전'이라고 적어서 그 돈으로 공장을 짓기로 한다.

담배 가게의 전 주인인 신씨 부인은 셴태와 그녀의 사촌이란 슈이타가 '동일 인물이 아닌가?' 하고 의심하기 시작했다. 슈이타는 슈푸가 셴태에게 준 땅에 공장을 세우고, 그 건물은 미추 부인의 담배 가게 지역까지 확장하게 시키기로 하고, 사람들을 고용하기 시작했다. 셴태는 7개월 동안 임신 중에 아기는 슈이타를 닮지 않기를 바란다고 했다. 셴태의 담배 가게는 훌륭한 사무실이 되고 현대식 가구가 들여졌다.

그런데, 문제가 발생했다. 슈이타만 보이고 셴태가 보이지 않으니, 사람들 사이에 슈이타가 셴태를 살해했다는 소문이 돌았다. 정식

재판이 열렸다. 경찰관, 이발사 슈푸, 담배 가게 집주인인 미추 부인은 슈이타가 좋은 사람이라고 증언하였으나, 나머지 사람들은 모두가 슈이타는 나쁜 사람이라고 증언 했다. 슈이타는 재판관들 세 분에게 중대한 발언을 하겠으니, 법정에서 사람들을 내어보니 달라고 요구했다. 그리고서 슈이타는 재판관들 앞에서 남장을 벗어버리고, "사실, 저는 셴태입니다. 선하게 살기가 힘이 들어 남장하고 사촌 슈이타로 변장을 해서 생존했습니다. 재판관님들, 남들에게 선하게 하려다가 제가 굶어 죽을 지경이었습니다. 남들에게 독하게 하니까 제가 잘 먹고 살게 되었습니다."라고 했다.

재판관들은 "그동안 왕 서방에게 보고받아서 잘 알고 있네. 셴태야."라고 하면서 법복을 벗었다. 세 신들이었다. 셴태는 깜짝 놀랐다. 신들은 셴태에게 계속 선하라고 했다. 셴태는 사악한 슈이타 없이는 선한 셴태는 생존하기가 너무나 어렵다고 항의했다. 신들은 한 달에 한 번 정도만 슈이타를 사용하라고 충고하고는 아무런 해결책을 주지 않고 하늘나라로 가버렸다.

베르톨트 브레히트는 공산주의자라 무능한 신들을 믿지 않고, 공산주의 혁명만이 악한 세계에 선한 인민들이 자객 있다고 주장하고 싶어 했다. 그러지만 브레히트 자신도 공산화된 사회가 어떤 모양의 사회인가를 제시하지 못했다.

마태복음 25:40에서 예수님은 "임금이 대답하여 이르시되 내가 진실로 너희에게 이르노니 너희가 여기 내 형제 중에 지극히 작은 자 하나에게 한 것이 곧 내게 한 것이니라"라고 하셨다.

11

여성의 지혜로운 의지와 사랑의 성취

셰익스피어, 『끝이 좋으면 다 좋다』
(Shakespeare, *All's Well That Ends Well*)

잠언 9:12에서 "네가 만일 지혜로우면 그 지혜가 네게 유익할 것이나 네가 만일 거만하면 너 홀로 해를 당하리라"

영국의 극작가 셰익스피어(1564-1616)는 『끝이 좋으면 다 좋다』에서 헬레나는 지혜로 자신이 원하는, 사회적으로 계급이 훨씬 위인 귀족의 젊은 백작과 결혼하게 되는 흥미 있는 이야기를 그리고 있다.

최근에 세상을 떠난 저명한 프랑스 왕실 주치의의 딸 헬레나는 대단히 아름답고 명철하여 모든 알맞은 신랑감들의 주목을 끌었다. 헬레나는 프랑스 루실론 궁전에서 자기보다 사회적 지위가 훨씬 높은 젊은 귀족 청년 버트람백작을 사랑하고 있었다. 버트람은 최근 세상을 떠난 백작의 아들로서, 헬레나에 대한 관심이 없었다. 불행하게도 헬레나는 버트람의 사랑을 받기에 합당한 사회적으로 혈통 있는 가문이 아니었기 때문이었다. 버트람의 어머니 루실론 백작 부인은 헬레나의 후견인으로서 헬레나와 아들 버트람의 결혼을 적극 지지하고 있었다.

프랑스 왕은 불치의 병으로 고통을 당하면서 "만일 주치의가 살았더라면, 짐의 병을 고칠 수 있었을 것인데"라고 탄식했다. 그때 세상을 떠나간 왕실 주치의 딸인 헬레나가 왕 앞에 나타나서 왕의 병을 치료할 수 있다고 했다. 왕은 회의적이었다. 헬레나는 왕 앞에서 연약한 여성으로서가 아니라, 마치 전문의나 되는 것처럼 자신감에 넘치는 태도로 말하기를, "만일 치료가 실패하면, 그 벌로 저의 목숨을 내어놓겠습니다. 그러나 성공하면, 그 상으로, 폐하께서 그 제왕의 손으로, 소녀가 원하는 남편을 소녀에게 주신다고 명령하여 주시옵소서!"라고 했다. 병약한 왕은 이 담대한 젊은 여성의 태도에 놀라서, 헬레나의 제안에 동의하면서 "문제가 없다고, 의심할 수 없는 축복을 환영한다오. 여기 짐을 좀 도와주어요. 이봐, 그대의 숭고한 말처럼 잘만 진행된다면, 짐의 행동도 그대의 행동에 걸맞게 하겠소."라고 했다.

헬레나는 "우리가 하는 일은 가정하는 일이 많지만, 하늘(하나님)의 도움이 계시면, 인간의 행동도 중요시되지요"라고 함으로서, 하나님께서 개입하실 때 기적이 일어남을 믿고 있었다. 유명한 왕의 주치의의 딸로서 헬레나는 아버지에게 배운 의술로 왕을 치료한 결과 왕은 기적적으로 치유되었다.

왕은 약속을 성취하는데 재빨랐다. 모든 젊은 귀족들을 왕의 치료에 성공한 치유자 헬레나 앞에 도열하여 서있게 하고서, 헬레나에게 "솔직한 선택을 하도록 해요. 그대는 선택할 권리가 있소이다. 아무도 거절 못하리…. 그대의 사랑을 거절하는 자는 짐에 대한 사랑을 거절하는 것이요."라고 명령했다. 헬레나는 왕 앞에 배열하여 서있는 젊은 귀족들을 유심히 쳐다보는 듯하더니, 버트람을 향해 남편으로 선택하겠다고 했다. 놀라고 당황하는 버트람을 향해 헬레나는 "제가 당신을 남편으로 맞이하겠다는 말은 하지 않겠습니다. 그러나

저와 저의 섬김을 제가 살아 있는 동안은 당신의 인도하시는 힘에 맡기겠습니다. 이분이 바로 저 자신을 맡길 분입니다."라고 했다.

버트람은 갑작스러운 선택을 당하고서 충격을 받았다. 버트람은 "보잘것없는 주치의 딸이 나의 아내라고! 모욕적이라고!"하고는, 헬레나와 결혼할 것을 거절했다. 왕은 헬레나가 젊고, 지혜롭고, 아름다우니 아내로 맞이하라고 강권하고, 헬레나에게도 버트람의 신분과 버금가는 명예를 주겠다고 했다. 그럼에도 버트람이 헬레나를 무시하고 결혼을 거부하자, 왕은 진노하여 버트람에게 사회적 속물근성의 어리석음에 대해 훈계하고는, 왕명으로 그날 밤에 즉시 헬레나와 결혼하라고 명령했다.

버트람은 왕의 명령에 순종하여 그날 밤에 결혼했으나, 버트람은 헬레나에게 두 가지 조건을 성취하면 그때 비로소 아내로 맞아드리겠다는 편지를 남기고, 헬라나의 곁을 떠나기 위해 신부와의 작별 키스도 하지 않고, 이탈리아 중서부 지방의 토스카나 전투에 참전하기 위해 프랑스를 떠나가 버렸다. 그의 편지 내용은 "내 손가락에 있는 반지를 그대의 손가락에 끼고, 그대의 몸에 나의 아기를 갖게 될 때, 그때야 비로소 나를 남편이라 부르게 하겠소."라고 했다. 버트람은 불가능한 조건을 제시한 것이다.

헬레나는 시어머니요 버트람의 어머니인 루실론 백작 부인에게 편지를 남기고, 사원 순례를 위해 여행을 한다면서 버트람의 뒤를 따라 이탈리아의 플로렌스로 갔다. 백작 부인은 아들 버트람에게 편지로 헬레나가 다른 나라로 도망가 버렸으니 어쩔 수가 없다는 소식과 함께 파리로 돌아오라고 했다.

이탈리아의 플로렌스에서 부인들이 모여, 전쟁에서부터 귀환하는 군인들을 기다리고 있었다. 그들은 프랑스의 젊은 백작 버트람의 용기에 관해 이야기하면서, 버트람이 플로렌스의 처녀 다이애나에게 지속해서 치근치근 사랑의 고백을 한다는 이야기도 하고 있었다. 다이애나의 과부 어머니는 순례자들을 위한 하숙을 치고 있었다. 과부 어머니는, 순례자의 복장을 하고 프랑스로부터 플로렌스에 도착한 헬레나에게 버트람에 관한 이야기를 해주었다. 헬레나는 다이애나와 그녀의 어머니에게 버트람은 자기 남편이란 것과 버트람의 모든 것을 말했다. 그들은 함께 헬레나를 위해 계략을 꾸몄다.

버트람은 과부의 딸 다이애나를 찾아와서 밤중에 그녀의 방에서 만나줄 것을 간절히 간청했다. 다이애나는 버트람이 끼고 있는 가족 전통의 반지를 만남의 증거로 주면 만나겠다고 했다. 버트람은 "이 반지는 많은 윗대 조상으로부터 내려오는 명예요, 이 반지를 잃어버린다는 것은 이 세상에서 가장 큰 오명이요."라고 하면서 반지 주기를 거절했다. 다이애나는 "나의 명예도 그 반지와 같은 것이요. 나의 순결은 많은 윗대 조상으로부터 내려오는 우리 가문의 보배요. 이 순결을 잃어버린다는 것은 이 세상에서 가장 큰 오명이라오."라고 했다. 그러자 버트람은 반지를 다이애나에게 준다. 버트람이 가족 전통의 반지를 준다는 것은 대단히 무책임하다는 증거이다. 다이애나는 버트남이 한 말을 그대로 "나의 순결은 많은 윗대 조상으로부터 내려오는 우리 가문의 보배요."라고 한 것은 버트람을 조롱하기 위한 것이다.

다이애나는 버트람에게 밤 동안 만나는 동안 절대로 말하지 말고 침묵할 것과 단 한 시간만 만난다는 조건으로 만남을 허락한다고 했다. 다이애나는 그때 다른 반지를 주겠으니, 그 반지를 자기들의 만남을 미래에 증거로 삼자고 했다. 그 날밤 버트람은 다이애나라고 믿는 여자와 캄캄한 방 속에서 아무런 말도 하지 않고 한 시간을 너무나 즐겁게 보냈다. 그런데 실상은 버트람이 결혼한 헬레나가 다이애나 대신에 그 방에서 기다리고 있었다.

버트람은 자기 부인 헬레나가 사원 순례를 하는 동안 죽었다는 전갈을 받게 되고 어머니 루실론 백작 부인으로부터 집으로 돌아오라는 편지를 받았다. 전쟁도 끝났으니, 버트람은 플로렌스에 머물 이유가 없었다.

버트람은 루실론으로 돌아와서 어머니가 백작 부인이 헬레나의 죽음을 애도하고 있는 것을 보았다. 버트람도 참회의 감정으로 헬레나를 애도하면서 말하기를 "모든 남자가 칭송하고, 나 자신도 칭송해 마지않은 그녀, 나는 그녀를 잃은 것을 애도하는 것처럼, 그녀를 사랑해 왔는데…."라고 했다.

그런데, 헬레나와 다이애나는 왕을 알현하려고 왕이 여행 중인 루실론으로 왔다. 버트람은, 이제 헬레나가 죽었으니 자유롭다고 생각하여, 루실론 지방의 귀족 라퓨경의 딸 모드린과 결혼하려고 했다. 버트람은 자기 반지를 라퓨경에게 주었다. 라퓨경은 그 반지가 헬레나가 끼고 있었던 반지임을 즉시 알아보았다. "헬레나는 죽었는데, 그 착한 녀석의 반지라니. 내가 그 아이를 궁중에서 보았을 때 그 반지를 끼고 있었는데…."라고 했다.

버트람을 더욱 당황하게 한 것은, 왕이 그 반지를 보자, "짐이 그 반지를 헬레나에게 주면서, 짐의 도움이 필요하면, 언제든지 이 반지를 보이도록 해요."하고 주었는데, "그 성녀 같은 아가씨가 침실에서 신랑에게 이외에는 절대로 손가락에서 빼지 말라고 했는데…."

라고 했다. 그때 다이애나가 나타나서, 모든 것을 설명하고, 그리고 헬레나가 나타나서, 버트람이 준 그 집안의 전통적인 반지를 보여주면서, 그날 밤에 잠자리를 같이한 신부가 다이애나가 아니라 헬레나 자신임을 상세히 설명했다. 그리고서 버트람의 "내 손가락에 있는 반지를 그대의 손가락에 끼고, 그대의 몸에 나의 아기를 갖게 될 때, 그때야 비로소 나를 남편이라 부르게 하겠소."라는 제안을 성취했음을 당당하게 말했다. 버트람은 아무 말도 못 하고 헬레나를 아내로 맞이한다.

버트람은 젊은 백작으로서 교만하게도 거만을 떨다가 크게 해를 당할 뻔했으나, 이것 또한 헬레나의 지혜로운 간청으로 용서를 받게 된다. 버트람의 어머니 루실론 백작 부인은 왕께 아들의 잘못에 대한 용서를 구하고, 왕은 헬레나를 보아서 용서한다고 했다. 다이애나는 "모든 것이 잘 되었습니다. 끝이 좋으니, 다 좋습니다. 쓰라린 과거도 더욱 환영하는 것이 아름답습니다."라고 한다. 왕도 다이애나의 말에 찬하여 끝이 좋으니 다 좋다고 했다.

헬레나는 지혜와 용기와 의지로 모든 장해물을 극복하고, 불충한 버트람을 사랑의 마음으로 용서하고, 남편으로 맞이하는 더할 나위 없이 멋진 여성임을 셰익스피어는 보여주고 있다.

잠언 9:9에서 "지혜 있는 자에게 교훈을 더하라 그가 더욱 지혜로워질 것이요 의로운 사람을 가르치라 그의 학식이 더하리라"라고 하셨다.

12

좋은 친구

버나드 포머렌스, 『코끼리 인간』
(Bernard Pomerance, *The Elephant Man*)

요한복음 15:12-13에서 예수님은 "내 계명은 곧 내가 너희를 사랑한 것 같이 너희도 서로 사랑하라 하는 이것이니라 사람이 친구를 위하여 자기 목숨을 버리면 이보다 더 큰 사랑이 없나니"라고 하셨다.

버나드 포머렌스(1940년 뉴욕 출생, 1968년 런던으로 이주)는 19세기 영국 빅토리아 조 시대(1837-1901)의 "코끼리 인간"이란 별명의 죠셉 메리크(Joseph Merrick)에 관한 실화를 주제로 우정을 다루고 있다.

죠셉 메리크는 영국 런던에서 살았다. 그는 신경질환으로 그의 몸이 괴물처럼 변하고, 얼굴이 부풀고 피부는 코끼리처럼 되었다. 머리는 거대한 자루처럼 컸으며, 머리 뒤는 갈색 피부의 자루 같은 것이 목까지 처져있었고, 많은 피부가 얼굴 앞에까지 내려와 한 쪽 눈은 잘 보이지 않았다. 거대한 붉은 이빨이 그의 코 밑의 입 밖으로 튀어나온 것이 마치 코끼리의 이빨처럼 보였다. 얼굴은 피부를 움직일 수 없기에 미소를 짓거나, 웃거나, 성내거나, 슬픈 표정을 지을 수 없었다. 그의 얼굴은 코끼리의 얼굴처럼 죽은 것이었다.

메리크의 몸 앞뒤에는 더러운 피부의 자루들이 그의 다리까지 내려왔다. 오른팔은 거대했으며, 피부의 자루들이 있었다. 그의 오른손은 사람의 발 같았다. 그러나 그의 왼팔과 왼손은 젊은 여인의 것처럼 아름다웠다.

런던의 저명한 의사 프레데릭 트레베스 박사는 병원에서 퇴근하다가, 어떤 낡은 상점 앞에서 "와서 코끼리 인간을 보라. 두 냥 내세요." 라는 간판을 보고 호기심으로 들어가 보려고 하였다. 상점 주인은 코끼리 인간을 내세워 구경거리로 만들어 돈벌이했다. 낡은 코트를 입고 더러운 얼굴에 담배를 입에 물고 있던 사나이가 "방금 문을 닫았소. 내일 오세요."라고 퉁명스럽게 말했다. 트레베스 박사는 열두 냥을 주고 들어갔다.

코끼리 인간은 머리에 천을 덮어쓰고서 차고, 어둡고 더러운 방에서 의자 위에 아주 조용히 앉아 있었다. 상점 주인이 "이 자식아, 일어서!" 하고 고함을 질렀다. 코끼리 인간은 천천히 일어섰다. 머리에서 천이 떨어져 나갔다. 트레베스 박사는 이런 괴물 같은 인간은 처음 보았다. 상점 주인은 "이 자식아, 걸어가 봐. 빨리 움직여 보란 말이야."라고 고함을 질렀다. 상점 주인은 코끼리 인간을 영국과 벨기에 전역으로 곡마단에 데리고 다니면서, 돈벌이를 위해, 코끼리 인간을 구경거리로 삼았다. 코끼리 인간은 우정의 세계에서 완전히 버림받은 인간이 되었다.

트레베스 박사는 상점 주인에게 병원에서 철저하게 진단할 터이니, 우리 병원으로 메리크 씨를 데리고 오라고 했다. 그다음 날 11월의 아침 7시경, 아직도 어둠이 깔린 조용한 아침에 트레베스 박사는 코끼리 인간을 마차에 태우려 했다. 코끼리 인간은 마차 계단을 오르기에 힘겨우니, 밀어서 올려달라고 했다. 편지 배달부가 지나가다가 트레베스 박사를 도와 코끼리 인간을 마차에 밀어 올렸다. 코끼리 인간은 "당신은 누구십니까?"하고 물었다. 트레베스 박사는 "나는 트레베스 박사요."라고 대답하고는 명함을 꺼내어 코끼리 인간의 호주머니에 넣어주었다.

트레베스 박사는 병원에서 코끼리 인간을 진단했다. 겁에 질린 간호사가 옆에서 트레베스 박사를 도우면서 진찰했다. 그리고 오후 4시경에 마차를 태워 메리크를 돌려보냈다. 다음 날 트레베스 박사는 낡은 상점으로 찾아갔다. 코끼리 인간에 대한 간판은 거기에 없었다.

2년 후에, 경찰이 메리크를 발견하고 런던 병원으로 데리고 왔다. 그의 호주머니에 트레베스 박사의 명함을 발견한 것이다. 메리크는 지치고, 배고프고, 더러웠다. 런던 병원장 칼곰 박사는 다음과 같은 편지를 『런던 타임스』 신문에 올렸다. "죠셉 메리크란 27세의 코끼리 인간은 도움이 필요합니다. 그는 너무나 흉하여, 사람들은 그를 두려워합니다. 상점주인 실콕 씨가 그를 벨기에 등지의 곡마단에 끌고 다니면서 50파운드의 수입을 갈취하여 도망가 버렸습니다. 경찰이 트레베스 박사의 명함을 보고 그를 병원에 데리고 왔습니다. 그는 읽고, 쓰고, 많은 생각을 하는 착한 사람입니다. 그는 자기 어머니의 사진을 보고 어머니를 그리워하여 눈물짓기도 합니다. 그의 어머니가 오래전에 그를 상점 주인에게 주었답니다. 『런던 타임스』 독자 여러분의 도움이 필요합니다." 일주일이 지난 후에 5만 파운드란 돈이 들어왔다.

병원은 메리크에게 병원 뒤쪽에 방 두 개를 주어서 살게 했다. 메리크의 피부도 좋아지고 냄새도 나지 않았다. 메리크는 성경과 신문을 읽기 시작하고, 많은 책을 읽기 시작했다. 사랑의 이야기를 좋아했다.

　새로 들어온 간호사가 그를 보고 놀라서 고함을 지르고 음식 담은 식기를 땅에 떨어뜨렸다. 메리크는 어머니의 사진을 꺼내어 보고서, 그 거대하고 추한 얼굴에 눈물을 지었다. 메리크는 트레베스 박사에게 자기는 돈도 없고 사람들이 자기를 싫어하니, 시각장애인들이 사는 외딴 등대에서 살고 싶다고 했다. 트레베스 박사는 돈이 매우 많다고 했다.

　이런 사실이 신문에 보도되자 아름다운 여인이 코끼리 인간을 찾아왔다. 그녀는 코끼리 인간에게 미소를 지우고 악수를 청했다. 코끼리 인간은 아름다운 왼손으로 얼굴을 감싸고 5분 동안 울었다. "저 숙녀는 정말 아름다워요. 저의 어머니가 오래전에 저를 보고 웃음 지은 후, 아무도 저를 보고 웃지 않았어요. 저 부인은 저를 보고 어머니처럼 웃었으며, 악수했어요." 그 부인은 그 당시 유명한 셰익스피어 극의 주연 여배우 매지 켄달이었다.

　얼마가 지난 후에, 코끼리 인간은 매지 켄달로부터 편지 한 통과 『로미오와 줄리엣』의 제2막의 기막힌 사랑의 속삭임이 나오는 장면의 대본을 보내왔다. 켄달 양은 한 달 후에 셰익스피어 극장에서 『로미오와 줄리엣』이 공연되는데, 메리크 씨가 2막을 전부 암송하여 구경 와달라는 것이었다.

　죠셉 메리크에게 큰 꿈이 생겼다. 처음으로 사람 대접을 받게 되었다. 그는 밤을 새워 2막을 다 외웠다. 공연 날 메리크는 얼굴을 싸매고 극장 뒤쪽 구석에 앉았다. 아름다운 모습의 매지 켄달이 무대에 나와 열연을 했다. 제1막이 끝나고 제2막의 로미오와 줄리엣의 달콤한 사랑의 장면이 시작되었다. 메지 켄달 양은 관중석으로 내려왔다.

청중들이 깜짝 놀랐다. 곧장 코끼리 인간에게로 가서 속삭였다. "대본 다 외우셨죠. 당신은 로미오입니다." "아니오. 저, 저는 로미오가 아닙니다." "예, 당신은 로미오입니다." 그리고 코끼리 인간의 뺨에 키스했다. 코끼리 인간 조셉 메리크는 얼굴에 가렸던 수건을 벗어 던졌다. 그리고 신들린 사람처럼 로미오가 되어 열연했다. "쉿, 창문을 통해 비쳐 오는 저 빛은 무엇인가? 줄리엣은 동쪽으로부터 비쳐 오는 태양이구나…! 오 다시 말해다오. 빛나는 천사여 내 위에 서서, 그대는 하늘에서 내려온 천사처럼 이 밤을 영광스럽게 하는구나!"

메지 켄달은 줄리엣의 역할을 하면서 "오, 로미오, 로미오, 어째서 그대는 로미오인가요? 그대의 아버지를 부정하고 거대의 이름을 거절하세요. 난 더 이상 케풀릿 가문의 사람이 아니 될 거예요!" 그들 둘은 만장의 박수갈채를 받았다. 트레베스 박사는 "이날부터 죠셉 메리크는 완전히 새사람이 되었다. 코끼리 인간이 사람이 되었다."라고 썼다.

그 후에 『런던 타임스』는 친구의 정의에 대한 현상 모집을 했다. 3등: "친구란 기쁨을 더해주고 슬픔을 나누는 자이다." 2등: "친구란 한 보따리의 동정이다." 1등: "친구는 나의 침묵을 이해하는 자이다." 특선: "친구란 온 세상이 떠날 때 나에게 오는 자이다."

사람들이 『런던 타임스』의 코끼리 인간 대한 기사를 읽고, 그를 보기를 원했다. 중요한 신사와 숙녀들이 그를 방문하여 미소 짓고, 악수하고, 책을 주었다. 메리크는 자신의 추한 몸을 잊기 시작했다. 어느 날 아침 대단히 유명한 숙녀 한 분이 메리크를 방문했다. 영국의 알렉산드라 여왕이었다. 메리크는 "폐하! 안, 안녕하십니까?"하고 무릎을 꿇고 부복하려 했다. 그러나 그의 몸이 말을 듣지 않았다.

여왕은 "제발, 그냥 일어나세요."라고 했다. 여왕은 책 한 권과 꽃들을 두고 갔다. 메리크는 너무나 감격하여 노래까지 불렀다. 여왕은 크리스마스카드와 함께 서명한 여왕의 사진을 보내왔다.

코끼리 인간은 여왕의 사진을 들고 한없이 울다가, 여왕에게 답장을 썼다. "이것은 저의 생애의 첫 크리스마스요, 첫 크리스마스 선물이었습니다. 저의 어머니와 딱 한 번 크리스마스를 보냈습니다. 저는 여왕님의 사진을 가진 것처럼, 저의 어머니의 사진을 갖고 있습니다. 트레베스 박사님과 많은 저명한 신사와 숙녀들을 알게 되어 저는 행복합니다."

6개월 후에, 1890년, 병원장 칼 곰 박사는 신문에 코끼리 인간에 관한 기사를 내면서, 마지막에 "코끼리 인간은 등을 침대에 대고 바로 누워 자려고 하다가 그 무거운 머리가 침대 밖으로 꺾어져서 질식하여 세상을 떠났습니다."라고 썼다.

우리말 성경에 "미쁘다"란 말은 "신실하다"란 뜻이다. 하나님은 "미쁘신" 하나님이시며, 예수님은 우리의 신실한 좋은 친구이시다. 사람들은 사는 동안 "여호와 이레"의 친구를 필요로 한다. 코끼리 인간 메리크는 트레베스 박사, 여배우 매지 켄달, 알렉산드라 여왕 같은 여호와 이레의 친구가 있었기에, 비록 그의 육체는 코끼리 같았으나, 그는 행복한 일생을 보냈으리라.

13
자식은 하나님께서 주신 선물

셰익스피어, 『소네트 11』
(Shakespeare, *Sonnet 11*)

시편 127:3에서 시인은 "자식은 주께서 주신 선물이요, 태 안에 들어 있는 열매는, 주님이 주신 보상이다"(표준)라고 했다.

영국의 극작가 셰익스피어(1564-1616)는 "소네트 11"에서 하나님께서 주신 아름다운 선물은 자식들을 통해 대를 이어가는 것이라고 노래한다. 시인은 대를 잇지 못하는 자는 바깥 어두운 데로 내쫓아서 거기서 슬피 울며 이를 갈게 하리라고 경고하고 있다.

셰익스피어는 첫 17편의 소네트에서, 예수님께서 마태복음 25:14-30에서 말씀하신 달란트 비유를 사용하여, 젊은이들에게 결혼하여 자녀들을 갖기를 권고하고 있다.

예수님은 하늘나라를 달란트 비유로 말씀하셨다. 어떤 사람이 여행을 떠나면서, 자기 종들을 불러서, 각 사람의 능력에 따라, 한 사람에게는 다섯 달란트(고대 로마 화폐)를 주고, 또 한 사람에게는 두 달란트를 주고, 또 다른 한 사람에게는 한 달란트를 주고 떠났다. 두 사람은 받은 달란트로 장사하여 이득을 보았으나, 한 달란트 받은 종은 땅을 파고 주인의 돈을 숨겨 두었다. 주인이 돌아와서 종들에게 준 돈으로 무엇을 했는지 셈을 하게 되었다. 다섯 달란트와 두 달란트를 받은 종들은 맡긴 돈으로 각각 다섯 달란트와 두 달란트를 더 벌었다고 했다. 주인은 두 종에게 착한 종이라고 칭찬하고 더 많은 책임을 맡기겠다고 했다. 그러나 한 달란트를 땅에 숨겨놓은 종에게서 그 한 달란트를 빼앗아서, 열 달란트 가진 종에게 주게 하고, 심판하시기를 "이 무익한 종을 바깥 어두운 데로 내쫓으라 거기서 슬피 울며 이를 갈리라"고 명령했다.

하나님께서는 각 사람에게 사용할 수 있는 은사(능력)을 주셨는데, 그것을 잘 사용해야하며, 사장(死藏)시키지 말라는 것이다. 사장시키는 것은 하나님의 법을 어기는 것이다. 셰익스피어는, 예수님의 달란트 비유를 이용하여, 자녀들을 생산하지 않는 친구에게, 하나님이 주신 청춘의 선물을 사장시키고 있다고 했다. 우리의 청춘의 아름다움은, 자녀들을 가짐으로써, 그 아름다움을 미래 세대가 보존해 나갈 것이다. 하나님께서 주신 생산의 능력을 사용하지 않고, 자녀를 생산하지 않는 자에게, 하나님은 "무익한 종"이라고 하실 것이다.

첫째 연(1-4행)에서, 시인은 "1. 그대의 아름다움이 재빨리 감퇴되어가는 것처럼/ 2. 그대의 자식들은 재빨리 증가하게 될 것이다./ 3. 그대가 한창 청춘일 때 자식에게 주는 신선한 피는/ 4. 그대가 늙게 되어도 자기의 피라고 할 수 있게 되리."라고 했다.

첫째 행과 둘째 행에서, 시인은 그대의 청춘은 빨리 지나가고 아름다움도 재빨리 감퇴하게 된다고 한다. 시편 89:47에서 "나의 때가 얼마나 짧은지 기억하소서"라고 함으로써 인생의 짧음을 한탄하고 있다. 시인은 그대의 아름다운 청춘이 빨리 지나가기 이전이라야 빨리 자식들을 많이 낳게 되리라고 한다.

셋째 행과 넷째 행에서, 시인은 그대가 한창 아름다운 청춘일 때 자식들을 가져야 한다고 하고, 그래야만 그 신성한 혈통은 그대가 늙게 되어도 그대의 후손이라고 자랑하고, 사랑을 나누어 주며, 위로 받을 수 있다고 한다. 창세기 17:7에서 하나님은 아브라함에게 "내가 내 언약을 나와 너 및 네 대대 후손 사이에 세워서 영원한 언약을 삼고 너와 네 후손의 하나님이 되리라"고 하심으로서, 하나님은 아브라함과 그의 후손의 하나님이 되며, 하나님이 주신 축복이 자손 대대로 이어져 감을 언약하고 있다.

둘째 연(5-8행)에서, 시인은 "5. 그들 자녀들에게는 지혜와 미와 번영이 있게 되지만,/ 6. 자녀가 없는 곳에는 어리석음과 노령과 죽음만이 있게 되오./ 7. 모두가 그대같이 맘먹는 날이면, 세상은 끝나게 되리,/8. 살아봐야 인간 생명의 길이가 되는 60년만 지나면 말이오."라고 함으로써 젊은이가 자식 없이 대가 끊어진 것을 탄식하고 있다.

다섯째 행에서 시인은 자식을 가지게 되면, 그 자식들에게는 지혜, 아름다움, 번영이 있음으로, 그들의 부모도 그 모든 것을 함께 누리게 되는 영광을 갖게 된다고 한다. 야곱은 아들 유다에게 예언적인 축복을 하면서 "규가(임금의 지휘봉) 유다를 떠나지 아니하며 통치자의 지팡이가 그 발 사이에서 떠나지 아니하기를 실로가 오시기까지 이르리니 그에게 모든 백성이 복종하리로다"(창 49:10)라고 함으로써 유다의 후손은 왕가의 혈통을 이어갈 것이며, 유다의 후손들에게서 가장 위대한 축복은 "실로", 즉 메시야(구세주)에 대한 것이다.

이와는 대조적으로, 여섯째 행에서는 그대가 청춘일 때, 한 달란트 받은 종처럼, 미련하고 게을러서, 주인이(하나님께서) 주신 달란트

(생산의 능력)를 사용하지 않고, 자녀가 없는 날에는, 그대는 그 어리석은 생각의 결과, 나이가 많아져서, 육체는 시들고, 돌보아 줄 자식도 없이 외로운 죽음만이 있을 뿐이라고 경고하고 있다.

일곱째 행과 여덟째 행에서, 시인은 모든 인간들이 그대처럼 게으르고, 자식을 갖지 않겠다고 한다면, 인간이 하나님께로부터 부여받은 사랑, 긍휼, 친절, 아름다움은 무용지물이 될 것이며, 인간이 살아 봐야 기껏 60여 년 밖에 못사는데, 그렇게 되면 세상의 역사는 종말을 고하게 된다고 냉소적인 경고를 하고 있다.

셋째 연(9-12행)에서, 시인은 "9. 자연이 예비 된 아름다운 자녀들로 채우도록 창조되지 않는 자들은/ 10. 사납고, 추하고, 잔인하고, 자식 없이 죽는 것이 낫소./ 11. 자연이 혜택을 많이 준 자에게는 더 많이 줄 것이오./ 12. 그대는, 열매를 많이 맺음으로, 그대의 선물을 더 받으세요."라고 축복하고 있다.

아홉째 행과 열 번째 행에서, 시인은 하나님께서 창조한 자연의 원리는 인간이 아름답고 지혜로운 자녀들로 후손을 이어나가도록 해야 한다고 한다. 하나님은 자기 형상대로 사람을 창조하시되 남자와 여자를 창조하시고 "생육하고 번성하여 땅에 충만하라"(창 1:28)고 하셨기 때문에, 자녀를 가져야 하는 것은 인간의 의무이기 때문이다. 그런데 인간이 어떤 이유로든 자녀들을 갖지 않게 되는 자들(자녀들을 갖지 않기로 하는 자들)은 "사납고, 추하고, 잔인하고, 자식 없이 죽는 것"이 낫다고 저주의 말을 했다. 마치 주인이 한 달란트 받은 자에게 "악하고 게으른 종"이라고 하고, "이 무익한 종을 바깥 어두운 데로 내쫓으라 거기서 슬피 울며 이를 갈리라"고 저주했듯이….

열한째 행과 열두째 행에서, 하나님은 자녀를 많이 가져서 하나님이 주신 혜택을 누리는 자에게는 더 많은 혜택을 누리도록 할 것이며, 그대는, 자녀들을 많이 가졌음으로, 그대는 하나님의 은총을 더 많이 받게 되리라고 축복하고 있다. 시인은 예수님께서 "무릇 있는 자는 받아 풍족하게 되고 없는 자는 그 있는 것까지 빼앗기리라"(마 25:29)의 원리를 노래하고 있다.

열셋째 행과 열넷째 행의 맺는 말에서, 시인은 "자연이 그대를 자기의 인장으로 새겨놓은 뜻은/ 그대를 원판삼아 많은 복사를 남겨놓게 하려는 것이오."라고 했다. "

하나님은 뜻이 있으셔서 그대를 자녀를 생산하여 대를 이어나가게 하는 아름다운 모델로 창조하였기에, 그대가 더 많이 아름다운 자녀들을 창조하여, 그 아름다운 이상(ideal)이 역사의 흐름을 따라 사라지지 않도록 하라고 격려하고 있다. [이 소네트에서 "자연"은 하나님의 뜻으로 창조한 자연의 원리를 말한다.]

시편 127:3-5에서 "보라 자식들은 여호와의 기업이요 태의 열매는 그의 상급이로다 젊은 자의 자식은 장사의 수중의 화살 같으니 이것이 그의 화살통에 가득한 자는 복되도다 그들이 성문에서 그들의 원수와 담판할 때에 수치를 당하지 아니하리로다"라고 했다.

자식을 갖는 것은 하나님으로부터 오는 선물이다. 아들들과 딸들은 똑같이 하나님으로부터 오는 소중한 선물이다. 자녀들은 가정에 똑같은 가치가 있다. 자녀들은 가정의 유업을 계속 이어갈 수 있다. 자녀들은 주님으로부터의 오는 유업이다. 창세기 1:28에서 "하나님이 그들에게 복을 주시며 하나님이 그들에게 이르시되 생육하고 번성하여 땅에 충만하라, 땅을 정복하라, 바다의 물고기와 하늘의 새와 땅에 움직이는 모든 생물을 다스리라 하시니라”라고 했다.

자녀들은 전사(戰士)들과 같으며 위험한 상황에서 가족의 안전을 지키며 보호할 수 있다. 솔로몬은 자녀들은 용사의 수중에 있는 화살과 같다고 함으로서 부모님의 축복이 된다고 했다. 부모님이 연만하게 될 때, 부모님이 필요한 여러 면에서 도울 수 있다. 자녀들은 하나님의 축복의 실증(實證)이다. 솔로몬은 화살의 이미지를 계속 말하면서, 화살통이 가득한 사람(많은 자녀를 가진 사람)은 행복하고 축복받은 분들이라고 선포했다. 성경은 하나님께서 사원의 충실한 문지기 므셀레마에게 여덟 아들을 주심으로서 축복하신 예를 들고 있다. 솔로몬은 자녀들이 부모들의 사업장에서 도움으로서 부모들에게 축복이 된다고 가르치고 있다.

14

갈릴레오: 위대한 과학자 나약한 인간

베르톨트 브레히트, 『갈릴레이의 삶』
(Bertolt Brecht, *Galileo(Leben Des Galilei)*)

전도서 1:18에서 솔로몬은 "지혜가 많으면 번뇌도 많으니 지식을 더하는 자는 근심을 더하느니라"고 하였다.

독일의 극작가 베르톨트 브레히트(1898-1956)는 『갈릴레이의 삶』에서 갈릴레오는 천문학을 연구하는 과학자로서는 위대했지만, 로마가톨릭교회가 주장하는 천동설을 부정하고 지동설을 제창함으로써 종교재판에서 고문하겠다는 위협에 굴복하여 지동설을 부정하는 인간으로서는 지극히 나약한 존재임을 묘사하고 있다.

갈릴레오는 17세기 베네치아 공화국의 저명한 교수요 과학자였으나 돈이 없었다. 1609년 이탈리아 파두아에 있는 갈릴레오 갈릴레이의 빈약한 가구로 꾸며진 연구실에서, 가정부의 아들인 제자 안드레아가 나폴리 법정으로부터 보내온 선물을 가져왔다. 그 선물은 프톨레마이오스의 천동설을 바탕으로 그린 하늘(천문)의 지도였다. 갈릴레오는 사람들이 천동설과는 달리, 곧 지동설(태양을 중심으로 지구가 돈다는)이 옳음을 인식하게 될 것임을 예견한다.

갈릴레오의 과학적 연구에는 경제적 정치적 종교적 어려움이 따랐다. 경제적으로는 평범한 학생들로부터 받는 등록금과 과학에는 관심이 없는 자들로부터 후원금을 받는 것이었다. 그리고 교회와 정계의 직권 자들에게 비정통적이고 교회의 교리(천동설)와 다른 과학적 학설(지동설)을 주장해야 한다는 것이었다. 그는 이런 어려운 환경을 극복하고 연구를 계속해야만 했다.

루도비코 말시리란 젊은이가 찾아와서 갈릴레오의 학생이 되기를 원했다. 갈릴레오는 루도비코가 우수하지 못하다고 생각하여 관심을 갖지 않았다. 그러나 가정부가 등록금을 받으면 돈벌이가 된다고 하자, 갈릴레오는 루도비코를 제자로 받기로 했다.

루도비코는 갈릴레오에게 홀란드 암스테르담에서 팔리고 있는 신기한 발명품인 "기이한 관으로 된 것(망원경)"에 대해 말해주었다. 갈릴레오는 안드레아를 시켜서 렌즈들을 사 오게 하여, 그 현미경을 복제하여 마치 자신의 발명품인 것처럼 공화국에 제시하였다. 그는 고관들, 상원의원들, 관료들, 베니스의 총독 앞에서 망원경을 소개했다. 참석자들은 그 물건(망원경)을 전쟁에 사용하면 아주 좋겠다고 했다. 그 발명품의 보상으로 갈릴레오는 급료를 더 많이 받게 되었다.

1610년 1월 10일에 갈릴레오는 친구인 사그레도에게 말하기를, 망원경을 통해 달을 본 결과 달 스스로는 빛을 발하지 않으며 달에도 산들이 있다고 하고, 은하수는 많은 별들로 구성되어 있으며, 지구도 하나의 별이라고 했다. 사그레도는 만일 그렇다면 2천 년 동안의 천문학(천동설)은 거짓말이었음을 의미한다고 했다.

갈릴레오의 예쁜 딸 버지니아가 당황한 제자 루도비코를 데리고 들어왔다. 루도비코는 망원경이 갈릴레오의 발명품이 아닌 것을 알기 때문에, 갈릴레오는 "내가 그 물건을 개량했지"라고 했다. 그때 화가 난 천문대 관장이 들어왔다. 홀란드로부터 망원경이 홍수처럼 많이 들어왔기 때문이었다. 갈릴레오가 망원경을 발명했다는 거짓말이 탄로되어 이제 그는 베니스에서 파멸된 것이다. 갈릴레오는 친구 사그레도에게 망원경을 자기가 발명했다고 속인 것은 5년 동안 방해받지 않고 연구하기 위해서 돈이 필요했기 때문이었다고 고백했다.

갈릴레오와 사그레도는 계속해서 연구한 결과 지구는 태양 주위를 돈다는 지동설의 증거를 갖게 되었다. 그들 두 과학자는 밤에 망원경으로 달과 행성들을 주의 깊게 관찰하였다. 목성 주위의 궤도를 별들이 선회하는 것을 발견하게 되고, 목성은 어떤 것(하늘)에 부착된 것이 아니라 공중에 떠 있다는 것을 알게 되었다. 그들의 관찰은 코페르니쿠스의 태양중심설을 강하게 지지하도록 했다. 태양중심설은 강력한 로마가톨릭교회의 교리(전도서 1:5의 "해는 뜨고 해는 지되 그 떴던 곳으로 빨리 돌아가고"에서처럼 천동설 주장)와 그 당시 일반적인 신앙에 반대되는 것이었다. 여기에 더하여, 갈릴레오는 자신의 과학적 연구 결과와 결론을 전통적인 과학적 라틴어로 발표하는 대신에 평범한 이탈리아어로 출판함으로써 일반 시민들이 읽기 쉽게 했다.

갈릴레오는 (망원경 사건 때문에) 딸 버지니아에게 베니스에서 플로렌스로 이사 갈지도 모른다고 했다. 버지니아는 매력적인 여성인 만큼 아버지에게 순종적이고 헌신적이었으며, 아버지의 연구 내용은 잘 모르지만 플로렌스의 화려한 궁전으로 간다는 것에 즐거웠다.

갈릴레오는 플로렌스 메디치가의 대공 코시모에게 후원자가 되어 달라는 아첨에 찬 편지를 보낸 결과 갈릴레오는 플로렌스의 잘 설비된 집에서 살게 되었다. 친구인 사그레도는 교회가 강한 정치적 종교적 힘을 가지고 있으므로 갈릴레오의 끝없는 연구 활동에 철학적 종교적 교리 문제로 어려움을 줄지도 모른다고 했다. 사그레도의 염려는 사실화된다.

갈릴레오는 자기 저택에 메디치궁전의 신사 숙녀들과 저명한 학자들과 특별히 9세 된 메디치의 코시모 태자를 초청하여 현미경이 보여주는 놀라운 천문학을 보여주려고 했다. 그러나 참석자들은 아무도 현미경을 통한 새로운 과학에 대해 별로 관심이 없었으며, 현미경을 통해 천체를 보려고도 하지 않았다. 한 철학자는 갈릴레오가 불가능을 증명하려고 한다고 하고, 현미경을 통해 아리스토텔레스의 천문학에 대한 논설을 부정하고자 한다고 했다.

갈릴레오의 연구에 방해되는 것이 3가지 있었다. 첫째로 궁중의 인물들은 갈릴레오가 연구하는 과학적인 일에는 무관심하다는 것, 그리고 둘째로 학문은 일상어가 아니라 라틴어를 사용하기 때문에 대중들에게 쉽게 접근하지 못한다는 것, 마지막으로 가장 중요한 것은 교회 권력자의 권위 때문에, 현재 현미경을 통해서 본 것은 2천 년 전에 쓴 아리스토텔레스의 철학(지구는 우주의 바로 중심에 있는 비교적 작은 천구라는 것-자연학 제4책)과 모순되는 것은 불가하다는 것이었다.

가톨릭교회 회의실 옆방에서 천문학자 크라비우스는 현미경을 사용하여 갈릴레오가 관찰한 천체의 운행을 보고 있었다. 갈릴레오는 고위성직자들과 승려들과 학자들로 가득 찬 방에 혼자 앉아 있었다. 갈릴레오의 주장이 진리라고 믿는 사람은 한 사람도 없었다. 지구가 태양 주위를 돈다는 학설은 단순히 웃기는 일이라고 했다. 노(老) 추기경은 갈릴레오가 인류의 적이라고 탄핵까지 했다. 추기경은 지구는 만물의 중심이며, 인간은 지구의 중심이라고 했으며, 이제

갈릴레오는 하나님께서 주신 인간의 고귀한 지위를 박탈하려 한다고
공격했다.

　박식한 벨라르민 추기경의 저택에서 연회가 열렸다. 그때 갈릴레
오가 딸 버지니아와 딸의 약혼자가 된 귀족 가문의 루도비코가 도착
했다. 버지니아는 많은 사람들과 이탈리아의 위대한 가문의 사람들
이 참석한 것을 보고 감탄했다. 갈릴레오는 벨라르민 추기경과 뛰어
난 수학자이면서 강력한 교회 지도자인 바르베리니 추기경(훗날 울
반 8세 교황이 됨)과 대화를 나누고 있었다. 바르베리니 추기경과
갈릴레오는 갈릴레오의 최근 학설에 관해서 유쾌한 농담을 주고받고
있었다. 두 사람은 모두 성경을 자유롭게 인용하여, 바르베리니 추기
경은 갈릴레오의 학설을 공격하고, 갈릴레오는 자신의 학설을 변호
하고 있었다. 그때 벨라르민 추기경이 비서들로 하여금 지금부터의
모든 대화의 내용을 기록하라고 훈시하자, 두 사람의 대화 어조가
달라져 버렸다. 벨라르민 추기경은 갈릴레오에게 종교재판은 갈릴레
오의 이론을 이단으로 취급한다고 했다. 두 교회 지도자는 개인적으
로 우호적인 척하면서 연회에 참석하자고 했다.

　비서들만이 남게 되었을 때 그들은 갈릴레오와 추기경들의 대화
내용과 농담 삼아 한 말까지 모두 기록했다고 했다. 갈릴레오와 추기
경들의 대화와 천진난만한 버지니아의 모든 대화가 갈릴레오를 정식
으로 이단으로 정죄하는 데 사용할 뿐 아니라, 종교 재판관은 고의적
으로 갈릴레오로 하여금 함정에 빠지도록 했다. 바르베리니 추기경
은 갈릴레오의 경계(警戒)의 마음을 풀고 말하게 하여 비서들로 하여
금 기록하게 하였고, 종교재판에서 불리하게 증언하여 갈릴레오를
이단으로 정죄하려 했다.

플로렌스에 있는 갈릴레오의 집, 갈릴레오의 딸 버지니아와 사르티 부인(갈릴레오의 가정부이며 안드레아의 어머니)은 버지니아와 갈릴레오의 제자 루도비코와의 결혼식을 위한 준비를 하고 있었다. 그런데 루도비코는 대단히 부유한 귀족 집안의 아들로서, 이단으로 정죄될 사람의 딸과는 결혼할 수 없다고 말하고 떠나가 버렸다. 버지니아는 루도비코와 진정으로 사랑에 빠져있었다. 버지니아는 기절하였다.

갈릴레오는 로마의 바티칸으로 불려 가서 종교재판에서 심문당하게 되었다. 갈릴레오는 고문을 가하겠다는 협박을 받고서, 그의 지동설의 가르침을 취소하겠다고 했다.

그런 상황에서, 전날에 그의 제자인 안드레아가 찾아왔다. 갈릴레오는 그 제자에게 『두 가지 새로운 과학들』이란 책 한 권을 주었다. 그 책은 그의 과학적인 발견을 진솔하게 기술한 책이었다. 갈릴레오는 안드레아에게 그 책을 이탈리아 밖으로 몰래 내보내 외국에서 읽으라고 했다. 갈릴레오가 영웅적이지 못하게 행동한 것은 사실이다. 그러나 갈릴레오는 생명을 유지함으로써, 인간 지식에 위대한 공헌을 이룩하는 데 성공했다. 안드레아는 갈릴레오의 논문을 가지고 국경선을 넘었다.

잠언 18:15은 "명철한 자의 마음은 지식을 얻고 지혜로운 자의 귀는 지식을 구하느니라"고 했다.

15

소외된 삶에서 참여의 삶으로

솔 벨로우, 『헐조그』
(Saul Bellow, *Herzog*)

로마서 13:13-14에서 "낮에와 같이 단정히 행하고 방탕하거나 술 취하지 말며 음란하거나 호색하지 말며 다투거나 시기하지 말고 오직 주 예수 그리스도로 옷 입고 정욕을 위하여 육신의 일을 도모하지 말라"라고 함으로써 죄악 된 생활을 하지 말고 그리스도의 옷을 입으라고 하였다.

캐나다 출신 미국 소설가 솔 벨로우(1915-2005, 1976년 노벨문학상 수상)는 『헐조그』(1964)에서 현대 지성인의 대표라 할 수 있는 모세 헐조그는 Ph. D. 학위를 가진 40대 중반의 교수로서 현실에 대한 불만으로 가득 차 허무주의적인 상태에 빠졌으나 다시 약속된 희망적인 삶으로의 시도를 묘사하고 있다.

이 소설은 이혼과 혼돈과 여자들, 친구를 배신하고 부인을 차지해 버린 사람, 비인간화시키는 기관에 근무하는 경찰과 법관 등의 이야기에서 파멸되어 가는 개인과 문화를 구할 방법을 간구하는 작품이다.

헐조그 교수는 첫 번째 부인 데이지(Daisy)와 억지로 이혼하고, 두 번째 부인 마데라인(메디, Mady)에게서 이혼당한 후에 겪는 심리적인 어려움을 통해 현대인의 상황을 보여준다. 헐조그가 필요로 하는 것은 자신과 세계로부터 자신을 소외시킨 혼돈하고 부조리한 상황에서 자신을 되찾아 정신적 안정을 가지는 것이다. 소설의 주인공 헐조그는 버림받은 자요, 배신당한 자요, 국외자요, 소외된 자요, 특히 희생자이다.

헐조그의 두 번째 부인 메디를 보면, 그녀는 남성적인 의지를 구사하고, 남성을 불신하고, 권력을 가지고 마음대로 하려는 여자이다. 그녀는 결코 현상 유지로 만족하지 않는다. 그녀는 충동적으로 새로운 것을 찾아 전진하고, 새로 정복할 세계와 남성을 찾아간다. 그녀의 역할은 변화 부상하여 종교도 바꾸고 또다시 대학원에도 입학하고 유행에 따라 옷도 바꾸어 치장하는 여자이다. 적개심에 차 있고 미모를 지녔으면서 남성 지배욕에 차 피에 굶주린 듯한 여성의 표본이다. 그녀는 자기 남편을 꼼작 못하게 하고, 남편의 존재조차 무시해 버리며, 남편의 돈은 다 빼내서 경제적으로, 성적으로 남성을 무기력하게 해버린다.

친한 친구인 발렌타인 겔스벡은 모세를 위로하고 도와준다는 명목으로 출입하다가 모세도 모르는 사이에 메디와 정을 통하고 친구를 배신한다. 모세의 변호사도 정보 입수를 하여 메디에게 유리하게 일을 꾸민다. 정신병 의사 에드빅(Edvig) 박사도 모세를 이해하지 못하고, 모세에 대하여 진단하기를 광란적인 종속 감에서 오는 반발적인 낙심 증에서 오는 현상이라고 진단하고 간단히 취급해 버린다. 법관과 경찰도 모세 헐조그를 장난감 취급하듯 하고, 법이라는 것 앞에 개인의 감정은 중요성을 상실하고 만다. 모두가 다 헐조그가 무엇을 잘못했는가를 찾으려 할 따름이다. 판사는 헐조그가 건강이 좋지 않다고 해서 자기 자식을 키울 능력이 없는 것으로 결정해

버린다. 사회의 권력과 정의라는 이름으로 개인을 완전히 비합리적인 장기 노름의 무기력한 졸개가 되게 하듯, 설 땅이 없게 한다. 헐조그는 주위 사람들의 목적에 이용만 당하고, 정신분열증 환자 취급을 당한다.

그런데 헐조그가 메디와 결혼한 것은 결코 우연이 아니다. 그는 항상 공격적이고 남성적인 여자에게 매력을 느껴왔다. 거만한 여성을 보면 더 흥분을 느꼈으며, 그런 여성에게 시달리고 고통당하고 싶어 하고, 여인의 뾰족하고 멋진 구두 뒤창 밑에서 시달리고 싶어 하는 성적이고 도덕적인 면에서 피학대음란증(masochist) 환자였다. 메디와 결혼하기 전에 오래 동거 생활을 했기 때문에 그녀와 결혼하면 비참해질 것을 알았을 것이다. 유순하고 아름다운 일본계 여성 소노(Sono)와 결혼하지 않고 메디를 택한 것은 헐조그의 죄의식에서 오는 피학대음란증에 근원이 있다. 그의 죄는 성적인 것이다. 메디와 함께 있을 때나 현재 제3의 여성인 라모나(Ramona)와 있을 때 헐조그는 섹스의 노예라고 투덜댄다.

헐조그는 소노와의 잠자리를 회상하면서 다음과 같이 생각한다. "모든 전통, 열정, 극기, 미덕, 보석같이 귀중한 것, 히브리적 수양에 관한 책들, 그 외의 모든 것이 나를 이런 너저분한 푸른 침대보 위로, 그리고 이런 주름진 매트리스로 오게 했단 말이냐?"

위의 말엔 성적 죄의식뿐 아니라 불륜한 성관계와 유대인의 전통 사이의 갈등도 보여준다. 헐조그의 어머니는 헐조그가 자라서 유대교의 랍비(스승)가 되기를 희망했다. 그는 가톨릭교회에 와서 자기에게 반문하기를 "그는 여기서 무엇을 하고 있느냐? 그는 한 남편이요, 한 아버지였다. 그는 결혼했고, 한 유대인이었다. 그는 왜 가톨릭교회에 있는가?”라고 한다. 그는 유대인의 이념에 따라 살지 못하고 자신에게도 불명예를 가져온, 과거의 위대함에서 전락한 듯한 죄의식을 가지고 있다. 그는 여성들과 관계를 가질 때마다 자기의 전통을 버렸기 때문에 죄의 무거운 짐에 억눌린다. 이러한 죄의식 때문에 메디와 결혼해서 고통을 받음으로 자기 죄에 대해 속죄하려는 피학대음란증을 보여준다.

메디는 어린 시절에 헐조그를 매로 벌을 주던 아버지의 대행자라 할 수 있다. 어떤 의미에서 있어서는 메디는 모세 헐조그를 벌주는 재판관이며 고통을 주는 형 집행관이다.

이 소설은 잔인하고 이기적인 현 사회에서 소외된 인간상을 묘사하면서 동시에 자승자박 된 희생자요 죄의식에 사로잡힌 피학대음란증 환자를 묘사하고 있다.

이런 상황을 피하려고 헐조그는 수많은 편지를 쓰나 한 장도 부치지 않는다. 대통령에게도, 종교 지도자에게도, 과학자에게도, 친구에게도, 연인에게도 그의 마음속에 편지를 쓴다. 그는 실사회에서 사는 것이 아니라, 상상의 사회 속에 살고 있다. 따라서 그는 점점 비현실적이고 타인과의 거리가 점점 더 멀어진다. 모세 헐조그는 부조리한 사회에서 정의를 찾으려 법원에 가본다. 마침 재판소에서는 빈민가에서 사는 부부의 재판을 보게 되는데, 부인과 남편이 현부인과 전남편과 사이에서 태어난 3살 된 아들을 죽인 데 대한 재판이었다.

이 재판이야 말로 헐조그의 딸 쥰(June)을 데리고 사는 자기를 배신한 부인 메디와 친구 겔스벡에 관한 재판과 같은 것이었다. 헐조그는 아버지가 사용하던 총을 들고 잔인한 부인과 부인을 뺏어간 배신자인 친구 겔스벡을 정의로 처형하기 위해 달려간다.

창문으로 비추어 본 장면은 상상과는 판이했다. 메디는 설거지하고, 겔스벡은 준을 부드럽고 다정하게 목욕을 시켜주고 있었다. 이때 현실을 직면하여 헐조그는 비로소 두 사람을 아동 살인범으로 보지 않고, 참사람들로 보게 된다.

헐조그는 메디와 겔스벡을 용서해 주기 시작함으로써 자기 스스로를 용서하기 시작한다. 그는 처음으로 셋째 애인 라모나(Ramona)에게 실제로 전보를 쓰고 마지막에 "많은 사랑"을 써서 부친다.

인간은 형제애에서 살지 않으면 인간이 아니란 것을 알고 자기본위에서 형제애로, 또한 사회애로 나와야 한다고 보았다. 그는 비로소 상상 속에서 쓰던 편지를 중단하고 시골로 가서 조용한 며칠을 보낸 후, 사회에 재참여의 길을 마련하려 한다.

헐조그는 빈집에서 쥐들과 음식을 나누기도 하고, 밤하늘의 별을 쳐다보며 자연 속에서 생활하며 사회로 돌아올 인간적인 가능성을 보여준다.

솔 벨로우가 주인공의 이름을 모세라고 한 것은 전통적인 의미에서 유대민족의 지도자라는 뜻으로가 아니라, 인간 조건을 개선하고 인간의 어떤 가능성을 보여주는 현대 인간을 황무지에서 약속된 땅으로 이끌어 가는 의미, 즉 새로운 모세란 의미에서 모세라 했을 것이다.

베드로전서 4:8에서 "무엇보다도 뜨겁게 서로 사랑할지니 사랑은 허다한 죄를 덮느니라"라고 하였다. 사랑이 우리를 약속의 땅으로 인도할 것이다.

16

위대한 석상(石像, 돌 얼굴)

나다니엘 호손, 『위대한 석상(石像)』
(Nathaniel Hawthorne, *The Great Stone face*)

미가서 7:7에서 "오직 나는 여호와를 우러러보며 나를 구원하시는 하나님을 바라보나니 나의 하나님이 나에게 귀를 기울이시리로다" 라고 하고, 히브리서 12:2에서 "믿음의 주요 또 온전하게 하시는 이인 예수를 바라보자"라고 했다. 예수를 바라보면 구원에 이르게 됨을 말하고 있다.

미국 청교도시대 소설가 나다니엘 호손(1804-1864)은 『위대한 석상』에서 어린 소년 어니스트가 "위대한 석상"을 바라봄으로써 그 석상처럼 위대하게 된 이야기를 하고 있다.

어느 오후 해가 질 무렵, 어머니와 그녀의 어린 아들 어니스트는 오막살이 문간에 앉아 위대한 석상에 관해 이야기하고 있었다. 그들은 수십 리나 떨어졌으나 햇빛에 비친 석상을 뚜렷하게 볼 수 있었다. 치솟은 산을 배경으로 석상 앞의 광활한 계곡에는 수천 세대의 통나무집과 농가가 있었다. 사람의 얼굴같이 생긴 위대한 석상은 자연의 걸작품이었다.

어머니는 어니스트에게 조상 때부터 내려오는 위대한 석상에 대한 예언적인 전설을 이야기해 주었다. 장차 한 아기가 태어나 석상과 닮은 위대한 사람이 된다는 것이다. 어니스트는 "제가 살아서 그분을 만나기를 희망합니다."라고 했다. 그는 하루 일이 끝나면 몇 시간 동안 위대한 석상을 바라보았다. 그 석상은 친절한 미소를 보내는 것 같았다.

이 시점에서 위대한 석상을 닮은 인물이 마침내 나타났다는 소문이 떠돌았다. 수년 전에 한 젊은이가 이곳으로 이주해 와서 바닷가에 정착하여 소매상인이 되었다. 그는 게드골드(Gathergold, '금을 모으는 자'란 뜻)라고 알려졌다. 그는 영리하고 운이 좋아 굉장히 부유한 상인이 되었으며, 대형 선박들을 소유하고, 지구의 여러 나라들과 무역하면서, 재산을 쌓아 올렸다. 추운 북극에서 모피를, 아프리카의 밀림으로부터 코끼리의 상아를, 동양으로부터 차와 다이아몬드를, 대양으로부터 고래기름을 가져왔다. 그는 너무나 큰 부자가 되었기에 자기 고장에 궁전을 짓기로 했다. 궁전 외부는 대리석으로, 건물 내부는 은과 검으로 장식되었다. 마침내 게드골드가 네 필의 말이 끄는 마차를 타고 나타났다. 사람들은 "위대한 석상을 닮은 분이 오신다!"라고 부르짖었다. 그런데 길가에 우연히도 먼 지방에서 온 늙은 거지 여인이 두 어린아이와 함께 사두마차를 향해 두 손을 들고 구걸하고 있었다. 게드골드는 마차 문을 통해 몇 개의 동전을 던져주었다. 그의 별명이 스케트코퍼(Scattercopper, '동전 뿌리는 자'란 뜻)라고 하는 것이 좋았을 것이다. 몇 년이 지난 후 그는 죽었다. 그의 거대한 궁전 같은 집은 호텔로 변해서 위대한 석상을 보러온 관광객들로 붐비고 있었다. 석상은 "걱정하지 마라. 어니스트야. 그분은 앞으로 오실 것이다!"라고 말하는 것 같았다.

여러 해가 지나, 어니스트는 젊은이가 되었다. 하루 일이 끝나면 어니스트는 위대한 석상을 바라보고 명상에 잠기기를 좋아했다. 위대한 석상은 어니스트에게 선생님이 되었으며, 그의 마음을 넓혀주고, 깊은 동정심을 갖게 하고, 좋은 지혜와 높은 사상을 갖게 했다.

그 고장 어떤 젊은이가 입대하여 군인이 되었으며, 이제 탁월한 지휘관이 되었다. 그는 '올드 블르더 턴드'(Old Blood and Thunder, '옛 피와 벼락'이란 뜻)라고 불렸다. 전쟁에 공을 세운 장군으로 환영받으며 귀향했다. 주민들은 명성 높은 전사를 포를 쏘며 공적 만찬회를 열어 열광적으로 환영하고 그를 위대한 석상과 같은 인물로 생각했다.

장군을 위한 대 축제일에 어니스트도 축제 장소에 갔다. 그곳 목사님께서 수훈의 용사를 격찬하는 소리가 마이크를 통해 흘러나왔다. 넓은 공터에 만찬이 차려졌다. 장군의 식탁에는 성조기와 월계관이 놓여 있었다. 마이크를 통해 세 사람이 장군은 위대한 석상을 닮았다고 격찬하는 소리가 들렸다. "장군! 장군! 장군!"하고 군중들이 고함을 질렀다. 장군은 답례로 일어섰다. 어니스트는 장군을 보았다. 슬프게도 장군은 위대한 석상을 조금도 닮지 않았다. 얼굴은 전쟁에 시달린 표정이었으며, 강철 같은 의지는 보였으나, 온화한 지혜, 깊은 동정심 같은 것은 전혀 없었다. 위대한 석상이 "걱정하지 마라. 어니스트야. 그분은 오실 것이다!"라고 속삭이는 것 같았다.

여러 해가 빠르게 지나갔다. 어니스트는 중년이 되었다. 그는 여전히 단순한 마음가짐으로 살면서, 많은 시간을 묵상하며, 마치 천사들과 이야기를 하면서, 천사들의 지혜를 흡수하는 듯했다. 그는 자기도 모르게 설교자가 되어 있었다. 그의 말 속엔 단순하지만 높고 순수한 진리가 담겨 있어서, 다른 사람들의 삶을 형성하고 있었다.

이제 신문은 여러 번 위대한 석상을 닮은 탁월한 정치가가 나타났다고 보도했다. 그는 이 고장 사람으로 어릴 때 법과 정치를 공부하기 위해 고향을 떠났다. 그는 강한 혀를 갖고 있었다. 그의 유창한 말은 잘못된 것이 옳은 일로 보이고, 옳은 일이 잘못된 것으로 보이기도 했다. 그의 말은 마술적인 힘이 있어서, 전쟁의 폭발이요 평화의 노래였기에, 의회에서, 왕궁에서, 전 세계에서 들렸으며, 마침내 국민은 그를 대통령으로 추대하게 되었다. 그를 위대한 석상을 닮은 분이라고 했다. 이 정치가는 "올드 스토니 피즈(Old Stony Phiz, '노련한 돌 같은 얼굴' 이란 뜻)"라고 알려졌다.

올드 스토니 피즈는 그가 태어난 고향을 방문하러 왔다. 이 저명한 정치가를 마중하기 위해 사람들은 주 경계선까지 나와서 길가에 나열하고 서있었으며, 어니스트도 있었다. 말을 탄 수많은 높은 사람들, 군 장교들, 국회의원들, 경찰들, 신문 편집인들, 농부들이 수많은 깃발을 휘날리며 행진했다. 특별히 이 위대한 정치가와 위대한 석상의 두 초상화가 미소 지으며 행렬 가운데 있었다. 사람들이 열렬하게 모자를 높이 던지며 "올드 스토니 피즈 만세"를 불렀다. 그때 4륜 포장마차 위에서 절하며 미소 짓는 사람의 얼굴이 보였다. 그러나 그의 얼굴에는 위대한 석상이 보여주는 신성한 조화에 찬 이미지는 볼 수 없었다. 그의 지친 듯이 한 눈은 목적의식 없이 텅 비었으며, 현실감에 찬 높은 목적의식이 없었다.

어니스트는 낙담하여 돌아섰다. 예언이 성취되는 줄 알았는데, 슬픈 일이었다. 위대한 석상은 "어니스트야! 염려하지 마라. 그분은 오실 것이다."라고 말하는 것 같았다.

여러 해가 또 지나서 어니스트는 흰머리가 여기저기에 나기 시작하고, 이마와 뺨에도 주름살이 보이기 시작했다. 그의 흰머리에는 성자 같은 모습이 심겨 있고, 그의 주름은 삶으로 단련된 지혜의 전설이 쓰여 있었다. 그의 명성은 그가 사는 계곡의 마을을 넘어 세계로 알려지게 되었다. 대학 교수들과 여러 방면의 지도자들까지도 어니스트와 대화하기 위해 찾아왔다. 이 단순한 농사꾼은 마치 천사들과 이야기하는 것처럼 조용하지만 깊은 진리를 나타내었다. 방문객들이 떠날 때 인간의 얼굴에서 위대한 석상을 보았다고 생각했다.

어니스트가 늙어갈 때 신의 섭리로 태어난 것 같은 시인이 나타났다. 그도 이 고장 출신이었다. 창조주는 자신의 손으로 세계를 창조하신 후에 이 시인으로 하여금 창조를 완성하도록 하신 것 같았다. 어니스트는 하루해가 끝난 후 그의 작은 오막살이 벤치에 앉아 시인의 시를 읽으면서 석상을 향해 "이 시인이 바로 그대를 닮은 분이군요!"라고 속삭였다.

시인은 어니스트에 관해 들었다. 어니스트를 만나보고 싶었다. 시인이 어니스트의 오막살이에 접근하자, 나이 먹은 분이 두툼한 시집 책장 사이에 손가락을 넣은 체 위대한 석상을 바라보고 있는 것을 보았다. "좋은 저녁입니다. 나그네를 하룻밤 재워 주시겠습니까?" "기꺼이요," 시인은 어니스트의 옆에 앉아 이야기를 나누었다. 시인은 어니스트처럼 자연스럽고, 자유롭고, 단순한 말 속에 그렇게 위대한 진리를 말하는 것은 처음 들었다. 시인은 마치 천사와 대화를 나누는 것 같다고 생각했다.

어니스트는 물었다. "당신은 누구시지요?" "이 시들은 제가 쓴 것들입니다." 어니스트는 위대한 석상을 바라보더니, 머리를 저으면서 한숨을 지었다. "왜 슬퍼하십니까?" "평생을 예언의 성취를 기다리다가, 이들 시를 읽고, 이 시인 가운데 예언이 성취되기를 희망했는 데…" "희망했는데, 실망했다는 말씀이지요? 게드골드, 올드 블르더 던드, 올드 스토니 피즈에게 실망한 것처럼 말이지요?" "왜지요? 이 시들은 신성한 사상이 아닙니까?" "예, 신성한 힘이 있지요. 하늘의 찬미를 들을 수 있지요. 그렇지만, 나에게는 믿음이 없답니다." 시인의 눈에는 눈물이 고였다. 어니스트도 그러했다.

해가 저물어갈 무렵 어니스트와 시인은 손을 잡고 숲속의 어느 외진 곳으로 들어갔다. 그들은 연단 같은 약간 높은 곳에 올라가서 잔디 위에 앉아있는 청중들을 바라보았다. 어니스트의 말은 선함과 거룩한 사랑의 삶이 뒤섞인 생명의 말이었다. 순수하고 풍요로운 진주들이 녹아서 귀중한 말로 흘러나왔다. 시인은 자신의 어떤 시보다도 더 고상한 곡조를 듣고 있었다. 그의 눈에는 눈물이 고이기 시작했다. 황금빛에 비추인 어니스트의 얼굴은 위대한 석상으로 변하는 것이었다. 시인은 외쳤다. "보라! 어니스트는 위대한 석상과 같은 분입니다!" 사람들은 어니스트에게서 예언이 성취된 것을 보았다. 그러나 어니스트는 시인의 손을 잡고, 천천히 집으로 걸어오면서, 위대한 석상과 닮은 분이 나타나기를 희망하고 있었다.

고린도후서 2:14에서 "항상 우리를 그리스도 안에서 이기게 하시고 우리로 말미암아 각처에서 그리스도를 아는 냄새를 나타내시는 하나님께 감사하노라"라고 했다.

17
"그것을 집어 들어서 읽어라"

성 어거스틴, 『참회록』
(St. Augustine(Aurelius Augustinus), *Confessions*)

로마서 13:13-14에서 "낮에와 같이 단정히 행하고 방탕하거나 술 취하지 말며 음란하거나 호색하지 말며 다투거나 시기하지 말고 오직 주 예수 그리스도로 옷 입고 정욕을 위하여 육신의 일을 도모하지 말라"라고 했다.

기독교 초기의 교부 어거스틴(성 아우구스티누스, 354-430)은 『참회록』에서 "그것을 집어 들어서 읽어라!"라는 음성을 듣고, 성경책을 들고 펴보니 로마서 13:13-14의 말씀이었다. 로마서의 말씀은 어거스틴이 그동안 걸어온 삶을 종합하는 내용의 말씀이었다. 어거스틴은 이 말씀을 하나님께서 주시는 말씀으로 받아들이고, 회개하고, 새로운 삶의 길을 걷게 된다.

어거스틴은 교회가 사람들로 가득 찬 것을 보았다. 하나님께서 주시는 기쁨, 주께서 계시는 교회, 주의 영광이 머무시는 곳에 비하면, 이제 세상적인 즐거움은 그에게 아무런 기쁨을 주지 못했다. 그러나 여자에 대한 사랑만큼은 여전히 어거스틴을 쇠사슬로 단단히 묶어두고 있었다.

어거스틴은 자기 자신의 의지라는 쇠사슬에 묶여 있었다. 마귀가 그를 계속해서 붙잡아 두기 위해 그가 벗어날 수 없는 사슬을 만들어 놓았는데, 그 사악한 사슬이 바로 정욕이란 것이다. 일단 정욕의 노예가 되면, 그것이 습관을 형성하고, 그 습관에 젖어들게 되면, 그것이 없이는 살 수 없는 운명이 된다는 것이다. 그런 습관화 된 운명적인 쇠사슬이 어거스틴을 가혹하게 속박하고 있었다. 어거스틴은, 유일하고 확실한 기쁨의 근원이신 주님을 자유롭게 섬기고 누리려는 새로운 의지가, 전날의 그 강한 정욕의 의지를 다스릴 만큼 강하지 못했다고 고백하고 있다. 그래서 세속적인 의지와 영적인 의지가 어거스틴 안에서 서로 싸우고 있다고 했다. 이 둘의 부조화는 그의 영혼을 갈기갈기 찢어놓았다고 했다.

어거스틴은 갈라디아서 5:17에서 바울이 "육체의 소욕은 성령을 거스르고 성령은 육체를 거스르나니 이 둘이 서로 대적함으로 너희가 원하는 것을 하지 못하게 하려 함이니라"라고 한 말씀을 자신의 경험을 통해서 이해하게 되었다고 했다.

어거스틴은 육체의 욕망과 성령이 원하는 것, 양쪽 모두에 마음을 두고 있었다. 그는 원하지 않는 것을 할 때 그것을 행하는 자가(롬 7:17) 자기가 아니었다고 했다. 많은 경우 그가 원해서 능동적으로 하기 보다는 원하지 않는 일을 수동적으로 한 경우가 더 많았다고 했다. 그러나 어거스틴은 자기가 마음으론 원하지 않지만, 그런 행동을 하는 것이 습관화되어, 그 습관이 자기 안에 진을 치게 된 것은 결국 자기의 책임이라고 했다.

그가 원하지 않은 곳에 가게 되는 것도 결국은 그가 동의했기 때문이란 것이다. 그러기에 죄인이 당연히 받아야 할 벌을 받을 때, 그 누가 그것에 이의를 제기할 수 있겠느냐고 했다. 이런 생각들을 하면서 그는 스스로의 탐욕에 지는 것 보다는 자기 자신을 하나님의 사랑에 드리는 것이 더 좋겠다고 확신하게 되었다. 그러나 그것은 마음뿐이었고, 그는 세상의 깊은 잠에서 벗어나지 못하고 있었다. 그는 여전히 이 땅에 묶여 있었다고 했다.

어거스틴은 로마서 7:22-23에서 바울이 "내 속사람으로는 하나님의 법을 즐거워하되 내 지체 속에서 한 다른 법이 내 마음의 법과 싸워 내 지체 속에 있는 죄의 법으로 나를 사로잡는 것을…" 실감나게 보게 되었다고 했다. 그렇지만 어거스틴은 "죄의 법"이란 자신의 의지에 역행하면서까지 자신이 붙잡혀 있기도 하지만, 결국 스스로의 선택으로 그런 습관에 빠진 것이기 때문에 자신의 책임이라는 것이다. 어거스틴은 자기 개인의 의지력이나 힘으로는 도저히 그런 습관에서 빠져나오지 못하기 때문에, 로마서 7:24에서 "오호라 나는 곤고한 사람이로다 이 사망의 몸에서 누가 나를 건져내랴"라고 하는 바울의 탄식을 인용하면서, 어거스틴은 우리 주 예수 그리스도를 통한 하나님의 은혜가 아니고는 자기를 건저 낼 자가 없다고 고백했다. 어거스틴은 자기 자신이 얼마나 추악하고 비참한 지를, 얼마나 뒤틀리고 더러우며 상처와 고름으로 뒤덮여 있는지를 보게 되었다고 했다.

어거스틴은 우리가 한 편에서는 원하고, 다른 편에서는 원하지 않는 것은 이상한 일이 아니라고 했다. 그것은 우리의 영혼에 병이 든 까닭이란 것이다. 어거스틴은 여호와 하나님을 섬기려 할 때, 하나님을 섬기기를 원하는 것도, 반대로 섬기기를 원하지 않는 것도, 결정을 하는 것은 자기 자신이었다고 했다. 그는 전적으로 원하지도, 전적으로 거부하지도 않았다. 그래서 그는 자기 자신과 싸우게 되었고 자기 의지는 분열되어 있었다고 했다. 이런 분열은 자기 의지에 반하여 일어났는데, 그것은 자기 안에 다른 영혼의 본성이 있어서 생긴 것이 아니라 자기 자신에게 내린 형벌이란 것이다. 그러므로 싸움의 원인은 자기가 아니요 자기 안에 거하는 죄(롬 7:17)였다고 했다. 그 죄는 자기가 자기의 자유의지를 잘못 사용한 죄의 형벌이기에, 이런 형벌은 그가 아담의 후예이기 때문이란 것이다.

어거스틴은 진실성 때문에 영원함을 더 좋아 하지만, 친숙함 때문에 일시적인 기쁨을 포기하지 못하고 괴로운 번민 속에서 고통을 느껴야 했다. 그는 의지의 선택에 관한 것을 포함하여, 뿌리깊이 배어든 악은 익숙지 않는 선보다 더 단단히 자기를 붙잡고 있는 여러 가지 문제로 몸부림 치고 있었다. 그가 새사람이 되려는 순간이 더 가까이 올수록, 더럽고 수치스러운 일들이 그의 등 위에서 속삭이며 옷깃을 살짝 잡아당기는 것 같았다고 했다. 그는 너무나 부끄러워 얼굴이 붉어졌다. 그는 여전히 헛된 것들의 속삭임을 듣고 있었고, 망설임 속에서 결정을 내리지 못한 채 머물러 있었다고 했다.

어거스틴이 골로새서 3:5에서 바울이 "그러므로 땅에 있는 지체를 죽이라 곧 음란과 부정과 사욕과 악한 정욕과 탐심이니 탐심은 우상 숭배니라"라는 말씀을 듣는 것 같았다. 세상적인 정욕은 그에게 기쁨을 준다고 하지만, 살상은 시편 119:85의 말씀처럼 주의 법대로 살지 않는 저 교만한 자들이, 그를 빠뜨리려고 구덩이를 파고 있다는 것을 알았다.

어거스틴은 위에서 바울이나 시편 기자가 말하는 것처럼 외치면서, 마음 깊은 곳으로부터 통회하며 울부짖고 있을 때, 갑자기 옆집에서인지 하나님의 전에서인지 모르지만 어디선가 음성이 들려왔다.

소년의 음성인지 소녀의 음성인지 (혹은 천사의 음성인지) 알 수 없었지만, "그것을 집어 들어서 읽어라! 집어 들어서 읽어라!"하며 반복하여 노래하고 있었다. 어거스틴에게 아이의 목소리는 어느 상황에서나 하나님의 계시였다. 그는 그 노래를 골똘히 생각해보았으나, 그런 가락을 들어본 기억이 나지 않았다. 어거스틴은 그 음성을 자리에서 일어나 성경책을 읽으라는 것으로 해석했다.

어거스틴은 아타나시우스 안토니우스에 대해 들은 이야기를 생각했다. 그가 우연히 복음서를 낭독하는 지리에 참석했는데, 예수님께서 "네가 온전하고자 할진대 가서 네 소유를 팔아 가난한 자들에게 주라 그리하면 하늘에서 보화가 네게 있으리라 그리고 와서 나를 따르라"(마 19:21)라고 하시는 말씀이 낭독되는 것을 들었다. 안토니우스는 그 말씀을 자신에게 주시는 권면의 말씀으로 받아들여서, 그 말씀대로 실행에 옮기고 주님을 따랐다고 했다.

어거스틴은 성경책을 집어 들자마자 펼쳐서 첫눈에 들어온 구절을 읽었다. "낮에와 같이 단정히 행하고 방탕하거나 술 취하지 말며 음란하거나 호색하지 말며 다투거나 시기하지 말고 오직 주 예수 그리스도로 옷 입고 정욕을 위하여 육신의 일을 도모하지 말라"(롬 13:13-14)라는 말씀이었다. 그는 더 이상 말씀을 읽고 싶지 않았으며, 읽을 필요도 없었다고 했다. 이 말씀은 바로 이제까지의 그의 삶을 요약하고 있었으며, 앞으로 가야 할 길을 제시하고 있었다. 그는 "이 구절을 읽는 순간 모든 염려에서 구원해 주는 빛이 제 마음속에 흘러넘치는 것 같았습니다."라고 했다. 마침내 모든 의심의 그림자가 사라졌다.

어거스틴은 바로 집으로 가서 어머니 모니카에게 이 사실을 이야기했다. 어머니는 승리감에 기뻐 뛰었고, 넘치도록 주시는 하나님을 찬양했다. 어머니는 그토록 오랫동안 고통스러운 눈물 속에서 기도했던 것보다 더 많은 것을 허락해 주시는 하나님의 은총을 깨달았다고 했다. 하나님께서 자기를 회심시키신 후, 어거스틴은 아내를 구하지도, 세상의 성공을 구하지도 않게 되었다고 했다.

어거스틴은 시편 30:11의 "주께서 나의 슬픔이 변하여 내게 춤이 되게 하시며 나의 베옷을 벗기고 기쁨으로 띠 띠우셨나이다"라는 말씀처럼 기쁨으로 춤을 추었다. 그의 기쁨은 어머니가 손자 보기를 기대했던 것보다 훨씬 더 값지고 순결한 기쁨이었다고 했다.

18

슬픔을 딛고 영원으로의 동경

존 키츠, 『나이팅게일에게 붙이는 노래』

(John Keats, *Ode to a Nightingale*)

룻기 1:8에서 나오미는 두 며느리에게 "너희는 각기 너희 어머니의 집으로 돌아가라 너희가 죽은 자들과 나를 선대한 것 같이 여호와께서 너희를 선대하시기를 원하며"라고 하여, 세 과부, 시어머니 나오미와 두 며느리 오르바와 룻의 괴로운 인생살이를 말하고 있다.

영국의 낭만주의 시인 존 키츠(1795-1821)는 어두운 숲속에서 나이팅게일의 노래를 들었다. 나이팅게일의 노래는 시간, 죽음, 아름다움, 다연, 인간의 고통에 대한 명상으로 이끌어 간다. 시인은 나이팅게일 노래의 아름다움을 통해서 현실의 고통으로부터 도피하려고 한다.

키츠는 자신이 폐병으로 병든 상태임을 알기도 전에 그는 가끔 죽음에 대한 것과 죽음은 피할 수 없는 것이라는 것에 대해 생각하곤 했다. 그는 우리 인간은 죽을 운명이란 것을 순간순간 의식하고 있었다. 포용의 끝, 낡은 꽃병의 그림, 가을에 곡물의 추수 등은 단순히 죽음의 상징이 아니라 죽음의 현실 문제였다. 아름답고 예술적인 것도 시인 키츠로 하여금 인생의 대단히 짧음에 대한 것을 생각하게 했다.

예를 들면, 그는 대영 박물관의 고대 아테네 대리석 조각 모음의 엘긴 마블스(the Elgin Marbles)를 보았을 때 그것은 죽음(인생의 짧음)을 연상하게 했다. 그럼에도 작가로서 키츠는 셰익스피어와 존 밀턴처럼 유명하게 되는 큰 꿈을 가지고 있었다.

존 키츠는 『나이팅게일에게 붙이는 노래』(1819)란 8연의 시에서 나이팅게일의 노랫소리를 듣고서, 인생의 괴로움과 고통과 죽음에서 영원을 동경하고 있음을 노래하고 있다.

1819년 어느 봄날 아침, 키츠는 친구의 집에 있는 정원의 자두나무 아래 앉아서, 나이팅게일의 노랫소리를 듣고 계속되는 기쁨을 느꼈다. 키츠는 아침 식탁에서 의자를 자두나무 아래 가져다 놓고서 2~3시간 동안 "나이팅게일에게 붙이는 노래"란 시를 썼다.

시인 키츠는 기분이 언짢은 졸음에 겨운 상태에서, 나이팅게일의 행복을 나누어 가지는 경험을 하였다. 새의 행복은 그 새의 노래 속에서 전달되고 있었다. 시인은 술 한 모금으로 자신에서 벗어나 자신의 존재가 나이팅게일의 존재와 결합하기를 바랐다.

시인은 제1연에서 "나의 가슴은 아프고, 졸음에 무감각해진 감각이 저려오네/ 마치 독 당근 주스를 마신 듯이,/ 혹은 어떤 감각을 둔하게 하는 아편제를 찌꺼기까지 들이켜/ 잠시 후 망각의 강 쪽으로 가라앉은 듯이/ 이는 너의 행복한 운명이 부러워서가 아니라/ 그대의 행복 안에서 너무나 행복해져서-/ 그대, 가벼운 날개 달린 나무들의 요정이여,/ 어떤 푸른 너도밤나무의 멜로디가/ 흐르는 곳에서, 헤아릴 수 없는 그늘 속에서/ 마음 놓아 목청 높이 여름을 노래하기 때문이리라."

시인은 제2연에서 "포도주 한 모금 들이켰으면!" 좋겠다고 한다.
그 포도주는 "오랜 세월 깊은 땅속에서 냉각되어/ 꽃의 여신, 시골의
푸른 초원, 춤, 프로방스의 노래와 햇볕에 탄 환희의 맛을 내는"
그런 포도주 한 잔을 들이켰으면, "이 세상을 살며시 빠져나와/ 그대
와 함께 어슴푸레한 숲속으로 사라져 버렸으면" 좋으리라고 한다.

제3연에서 시인은 나이팅게일의 행복한 노랫소리를 듣고서 삶을
평가해 본다. 시인은 나이팅게일의 노래에서 그를 잠깐 행복하게하
지만, 그다음 순간의 인생은 고통이요 견디기 어려운 것이라는 무거
운 감정을 갖게 된다. 나이팅게일 노래의 행복 속에서 아이러니하게
도 인생은 눈물과 좌절의 골짜기임을 보게 된다. 나이팅게일의 노래
에서 듣는 행복의 맛은 시인으로 하여금 삶의 불행을 더더욱 알게
만든다. 인생은 고통으로 가득 찼으며, 젊은이들은 죽고, 늙은이들도
고통스럽고, 이런 인생을 생각만 해도 비애와 실망을 하게 된다고
한다. "사라져 버려라, 녹아져 버려라, 아주 잊어버려라/ 그대가 잎
새 사이에서 결코 알지 못한 것들을,/ 이 곳 세상의 피로, 열병,
초조를/ 여기, 사람들은 앉아 서로의 신음 소리를 듣는 곳,/ 중풍
병자가 몇 가닥 남은 슬픈 마지막 백발을 떨고 있는 곳,/ 젊은이는
창백해지고, 유령처럼 여위어져 죽음을 맞이하는 곳,/ 단지 생각한다
는 것은 슬픔으로 가득 찬 곳/ 활기 없는 절망으로 가득 찬 곳,/
아름다운 여인이 욕망에 빛나는 눈을 간직할 수 없는 곳,/ 혹은 새로
운 사랑이 내일을 넘어 그 눈을 보고 한탄하며 지내는 곳."

시인은 제4연에서 고통스러운 인생살이에서 도피하는데 술은 더

이상 필요 없다고 하고, 자기 상상력으로서 어려운 현실을 피하기에 충분하다고 한다. "가버려, 술은 이만 가버려, 나는 그대에게 날아가리라,/ 술의 신과 그의 짝패들이 이끄는 전차를 타지 않고,/ 눈에 보이지 않는 시의 신의 날개를 타고서" 날아가겠다고 한다. 시인의 영은 이제 나무 위로 들려져서 달과 별들을 바라볼 수 있게 되지만, 여기 이 땅에는 빛이 없다고 한다. "벌써 그대와 함께 있노라! 부드러운 밤이여,/ 때마침 달의 여왕께서 옥좌에 앉아 있네,/ 그녀의 별 빛나는 선녀들에 둘러싸여/ 그러나 거기엔 빛이 없네."

제5연에서 시인은 자기 주변에 무슨 꽃이 자라나는지 알 수 없으나, 꽃향기로부터와 그 시절에 무슨 꽃이 피리라는 자신의 지식을 통해서 추측할 따름이다. "나는 볼 수 없노라, 무슨 꽃들이 내 발 곁에 있는지, / 또한 무슨 부드러운 향기가 가지에서 걸려있는지,/ 하지만, 향기 가득한 어둠 속에서, 각각의 향기를 짐작해 본다,/ 계절의 달이 제공하는 모든 꽃향기로/ 풀, 덤불, 그리고 야생 과일나무,/ 흰 꽃 맺는 산사나무 그리고 목장의 인동덩굴,/ 잎 속에 가려진 채 빨리 시드는 제비꽃,/ 그리고 5월 중순의 맏 아들인/ 이슬의 술을 가득 머금은 사향 장미,/ 여름 저녁에 붕붕 대며 출몰하는 벌레들."

제6연에서 시인은 죽음을 소망하여, 쉽게 그리고 고통 없이, 마치 잠자는 것처럼, 나이팅게일이 황홀경에서 계속 노래하는 동안에, 삶을 전적으로 끝내버릴 생각을 한다. 시인 키츠는 이 시를 쓰기 전 얼마 동안 그의 삶은 여러모로 불만스러웠다. 그의 가정생활은 산산이 부서졌다. 그의 한 형제는 미국으로 떠나고, 다른 형제는 폐병으로 세상을 떠나고, 그리고 그의 두 번째 시집 출판은 가혹한 비판을 받았다. 그가 의학 공부를 그만둔 이후에 수입 좋은 직장을 갖지 못했으므로, 그의 재정적 상황은 불안정했다. 1818-19년의 가을과 겨울은 건강이 좋지 않았으며, 아마도 폐병으로 고통하고 있었다. 그는 경제적인 여건이 좋지 않아 사랑하는 페니 브라운 양과 결혼도 할 수 없었다. 이 시에서 시인 키츠가 자살 심리에 사로잡힌 것도 여러 가지 어려움과 좌절감에 대한 반응일 것이다. 그의 삶이 무거운 짐에 눌려 있을 때, 그는 "나이팅게일에 붙이는 노래"를 쓴 것이다. 그는 안락사에 대한 말을 몇 번이나 했다고 한다. 그러나 그는 폐병의 마지막 단계에서 폐병과 싸우기 위해 일기가 좋은 이탈리아로 가서 요양하기로 했다.

시인은 어둠 속에서 나이팅게일의 노래를 듣는다. "어둠 속에서 나는 듣노라, 그리고 여러 번/ 안락한 죽음과 반쯤 사랑에 빠져있기도 했나니,/ 수많은 사색의 시 속에서 부드러운 이름으로 그대를 부르며/ 나의 고요한 숨을 허공 속으로 데려가 달라고/ 지금 죽어 없어지는 것이 그 어느 때보다 풍요롭지 않은가./ 고통 없이 이 밤중에 고요히 사라지는 것이,/ 그대가 그대의 영혼을 멀리 쏟아 놓고 있을 동안,/ 그러한 환희 속에서!/ 여전히 그대는 노래하리라, 그리고 나는 귀로 듣지 못하리라--/ 그대의 드높은 진혼가에 나는 한 줌 잔디에 덮이리라."

그러나 제7연에서 시인이 듣고 있는 나이팅게일의 노래는 이때까지의 어두운 죽음의 그림자는 던져 버리고 영원과 만나게 한다. 나이팅게일은 죽어야만 하는 인간의 운명과는 관계가 없다. 이제 시인이 듣는 나이팅게일의 노래는 고대의 황제도 광대도 듣게 되었으며 그리고 구약 성경에 나오는 룻까지도 듣게 되었다고 한다. "그대는 죽기 위해 태어난 것이 아니었노라, 불멸의 새여!/ 어떤 굶주린 세대도 그대를 짓밟지 못하리./ 오늘 밤 현재의 내가 듣는 이 목소리는 들려졌도다./ 고대의 황제에게도 광대에게도./ 고향이 그리워, 눈물에 젖어/ 낯선 나라의 밀밭 사이에 서 있을 때,/ 아마도 룻의 슬픈 가슴에 스며들었던 바로 그 노래./ 마법의 창문에 자주 마술을 걸었던 바로 그 노래./ 쓸쓸한 요정의 나라에서/ 위험한 바다의 물거품 위에서 열려있게 하는 바로 그 노래이리라."

제8연에서 나이팅게일의 노랫소리는 점점 사라지게 되고, 시인은 다시 현재의 그가 무엇이며 어디에 있는지, 자기의 존재를 의식하게 된다. 그러나 시인의 경험은 너무나 이상하고 혼란스러워 그것은 환상인지 백일몽인지 확인할 수도 없고, 시인이 깨어있는지 잠자는지도 확실치 않다. 시인은 나이팅게일을 향하여 "잘 가거라! 잘 가거라! 그대의 애처로운 찬양은 점차 사라지도다./ 가까운 초원을 지나, 조용한 시냇물 위로,/ 산 중턱 위로, 그리고 이제 다음 계곡의 숲속에/ 깊이 묻혀버리노라"라고 노래한다.

시인 키츠는, 룻이 민족과 종교를 초월하여 시어머니 나오미에게 효성을 다 함으로서, 룻은 다윗 왕의 증조모 되는 놀라운 축복의 반열에 서게 되었으며, 예수 그리스도의 조상이 되기까지 하는 축복을 받게 되었음을 상기했을 것이다. 그러기에 나이팅게일의 노래는 불멸하는 영원한 것이리라.

19
육체적 위안보다 영적인 위안을

셰익스피어, 『소네트 146』
(Shakespeare, *Sonnet 146*)

갈라디아서 6:8에서 "자기의 육체를 위하여 심는 자는 육체로부터 썩어질 것을 거두고 성령을 위하여 심는 자는 성령으로부터 영생을 거두리라"고 했다.

영국의 극작가 셰익스피어(1564-1616)는 『소네트 146』에서 나의 영혼이 육체적 위안보다 영적인 위안을 누리기를 갈망하는 노래를 읊고 있다.

셰익스피어 소네트(각4, 4, 4, 2행의 총 14행의 단시)의 일반적인 경향은 주로 죽음의 변덕스러움과 종말, 젊음과 아름다움의 좌절감, 사랑이 물어 익은 위에 비극적인 가치 등을 주제로 하고 있다. 그러나 셰익스피어의 『소네트 146』은 의로운 자들을 위한 영원한 하늘나라의 상급에 특별한 관심을 가지고서 진지한 기독교적 신앙을 고백하고 있기 때문에 그의 154편의 소네트 중에 가장 중요한 소네트이다.

셰익스피어는 『소네트 146』에서 인간의 영혼이, 인간을 죽음으로 인도하는 육체적인 위안에 노력을 기울이지 말고, 인간을 영원한 삶으로 인도하는 영적인 위안을 누리라고 충고한다. 시인은 인간을 육체와 영혼으로 구성된 이분법으로 말하면서 진실로 중요한 것은 일시적으로 지구상에 머무는 육체보다 영원히 하나님과 함께 하는 영혼의 중요성을 강조하고 있다.

제1연(1-4행)에서 시인은 "1. 나의 죄 많은 육체의 중심인 가련한 영혼이여/ 2. 그대를 치장해 주고 있는 육체의 욕망의 주인이여/ 3. 왜 그대는 내부는 파리해지고 굶주림에 욕을 보고/ 4. 그대의 바깥벽을 그렇게도 호화롭게 단장하는가?"라고 읊었다.

1행에서 시인은 "죄 많은 육체"와 "가련한 영혼"이라고 함으로써, 인간을 육체와 영혼을 가진 존재로 기술하고 있다. 마태복음 10:28에서 "몸(body)은 죽여도 영혼(soul)은 능히 죽이지 못하는 자들을 두려워하지 말고 오직 몸과 영혼을 능히 지옥에 멸하시는 자를 두려워하라"라고 했다.

시인은 "죄 많은 육체"라고 하고 "가련한 영혼"이라고 함으로써, 아담이 금지된 선악과를 따 먹는 죄를 범하여 전적으로 타락함으로써 낙원(에덴동산)을 상실한 후 모든 인간은 원죄를 타고나게 되었다. 그 결과 인간은 죄짓기 쉬운 나약한 존재요, 죽을 수밖에 없는 존재이기에, 인간의 중심이며 주인이 되는 영혼은 가련하고 초라한 존재가 되었다고 한다. 바울은 "그러므로 한 사람으로 말미암아 죄가 세상에 들어오고 죄로 말미암아 사망이 들어왔나니 이와 같이 모든 사람이 죄를 지었으므로 사망이 모든 사람에게 이르렀느니라"(롬 5:12)고 했다.

2행에서 시인은 육체의 주인인 영혼보다 "육체의 욕망"을 강조하고 있다. 육적인 욕망은 하와가 하나님께서 금지한 선악과를 바라보면서 "먹음직도 하고 보암직도 하고 지혜롭게 할 만큼 탐스럽기도"한 것으로(창 3:6), 이것은 "육신의 정욕과 안목의 정욕과 이생의 자랑"의 태도로써, 하나님께로부터 온 것이 아니라 세상으로부터 온 것이라고 했다(요일 2:16).

3행과 4행에서 내부(속사람)는 허무(파리해지고)와 궁핍(굶주림)에 빠지게 하고, 바깥벽(겉 사람)에만 관심을 가지고 호화롭게 단장하는가라고 반문하고 있다. 바울은 "우리의 겉 사람은 낡아지나 우리의 속사람은 날로 새로워지도다"(고후 4:16)라고 했다. 우리의 겉 사람은 질그릇이요(고후 4:7), 죽을 육체요(고후 4:11), 땅에 있는 장막 집이다(고후 5:1). 겉 사람이 낡아진다는 것은 늙어지고, 쇠하여지고, 소모되고, 약화되고, 부패하고, 죽어져 섞여버리는 것이다. 속사람은 날로 새로워진다는 것은 거듭나게 되고(요 3:3) 하나님의 성령으로서 새로 창조함을 받는다는 것이다(요 3:5).

제2연(5-8행)에서 시인은 "5. 그렇게도 짧은 임대 기간을 갖고서, 그렇게도 많은 비용을/ 6. 그대는 그대의 사라져가는 저택에 쏟아 붓는가?/ 7. 이 사치스런 낭비의 상속자인 벌레들로 하여금/ 8. 그대가 투자한 것을 먹게 하려는가? 이것이 그대 육체의 종말인가?"라고 읊었다.

5행과 6행에서 "짧은 임대 기간"이라고 하고 사라져버릴 "저택"이라고 함으로써, 육체는 영혼을 수용해주는 저택에 비유하고, 그 저택은, 영혼이 떠나가면, 사라져버릴 단명한 셋집과 다름없는 것이다. 시인은 사라져 없어져 버릴 셋집에 그렇게 많은 비용을 쏟아 붓는 어리석음을 보이는가 하고 질문을 던지고 있다.

7행과 8행에서, 시인은 "사치스런 낭비의 상속자인 벌레"는 육체가 죽는 날에, 육체는 땅에 묻히게 되고, 결국 육체는 땅에서 썩어가고, 그 육체를 즐기는 것은 구더기뿐이라고 한다. 결국 육체는 구더기의 밥이 되어 무(nothing)로 돌아가 버리는데, 시인은 그 육체를 위해서 그렇게도 요란스럽게 단장하고, 화장품으로 칠하고, 값 비싼 옷으로 외형을 꾸밀 필요가 있느냐고 묻고 있다. 그리고 그렇게 헛되게 삶을 영위하는 것이 그대 육체의 종말인가 질문하는 것은, 종말에 직면하게 될 하나님의 심판을 상기하게 한다. 결국 종말에 가라지(잡초)로 심판을 받게 되면, 풀무 불이 타오르고, 꺼지지 않는 불속에서, 울며 이를 가는 지옥(마 13:24-30, 36-43)에 가려는가를 묻고 있다. 거지 나사로를 천대한 이름 없는(하나님께서 알아주시지 않는) 부자처럼 지옥에 끌려가서 소외되고, 혼자서 고통스럽게, 물 한 방울도 없는 곳에서, 유황 불 못 가운데 가려는가를 묻고 있다.

제3연(9-12행)에서, 시인은 "9. 그렇다면 영혼이여, 너의 종(육체)의 멸망을 딛고 네가 살아라./ 10. 그리고 너의 종을 굶주리게 하여 그대 영혼의 풍요를 증강시켜라./ 11. 지상의 쓸모없는 시간을 팔아서 영원한 생명을 사들여라./ 12. 내부세계를 살찌게 하고, 외부세계를 부하게 하지 말지라."라고 충고한다.

9행과 10행에서, 시인은 육체를 "너의 종"이라고 함으로써, 종은 주인을 섬기는 천한 신분이며, 중요한 것은 영혼이 살아야 한다고 한다. 육체(종)를 희생시키고(굶주리게 하고) 영혼의 풍요로움을 추구하라고 충고한다.

11행에서 시인은 육체(지상)의 삶을 "지상의 쓸모없는 시간"이라 하고, 영적인 삶을 "영원한 생명"이라고 하여 시간개념으로 표현하고 있다. 기독교 초기 교부 어거스틴(354-430)은 『신의 도시』에서 "하늘의 도시(heavenly city)"와 "땅의 도시(earthly city)라는 두 도시를 말하고 있다. 아담과 하와의 타락으로 두 도시가 생겨났다. 하늘의 도시 사람들은 영을 따라 살기를 원하는 자들로서 하나님을 사랑하고 자신(육체)을 멸시하지만, 땅의 도시 사람들은 육신을 따라 사는 자들로서 자신을 사랑하고 하나님을 멸시한다고 했다. 어거스틴은 "두 도시" 이야기를 시간의 개념으로 표현하여 하늘의 도시(하나님 나라)를 영원(Eternal)이라 하고, 땅의 도시를 시간(temporal)의 세계라고 했다. 어거스틴은 시간의 세계에 사는 우리가 영원과 만나려면, 영원에서 시간의 세계로 오신 분을 통하면 영원과 만날 수 있다고 했다. 어거스틴은 요한복음 1:14에서 "말씀이 육신 되어 우리 가운데 거하시매"라는 말씀에 감탄했다. "말씀"은 요한복음 1:1-4에서 말씀은 하나님이시고, 말씀은 예수 그리스도이시고, 말씀은 창조주이시고, 생명이요 빛이시라고 했다.

어거스틴은 성육신(Incarnation)하신 말씀, 즉 예수 그리스도가 영원에서 시간의 세계로 오신 유일한 분이심을 알았다. 영원에서 시간 세계로 오신 그분, 예수 그리스도를 통해서만 우리가(인간이) 영원을 경험할 수 있는 구원의 역사가 이루어짐을 알았다. 유니온과 하버드 대학 교수인 폴 틸리히(Paul Tillich, 1886-1965)는 우리가 영원에서부터 시간 속으로 오신 예수 그리스도를 만나는 그 순간을 "영원한 현재(Eternal Now)"라고 하고, 성육신(Incarnation)이라고 했다. 시인은 성육신이신 "영원한 현재"를 통해 "지상의 쓸모없는 시간"을 초월하여 "영원한 생명"을 누리라고 노래한다.

그리고서 12행에서 시인은 "내부 세계" 즉 우리의 "속사람"이 영원 자이신 그리스도와 함께하고(살찌게 하고), "외부 세계" 즉, 우리의 "겉사람"이 세상과 더불어 향락하다가 죽음의 길로 가지 말라고 충고한다.

시인은 13행과 14행의 맺는말에서 "13. 그렇게 하여 인간을 먹고 사는 죽음을 잡아 먹어버려라./ 14. 죽음은 한 번 죽으면 더 이상 죽지 않는다."라고 선포한다.

시인은 우리가 "영원한 현재"를 통해 그리스도를 내 안에 품음으로써, 죽음에서 부활하신 그분 그리스도처럼, 우리도 시간과 함께 찾아오는 죽음을 정복하고 승리하라고 권유한다. 우리의 육체가 한번 죽게 되면, 그리스도 안에서 영원한 부활에 이르기 때문에 새 예루살렘에서는 더 이상 죽음이 없는 영원을 누린다고 한다.

고린도후서 5:17에서 바울은 "그런즉 누구든지 그리스도 안에 있으면 새로운 피조물이라 이전 것은 지나갔으니 보라 새 것이 되었도다"라고 했다.

20
종다리의 노래와 행복의 정령

펄시 B. 셸리, 『종다리에게』
(Percy B. Shelley, *To a Skylark*)

시편 113:3-4에서 "해 돋는 데에서부터 해 지는 데에까지 여호와의 이름이 찬양을 받으시리로다 여호와는 모든 나라보다 높으시며 그의 영광은 하늘보다 높으시도다"라고 하여 하나님의 높으심과 영광을 찬양하라고 했다.

영국 낭만파의 대표적 서정시인인 셸리(1792-1822)는 『종다리에게』(1820)에서 종다리는 아름다운 노래 소리로 행복을 노래하는 정령으로 인간의 고통과 죽음 너머 영원을 노래하고 있음을 영감으로 인식하게 된다.

셸리는 어느 봄날 저녁에 개똥벌레가 날아다니는 푸른 관목 우거진 골목길 사이로 어슬렁거리다가 종다리의 캐럴 소리를 들었다. 그때 셸리가 황홀한 지경이 된 것은 종다리의 노래 속에 현존하는 행복이었다. 그 깊은 행복을 셸리는 『종다리에게』란 시에 담았다.

시인은 종다리의 노랫소리를 듣고 종다리의 정령을 부른다. "그대에게 환호를, 즐거운 정령이여!/ 그대는 새가 아니어라./ 하늘나라로부터, 하늘나라 가까이에서/ 그대의 충만한 가슴을 쏟아붓도다!/ 미리 계획되지 않는 기교의 풍부한 곡조로."

종다리는 하늘로 날아오르면서 행복하게 노래를 부른다. 종다리는 하늘로 더 높이 오르자 구름에 가려서 보이지를 않는다. "아직도 더 높이 그리고 더 높이/ 지상으로부터 그대는 솟아오른다./ 불타는 구름처럼/ 푸른 깊음을 그대는 날개 쳐 오른다./ 그리고 노래하면서 아직도 오른다./ 오르면서 언제나 노래한다."

그러나 시인은 종다리의 노래 소리로 종다리가 날고 있음을 알게 된다. 온 대지와 공기는 종다리의 노래 소리로 가득 차 있다. "온 대지와 공기/ 그대의 명료한 노래 소리로 가득 찬다./ 밤이 알몸으로/ 한 점 외로운 구름으로부터/ 달이 자신의 광선을 비 내리는 것처럼, 하늘이 넘쳐흐르는 것처럼."

보이지는 않지만, 아직도 노래 부르고 있는 소리로 종다리가 있음을 알게 한다. "그대가 무엇인지 우린 알지 못하고/ 무엇이 그대와 같은지도 모르지만/ 무지개구름으로부터도 그렇게 찬란한/ 물방울은 흐르지 안 나니/ 비 오듯 하는 멜로디로 그대가 있음을 아노라"

보이지는 않지만 아직도 노래하는 종다리는 시인이 시를 쓰는 것과 비교된다. "시인처럼 숨어서/ 생각의 비속에,/ 자기 스스로 찬송을 부르고/ 세상이 짜여 질 때까지/ 희망으로 공감하여, 두려움에 상관없이."

아직도 노래하는 종다리는 처녀가 사랑하게 되는 것과 비교된다. "명문 출신의 처녀처럼/ 궁전의 탑 속에서/ 비밀 한 시간 속에서/ 사랑의 괴로운 마음을 달래면서/ 사랑처럼 아름다운 노래로서 그녀의 침실을 넘쳐흐른다."

아직도 노래하는 종다리는 개똥벌레가 빛을 발하는 것과 비교된다. "황금빛의 개똥벌레처럼/ 이슬 맺힌 협곡에서/ 보이지 않게 뿔뿔

이 흩어져서/ 공중에 빛깔 뿌리며/ 꽃과 풀 가운데서 자신을 보이지 않게 하고서."

아직도 노래하는 종다리는 활짝 핀 장미가 향기를 발산하는 것과 비교된다. "수목에 둘러싸인 장미처럼/ 자신의 푸른 잎사귀들 안에서/ 꽃을 지게 하는 따스한 바람으로,/ 향기를 발할 때까지/ 너무나 향기로움으로 두터운 날에 달린 도적들의 친밀함으로 어지럽게 한다."

그리고 아직도 노래하는 종다리는 반짝이는 풀잎 위에 떨어지는 빗소리와 비교된다. "봄에 소나기의 소리/ 반짝반짝 빛나는 풀잎 위에/ 빗소리에 깨어난 꽃들/ 기쁨과 깨끗함과 신선한 모든 것 보다/ 그대의 음악은 뛰어나도다."

사랑과 술과 음악을 예찬하는 노래들은 결혼식과 축하를 위해 연주되지만, 이들 노래들은 종다리의 노래가 들려주는 아름다움과는 비교될 수 없다. "우리에게 가르쳐 다오. 정령이여, 새여/ 무슨 아름다운 생각이 그대의 것인지를/ 나는 결코 들은 적이 없는 것은/ 사랑이나 술의 찬양을/ 그렇게 거룩한 환희의 홍수를 헐떡이며 말하는 것을."

시인은 종다리의 노래가 주는 행복은 무엇으로 설명이 가능한지 질문을 던진다. 종다리의 행복을 설명하는 비밀은 그의 노래 속에 명백하게 나타나 있는지 질문을 던진다. "무엇이 원천인가/ 그대의 행복한 곡조의?/ 무슨 벌판, 무슨 파도, 무슨 산이?/ 하늘이나 평원의 무슨 모형이?/ 그대와 같은 유의 무슨 사랑이? 무슨 고통의 무지함이?"

이런 질문들은 시인을 인간 상황을 분석하도록 이끌어 간다. 인간은 피로함과 괴로움과 사랑의 가득 찬 슬픔을 경험하지만, 종다리는 이런 것들을 느끼지 않는다. "그대의 맑고 선명한 기쁨을 지니고는/ 지루함은 있을 수 없는 것/ 괴로움의 그림자는/ 결코 그대 가까이 오지 못하리./ 그대는 사랑은 하지만, 결코 사랑의 가득 찬 슬픔은 알지 못하리."

인간은 죽음을 두려워하지만, 종다리는 죽음을 초월하여 진실하고 깊은 생각을 하고 있다는 것이다. "깨어 있으나 잠을 자거나/ 그대는 죽음에 대해 생각하기를/ 보다 진실하고 보다 깊은 것으로/ 우리 죽을 인생들이 꿈꾸는 것보다/ 어떻게 그대의 곡조가 그렇게도 수정 같은 시냇물처럼 흘러가느냐?"

인간은 자신의 과거로부터 도망칠 수 없으며, 미래의 생각은 염려로 차게 하며, 인간은 존재하지 않는 것을 바라고 한탄하며, 인간의 웃음은 슬픔과 뒤섞여 있다. "인간은 과거와 미래를 보고/ 존재하지 않는 것을 한탄한다./ 인간의 가장 신실한 웃음은/ 고통으로 가득 차 있고/ 인간의 가장 아름다운 노래는 가장 슬픈 생각을 이야기하는 노래다."

시인은 종다리에게 마음이란 것이 있다고 함으로서 의인화하였다. 종다리가 행복한 것은 단지 무엇이(절대자가) 자기를 행복하게 만드는지를 알기 때문이다. 종다리는 인간보다 결정적인 우월성을 갖고 있다. 인간들은 무엇이 그들을 행복하게 하며, 무엇이 그들을 불행하게 만드는지 알고 있다. 인간들은, 다른 이유 중에서도, 죽음 너머 무엇이 있는지를 모르기 때문에 죽음을 두려워한다. 종다리는 죽음 너머 무엇이 있는지(영원한 세계)를 알고 있다. 종다리는 죽음 넘어 있는 것을 알기 때문에 죽음의 공포를 추방해 버린 것이다. 그러기에 종다리가 비길 수 없이 행복한 것은 당연한 일이라고 한다.

종다리는 로마서 14:17의 "하나님의 나라는 먹는 것과 마시는 것이 아니요 오직 성령 안에 있는 의와 평강과 희락이라"라고 하는 영원한 세계(하나님 나라)를 노래한다. 종다리의 영원한 세계(천국)는 하나님과 인간의 관계에서 가능한 최고의 선(의로움)을 유지하고, 최고의 가능한 평화를 유지하고, 최고의 가능한 희락(기쁨)을 유지하는 하늘나라이다.

그리고 종다리는 요한계시록 22:1-2의 "또 그가 수정같이 맑은 생명수의 강을 내게 보이니 하나님과 및 어린 양의 보좌로부터 나와서 길 가운데로 흐르더라 강 좌우에 생명나무가 있어 열두 가지 열매를 맺되 달마다 그 열매를 맺고 그 나무 잎사귀들은 만국을 치료하기 위하여 있더라"라고 하는 영원한 세계를 노래한다. 종다리의 영원한 세계는 (1)수정같이 맑은 생명수 강이 있고, (2)에덴동산에서 심어진 것과 같은 생명나무가 있는데, 12가지 열매를 맺으며, 그 입사기는 만국을 치료하기 위한 것이다. (3)죄악과 죽음과 같은 저주가 없는 완전하고 영원한 곳이다. (4)하나님의 보좌와 어린양의 보좌가 있는 곳이며, (5)하나님의 이름을 믿는 자의 이마에 새겨져서 하나님의 돌보심과 사랑과 지도와 안정을 주시는 곳이다. (6)영원한 빛이 있는 곳이며, (7)하나님과 그리스도를 위한 영원한 역사와 예배가 있는 곳이다.

비록 인간이 미움, 교만, 공포로부터 자유롭다 하더라도, 인간의 기쁨은 종다리가 주는 기쁨과는 같지 않다. "만일 인간이 멸시할 수 있다고 해도/ 미움과 교만과 공포를,/ 만일 인간이 태어났다 해도/ 눈물을 흘리지 않도록,/ 시인은 어떻게 우리 인간이 그대의 기쁨에 가까이 갈 수 있는지 알지 못한다."

종다리의 행복은 인간에게 고통을 주는 것이 일절 없는 행복이다. 그 행복은 죽음을 초월하여 있는 것이며, 두려움이 없는 행복이다. 종다리가 그렇게도 행복하게 노래하는 재능의 비밀은 시인을 위한 비길 데 없는 은총이리라. "기쁨의 노래의/ 모든 크기보다 더 큰 것,/ 책에서 찾게 되는/ 모든 크기보다 더 큰 것/ 시인에게 보여주는 그대의 교묘함은, 기초의 경멸자여라."

만일 종다리가 시인 셸리에게 그 행복의 반만 전달할 수 있다면, 시인 셰리는 세계가 종다리의 노래를 듣고 있는 것처럼 기쁘게 읽을 수 있는 시(詩)를 쓸 수 있을 것이라고 한다. "기쁨의 절반만 나에게 가르쳐 다오/ 그대의 머리가 알고 있는,/ 그러한 조화 어린 광기를/ 나의 입술에서부터 흘러나오게./ 세상이 그때 귀를 기울일 수 있도록 ―내가 지금 그대의 노래를 듣고 있는 것처럼."

시인 셸리는 그의 종다리는 인간의 귀에 행복한 노래처럼 들리는 노래하는 새에 불과하다는 것을 알고 있다. 그러나 시인 셸리의 귀에 들리는 절묘한 행복은, "서풍에게 붙이는 노래"에서처럼, 종다리의 노래 속에서 종다리를 넘어 신(神)이 주신 영원에 속한 행복의 경지로 그를 이끌어 간다.

시편 43:5에서 "내 영혼아 네가 어찌하여 낙심하며 어찌하여 내 속에서 불안해하는가 너는 하나님께 소망을 두라 그가 나타나 도우심으로 말미암아 내 하나님을 여전히 찬송하리로다"라고 하여, 낙심과 불안에 초조해하지 말고 하나님의 도우심에 하나님을 찬양하라고 했다.

21
배신과 복수

루이스 월리스, 『벤허』
(lewice wallace, *Ben Hur*)

디모데후서 3:4에서 "배신하며 조급하며 자만하며 쾌락을 사랑하기를 하나님 사랑하는 것보다 더하며"라고 하고, 신명기 32:41에서 "내가 내 번쩍이는 칼을 갈며 내 손이 정의를 붙들고 내 대적들에게 복수하며 나를 미워하는 자들에게 보응할 것이라"라고 했다. 배신과 복수의 역사를 말한다.

미국 법률가요 소설가인 루이스 월리스(1827-1906)는 『벤허』에서 유대인 벤허는 로마인 친구 메살라에게 배신당하여 로마군 갤리선의 노예로 전락하게 되고, 재산은 몰수당하고, 어머니와 여동생은 8년간 지하 감방 생활로 문둥이가 되는 비극적인 이야기를 하고 있다. 동시에 벤허는 복수의 일념으로 살아가지만, 메살라는 자기 자신의 악함과 오만함 때문에 스스로 복수를 당하는 운명의 아이러니를 스릴 있게 묘사하고 있다.

유대의 4번째 총독인 발레리우스 그라투스가 유대를 통치하던 때였다. 유대인 유다 벤허와 로마인 메살라는 17세에서 19세 사이의 소년들로서, 어린 시절부터 절친한 친구였다. 둘은 다 잘생긴 외모에 얼핏 보면 형제라고 할 만큼 닮았다. 세련된 몸가짐과 우아한 목소리로 보아 두 소년이 모두 상류계층이며 대단한 명문가 출신임을 알게 했다. 그런데 로마에서 5년간 교육을 받고 돌아온 메살라는 로마인의 특유 냉소주의적 거만함이 보였으며, 그의 말에는 독기 어린 가시가 있었다. 메살라는 거만한 태도로 유대의 역사와 종교와 하나님을 조롱하였다. 듣고 있던 벤허에게는 고문에 가까운 고통이었다. "너를 대제사장 자리에 앉혀 주지. 헤롯처럼 충성을 다하면 로마는 너를 도울 거야." 메살라는 손을 내밀었지만, 벤허는 그대로 나가버렸다. 메살라는 "그렇다면 할 수 없지. 사랑은 끝났어. 전쟁의 시대야."라고 중얼거렸다.

벤허는 자기 집 저택의 옥상에서 새로 임명된 로마 총독 발레리우스 그라투스의 행렬을 구경하다가, 손 밑의 기왓장 하나가 떨어져서 그라투스 총독이 크게 부상을 당하게 되었다. 벤허는 메살라에게 우연한 사고라고 우정에 호소하면서 간절히 설명했는데도, 메살라는 옛 친구 돕기를 거부하고, 벤허를 즉시 체포하여, 갤리선의 노예로 종신형에 처해버리고, 재산을 몰수하고, 홀로 된 어머니와 여동생 티르자를 지하 감옥에 보내 버린다. 벤허 가문이 하루 만에 몰락해 버렸다.

벤허는 3년 동안 갤리선의 노잡이 노예로 온갖 수모에 찬 고난을 겪는 동안, 메살라와 그라투스 총독은 몰수한 벤허의 재산으로 부귀를 누리고 있었다. 벤허는 갤리선의 퇴화된 노예 생활의 비참함에도 불구하고, 점점 더 강해져서 어머니와 여동생을 다시 찾고 복수할 날을 기다리고 있었다.

갤리선단의 퀸투스 아리우스 지휘관은 60번 노잡이 유대인 노예 (벤허)의 강함과 순고함에 마음이 끌려 그의 다리의 족쇄를 풀어놓게 했다. 갤리선단이 해적선들의 공격을 받아 지휘선이 침몰하게 되자, 벤허는, 자기 생명의 위험에도 불구하고, 아리우스 지휘관을 익사 직전에 구출하게 된다. 그 공로로 벤허는 아리우스의 아들로 입적하게 되고, 로마식 군사교육을 받게 된다. 아리우스 지휘관이 세상을 떠나자, 벤허는 아리우스의 모든 재산을 상속받게 되고, 예루살렘으로 돌아와, 배신자에게 복수할 일념으로 불타게 된다.

벤허는 어머니와 여동생 티르자의 행방을 알 수가 없었다. 그러나 벤허가 발견한 것은, 그의 가문 모든 재산이 그라트스 총독과 메살라에 의해 몰수되었으나, 아버지의 충직한 히브리 노예인 시모니데스가 모진 고문에도 견디면서 가문의 돈을 은밀하게 관리하고 현명하게 투자하여 안디옥에서 거부가 되어있다는 것이었다.

시모니데스는 젊은 주인을 여러모로 시험해 보고서, 충직한 신뢰할 만한 분임을 알고서야, 그 많은 재산을 벤허에게 넘겨주었다. 시모니데스는 허 대공에게 물려받은 돈은 120달란트였다고 하고, 그는 총 673달란트와 모든 서류를 벤허에게 주면서 "이 금액이면 도련님을 세계 최고의 갑부로 만들고도 남을 것입니다."라고 했다. 벤허는 쉰 목소리로 "저를 버리지 않으신 주님께 먼저 감사를 드리고, 그다음으로 시모니데스 당신께 감사를 드립니다. 당신의 충실함은 다른 이들의 잔인함을 덮고 우리의 인간성을 되찾아 주었습니다."라고 하고는, "이 서류에 명시되어 있는 모든 것들, 즉 선박, 가옥, 상품, 낙타, 말, 현금은 모두 영원히 당신 것입니다."라고 했다. 벤허는 "원래 내 아버님의 것이었던 120달란트만을 돌려주십시오."라고 했다. 숨을 죽이고 말을 듣고 있던 모든 사람은 벤허의 말에 감격했다.

시모니데스는 추가 서류가 더 있다면서 읽었다. 노예 목록이었다.

“1. 예루살렘을 지키는 이집트인 암라호. 2. 안디옥에 거주하는 집사 시모네데스. 3. 시모니데스의 딸 에스더.” 율법에 따르면 딸은 부모의 신분을 그대로 물려받게 되었다. 벤허는 즉시 시모니데스와 딸과 암라호를 풀어주겠다고 선언하고 문서를 작성하겠다고 했다. 시모니데스는 “율법에 따르면 도련님은 저희를 풀어줄 수 없습니다. 선대 주인님의 종신 노예이기 때문입니다. 딸의 어미인 라헬이 자기처럼 종신 노예가 되지 않으면 제 아내가 되지 않겠다고 했기 때문입니다.” 라고 했다. 벤허는 “나는 아리우스 지휘관이 물려준 재산으로도 이미 부자요. 시모니데스 어떻게 해야 할지 나를 도와주세요.”라고 했다. 시모니데스는 “주인님의 재산을 돌보는 것이 소임인 집사로 저를 임명해 주십시오.”라고 했다. 벤허는 시모니데스의 제안대로 했다.

시모니데스의 아름답고 정숙한 딸 에스더는 젊은 주인 벤허를 보는 순간 사랑에 빠지게 되고, 아버지가 벌게 된 거대한 돈을 허 가문의 재산 상속권 자인 벤허에게 넘겨 주는데 적극 찬성했다. 훗날 벤허는 에스더를 아내로 맞이하여 행복한 가정을 이루게 된다.

벤허는 메살라가 4두 전차를 몰고 군중을 향해 돌진해 오는 것을 보았다. 어떤 노인과 그의 예쁜 딸이 위험에 처하게 되자, 벤허는 메살라를 향해 “멈춰라!”하고 고함을 지르면서, 뛰어들어 양쪽 말들 의 재갈을 잡고 멈추는 데 성공한다. 그리고서 “개 같은 로마인! 사람 목숨이 그렇게 우습더냐?”라고 외쳤다. 하마터면 노인과 젊은 딸이 4두 전차에 깔릴 뻔했다. 메살라는 뻔뻔스러운 태도로 노인과 여인을 향해 “용서하시오. 나는 두 사람과 낙타를 보지 못했소.”라고 하고는, 소녀를 향해 “정말 아름답군요.”라고 했다. 그 순간 벤허의 도전적인 시선과 메살라의 놀란 듯한 시선이 서로 마주쳤다. 이렇게 원수가 된 두 친구는 다시 만난 것이었다. 메살라는 여전히 비웃는 웃음소리를 내며 제 갈 길로 갔다.

그 노인은 이집트인 발타사르라고 했다. 그는 인도인 멜키오르와 그리스인 가스파르와 함께 베들레헴으로 가서 나사렛 아기 예수님께 예물을 드린 분들 중의 한 분이었다. 그의 딸 이라스는 정말 아름다운 여자이지만, 벤허의 지위와 재산 때문에 그를 유혹하지만, 나중에 배신하고, 아버지를 버리고 메살라의 정부가 된다.

마침내 6명이 참가한 목숨을 건 숙명의 4두 전차 경주가 시작되었다. 경기 도중 메살라는 부정한 변칙으로 벤허의 아랍 말들을 채찍으로 내리쳤다. 벤허의 말들이 날뛰자, 전차도 앞으로 뛰어 올랐다. 그러나 벤허는 그동안 갤리선에서 노를 젓는 단련된 손으로 4두 전차를 굳거니 중심을 잡아 몰아 위험한 곡선 경주로를 돌았다. 이제 결승점까지는 겨우 180여 미터를 남겨두고 갑자기 두 전차가 부딪치는 굉음을 내면서, 메살라의 전차가 튀어 올랐다가 땅으로 떨어지면서 산산조각이 나버렸다. 몸이 얽힌 메살라는 4마리 말들에게 짓밟히고 뒤집힌 전차 바퀴에 깔려 두 다리를 못 쓰게 된다. 메살라는 자기 자신의 악함과 오만함 때문에 스스로 복수를 당한 것이다. 운명의 아이러니였다. 벤허는 최후 승리자의 영광을 누리게 되었다. 사람들은 목이 터지라 외쳐댔고, 벤허가 승리의 관을 쓰게 되었다. 그 이후 불구가 된 메살라가 벤허를 암살하려 했으나 실패하고, 동방박사 발타사르의 아름답고 꾀 많은 딸 이라스를 정부로 두지만, 결국 이라스에게 살해당하여 비참한 최후를 마치게 된다.

빌라도가 유대 5대 총독으로 취임했을 때 벤허의 어머니와 여동생 티르자도 8년간의 지하 감방에서 풀려나게 되고, 문둥이가 된 그들은 예수님을 만나 치유함을 받게 된다. 가시관을 쓰시고 십자가를 지고 가시는 예수님은 벤허 사람들을 묵묵히 쳐다보셨다. 벤허는 자기의 모든 재산을 그리스도인들이 숨어 있는 카타콤 지하 묘지를 위해 사용했다.

시편 기자는 "무릇 의인들의 길은 여호와께서 인정하시나 악인들의 길은 망하리로다"(시 1:6)라고 했다. 모든 인간은 하나님을 개인적으로 친근하게 알도록 추구해야 한다. 우리가 하나님과의 관계를 확립할 때 하나님은 생애를 통해 축복하시고 영원을 통해 축복하시기를 약속하신다. 이 관계는 예수 그리스도와 갈보리에서 예수의 성취하신 역사를 믿음으로 받게 된 것이다. 죄 많은 인간으로서 우리는 하나님의 죄 없으신 아들 예수 그리스도를 믿음으로 의롭게 되고 정당화된 것이다. 하나님은 악한 자들을 알지 못하기 때문에 악한 자들은 소멸하게 된다. 마태복음 7:13-14에서 "좁은 문으로 들어가라 멸망으로 인도하는 문은 크고 그 길이 넓어 그리로 들어가는 자가 많고 생명으로 인도하는 문은 좁고 길이 협착하여 찾는 자가 적음이라"라고 하셨다.

22
재림

W. B. 예이츠, 『재림』
(William Bulter Yeats, *The Second Coming*)

사도행전 1:10-11에서 예수님이 승천 하실 때 "제자들이 자세히 하늘을 쳐다보고 있는데 흰 옷 입은 두 사람이 그들 곁에 서서 이르되 갈릴리 사람들아 어찌하여 서서 하늘을 쳐다보느냐 너희 가운데서 하늘로 올려지신 이 예수는 하늘로 가심을 본 그대로 오시리라"라고 예수님 재림을 말하고 있다.

아일랜드 시인 W. B. 예이츠(1865-1939, 1923년 노벨문학상 수상)는 『재림』이란 시에 자신의 선회하는 재림 사상을 그리고 있다. 제1연은 다음과 같이 읊고 있다.

점점 넓어지는 선회운동으로 돌고 돌기에
매는 제 주인의 말을 들을 수 없다.
만물이 흩어지고, 중심을 잡을 수 없다.
한갓 무질서만이 세상에 범람해 있고,
피로 탁해진 조류가 터져 나와, 도처에
순결한 의식은 익사 당하고,
선한 무리들은 신념을 상실하고,
한편 악한 무리들은 강렬한 격정에 차있다.

재림은 일반적으로 예수 그리스도의 재림을 말한다. 그러나 예이츠가 말하는 재림은 기독교적 재림이 아니라, 시인 자신의 철학에서 나온 재림이다. 예이츠는 『비전』(A Vision)에서 이천년 주기로 역사의 순환 원리를 설명한다. 하나의 역사의 원추가 원점에서 시작하여 나선형으로 넓어지면서 회전하는데, 생성, 원숙, 쇠퇴의 과정으로 끝마치고, 역사는 다시 역으로 생성, 원숙, 쇠퇴의 과정으로 끝난다는 것이다. 역사의 주기는 이천년을 주기로 반복한다고 한다. 이것을 소위 '아이스크림 콘 학설'(아이스크림을 담는 원뿔보양의 과자)라고 한다.

시인이 "점점 넓어지는 선회운동으로 돌고 돌기에"라고 한 것은 역사의 순환 원리를 말한다. 고대 그리스의 헬레니즘 문명이 쇠퇴하고 기독교 문명까지가 이천년이요, 기독교 문명이 2천여 년이 지난 현재 부패로 인해 쇠퇴기로 종말이 오게 되면 이제 새로운 문명의 재림이 온다는 것이다. 마치 "매는 제 주인의 말을 들을 수 없다."란 구절이 나타내듯이, 매가 하늘을 빙빙 돌면서 점점 멀어져 가서 이제 주인이 부르는 목소리도 듣지 못하고 그의 조종을 벗어나는 것처럼 말이다. 매를 부리는 사람이 매를 더 이상 명령할 수도 없음을 보여준다.

"만물이 흩어지고, 중심을 잡을 수 없다."는 가치기준의 중심이 분해되어 버린 것을 말하고, "한갓 무질서만이 세상에 범람해 있고,/피로 탁해진 조류가 터져 나와"라고 탄식하는 것은, 이제 세상은 무질서로 도처에 피로 강물이 탁해졌다고 한다. 1905년 1월 9일 러시아의 '피의 일요일(Bloody Sunday)'(가폰 신부를 선두로 어린이들과 노동자들이 그리스도의 성상을 앞세우고, 삶의 개선을

위해 짜르 황재와의 알현을 하려다가 헌병들의 무차별 공격으로
피를 흘린 일요일)로부터 시작해서 1917년 볼셰비키 러시아 공산
혁명, 2차 대전 이전에 이탈리아의 독재적 사회주의 파시즘 등,
피의 역사가 충만함을 시인은 탄식하고 있다. 그래서 영국의 역사학
자 아놀드 토인비(1852-1883)은 "공산주의는 기독교의 사생아다
(Communism is a bastard of Christianity.)"라는 유명한 말
을 남김으로서, 이 모든 혼란과 무질서와 피는 기독교가 부패하여
그 사명을 다하지 못했기 때문에 그 결과로 공산주의 사생아가 태어
났기 때문이라고 탄식한 것이다.
　현대문명의 정신적 풍토는 "선한 무리들은 신념을 상실하고,/한편
악한 무리들은 강렬한 격정에 차 있다."란 말로 잘 나타나 있다.
　제2연은 말한다.

　분명 어떤 계시가 다가왔다.
　분명 재림은 다가왔다.
　재림! 이 말이 떨어지자마자,
　'세계정신'에서 하나의 거대한 영상이
　내 눈에 어른거린다. 사막의 모래 속에서
　사자의 몸과 사람의 머리를 한 하나의 형체가
　태양처럼 공허하고 무자비한 눈살로
　천천히 넓적다리를 움직인다. 한편 온통 주위엔
　분노에 찬 사망의 새들의 그림자들이 맴돈다.
　어둠이 다시 내린다. 그러나 이젠 나는 날고 있다.
　깊이 잠든 이천년의 세월이
　흔들리는 요람에서 악몽에 시달리고,
　그런데 그 무슨 사나운 짐승이 드디어 시간이 되어

태어나려고 베들레헴 쪽으로 몸을 꾸부리고 있는 것인가?"

여기에서 시인은 "분명 어떤 계시가 다가왔다./ 분명 재림은 다가왔다."라고 함으로써, 시인이 상상하는 것은 마태복음 24장과 요한계시록에서 말하는 예수 재림의 때를 말한다. 마태복음 24장에서 제자들이 주님이 임하시고 세상 끝에는 무슨 징조가 있겠습니까? 라고 물었을 때 예수님은 "창세로부터 지금까지 이런 환난이 없었고 후에도 없으리라"라고 하시고, "인자가 구름을 타고 능력과 큰 영광으로 오는 것을 보리라"(마 24:30)라고 하시고, 무화과나무 가지가 연하여지고 잎사귀를 내면 여름이 가까운 줄을 알리라고 하심으로서 예수님 재림을 예언 하셨다. 요한계시록 21:1-2에서도 "또 내가 새 하늘과 새 땅을 보니 처음 하늘과 처음 땅이 없어졌고 바다도 다시 있지 않더라 또 내가 보매 거룩한 성 새 예루살렘이 하나님께로부터 하늘에서 내려오니 그 준비한 것인 신부가 남편을 위하여 단장한 것 같더라"라고 함으로서 예수님 재림 후의 모습을 그리고 있다.

그러나 시인은 "재림! 이 말이 떨어지자마자,/ '세계정신'에서 하나의 거대한 영상이/ 내 눈에 어른거린다. 사막의 모래 속에서/ 사자의 몸과 사람의 머리를 한 하나의 형체가"라고 함으로서, 예수님의 재림이 아니라, 예이츠는 반(反)그리스도적이고 사나운 짐승의 복합적인 이미지를 보았다고 한다. 이 새로운 신은 '세계(세속적)정신'에서 나타난 거대한 형체로서, 사자의 몸과 사람의 머리가 나타내는 이집트의 스핑크스와 같은 괴물이라는 것이다. 이천년의 역사를 가진 기독교 문명이 쇠퇴하고, 드디어 새로운 문명의 요람이 악몽에 시달리며 태어나려고 하는 신은 스핑크스와 같은 괴물일까?

시인은 현대의 스핑크스 같은 신은 "태양처럼 공허하고 무자비한 눈살로/ 천천히 넓적다리를 움직인다. 한편 온통 주위엔/ 분노에 찬 사망의 새들의 그림자들이 맴돈다./ 어둠이 다시 내린다."라고 읊음으로서 요한계시록 6:1-8의 흰 말을 탄 자가 면류관을 쓰고 이기려고 나아가는 적그리스도의 이미지, 붉은 말을 탄 자가 큰 칼을 가지고 땅에서 평화를 걷어버리고, 권세를 가지고 사람들이 서로 죽이게 하는 이미지, 검은 말을 탄 자는 손에 저울을 들고 경제를 조종하는 이미지, 청황색 말을 탄 자는 그 이름은 사망이라 음부가 그 뒤를 따르며 땅 사분의 일의 권세를 가지고 검과 흉년과 사망의 이미지를 나타내고 있다. 이런 이미지가 주는 것은 세상 종말의 무섭고 어두운 실상을 암시하고 있다.

이 정체불명의 신(괴물)은 이제 떠나지 않으면 안 되는 운명에 처한 기독교 문명의 발상지인 베들레헴을 향하여 몸을 꾸부리고 정중히 인사를 드린다고 함으로서 예수 그리스도가 탄생한 것처럼 새로운 신(스핑크스 같은)이 탄생하려고 한다는 것이다.

이 시에서 사용된 "무질서", "피", "세계정신", "어둠", "공허", "무자비", "악몽" 같은 표현들을 보아, 시인이 생각하는 새로운 신의 재림은 요한계시록에서 말하는 반(反)그리스도가 세상을 휘젓는 결과 어둡고 잔인한 희망 없는 새로운 문명의 도래를 예고하는 것 같다.

마태복음 16:25-28에서 "누구든지 제 목숨을 구원하고자 하면 잃을 것이요 누구든지 나를 위하여 제 목숨을 잃으면 찾으리라 사람이 만일 온 천하를 얻고도 제 목숨을 잃으면 무엇이 유익하리요

사람이 무엇을 주고 제 목숨과 바꾸겠느냐 인자가 아버지의 영광으로
그 천사들과 함께 오리니 그때에 각 사람이 행한 대로 갚으리라
진실로 너희에게 이르노니 여기 서 있는 사람 중에 죽기 전에 인자가
그 왕권을 가지고 오는 것을 볼 자들도 있느니라"라고 한 말씀을
시인이 알았더라면 좋았으리라.

　인간의 생명은 전 세계보다 더 가치가 있다. 그리스도는 "생명"이
란 말을 두 가지 의미로 사용하신다. 같은 생명에는 두 단계, 두
존재가 있다. 이 땅에서 존재하는 생명이 있고, 이 생명 넘어 존재하는
생명이 있다. 사람(생명)이 이 세계에 태어나면, 그는 영원히 존재할
것이다. 이 세상 이후에 그가 어디로 가느냐 하는 문제이다. 하나님과
함께 있느냐 혹은 하나님을 떠나서 있느냐? 하는 것이다.

23

내 가슴은 뛰논다

윌리엄 워즈워스, 『무지개』
(William Wordsworth, "*The Rainbow*")

지구상 인간들은 포악성과 부패함이 가득함으로, 하나님은 40주야로 비를 내려 인간들을 멸하셨다. 비를 내리기 전에 하나님은 노아로 하여금 방주를 만들게 하시고, 노아와 그의 가족(아내와 세 아들들과 며느리들) 8명을 방주에 들어가게 하여 구원하셨다. 하나님은 무지개를 언약으로 삼아 다시는 인류를 물로 멸하지 않으실 것이라고 창세기 9:13-16에서 다음과 같이 말씀하셨다. "내가 내 무지개를 구름 속에 두었나니 이것이 나와 세상 사이의 언약의 증거니라 내가 구름으로 땅을 덮을 때에 무지개가 구름 속에 나타나면 내가 나와 너희와 및 육체를 가진 모든 생물 사이의 내 언약을 기억하리니 다시는 물이 모든 육체를 멸하는 홍수가 되지 아니할지라 무지개가 구름 사이에 있으리니 내가 보고 나 하나님과 모든 육체를 가진 땅의 모든 생물 사이의 영원한 언약을 기억하리라."

영국의 낭만주의 시인 윌리엄 워즈워스(1770-1850)는 『무지개』(일명 "내 가슴은 뛰논다.")라는 시에서 다음과 같이 노래하고 있다.

내 가슴은 뛰논다.
하늘의 무지개를 바라볼 때
나의 삶이 시작한 그때도 그러하였고,
어른이 된 지금도 또한 그러하도다.
나 또한 늙어질 때도 그러할지니
그렇지 못하다면 차라리 죽음이 나을 것.
어린이는 어른의 아버지이니,
내 바라건대 내 삶의 하루하루가
자연의 경건으로 엮어지리이다.

이 짧은 시는 워즈워스의 짧은 시 중에서 가장 위대한 시 중의 하나이다. 9행의 짧은 시는 거의 신비스러울 정도로 대자연에 대한 경건심을 표명하고 있다.

내가 하늘에 있는 무지개를 볼 때마다 내 가슴은 뛴다. 내가 기억하는 한 오랫동안 이것은 나에게 일어나고 왔다. 그것은 내가 어렸을 때도 일어났고 내가 어른이 된 지금에도 나에게 일어나고 있다. 내가 늙은이 된 지금 이때 내가 무지개를 보고 더 이상 같은 기쁨을 느끼지 못한다면 차라리 더 이상 살지 않은 것이 좋으리라. 어린 시절에 사람들에게 단순한 가르침을 가르친 것이 그들의 삶에 나머지 동안 그들과 함께 가지고 가리라. 나는 내 생애의 매일매일에 자연계를 본 어릴 때와 같은 경이로운 감정을 느끼기를 원한다.

"내 가슴은 뛰논다"는 시인이 무지개를 보고 느끼는 순수한 즐거움을 노래하고 있다. 이 기쁨은 시인으로 하여금 시간의 흐름과 어린 시절의 의미를 반영해 보도록 한다. 시가 말하는 것은 사람들은 자기들 주변의 자연계를 보고 처음 느끼는 강렬한 감탄과 경이로운 감정을 처음 느끼는 것은 어린 시절이다. 다음 차례로 어른들은 그들이 어린이로서 느낀 자연계에 대한 순수하고 열광적인 반응을 유지하려고 노력한다. 시인은 논쟁하기를 자연에 대한 순수하고 열광적인 반응을 유지하려고 노력한다. 시인은 노래하기를 자연에 대한 그러한 구속이 없는 반응은 생을 살아야 할 가치가 있게 만든다.

시인은 하늘의 무지개를 바라볼 때 가슴이 뛰며 설레는 기쁨을 "내 가슴은 뛰논다"라고 말하고, 과거 어린 시절에도 무지개를 보고 가슴 뛰는 기쁨의 설렘으로 벅차 지고 있었음을 회상하고, 또한 미래에 그가 늙었을 때도 그러할 것을 간절히 소망하고 있다.

어린 시절의 환희에 찬 무지개는 최초의 느낌이면서 거의 본능적이다. "어른이 된 지금도 또한 그러하도다"라고 노래한 것이 이차적인 것은 확실히 어린이의 기쁨의 기억에 달려있기 때문이다. "나 또한 늙어질 때도 그러할지니"라고 노래한 것은 삼차적인 것은 그 기쁨의 기억을 되살리는데 달려있기 때문이다.

시인이 하늘의 무지개를 보고 기쁨의 설렘으로 벅차게 된 것은 어린이의 영혼은 순수하고 개방적이기 때문에 자연의 아름다움을 가슴에 느끼는 그대로 표현한 것이며 또한 성경에서 하나님께서 노아에게 주시는 구원의 메시지, 즉 홍수를 그치고 그리고 다시는 모든 생물을 홍수로 멸하지 않겠다는 하나님의 영원한 언약을 상징하기 때문이다. 여기에 더하여 노아의 무지개가 인류의 영원한 생존을 상징하듯이 시인 자신의 시적 재능(은사)이 영원히 지속되기를 바라는 소망을 나타내고 있다. 그래서 시인은 "내 바라건대 내 삶의 하루하루가/ 자연의 경건으로 엮어지리다."라고 노래하듯이, 어린 시절에 무지개(자연)를 보고 느끼는 기쁨의 기억을 회상하는 시적인 능력이 미래까지 이어지기를 바라는 것이다.

노아의 무지개는 모든 세대에게 준 표식이다. 그것은 노아나 노아의 가족에게만 준 것이 아니라, 오늘을 사는 우리에게도, 사람들의 모든 세대에게 준 표식이다. 하나님 자신이 무지개가 형성되도록 자연법칙을 창조한 것이다. 무지개는 구름이 낀 다음에, 천둥이 치고, 번개가 번득이고, 위험한 바람과 번개 때문에 일어나는 공포를 자아내는 폭풍우 후에 나타나는 것이다. 태양 광선이 구름을 통해 가장 아름다운 색깔들로 반사할 때, 색깔들이 하늘을 가로질러 활 모양이 형성되어 나타나는 것이 무지개이다.

시인의 "내 가슴은 뛰논다./ 하늘의 무지개를 바라볼 때"라는 한 구절은 시인 자신과, 오늘을 사는 우리와, 그리고 모든 인류를 하나님이 창조한 자연과의 만남의 극치를 의미하며, 동시에 홍수란 자연 재난으로 인류를 지구 표면서 쓸어버리는 심판을 하지 않겠다는 긍휼의 약속이며 구원의 언약인 것이다.

그래서 만일 어렸을 때의 무지개를 본 그 기쁨이 어른이 된 지금도, 그리고 늙어져 버린 그때도 그 기쁨을 느끼지 못한다면 차라리 죽어버리는 것이 좋을 것이라는 것이다. 그러기에 시인은 "그렇지 못하다면 차라리 죽음이 나을 것"이란 충격적인 표현을 사용한다. 시인은 자신의 과거, 현재, 미래의 날들이 기쁨의 감정으로 나날이 엮어지기를 소망하는데, 만일 그렇지 못하다면, 만일 여호와 하나님과 노아의 언약처럼 영원하지 못하다면, "차라리 죽음이 나을 것"이라고 감정의 깊은 농도를 표명하고 있어야 한다. 왜냐하면 무지개에 대한 시인의 기쁨의 쇠락은 순수하고 원초적인 기쁨을 주는 대자연과의 밀접한 만남의 상실을 상징하기 때문이며, 종교적인 차원에서 하나님의 긍휼 약속과 구원의 언약 파괴로 인류의 좌절과 실망을 의미하기 때문이요, 그리고 시인 자신의 시적 재능의 소멸을 의미하기 때문이다.

어린이의 속성은 무엇보다 순수하고 이상적이며, 유연하고 열려 있으며, 감수성이 강하고 수용력이 강하다. 그래서 자연의 아름다움을 있는 그대로 유연하게 열려있는 가슴으로 수용하고, 그 아름다움을 어른이 되어도 평생의 삶에 가장 위대한 동기와 가장 이상적인 위대한 삶의 감동으로 간직하고 살아갈 수 있는 것이다.

그러기에 시인 워즈워스는 "어린이는 어른의 아버지"라고 하는 그 유명한 말을 남기게 된다. 어린이는 모든 자극을 받아들이고, 보고 듣는 것으로부터 지식을 흡수하고, 특별히 대자연에 대한 정서적 수용력은 강렬하다. 어린 시절에 받아들인 대자연에 대한 경이로운 정서적 인상은 어른이 된 이후에도 기억을 통해 재생되어 되살아난다. 비록 외모는 어른으로 보이지만 사람의 마음은 어렸을 때 경험한 그 순수한 감정을 간직하고 있어야 한다.

시인은 "내 바라건대 내 삶의 하루하루가/ 자연의 경건으로 엮어지리이다."라고 소망을 노래한다. 시인이 어린 시절 무지개를 보았을 때 느꼈던 대자연에 대한 경건심은 시인의 삶 전체를 통해 이어지기를 소망하는 것이다. 시인의 대자연에 관한 생각은 종교적 감정으로 승화되어, 마치 노아가 무지개를 통해 하나님과 노아 자신과의 사이에 영원한 언약을 통해 인류 구원을 위한 하나님의 섭리를 알게 되듯이, 대자연에 대한 경건함을 통하여 대자연이 주는 창조주의 계시까지 깨닫게 됨을 말한다.

무지개는 그 뿌리가 땅에 있고, 그 정점(왕관)은 하늘에 있는 것이

다. 무지개는, 성서적 비유에서 노아의 무지개처럼, 인간과 하나님과
의 언약을 설정하는 영원한 믿음의 상징인 것이다.

　시편 136:5-9는 "지혜로 하늘을 지으신 이에게 감사하라 그 인자
하심이 영원함이로다 땅을 물 위에 펴신 이에게 감사하라 그 인자하
심이 영원함이로다 큰 빛들을 지으신 이에게 감사하라 그 인자하심이
영원함이로다 해로 낮을 주관하게 하신 이에게 감사하라 그 인자하심
이 영원함이로다 달과 별들로 밤을 주관하게 하신 이에게 감사하라
그 인자하심이 영원함이로다"라고 노래하고 있다.

24
영국의 악법: 침례교인을 화형에 처하다

마크 트웨인, 『왕자와 거지』
(Mark Twain, *The Prince and the Pauper*)

로마서 7:9-10에서 "전에 율법을 깨닫지 못했을 때에는 내가 살았더니 계명이 이르매 죄는 살아나고 나는 죽었도다 생명에 이르게 할 그 계명이 내게 대하여 도리어 사망에 이르게 하는 것이 되었도다"라고 함으로서 율법은 우리를 죄인임을 깨닫게 하고 죽음과 형벌의 공포를 가져다준다.

미국 소설가 마크 트웨인(1835-1910)은 『왕자와 거지』에서 영국의 악법을 고발하고 침례교인이라고 두 여인을 화형에 처한 것을 고발하고 있다.

런던의 빈민가 오팔코트 지역에 사는 거지 소년 톰 캔티는 에드와드 왕자(1537-1553)를 보려고 웨스트민스터 궁전의 담 위로 올라갔다가 궁전 호위병에게 끌려간다. 그 장면을 본 에드워드 왕자는 톰을 왕궁으로 불러 여러 가지를 묻게 된다. 왕자는 톰이 자기와 너무나 닮은 것을 보고 옷을 바꾸어 입자고 한다. 둘은 누가 왕자며 누가 거지인지 구별하지 못한다. 톰의 손에 피가 흐르는 것은 본 왕자는, 거지 옷을 입은 채로 톰을 난폭하게 다룬 군인에게 다소 강하게 힐책한다. 군인은 거지 소년을 궁궐 밖으로 밀쳐내어 버린다. 에드워드는 "나는 왕자야!"라고 고함을 질렀지만, 군인은 "이 자식 미쳤구나!"하고 밀쳐내어 버린다.

에드워드 왕자는 런던의 거리를 헤매면서 "나는 헨리 8세 왕의 에드워드 6세 왕자란 말이야."라고 하지만, 사람들은 그가 미친 것으로 알고 조롱하고, 때리기도 하고, 개를 풀어 겁을 주기도 한다. 왕자는 톰에게서 들은 오팔코트 빈민가로 찾아가 본다. 톰의 아버지 존 캔티가 왕자를 보자 구걸하여 먹을 것을 얻어오지도 못하고 돈을 훔쳐 오지도 못한다고 때렸다. 왕자는 "나는 왕이란 말이야!"라고 하자, 캔티는 아들이 미쳤다고 한다. 왕자는 헨리 8세 부왕이 세상을 떴다는 소식을 듣게 되고, 왕자는 에드워드 6세 왕이 된 것이다.

에드워드 6세 왕은 도망하여 어느 곡간의 건초 위에서, 부왕의 죽음을 슬퍼하며 울다가, 잠이 들었다. 캔티와 그의 일단의 불량배들이 곡간에 들어와서 떠들썩하게 이야기하는 소리에 에드워드 왕은 잠이 깬다. 에드워드 왕은 이들 불량배의 온갖 이야기를 통해 영국법이 어떻게 백성들에게 악영향을 주는 가를 알게 된다.

요켈이란 농부가 자신의 이야기를 한다. 그는 한때 사랑하는 부인과 자녀들과 함께 잘살고 있었단다. 그런데 지금 그들은 아마도 하나님 나라에 있을 것이라고 한다. "더 이상 영국에 살지 않는 것이 다행이지요. 나의 착하고 흠잡을 때 없는 어머니는 아픈 사람들을 간호해 주려고 노력했답니다. 그런데 환자들 중의 한 사람이 죽었답니다. 의사들은 그 환자가 죽은 이유를 몰랐답니다. 그래서 우리 어머니가 마녀로 화형을 당했답니다. 자식들은 어머니를 보고 울부짖었답니다. 나와 내 처는 집집마다 구걸하여 배고픈 아이들을 먹였답니다. 영국에서 배고픈 것은 범죄가 된답니다. 나의 처 메리는 채찍에 맞아 피를 흘리다가 죽어 토기장이 밭에 묻혀 있답니다. 나는 마을로 끌려다니면서 매를 맞았으며, 자식들은 굶어 죽었답니다. 나는 빵 한 조각을 구걸했는데, 훔쳤다고 나를 형틀에 묶어 놓고 한쪽 귀를 잘랐답니다. 나는 다시 구걸했더니, 나를 노예로 팔고는, 쇠를 뻘겋게 달구어 나의 뺨에 노예(Slave)를 의미하는 'S' 자를 찍었답니다. 나는 내 주인으로부터 도망을 쳤는데, 잡히면 하늘의 무거운 저주가 영국 법 위에 떨어져서 나는 교수형을 받을 거예요."

이런 이야기를 들은 에드워드 6세는 "그대는 교수형을 당하지 않을 것이야! 오늘로 그 법은 끝이야!"라고 고함을 질렀다. 왕은 영국의 악법에 분노를 느끼고, 영국의 불의를 폐함으로써 백성들의 고통을 제거해 줄 것을 결심했다. 모두가 어린 왕을 보고는 "이것 누구야? 무엇 하는 꼬마둥이야?"하고 물었다. 어린 왕은 품위를 갖추고 "나는 에드워드 영국 왕이야."라고 했다. 모두 웃음을 터뜨렸다. 왕은 날카로운 음성으로 "버르장머리 없는 부랑당들 같은 이라고! 짐이 약속한 왕의 은혜를 모르느냐?"라고 소리쳤다.

캔티는 "여러분들, 이놈은 내 아들놈인데, 꿈꾸는 자로 아주 미쳐 버렸답니다. 상관 마세요. 아들은 자기가 왕이라고 생각한답니다." 에드워드 왕은 "나는 왕이란 말이야."라고 말하고서 캔티를 보고 "때가 되면 그대는 죄의 값을 치르게 될 거야. 그대는 살인을 고백했으니, 교수형을 받을 거야."라고 한다. 20여 명의 불량배들은 "영국 왕 에드워드 만만세!"라고 고함을 질렀다. 그러고는 깡통으로 관을 씌우고, 낡고 해어진 담요를 입히고, 맥주 통 위에 앉게 하고, 땜장이 쇠붙이를 왕 홀이라고 하여 쥐게 하고는, 모두 왕 앞에 부복하여 "우리에게 자비를 베푸소서! 자비로운 왕이시여!"라고 하면서 온

갓 구호를 외치면서 놀려대는 것이었다. 수치와 분노의 눈물이 어린 군주의 두 눈에 맺혔다.

불량배들 무리 중에 사기꾼인 휴 헨돈은 그의 형 마일즈 헨돈의 자리를 빼앗고 형이 사랑하는 여인과 결혼을 하고서 형을 사기죄로 고발한 결과 수사 당국은 마일즈와 함께 에드워드 왕을 체포하여 감옥에 집어넣는다. 에드워드 왕은 영국 감옥이 죄수들로 초만원을 이루고, 불결하고, 음식은 먹을 수 없으며, 죄수들끼리 서로 싸움질 하는 것을 보게 된다.

에드워드 6세 왕은 마일즈의 부친의 늙은 종복인 엔드류즈로부터 헨리 8세 부왕의 장례식 날을 알게 되고, 새로운 왕(톰)이 백성들의 칭송을 받고 있으며, 놀포크 공작을 사면했다는 일 등 많은 소식을 알게 된다. 에드워드 왕의 기분은 착잡했다. 나 대신 그 장난꾸러기 거지 소년이 왕 노릇을 하고 있단 말이지? 도저히 믿어지지 않는군 라고 생각했다.

어느 날 두 여인이 쇠사슬에 묶여 감옥에 끌려왔다. 그들은 어린 소년(에드워드 왕)이 처량하게 앉아 있는 것을 보고, 위로와 격려를 해 준다. 그 부인들의 위로 말에 에드워드는 마음의 평화와 참을성을 갖게 된다. 에드워드는 부인들에게 감옥에 들어온 이유를 물었다. 그들은 단순히 침례교인들이기 때문에 체포됐다고 한다. 왕은 웃으면서 "그것도 죄가 되요 두려워할 것 없어요. 침례교를 믿는다고 잔인하게 처벌할 수는 없지요."라고 했다. 부인들 중의 한 사람이 감격해서 "오, 젊은이의 말이 우리의 가슴을 미어지게 하는구나. 착한 분이여! 하나님, 우리를 도와주세요. 견딜 수 있" 말이 끝나기도 전에 왕은 "그렇다면 그들이 그대들을 징계할 것이라고, 냉혹한 녀석들! 그러나, 울지 마세요. 용기를 가지세요. 내가 내 자리를 찾자 곧 이 괴로운 일로부터 당신들을 구원할 것이요!"라고 했다.

다음 날 아침 왕이 일어났을 때 부인들은 사라졌다. 왕은 "부인들이 석방되었구나!"하고 기뻐했다. 간수들이 들어와서 죄수들을 모두 교도소 뜰로 데리고 갔다. 간밤에 눈이 와서 엷게 깔려있었다. 텅 빈 뜰 한 가운데 두 부인이 기둥에 묶여 있었다. 왕은 "부인들이 풀려난 것이 아니구나, 이교도 나라도 아니고 기독교 국가인 영국에서, 부끄럽구나. 권력의 핵심인 내가 저들을 보호하지 못하고 힘없이 서서만 있다니"라고 생각했다.

교도소 문이 열리자, 시민들이 몰려와서 두 부인 주변을 둘러쌓는다. 목사가 들어오고, 장작 다발을 쌓아 올리고, 간수가 불을 질렀다. 연기가 솟아올랐다. 목사가 기도를 시작하자, 두 젊은 소녀들이 달려와서 날카로운 소리를 지르면서 불 속으로 들어가 어머니들을 껴안고 같이 죽겠다고 한다. 간수들이 달려가서 소녀들을 떼어 낸다. 어린 왕은 내가 죽을 때까지 이 사건을 잊을 수 없을 거야라고 생각했다.

밤 동안에 몇 명의 죄수들이 끌려왔다. 한 얼빠진 여인은 베 짜는 곳으로부터 실을 훔쳤다고 교수형을 선고받았으며, 한 남자는 왕의 공원에서 노루를 죽였다고 교수형을 선고받았으며, 한 젊은이는 집에 날라 온 매를 잡아 두었다가 사형을 선고받았다고 한다. 나이 많은 변호사는 대법관의 불의한 행위를 소책자에 써서 고발했다가 양쪽 귀가 잘리고, 변호사업이 취소당하고, 3천 파운드의 벌금을 냈다는 것이다. 최근에 항의했다가 5천 파운드의 벌금형을 받고, 얼굴에 '죄인' 이란 낙인을 찍어서 종신형에 처했다는 것이다. 에드워드 왕은 이 모든 비인간적인 잔인함에 분통을 터뜨렸다.

대관식 날 거지 톰이 런던을 행진하던 중에 에드워드 왕을 만나 둘은 자리바꿈을 하게 되고, 에드워드 6세는 진짜 왕이 되고, 톰은 왕의 호위관이 된다.

갈라디아서 3:24에서 "이같이 율법이 우리를 그리스도께로 인도하는 초등교사가 되어 우리로 하여금 믿음으로 말미암아 의롭다고 함을 얻게 하려 함이라"라고 했다.

율법의 목적을 분명하게 설명하는 두 가지 그림이 있다. 첫째 율법은 인간을 위한 감옥이었다. 믿음이 오기 전에, 즉 그리스도가 죽기 전에 "인간은 율법으로 인해 죄인들로 잡혀 있었다." 율법은 인간을 죄 아래 묶여 있게 했다. 율법이 인간을 고발하고 정죄하고 있다. 둘째 율법은 인간을 위한 보호자요 스승이었다. 율법은 인간을 그리스도에게로 인도하도록 인간을 책임지게 된 것이다. 말하자면 율법은 인간이 그리스도의 필요함을 보도록 하는 수호자이다. 그리스도가 오신 후에 율법이나 다른 어떤 수호자도 필요가 없다. 왜냐하면 예수 그리스도가 우리를 하나님과 직면하도록 하시기 때문이다.

25
인간의 한계를 넘어서 신이 되고자

괴테, 『파우스트』
(Johann Wolfgang von Goethe, *Faust*)

하나님은 하나님의 형상대로 인간(남녀)을 창조하시고, 복을 주시어, 인간으로 하여금 바다와 공중과 땅의 모든 것을 다스리게 했다(창 1:26-28). 그러나 인간이 뱀(사탄)의 간계에 빠져, "눈이 밝아 하나님과 같이 되어(지기)" 위해 선악과를 먹고 높아지려 하다가 오히려 죽음에 이르는 파멸의 쓰라린 결과만을 낳게 했다(창 3:1-6).

창세기 11:1-9에, 인간들이 시날 평지에 벽돌로 바벨탑을 쌓고, 탑 꼭대기가 하늘에 닿게 하여, 하나님께 도전하였다. 하나님은 인간들의 언어를 혼잡하게 하고, 인간들이 흩어지게 하였다. 하나님을 떠나 높아지려는 자는 낮아져서 타락하는 것이 역사의 아이러니이다.

독일의 문호 괴테(1749-1832)는 『파우스트』에서 주인공 하인리히 파우스트(Heinrich Faust) 박사가 자신이 가지고 있는 것보다 더 위대한 지혜로 하나님과 같은 경지에 도달하려다가 전락하는 비극적인 인간 상황을 그리고 있다.

서막은 천국에서 시작한다. 주님은 보좌에 좌정하시고, 수행원들과 천사들과 마귀인 메피스토펠레스가 주님의 존전에 서 있다. 세 천사장들(라파엘, 가브리엘, 미가엘)이 앞으로 나와서 우주의 아름다움을 선포한다. 라파엘은 모든 것이 예정되어 있지만 아침 해가 뜰 때마다 세계는 영광스럽게 보인다고 한다. 가브리엘은 지구가 태양 주위를 돌 때마다 낮과 밤과 바닷물의 간조와 만조의 변화를 노래한다. 미가엘은 폭풍과 우뢰를 일으키는 우주의 모든 힘을 지배하시는 주님의 권능을 찬양한다.

천사들은 이런 우주를 배경으로 하여 인간은 주님의 하신 일에 감탄해야 한다는 것이다. 그러나 파우스트와 메피스토펠레스(욥기의 사탄처럼)는 삶의 지루함을 말하고 생명의 신비를 연구해야 된다는 것이다. 메피스토펠레스는 인간이 불행한 것은 하나님께서 인간에게 지혜를 주셨기 때문이라고 한다. 하나님은 메피스토펠레스에게 파우스트를 마음대로 시험해 보라고 하신다. 그러나 선량한 사람은 거룩하지 못한 일을 하다가도 결국 바른길로 돌아올 것이라고 말씀하신다.

천사들은 말하기를, 인간의 의무는 하나님처럼 창조하는 것이 아니라, 단순히 하나님의 능력에 경탄하며 감사로 살아가야 한다는 것이다. 그러나 파우스트는 이런 언급에 찬동하지 않고, 사고하는 인간은 삶을 분석하고, 삶을 넘어 생명의 근원에 질문을 던지고, 우주의 신비를 알게 되면 하나님과 같은 권능을 행사할 수 있을 것이라는 것이다. 파우스트 박사의 비극적인 결함은 겸손하게 하나님은 자기보다 훨씬 위대하다는 것을 인정하지 않고, 마술에 의존하여 생명의 문제를 해결하려고 하는 데 있다.

파우스트 박사는 책과 과학적인 도구로 가득 찬 작은 서재에서 홀로 앉아 실망에 차 있다. 그는 철학, 법률, 의학, 신학을 철저히 공부한 박사이며, 10년을 대학에서 강의한 석학이다. 그러나 그는 "나는 악마든 지옥이든 두려워할 것이 없다"라고 하고, 학문에서 기쁨을 찾지 못하고, 돈도 세상 명예도 없는 개 같은 삶을 살고 있다고 불평한다. 파우스트는 어떤 의미 있는 초월한 지식을 가지고, 삶의 기쁨을 누리기를 원한다.

파우스트 박사의 시대적 배경은 1520-150년대의 16세기 초엽의 독일로서 르네상스의 충만한 힘이 느껴지는 시대였다. 르네상스는 14세기에 이탈리아에서 시작하여 그 후 300년 동안 유럽 전역에 퍼져나갔다. 르네상스의 기본 개념은 우주의 중심은 하나님도, 태양도, 자연도, 아리스토텔레스도 아니며 인간 자신이란 것이다.

중세에 인간 개인이란 무의미한 것으로 사려 되었다. 희랍 철학자인 아리스토텔레스의 영향을 받은 토마스 아퀴나스(1225-1274,『신학 총론』을 저술한 가톨릭 신학자)가 말하는 가톨릭교회에 관한 지식이 중요했다. 중세의 인간은 가톨릭교회가 조종하는 신앙 체계 안에 유폐되어 있었다. 르네상스 시대의 위대한 사상가들은 인간을 중세 가톨릭교회의 감옥으로부터 해방시켰다. 인본주의라고 알려진 르네상스의 사상 체계는 인간의 마음으로부터 중세의 올가미를 벗어나게 했다.

독일에서 현저한 르네상스의 영향은 밀틴 루터(1483-1546)의 신교 개혁이었다. 루터는 로마 가톨릭교회의 널리 보급된 케케묵은 신학과 실천에 불만을 품고 1517년 새로운 기독교 체계(신교)를 선포했다. 루터의 주된 주장은 인간 자신이 기독교 신앙(성경)의 의미를 해석할 수 있다고 하고, 전능한 힘을 행사하는 교회가 인간을 위해 신앙(성경)을 해석해 줄 필요가 없다고 했다. 말하자면 인간 자신이 사회와 교회에 충분하게 공헌할 수 있다는 것이다.

파우스트 박사는 진실로 르네상스 사람이었다. 그는 자기 자신의 능력을 사용함으로써 자기가 원하는 무엇이든지 성취할 수 있다고 믿었다.

파우스트는 삶의 신비를 풀기 위해 마술을 공부하고 세상을 지배하는 비밀스러운 힘을 갖고 싶어 한다. 파우스트 박사는 노스트라다무스(프랑스의 점성가; 1503-1566)의 책을 열어보고 "마술이 내 영혼을 자유하게 하리라. 젊음과 거룩한 기쁨이 나의 모든 정신에 넘친다"라고 활기찬 말을 한다. 그는 어느 누구보다 더 좋은 사랑을 경험하기를 원한다. 그는 누구보다도 더 많은 권력과 더 큰 부자가 되기를 원한다. [서구 문화에서 무한한, 완전한, 절대적인 것을 추구하는 것은 "파우스트적 성격(Faustian personality)"이라고 한다.]

파우스트 성격의 비극적인 결함은 하나님과 같이 되려는 것이다. 파우스트에 의하면, 하나님이 인간을 하나님 자신의 현상대로 창조했다면, 인간은 그의 이성을 사용하여 하나님의 지성과 겨룰 수 있어야 한다는 것이다. 파우스트는 다음과 같이 말한다.

아아, 두 영혼이 나의 가슴에 살고 있구나,
한 영혼은 다른 영혼으로부터 분리하기를 원하는구나.
한 영혼은 땅의 열정으로 세상에 밀착하여
비비꼬인 덩굴들에 매달려 있다. 반면에
다른 영혼은 강렬한 열망으로
바로 하늘의 지붕까지 들어 올리는구나.

위의 말은 파우스트 박사의 "분리된 성격"에 대한 완전한 표현이다. 한 부분은 땅과 땅의 향락에 묶여 있고, 다른 부분은 땅을 떠나 별들과 섞여 있기를 원하고 있다. 이런 현상의 파우스트의 낭만적인 정신을 나타내고 있다. 파우스트는 만일 자기가 영들과 접촉하여 별들(하늘)에 솟아오를 수 있다면, 자신의 모든 땅에 대한 갈망은 버릴 것이라고 말한다.

그러나 파우스트 박사는 마술책을 쥐고 주문을 외우면서, 자신의 생명을 주어도 좋으니 악마여 나타나라고 한다. 붉은 불길이 번쩍하더니 한 영이 나타난다. 메피스토펠레스(악마)였다. 그는 붉고 금색의 훌륭한 옷을 입고, 모자에 수탉의 깃을 꽂고, 칼을 허리에 차고, 신사처럼 보였다.

메피스토펠레스는 "나는 당신을 기쁘게 하려고 왔습니다."라고 한다. 그리고 파우스트 박사에게 거래 조건을 제시한다. "나는 이 지상에서 당신의 종이 되어 당신을 위해 일할 것입니다. 그러나 당신이 죽은 다음에는 당신이 나를 위해 똑같이 해야 합니다." 파우스트는 동의한다. 메피스토펠레스는 법적인 효과를 보기 위해 파우스트의 피 한 방울로 서명하라고 한다. 파우스트는 피로서 서명한다. 그리고 파우스트는 전날에 나는 나 자신이 지혜를 갖기를 원했지만, 이제자는 지혜를 싫어한다. 내가 원하는 모든 것은 관능과 정열이요, 그리고 내가 관심 두는 한 가지 일은 내 향락의 그릇을 가득 채우는 것이라고 한다. 파우스트는 다음과 같이 말한다. "나는 단순하고 순수한 기쁨은 원하지 않는다. 나는 넘치는 것을 원한다. 나는 뛰어오르는 축복과 가장 깊은 고뇌를 원한다. 나는 나의 존재가 조종할 수 없게 되기를 원한다. 이런 종류의 활동이라야 사람이 무엇인가를 보여주는 것이다."

메피스토펠레스는 파우스트에게 당신은 인간이지 신이 아니라는 것을 기억해야 한다고 말한다. 영혼을 악마에게 팔아버린 파우스트는, 신과 같이 되려던 야망은 사라지고, 여인을 찾아 육욕을 채우려 찾아가는 전락한 모습을 보이기 시작한다.

하나님은 아담과 하와를 에덴동산에서 쫓아내시면서 "여호와 하나님이 아담과 그의 아내를 위하여 가죽옷을 지어 입히시니라"(창 3:21)라고 하였다. 가죽옷은 동물이 인간의 죄를 대신하여 피를 흘림을 상징한다. 이 가죽옷은 범죄한 인간을 위해 하나님의 긍휼의 사랑이 예수님의 십자가의 피를 통해 인류 구원의 가능성을 예표하고 있는 것이리라!
파우스트 박사같이 자신의 영혼을 메피스토펠레스에게 팔아버린 자도 회개하면 구원이 가능하리란 예표이기도 하다.

26

착취당하는 농민들의 구원자

존 스타인백, 『분노의 포도』
(John Steinbeck, *The Grapes of Wrath*)

전도서 4:12에서 "한 사람이면 패하겠거니와 두 사람이면 맞설 수 있나니 세 겹 줄은 쉽게 끊어지지 아니하느니라"라고 하여 뭉치면 강해지고 생존한다는 진리를 말씀하고 있다.

미국 소설가 존 스타인백(1902-1968)은 『분노의 포도』(1962년 노벨문학상 수상)에서, 미국 대공황(1929년) 때 오크라호마의 가뭄과 착취의 땅으로부터 밀려나, 캘리포니아 약속의 땅으로 이주하는 조아드 일가 12명과 일단의 농민들을 착취하는 비인간화된 세력(은행과 지주와 토지회사)에 항거하여 뭉치게 하는 구원자상을 짐 케이시를 통해 그리고 있다.

기계화된 농업 경제에 의해 트랙터에 밀려난 농민들인 조아드 일가는 약속의 땅인 캘리포니아로 이주하는 과정에서 은행과 토지회사가 결탁한 조직 세력에 의해 착취당하지만 좌절하지 않고 투쟁하며 생존이 길을 모색한다.

조아드 가문의 아들 톰 조아드는 살인 형기를 마치고 집에 오는 길에 짐 케이시를 만나게 된다. 짐 케이시는 과거에 목사로서 설교하곤 했으나, 신앙을 상실하고, 이제 그는 구약의 "눈은 눈으로"와 같은 종교를 버리고 오직 "나는 오로지 사람들을 사랑한다"의 새로운 인간애를 실천하기 위해 조아드 가와 함께 서부로 떠나게 된다. 인간들로부터 인간성을 앗아가는 사회, 경제적 요소 때문에 공동체 의식을 상실하고 이기심에 빠져서 자기중심적인 사고에 빠진 농민들에게 짐 케이시는 인간의 유대 의식을 강조한다. "나는 성령과 예수의 길에 대해 생각해 보았습니다. 왜 우리는 성령을 하나님과 예수님에게만 돌립니까? 성령은 아마도 인간 정신과 관계 되잖아요. 아마도 모든 사람은 하나의 '큰 정신'을 갖고 있는데, 모든 사람은 그 정신의 일부예요."

짐 케이시는 개인의 여러 정신이 모여서 보편적인 인류 공동체적 정신이 싹튼다는 이야기다. 개인은 "대 우주적 인류의 한 부분"임으로 인간적인 성공을 거두려면 편협한 이기심을 버리고 "그룹-인간"으로 성장해야 한다는 것이다. 어머니 조아드는 조아드 가문이란 소우주에 머무르지만, 짐 케이시는 미국 초절주의 작가 에머슨(1803-1882)이 말하는 인류공동체 의식에 기여, 참여하여서 단합을 강조하는 대 우주적인 사고를 갖고 있다. 이것이 바로 케이시가 조아드 가와 함께하는 농민 이주민들을 따라다니며 경제적인 착취에 반발하고 이주민들을 도우려는 사명감을 느끼게 되고, 마침내는 이들을 위해 순교자가 되는 대명제를 갖고 있는 것이다.

짐 케이시(Jim Casy)의 머리글자 "J" "C"는 예수 그리스도(Jesus Christ)의 머리글자와 같다. 케이시는 천막촌에서, 무죄한 농부들을 잡아가려고 총을 쏘아대는 청부업자를 일부러 때려눕혀서, 톰 조아드의 죄를 대신 뒤집어쓰고 잡혀간다. 짐 케이시는 잡혀가면서도 "그의 입술에는 엷은 미소까지 짓고 그의 얼굴에는 이상한 정복의 표정을 짓는" 초연한 희생의 자세를 보여준다. 케이시는 복숭아 농장에서 파업을 주도하면서 경제적 착취에 반발하다가 마침내 피살된다. 케이시는 자기를 죽이려는 자들을 향해 "당신들은 무슨 일을 하는지 알지 못하는구나"라고 한다. 이 말은 그리스도의 "저 사람들은 자기네가 무슨 일을 하는지 알지 못합니다"(눅 23:34)의 말씀과 같은 내용의 메시지이다.

짐 케이시의 기독교적인 사랑과 에머슨적인 대정신(Oversoul)을 조아드 가 사람들은 절실히 깨닫지 못한다. 조아드 가 사람들은 과수원에서 복숭아 따는 일을 함으로써 한 바구니당 겨우 5센트를 받게 된다. 그런데 먼저 온 사람들은 한 바구니당 2.5센트의 품삯에 불만을 품고 파업을 일으킨다. 그러나 조아드 가 사람들은 현재 허기진 배고픔을 채우기 위해서 파업에 가담하지 못한다. 파업 주도자가 짐 케이시임을 알고 또한 케이시의 설득에도 불구하고 톰 조아드는 자기 가족은 한 토막의 고기라도 얻어먹기 위해 파업에 참여할 수 없다고 한다.

이런 이기적인 톰도 짐 케이시가 보안요원에게 죽임당하는 것을 보자, 분을 참지 못하고 도끼로 그를 죽여버린다. 톰은 도망쳐서 숲속의 굴속에 살면서, 마치 짐 케이시가 황야를 헤매면서 그리스도적인 인류애와 에머슨적인 인류공동체 의식을 습득하듯이, 심경의 변화를 겪게 된다. 톰의 동생이 경솔하게 여자 친구에게 톰이 숨어 있는 곳을 발설하게 되어, 톰은 더 이상 숨어 있을 수 없었다. 톰은 도망치기 위해 어머니에게 작별 인사를 하면서 "사람은 혼자 사는 것은 좋지 않다는 것을 알게 되었어요."라고 한다. 이제 톰은 "나"보다는 "우리"의 의식을 갖게 된 것이다. 톰은 개인 혼자서는 아무런

의미가 없으며, 인간 공동체 정신을 지녀야 한다는 짐 케이시의 말을
뼈저리게 깨달은 것이다. 톰은 전날에 케이시가 한 말을 생각해 본다.
"나는 사람들이 가는 곳에 가야 한다. 사람들과 함께 먹고, 함께
풀 위에 눕고, 나를 환영하는 사람들에게 나의 마음도 열꺼야." 톰도
똑같은 말을 어머니에게 하고 떠난다. 톰은 케이시처럼 배고프고
착취당하는 사람들이 있는 곳에는 어디든지 가서 도와야겠다고 결심
하고 떠난다. 톰은 이제 케이시의 제자로서의 소명을 다할 것이다.
톰 속에 짐 케이시는 부활해서 인류의 영속성과 인간애의 불멸을
제시해 주고 있다.

조아드 어머니의 딸 '샤론의 장미'의 해산을 이웃 노동자 부인들이
돕는다. 조아드 가의 힘과 사랑의 원천이었던 조아드 어머니는 가족
중심적인 사고를 지니고 있었지만, 갖은 고난을 겪고 난 다음, 딸
'샤론의 장미'의 해산을 도운 부인들과 다음과 같은 대화를 나눈다.
조아드 어머니는 "우린 당신들에게 감사해요."라고 한다. 건장한
여인은 웃으면서 "감사할 필요 없어요. 모두가 같은 마차를 타고
왔잖아요. 우리가 어려움을 겪었어도, 당신들이 우리를 도와주셨을
거요."라고 한다. 조아드 어머니는 "물론 도와야지요."라고 답한다.
"누구든지 도와야지요."

짐 케이시의 "모든 사람은 하나의 큰 정신의 일부에요"라는 사상은
조아드 어머니를 넘어서 번져갔다. 사생아를 낳고 비틀거리며 비를
피해 고지의 헛간으로 갔던 '샤론의 장미'는 굶주려 죽어가는 늙은
남자를 발견한다. 조아드 어머니와 '샤론의 장미'는 의미 있는 눈길
을 주고받은 뒤에 '샤론의 장미'는 죽어가는 남자의 머리를 받쳐
들고 젖을 먹임으로써 살린다. 비가 내리는 날씨임에도 불구하고,

굶주림과 좌절에 빠진 서글픈 모습들은 희망과 사랑의 대지로 변해 갔다.

비록 박해받은 이스라엘 민족처럼 성공적인 출애굽은 하지 못했지만, 또한 조아드 가는 가나안은 찾지는 못했지만, 그들은 이기주의를 버리고 우주적인 형제애를 실천함으로써 새로운 희망이 싹트기 시작했다. 인간이 인간일 수 있는 것은 대우주 속에서 자신의 위치를 파악하고, 개인인 자신이 전체라는 그룹과 관련되어 있을 때 가나안 복지에 도달할 수 있음을 알게 된다.

처음에 조아드 가 사람들은 강한 개인주의자들이어서 자신들만의 안위만을 생각했다. 조아드 아버지는 자신들의 식탁 위의 빵이 중요했다. 강철 같은 의지를 가진 조아드 어머니는 사납게 가족을 함께 지키는 데 관심을 두었다. 딸 '샤론의 장미'는 전통적인 중산계급의 성공만을 꿈꾸었다. 톰 조아드는 몇 푼 임금과 식탁 위의 고기 한 덩어리를 위해 노동자 공동체를 협조하기를 거부했다. 그러나 결국 톰은 케이시의 농민들을 위한 인권 투쟁을 따르기로 했으며, 조아드 아버지는 제방을 쌓아 올리면서 모든 사람이 함께 일하는 필요성을 보게 되었으며, '샤론의 장미'는 사산아를 놓고는 다음, 풍만한 젖을 죽어가는 늙은 남자를 먹여 살리고, 조아드 어머니는 "내 가족이 항상 먼저였으나, 이젠 더 이상 아니야, 누구든지 어려우면 우린 더 할 일이 많아졌어!"라고 했다.

독일계 미국 기독교 실존주의자 폴 틸리히(Paul Tillich, 1886-1965)는 서로 소외된 상태에 있는 것이 인간 실존이며, 서로 떨어져 있는 것은 죄라고 했다. 『분노의 포도』는 때로는 기독교를 풍자하기도 하고, 조직된 기독교를 공격하기도 하지만, 사랑으로 뭉친 기독교는 결국 "약속의 땅"으로 간다는 이야기이다. 『분노의 포도』란 이름은 쥴리아 와드 하우이의 유명한 "공화국의 전투가" 중의 "그는 분노의 포도가 쌓인 포도 수확 장을 짓밟아 버리고 있다"에서 인용한 것이며, "분노의 포도"란 이미지는 요한계시록 14:19-20의 "천사가 낫을 땅에 휘둘러 땅의 포도를 거두어 하나님의 진노가 큰 포도주 틀에 던지매 성 밖에서 그 틀이 밟히니 틀에서 피가 나서 말 굴레에까지 닿았고 천육백 스타디온에 퍼졌더라"라는 말씀에서 가져온 것이다. 마치 잃은 땅을 되찾기를 강렬히 요구하는 성난 군대처럼 조아드가와 그들 집단은 그들의 증가하는 좌절감과 고통으로 분노를 일으켜서, 결국 집단적인 투쟁으로 삶을 쟁취한다는 것이다.

열왕기상 4:25에서 "솔로몬이 사는 동안에 유다와 이스라엘이 단에서부터 브엘세바에 이르기까지 각기 포도나무 아래와 무화과나무 아래에서 평안히 살았더라"라고 하여 안정된 생활을 노래하고, 호세아 14:7에서 "그 그늘 아래에 거주하는 자가 돌아올지라 그들은 곡식같이 풍성할 것이며 포도나무같이 꽃이 필 것이며 그 향기는 레바논의 포도주 같이 되리라"라고 하여 번영을 노래하고 있다.

27
위대한 제국의 지도자 옥테이비어스 시저

셰익스피어, 『안토니와 클레오파트라』
(Shakespeare, *Antony and Cleopatra*)

사무엘상 16:10-13에 보면, 사무엘은 이새의 아들 일곱 명을 모두 사무엘 앞으로 지나가게 하였으나, 사무엘은 이새에게 "아들들이 다 온 겁니까?"하고 물었다. 이새가 양 떼를 치러 나간 막내아들 다윗을 데려오자, 주께서 말씀하시기를 "바로 이 사람이다. 어서 그에게 기름을 부어라!"라고 하셨다. 사무엘이 그의 형들이 둘러선 가운데서 다윗에게 기름을 부었다. 그러자 주의 영이 그날부터 계속 다윗을 감동하게 했다. 한 나라의 왕이 된다는 것은 하나님의 뜻이 있음을 말씀하고 있다.

영국의 극작가 셰익스피어(1564-1616)는 『안토니와 클레오파트라』에서 옥테이비어스 시저(훗날 아우구스투스 왕제)가, 안토니와 레피더스와 폼피 장군들에게 비교해서, 로마 제국을 위한 위대한 지도자가 될 수 있는 인물임을 극적으로 묘사하고 있다. 옥테이비어스는 로마의 제1 삼두정치(시저, 폼페이, 크라서스)의 최고 지도자인 줄리어스 시저의 조카이면서 양자 아들로서 로마의 제2 삼두정치(옥테이비어스, 안토니, 레피더스)의 핵심 인물이었다.

안토니는 로마 세계의 동부 지역을 통치하기 위해 알렉산드리아에서 주둔하면서, 제국의 일에 전념하지 않고, 애굽의 클레오파트라 여왕과 욕정에 빠져 헤어나지 못하고, 추방당한 폼피는 강력한 해군력으로 로마의 제2 삼두정치 세력에 위협적인 도전을 해오고 있었다.

옥테이비어스 시저는 레피더스 장군에게 안토니의 무절제한 상황을 분석하여 "그 사람은 낚시질과 음주로 소일하고, 주연으로 밤을 지새우고, 대장부답지 못하기가 클레오파트라만큼도 못하다오. 그 사람은 사신도 접견 안 해 줄 정도요. 아니, 정권 분담자인 사실도 잊고 있는 정도요."라고 한다.

시저는 안토니를 향해 그 음란한 주연을 철회하고 예전의 그 용장으로 돌아와 주기를 빈다고 한다. 패전해서 굶주릴 때도 인내성을 발휘하여 어려움을 극복하고, 말 오줌을 마시고, 누런 흙탕물까지 마시고, 더러운 울타리에 열린 껄껄한 딸기도 맛있게 먹었으며, 눈 쌓인 목장의 수사슴같이 나무껍질까지도 먹던 그런 결단으로 돌아와 주기를 빈다고 함으로써, 로마를 위해 그 위대한 로마 장수로 회복되기를 간절히 바라는 안타까움을 나타낸다.

옥테이비어스 시저는 폼피의 해상 세력은 강대하여 시저를 두려워하던 무리도 이제 폼피를 따르는 것도 알고 있다고 한다. 그러나 자고로 권력을 노리는 자는 일단 세도를 잡으면 인기를 읽는 법이며, 운명이 기운 자는 아주 몰락해 버린 후에서야 애석히 여겨지는 법이라고 함으로서, 폼피가 잡은 세력은 일시적이며 몰락하게 될 것이라고 예언한다.

안토니의 부인 폴비어가 죽은 후에, 시저의 동지인 아그리퍼 장군이 시저와 안토니의 화해를 위해 시저의 누이인 옥테이비아와 안토니의 결혼을 제안한다. "그 부인의 미모로 말하자면, 마땅히 가장 탁월한 대장부를 남편으로 삼을 만하며, 그리고 다른 부인네들로서는 감히 자랑하지 못할 만한 덕과 여러 미덕을 지니고 계십니다. 모든 오해가 이 결혼으로 다 해소되고 말 것입니다. 두 분에 대한 그 부인의 애정으로 해서 두 분 각하 사이는 유대가 강해질 것이고, 마침내는 대중 또한 두 분 각하를 사랑하게 될 것입니다.”

안토니는 “이제부터 형제의 애정을 가지고, 우리의 대업을 추진합시다.”라고 한다. 시저는 “어떤 형제도 그토록 사랑하지는 않을 나의 누이를 귀하에게 드리겠소. 그녀는 우리 양인의 영토와 마음을 결합하는 요인이 되리다.”라고 했다. 제국의 안녕을 위해 결혼을 통해 정치적인 단결을 호소했다.

안토니는 이집트에서 데리고 온 예언자에게 시저와 안토니 사이에 어느 쪽 운수가 더 셀 것 같은 가를 묻는다. 예언자는 시저의 운수가 더 세다고 하고, 시저 곁을 피하라고 한다. “그분과는 어떤 승부를 하셔도 반드시 각하께서 지십니다.” 예언자도 안토니에게 시저와는 싸우지 말 것을 말한다.

폼피의 해군력이 강화되고 로마에 위협이 되자, 시저는 안토니와 레피더스와 함께 폼피를 만나서 전쟁보다는 먼저 회담으로 담판하는 것이 제일 상책이라고 한다. 시저는 폼피에게 자신들의 의도를 잘 검토한 후에 불만의 칼을 칼집에 넣고, 수많은 용사를 시실리로 이끌고 돌아갈 것으로 안다고 한다. 안 그러면 그 용사들은 이곳에서 몰살당하는 수밖에 없다고 한다. 결국 시저, 안토니, 레피더스 쪽에서는 시실리와 사르디니아를 폼피에게 양보하고, 폼피 쪽은 로마에 일정한 밀을 조공 바칠 의무를 수행하겠다는 조건으로 평화 회담을 마치게 된다. 시저의 의도는 가능한 한 로마 군인들의 피를 흘리지 않고 평화 회담으로 유리한 입장을 견지하려는 것이다.

평화 회담의 성공을 기념하여 폼피는 제2 삼두정치의 세 지도자들을 자신의 배로 초청하여 화려한 파티를 갖는다. 모든 지도자와 장군들은 술에 취하도록 많이 마신다. 그러나 시저는 말도 많이 하지 않고 술도 많이 마시지 않는다. 폼피의 심복 부하 미내스가 닻줄을 끊어놓고 바깥 바다로 나가서 세 분들의 목을 치자고 건의하나, 폼피는 명예로운 일이 아니라는 이유로 거절하여 기회를 놓친다. 배가 파도에 밀리자, 불안해진 시저는 폼피에게 작별 인사를 하고, 안토니에게 "그만 물러갑시다. 그렇게 경솔히 굴면 우리의 중대한 의무에 차질이 생깁니다."라고 하고는, 재촉하여 배에서 내려 육지로 올라가 버린다. 시저는 언제나 세심하게 위기관리를 하고 있음을 보여주고 있다.

안토니가 부인 옥테이비아를 대동하고 알렉산드리아로 떠난다. 시저는 안토니에게 "귀하는 나의 귀중한 부분을 나로부터 떼어갑니다. 나를 보아 소중히 해 주시오. 우리의 정분을 굳게 하는 시멘트로써 두 사람 사이에 놓인 이 숙녀로 하여금 우정의 성곽을 쳐부수는 망치로 삼게 되는 일이 없도록 해 주십시오."라고 간곡히 누이를 부탁한다. 누이 옥테이비아를 보고는 "사랑하는 누이, 내가 어디까지나 보증할 수 있는 그런 아내가 되어 주시기를 바랍니다. 늘 소식 올리겠습니다."라고 애정 어린 인사를 한다.

시저는 안토니와 누이 옥테이비아를 알렉산드리아로 돌려보내고 난 후에, 시저는 친구인 마르크스 아그리파 장군과 레피더스의 아프리카 지역의 14개 군단의 도움을 받아 폼피를 물리친다. 폼피는 그의 지지의 유일한 본거지인 시시리를 포기하고 소아시아로 도망간다. 폼피는 B.C. 35년에 안토니의 부하인 마르크스 티투스에게 체포되어 재판 없이 불법적으로 처형된다(로마 시민은 반드시 재판을 통해 처형하게 되어있음).

그리고 시저는 레피더스를 폼피 정벌에 이용해 먹은 후에, 레피더스가 폼피에게 보낸 편지를 트집 잡아, 시저는 자신이 직접 레피더스가 폼피에게 협조했다는 죄목으로 체포하였다. 레피더스는 불쌍하게도 자유를 상실하고, 죽을 때까지 갇혀 있는 신세였다.

이제 로마 세계는 시저와 안토니 두 군사 지도자가 지배하게 되었다. 그러는 동안 안토니는 부인(시저의 누이 옥테이비아)을 로마로 돌려보내고, 자신은 클레오파트라와의 정욕 발산에 정신을 잃고 있었다. 누이를 너무나 모욕한 안토니에 대해 시저는 분노하지만 침착하게 누이에게 상황 분석을 한다. "안토니 그 사람은 자기 제국을 창녀 같은 계집 클레오파트라에게 주어 버렸소. 그리고 두 사람은 전쟁 준비를 하여 지금 지상의 여러 국왕을 징발 중이오. 이미 그 사람 휘하에 모인 축으로는 리비아의 왕 복까스, 카파도샤의 아켈로스 왕…. 유대국의 헤롯 왕 등등, 이 밖에도 수많은 국왕을 들 수 있소." 시저는 안토니에게 동조하는 11개국 국왕들의 이름을 하나하나 거론함으로써, 로마 세계의 정황을 정확하게 파악하고 있음을 보여준다.

로마 세계의 두 지도자 사이에 전쟁의 기운이 감돌기 시작한다. 안토니의 부하 장수들은 이구동성으로 시저와 해전을 하지 말고 육전을 하자고 주장한다. 시저의 함대는 폼피와의 해전 경험이 풍부하여 민첩하지만, 안토니 쪽의 배는 둔하다는 것이다. 그러나 안토니는 클레오파트라의 60척과 함께 해전을 선택한다. 시저는 육전은 하지 말고, 병력을 집결시키고, 해전이 끝나기 전에는 전투를 하지 말라고 철저하게 명령한다.

액티엄 해전에서 이상한 현상이 전개되었다. 안토니의 배들이 유리하게 전투하고 있는데, 갑자기 클레오파트라의 여왕 선이 뱃머리를 돌려 도망가는 것이었다. 안토니의 지휘선도 여왕 배를 따라감으로써 해전에 대패하고 말았다. 그 결과 안토니의 많은 군사가 시저에게 투항하여 갔다. 안토니는 클레오파트라 여왕이 자살했다는 허위 보고를 듣고, 자신의 칼 위에 쓰러져서 자살한다. 안토니는 결국 클레오파트라의 품에서 숨을 거둔다.

시저는 안토니의 죽음을 애도하고, 클레오파트라 여왕의 청을 모두 들어주겠다고 약속한다. 그러나 클레오파트라는 시저의 로마 개선 행렬 때 자신을 로마의 웃음거리로 삼으려는 시저의 계획을 간파하고 나일강의 독뱀을 가슴과 팔에 가져다 대고 자살한다. 시저는 두 사람을 함께 묻어준다. 이로써 로마는 옥테이비어스 시저의 일인 통치하에 들어가게 된다. 옥테이비어스 시저는 훗날 자신이 아우구스투스 황제가 된다.

고린도전서 6:9-10에서 "불의한 자가 하나님의 나라를 유업으로 받지 못할 줄을 알지 못하느냐 미혹을 받지 말라 음행하는 자나 우상 숭배하는 자나 간음하는 자나 탐색하는 자나 남색 하는 자(들은)…. 하나님의 나라를 유업으로 받지 못하리라"라고 했다. 클레오파트라에게 빠진 안토니는 왕국도 받지 못한다.

28

수전노 샤일록의 복수심과 파멸

셰익스피어, 『베니스의 상인』
(Shakespeare, *The Merchant of Venice*)

디모데전서 6:10에서 "돈을 사랑함이 일만 악의 뿌리가 되나니 이것을 탐내는 자들은 미혹을 받아 믿음에서 떠나 많은 근심으로써 자기를 찔렀도다"라고 하셨다.

영국의 극작가 셰익스피어(1564-1616)의 『베니스의 상인』에서 유대인 샤일록은 가장 복잡하고 다양하게 해석되는 인물이다. 그는 돈만 아는 수전노이냐? 잔인한 악마의 화신이냐? 기독교도들의 박해에 대항하여 항의하는 유대 영웅이냐? 셰익스피어는 샤일록을 역사적인 유대인의 속성으로 취급하지 않고, 단순히 경제적인 이득을 위해서 자신을 사회로부터 유폐시키고, 돈놀이하는 고리대금업자로서 수전노로 묘사하고 있다.

바사니오가 벨몬트에 있는 아름다운 포셔에게 구혼하려 하나 돈이 없어 친구인 안토니오에게 빌리기로 한다. 그러나 안토니오의 선박들은 모두 바다에 나가 있으므로 유대인 수전노 샤일록에게 삼천 더커트를 빌리기로 한다. 샤일록은 독백에서 기독교인인 안토니오를 증오하는 두 가지 이유를 말하고 있다. "저자가 그리스도인이기 때문에 밉단 말이야. / 그뿐인가, 비열하게도 어리석게도 무이자로 돈을 빌려주고,/ 베니스의 우리 대금업자 사이에 이자를 떨어뜨리기 때문에/ 더욱 밉단 말이야."(I, iii, 44-47) 첫째는 종교적인 이유이고, 둘째는 종교나 민족보다 경제적인 이유이다.

샤일록은 복수하겠다고 "나한테 한 번만 약점을 잡혀 봐라. 옛날부터 쌓인 원한을 톡톡히 갚고 말 테다."라고 맹세한다. 샤일록은 안토니오가 어떻게 자기를 학대하는가를 "저놈은 우리네 선민들을 증오하고,/ 상인들이 모인 장소에서도, 나를,/ 내 장사를 비난하고 내가 정당하게 번 작은 돈을/ 저놈은 이자라고 부른단 말이야."(I, iii, 49-51)라고 한다.

샤일록은 안토니오의 반유대주의를 비난하고, 자신의 고리대금업을 "정당하게 번 작은 돈"이라고 정당화하고, 안토니오에게 복수하겠다고 한다. 이번에는 자기 민족의 이름으로 맹세하면서 "저런 놈을 용서한다면 우리 민족이 자주를 받으렷다."라고 한다. 샤일록은 안토니오가 자기를 미워하기 때문에, 자기도 안토니오를 미워한다고 자기의 복수를 정당화한다. 샤일록의 생각은 바로 구약의 "눈은 눈으로"(출 21:24)라는 율법주의이다.

샤일록은 안토니오에게 "당신은 여러 차례 거래소에서 날 비난하셨지요. 나의 대금과 이자에 대해서요."라고 말하고는, 샤일록은 "참을성은 우리 민족의 특성이니까요./ 나를 이단자니, 살인자니 개니 하면서/ 당신은 우리 유대인의 웃옷에 침을 뱉었소."(I, iii, 111-113)라고 한다. 샤일록은 자신이 당하는 고난은 그가 유대인이기 때문이라고 말하여, 자신의 개인적인 문제를 교활하게 민족과 종교의 문제로 비약하고 있다.

샤일록은 안토니오에게 공개적으로 "당신은 내 수염에다 침을 뱉고,/ 도둑개를 문지방 밖으로 차내듯이 날 차더니"라고 항의하고는, "이제 와선 돈을 요청하시는구려./ 글쎄 뭐라 말해야 좋을까요? 개가 어디 돈이 있나요?/ 들개가 과연 삼천 더커트를 융통해 줄 능력이 있을까요?"라고 기독교인들을 조롱한다(I, iii, 117-123). 기독교인들은 샤일록의 고리대금업을 모든 방법으로 비난하면서도, 샤일록이 필요하니까 이용하려고 한다는 것이다.

샤일록은 계속해서 "나리께서는 지난 수요일에 내게 침을 뱉고,/ 그 어느 날엔 날 발길로 차고,/ 언젠간 개라고 불렸지요. 그런 친절에 대한/ 보답으로 이만한 돈을 빌려 드리리까?"(I, iii, 127-130)라고 한다. 샤일록은 유대인으로서 동물처럼 천하게 취급당하는 굴욕에 대해 저항의 목소리를 발하고 있다. 이제 샤일록의 관심은 사업 문제보다 인권 문제로 비약하고 있다.

그러나 안토니오는 "이 돈을 빌려주더라도 행여/ 친구에게 빌려주는 거라곤 생각 마오. 친구끼리/ 누가 돈을 꿔주고 이자를 받는 예가 있단 말이오."(I, iii, 133-136)라고 함으로서, 샤일록을 증오하는 것은 민족의 문제가 아니라, 고리대금업을 증오함을 시사하고 있다.

샤일록은 조심스럽게 기독교인에 대한 복수를 꾸미면서, 안토니오의 요구대로 삼천 더커트를 빌려주기로 하고, 교활하게 안토니오로 하여금 계약서에 서명하게 한다. 샤일록은 안토니오의 선박들이 어디에 있으며, 그들 선박들이 난파당할 가능성을 마음속에 계산하면서, "내가 제안하는 것은 내 선심에서 우러난 건데요…. 이건 장난삼아서 하는 겁니다."라고 말하고서 기간 내에 돈을 갚지 못하면 안토니오 가슴의 살 한 파운드를 도려내겠다고 한다. 샤일록의 "장난삼아"란 말에는 그의 악마적인 적개심을 나타내고 있다.

샤일록은 하인 란슬로트를 해고하는데, 그 이유는 하인이 밥을 너무 많이 먹기 때문이며, 기독교인의 집에 보냄으로써 기독교인의 재산을 축내게 한다는 것이다. 샤일록은 포셔의 구혼자 바사니오의 초청을 종교적인 이유로 거절하다가, 결국 수용한 것은 기독교인의 재산을 축내주기 위한 것이라고 한다. 샤일록의 딸 제시카도 "나는 피는 아버지의 딸이지만 행동으론 딸이 아니에요"라고 함으로써 아버지의 돈 중심의 삶을 싫어함을 보여주고 있다.

샤일록은 딸 제시카가 아버지 샤일록의 보석을 가지고 기독교인과 도망간 것을 알고서 "그년이 내 발 곁에서 뒈져버려도 좋으니까, 보석들이나 그년 귀에 달려있으면, 내 발목 곁에서 그년이 입관돼도 좋단 말이야."라고 함으로써, 샤일록은 딸보다 돈에 더 가치를 두고 있음을 보여준다.

샤일록은 안토니오의 배가 모두 바다에서 난파당한 것을 알고서 계약서대로 안토니오 가슴의 살 한 파운드를 도려내겠다고 한다. 안토니오와 바사니오의 친구들이 샤일록에게 안토니오 가슴의 살 한 파운드를 취해도 무슨 유익이 있느냐고 묻자, 샤일록은 "나의 복수를 충족시키려고."라고 한다.

샤일록은 자기 개인의 문제를 유대인 전체의 민족 문제로 비약한다. "그래 유대인은 눈이 없나? 아니 유대인은 손이, 오장이, 육체가, 감각이, 감정이 없단 말인가? 같은 음식을 먹고, 같은 병에 걸리고, 같은 약에 낫고, 겨울은 춥고, 여름은 더워, 어디가 예수쟁이들과 다르단 말인가? 찔러도 우린 피가 안 난단 말인가? 간질여도 웃지 않는단 말인가?" 샤일록은 단수 "나(I)"로 시작해서 복수인 "우리들 (we) 유대인들"이라고 말함으로써 그 자신의 개인적인 원한을 일반적인 민족적인 원한으로 바꾸어 버린다.

유대인들은 기독교인들에게 해를 가한 적이 없는데, 기독교도들이 먼저 유대인을 모욕했다는 것이다. "네가 증오하니" "나도 증오하겠다."라는 것이다. "눈은 눈으로 이는 이로"(출 21:24) 갚겠다고 한다. 샤일록은 같은 유대인인 튜벌로부터 안토니오의 선박들이 파선되었다는 소식을 전해 듣자, "하나님, 감사합니다."를 몇 번이나 반복함으로써, 안토니오에게 복수할 기회를 갖게 되었음을 신(神)의 뜻으로 돌린다. 샤일록은 복수의 화신이 된 것이다.

이제 샤일록은 "살 한 파운드"의 권리를 주장하기 위해 법 앞에 사납게 나타나서, "정의"를 부르짖으면서, 베니스의 공작에게 "만일 저의 권리를 거절하신다면, 공작님의 특권과 이 도시의 자유가 위태로워지겠지요!"라고 항변한다. 샤일록은 법적으로 계약서대로 할 권리를 강하게 주장한다.

바사니오는 샤일록에게 삼천 더커트 대신에 육천 더커트를 주겠다고 제안하고, 포셔는 원금의 세배를 주겠다고 제안하지만, 샤일록은 모두 거절한다. 샤일록은 베니스의 통치자인 공작에게 "그걸(살 한 파운드 도려내는 일) 거절하신다면, 이 나라 법률은 휴지나 다름없고 / 베니스의 법령은 허수아비와 한가지지요./ 나는 판결을 요구합니다."라고 부르짖는다.

이때, 법복을 입은 포셔가 샤일록에게 계약서에 따라 안토니오 가슴의 살 한 파운드를 도려내라고 명령한다. 샤일록은 변장한 포셔에게 "다니엘처럼 명판관입니다."라고 격찬하고, 칼로 안토니오 가슴의 살 한 파운드를 도려내려는 순간, 포셔는 "잠깐!"하고는 샤일록을 기다리라고 한다. 그리고 포셔는 샤일록이 안토니오 가슴의 살

한 파운드를 도려낼 때, 피 흘림이나, 혹은 살 한 파운드 이하나 이상을 도려내면, 베니스의 시민의 생명에 대한 위협으로 살인죄를 적용하여 처벌하겠다고 한다. 샤일록의 지나친 율법주의는 아이러니하게도 샤일록 자신의 율법주의로 패배당하고 만다. 샤일록의 항의는 끝장난 것이다. 샤일록은 재산까지 빼앗기게 된 것이다.

이제 샤일록은, 자비를 베풀어야 할 기회를 거절함으로써, 기독교인으로부터 큰 이득을 얻게 될 기회를 자신이 거절한 것이다. 샤일록은 "세배를 주시오, 기독교도를 가게 하겠소." 그리고 "원금을 주시오. 그를 가게 하겠소."라고 한다. 복수심에 사로잡혔던 샤일록은 끝장이 난 것이다. 샤일록의 마지막 푸념은 유대인이란 민족적인 문제가 아니라, 자기 돈에 대한 집착을 증언하고 있다. "내 생명이고 뭐고, 죄다 가져가 버리시오./ 감면은 필요 없소. 집을 받드는 기둥을 빼 가 버리면/집 전체를 빼가는 것이나 한 가지가 아니요./ 내가 사는 재원을 가져가면, 내 생명을 취해가는 것이요."

돈은 바로 샤일록의 생명 본질인 것이다. 마침내 샤일록은 자신을 적나라하게 드러내 보인 것이다. 그러나 판결은 샤일록의 재산 반만을 빼앗는다. 그 반만도 풍족한 것이다.

샤일록이 "네 원수가 배고파하거든 먹을 것을 주고, 목말라하거든 마실 물을 주어라. 이렇게 하는 것은, 그의 낯을 뜨겁게 하는 것이며, 주께서 너에게 상으로 갚아 주실 것이다."(잠 25:21-22)라는 악을 선으로 갚으라는 교훈을 알았더라면 좋았으리라!

29
전쟁의 무의미성

마리아 테마르코, 『서부전선 이상 없다』
(Erich Maria Remarque, *All Quiet on the Western Front*)

마태복음 24:7에서 "민족이 민족을, 나라가 나라를 대적하여 일어나겠고 처처에 기근과 지진이 있으리니"라고 하고, 이사야 13:15-16에서 "만나는 자는 창에 찔리겠고 잡히는 자는 칼에 엎드러지겠고 그들의 어린 아이들은 그 목전에 메어침을 입겠고 그 집은 노략을 당하겠고 그 아내는 욕을 당하리라"라고 하여 전쟁의 비참함을 말씀하고 있다.

독일 소설가 에리히 레마르코(1898-1970, 1947년 미국 시민이 됨)은 『서부전선 이상 없다』에서 전쟁의 비인간성과 참혹상을 적나라하게 그리고 있다.

폴 바우멜은 제1차 세계대전 때 19세의 젊은이로서 독일군에 입대하여 프랑스 전선에 참전했다. 폴과 그의 동급생들은 칸토레크 담임 선생님의 애국심에 대한 열변을 듣고 감동되어 군대에 자원했다. 그들은 모두 19세였다. 그들은 속 좁고 잔인한 힘멜스토스 병장을 통해 10주간의 난폭한 훈련을 받고, 전선에 투입되어 상상할 수 없는 무자비한 삶을 경험했다. 폴과 그의 친구들은 그들을 자원입대하게 한 애국심이니 이상적인 국가주의니 하는 것은 텅 빈 말장난에 불과하다는 것을 깨닫게 되었다. 그들은 전쟁이란 영광스러운 것이요 명예스러운 것이라는 것을 더 이상 믿지 않았다. 그들은 칸토레크 담임선생님을 멸시하게 되었다.

폴의 2중대가 2주 동안의 전투 후에, 잠깐 후퇴하여 휴식을 취하게 되었다. 중대원 150명 중의 80명만 전선으로부터 돌아왔다. 동급생인 조셉 베흠은 입대하기를 거부하다가 담임 선생님의 강권으로 입대했다가, 제일 먼저 비참한 죽임을 당했다. 동급생인 켐멜리히는 전선에서 괴저병에 걸려 다리를 절단당했는데, 자신은 다리가 절단되었는지도 모르고 천천히 죽어갔다. 의사는 벌써 다섯 명의 다리를 절단했기에 더 이상 다리를 자르지 못하겠다고 했다.

다른 동급생인 뮬러는 켐멜리히가 신고 있던 장화를 갖고 싶어 했다. 켐멜리히는 죽은 비행기 조종사로부터 장화를 벗겨 신었는데, 죽으면서 폴에게 장화를 뮬러에게 주라고 했다. 이 장화는 전쟁에서 인간의 생명은 장화보다 값싼 것임을 나타내었다. 이 한 쌍의 좋은 장화는 인간의 생명보다 더 가치 있고, 더 오래 견디는 것이었다. 그런데 이 장화를 물려받아 신은 자는 계속 죽어갔다. 그러기에 이 장화는 죽음을 상징하기도 했다. 또한 이 장화는 군인들이 가져야 할 실용주의적인 면도 있었기에, 전쟁의 고통을 살아남기 위해서 병사들은 슬픔이나 동정심이나 두려움 같은 감정적인 것은 생각하지 않고 장화를 갖고 싶어 했다. 켐멜리히의 죽음에서 영광이란 없었으며, 전쟁에 대한 낭만적인 환상도 완전히 날려 버렸다.

신병으로 구성된 20여 명의 보충병들이 2중대에 합류했는데, 그들은 나이가 17세 정도였다. 폴과 그의 친구들은 자신들이 고참병들이 된 기분이었다. 밤 동안에 사병들은 전선에 철조망을 치라는 괴로운 사명을 받았다. 포탄이 떨어지기 시작하자 병사들은 무덤 속에 숨었다. 포탄이 날아와 터지자, 그곳에 묻어 놓은 송장들이 묻음으로부터 튕겨 나오고, 그 송장 주변에는 총에 맞아 죽어가는 병사들이 뒹굴고 있었다.

2중대는 전선에 철조망을 설치하도록 명령을 받았다. 지극히 위험한 작업이었다. 군인들이 철조망과 쇠막대기를 운반해 왔다. 총알들이 지나가는 소리가 병사들의 신경을 날카롭게 돋우고, 영국군의 포격이 병사들을 땅에 엎드리게 했다. 군인들은 모두 인간 동물이었다. 폴은 엎드린 채로 소년 신병의 철모를 집어서 얼굴을 가려 주었다. 포격이 멈춘 후 그 신병은 바지에 똥을 싼 것을 알게 되었다. 폴은 신병에게 속바지를 벗으라고 했다.

이런 소름이 끼치는 사건으로부터 생존하여 돌아온 병사들은 천막으로 돌아와서 대부분 이를 잡았다. 잔인하기로 유명했던 훈련 교관 힘멜스토스 병장이 전선으로 배속되어 왔다. 그는 병사들에게 자신에게 경례를 하지 않는다고 힐책하자, 병사들은 그를 보고 욕을 퍼붓기도 했다. 폴과 친구 케트는 거위를 잡아 와서 저녁을 즐겼다.

폴이 소속된 부대는 연합군의 공격으로 피비린내 나는 전투를 감행해야 했다. 포탄에 병사들의 사지가 떨어져 나가고 몸통만 남게 되고, 큰 쥐들이 재빨리 기어 와서 죽은 자와 부상병들 물어뜯었다. 폴은 전쟁에서 동물이 된 것을 느꼈으며, 생존하기 위해서 자신의 본능만을 믿게 되었다. 전투가 끝난 후에, 80명 중의 32명만 살아남았다.

폴과 몇몇 병사들은 전선 후방에서 얼마간의 휴식을 취할 수 있었다. 그들은 수영하러 갔다가, 프랑스 여자들을 만났다. 폴은 절망적으로 순결성을 지키려 했으나 불가능함을 알았다. 폴은 17일간의 휴가를 얻어 집으로 갔다. 어머니는 암으로 죽어가고 있었다. 어머니는 "전쟁터에서 견디기 힘들지?"하고 염려에 찬 사랑의 시선으로 폴을 바라보면서 물었다. 폴은 견딜만하다고 거짓말을 했다. 폴은 가까이 있는 러시아인들이 잡혀 있는 포로수용소로 가보고는 그들도 프랑스인들과 똑같은 사람임을 알았다.

폴은 부대에 복귀하여 친구들을 다시 만났다. 독일 황제 카이저가 부대를 찾아왔으나, 폴은 황제의 작은 키와 가는 음성에 실망했다. 다시 전투가 벌어져서 폴은 자기 부대로부터 이탈되어 혼자 참호 속에 숨어 있었다. 포탄이 떨어지는 가운데 프랑스 군인 한 명이 참호 속으로 뛰어들었다. 폴은 본능적으로 칼로 그를 찔렀다. 폴은 프랑스 군인이 아직도 죽지 않고 피를 흘리며 신음하고 있는 것을 보았다. 폴은 그 군인의 상처를 붕대로 감아주고 물을 마시게 주었다. 몇 시간 뒤에 그 프랑스 군인은 공포에 질린 눈초리로 폴을 바라보면서 고통스러운 죽음을 천천히 죽어갔다. 폴은 그를 찌른 것을 후회했다. 폴은 그 프랑스 군인은 적이 아니라 자기와 같은 전쟁의 희생자임을 알았다. 폴은 그의 신분증을 보고서 그의 이름이 게랄드 듀발이며, 인쇄업에 종사했으며, 부인과 한 아들이 있음을 알았다. 폴은 그의 주소를 적었다. 그리고 그의 유족들에게 돈을 보내기로 했다. 폴은 생존 본능으로 정신을 차리고, 주변을 살피면서, 프랑스 군인에게 한 약속을 지키지 못할 것도 알았다. 폴은 자기가 파괴한 듀발과 그의 부인과 아들도 전쟁의 희생자임을 알았다. 폴은 자신의 부대에 복귀하여 프랑스 군인에 대해 이야기했다. 친구들은 폴을 위로했다.

전투가 다시 시작되었다. 폴과 크롭프는 부상당했다. 병원에서 폴은 치료받았으며, 크롭프는 다리가 절단되어 극도로 침울해졌다. 폴은 다음과 같이 말했다. "우린 어떤 값을 치른다 해도 살아야 해. 감상적일 수는 없어. 케멜리치는 죽었고, 베수투스는 죽어가고, 말탠스는 두 다리가 없어졌고, 메이여도 멕스도 배에여도 헴멜링도 죽었다. 정말 몹쓸 짓이다. 이제 우리가 어떻게 해야 하나. 살아야 한다."

전쟁은 모두를 육체적으로 심리적으로 지치게 했다. 디털은 어느 날 전투를 하다가 벚나무에 꽃이 만발한 것을 보게 되었다. 그는 벚나무 가지 하나를 꺾어서 쳐다보다가, 자기 고향집 과수원을 가득 메운 벚나무들을 생각하면서 집으로 달려갔다. 그는 체포되어 군법재판에서 도망병으로 취급되었다. 동급생들은 더 이상 그의 소식을 듣지 못했다. 집으로 가지 않고 홀란드로 가야 했다.

한 적군이 뮬러를 향해 총을 쏘았다. 뮬러는 배에 총알을 맞고 쓰러졌다. 뮬려는 반 시간 후에 고통스럽게 죽어가면서, 자기의 장화를 폴에게 주고 죽었다. 그 장화는 한때 켐멜리히에게 속한 것이었다. 새로 들어온 보충병들은 너무나 젊은 아이들이었다. 그들은 훈련도 채 받지 못하고 징집된 자들이었다. 부상병들도 그들이 채 치료도 받지 못한 채로 전선에 다시 투입되었다. 다리를 절면서 전투에 참여하는 자들도 많았다. 1918년에는 잔인한 전쟁의 해였다. 독일군은 분명히 질 줄 알면서도 지루한 전쟁을 이어나갔다.

1918년까지 폴과 같이 입대한 학생들은 모두 죽었다. 폴의 가장 친한 친구인 켓트는 먹을 음식을 구해 오다가 총탄에 머리를 맞아 피를 흘리기 시작했다. 폴은 그를 살리려고 어깨에 메고 왔으나, 그는 벌써 죽은 상태였다. 1918년 가을, 폴만이 유일한 생존자였다. 미국이 참전하고, 전쟁이 끝나갈 무렵 폴은 유탄에 맞아 죽어갔다.

그날 군대는 "서부전선 이상 없다"라고 보고했다.

이사야 41:10은 우리에게 "두려워 말라 내가 너와 함께 함이니라 놀라지 말라 나는 네 하나님이 됨이니라 내가 너를 굳세게 하리라 참으로 너를 도와 주리라 참으로 나의 의로운 오른손으로 너를 붙들리라"라고 말씀하셨다.

이사야 41:13은 "이는 나 여호와 너의 하나님이 네 오른손을 붙들고 네게 이르기를 두려워하지 말라 내가 너를 도우리라 할 것임이니라"라고 했다.

이사야 41:14은 "버러지 같은 너 야곱아, 너희 이스라엘 사람들아 두려워하지 말라 나 여호와가 말하노니 내가 너를 도울 것이라 네 구속자는 이스라엘의 거룩한 이니라"고 했다.

위의 이사야 41:10, 13, 14에서 하나님의 백성은 두려워할 필요가 없다고 했다. 세 가지 이유 때문이다. 첫째 하나님께서 그들과 함께하시기 때문이다. 둘째 하나님께서 그들의 오른손을 붙들어 주시고 그들의 원수들을 직면할 때 그들을 도와주시기 때문이다. 셋째 하나님은 우리의 구속자이시기 때문이다.

30
마키아벨리적인 사악한 왕 리처드 3세

셰익스피어, 『리처드 3세』
(Shakespeare, *Richard III*)

사무엘상 15:1-12에 보면 사울 왕은 아각 왕과 그의 양과 소의 가장 좋은 것 또는 기름진 것과 어린 양과 모든 좋은 것은 진멸하지 않음으로 하나님의 명령을 준행하지 않고, 갈멜산에 자기를 위하여 기념비까지 세운다. 하나님은 사울을 왕으로 세운 것을 후회한다고 하셨다. 사울은 블레셋과의 전쟁에서 불리해지자, 엔돌에 있는 신접한 여인에게 가서 죽은 사무엘의 영을 불러올리기도 한다(삼상 28:7-20). 사울의 아들(요나단, 아비나답, 말기수아)는 블레셋 사람들로 인해 죽임을 당하고, 사울은 자기 칼 위에 엎드러져 자결함으로 비극적인 종말을 고한다(삼상 31:1-4).

영국의 극작가 셰익스피어(1564-1616)는 『리처드 3세』에서 왕이 되기 위한 야심 때문에 인간이 악마 같은 극악한 마키아벨리적인 괴물이 될 수 있음을 영국의 리처드 3세 왕을 통해서 소름 끼치게 묘사하고 있다.

셰익스피어는 리처드를 수사학의 대가로 묘사하고 있으며, 처음으로 수사적 언어가 충분한 힘을 발휘하는 것을 보여준 인물이기도 하다. 리처드는 기형(꼽추)으로 생겼지만, 문학에서 가장 매혹적인 악한 중에 하나로 매력과 기지를 발산하는 인물이면서, 사람들을 속이고, 조종하고, 무자비하여 불쾌감을 주는 인간이다. 리처드는 너무나 지적이고, 너무나 자의식이 강하고, 너무나 자기 자신과 주변의 사람들을 잘 조종하기 때문에 어떤 도덕적인 모호성도 제기하지 못했다. 그는 키가 작은 데다 꼽추였다.

헨리 6세가 서거하고 요크 공작의 장남이 에드워드 4세 왕이 된다. 그의 동생으로 글로스터 공작 리처드와 막내동생 클래런스 공작 조지가 있다. 리처드는 혼잣말로 자신의 꼽추 된 것을 한탄하며 왕이 될 음모를 꾸민다. "왕은 오래가지 못하였다. 그러니 조지를 급행 역마로 천당에 보내기 전에는 죽게 해선 안 되지. 입궐하여 조지에 대한 왕의 증오심의 불길을 더 하층 부채질하는 거다. 그럴싸한 증거를 꾸며내서 거짓말을 늘어놔야지."

리처드는 왕궁으로 가서 형인 에드워드 4세 왕에게 동생 클래런스 공작의 이름이 조지(George)이니, "G" 자로 시작하는 자가 반역한다는 예언이 있는데, 클래런스가 반역할 기미가 있다고 말하여 런던 탑에 감금하게 한다. 리처드는 동생의 석방을 왕에게 간곡히 간언하여 석방하도록 할 터이니 염려 말라고 한다. 리처드는 혼잣말로 "멍청하고 순진한 클래런스 같으니, 난 당신을 어찌나 사랑하는지, 당신의 영혼을 곧 천당으로 보낼 계획인 거야."라고 하고는, 사람을 시켜 런던탑에서 클래런스 공작을 교살하여 그 시신을 백포도주 통에 집어넣어 버린다.

헨리 6세의 영구가 병사들에 호위 되어 나타나고, 그 뒤에 상주인 헨리 6세의 황태자 에드워드의 미망인 앤이 따라온다. 헨리 6세도 황태자 에드워드도 모두 리처드에게 살해를 당했다. 앤은 "남편의 피를 흘리게 한 놈의 피는 저주를 받아라."라고 한다. 앤이 리처드를 보자, "더러운 악마 같으니, 제발 꺼져버려라. 더러운 불구자 가트니, 이 피를 들이 마시는 대지여, 복수로 저 자를 죽여주십소서." 리처드는 앤과 결혼해야 왕이 되는데 도움이 되겠다고 생각한다. 그는 앤을 보고 말한다. "놀랍게도 천사도 성을 내는구려. 여신같이 완전무결한 여인이여." 앤은 대답한다. "세상이 다 아는 악의 화신이여." "입으로는 표현하지 못할 만큼 아름다운 여인이여, 좀 참으시고, 내게 변명할 기회를 주십시오." "상상도 못할 만큼 더러운 자 같으니. 당신에게 알맞은 곳은 지옥밖에 없어요." 앤이 리처드에게 침을 뱉고, 칼을 꺼낸다. 리처드는 무릎을 꿇고 가슴을 연다. 앤은 칼끝을 그의 가슴에 댄다. "자 망설일 건 없소. 헨리 왕은 내가 죽였소. 그렇게 하게 한 것은 당신의 미모였소. 자 죽여주시오. 에드워드 왕자를 찔러 죽인 것도 확실히 나요. 당시의 그 천사 같은 얼굴이 나를 그렇게 하게 한 것이오." 앤은 칼을 떨어뜨린다. 리처드는 반지를 꺼내서 앤에게 주고, 앤은 그 반지를 받는다.

리처드는 독백한다. "저 여잔 이젠 내 것이다. 허나 오래 곁에 잡아 둘 생각은 없어. 원! 나에게 남편과 시아비를 살해당하고. 시체를 눈앞에 두고도 내 손아귀에 들어오고 말다니! 이런 절름발이 병신에게?"

병약한 에드워드 4세 왕은 왕실의 갈등을 해소하고 화합을 하려고 노력했으나 성공하지 못하고 세상을 떠난다. 리처드는 왕세자 에드워드가 왕위를 계승하고자 급히 런던으로 모셔오게 하고, 왕비의 추종자들인 리버즈 경과 그레이 경과 기사 토마스 본도 폼프레트 감옥으로 압송하고 처형해 버린다.

놀란 왕비 엘리자베스 미망인은 둘째 왕자 요크의 공작을 켄트버리 대주교에게로 피신시키려고 한다. 이 소식을 들은 리처드는 서거한 형 에드먼드 4세 왕의 왕세자 에드워드와 둘째 왕자를 보호한다는 구실로 런던탑에서 머물게 하고 대관식 날까지 자신의 보호아래 두겠다고 한다. 리처드는 태자에게 "왕이 되실 몸에 가장 알맞은 곳이 있는데, 뭣하시면 2, 3일 런던탑에서 쉬시는 것도 좋을 것 같습니다."라고 한다. 태자는 런던탑은 싫다고 한다. 리처드는 혼잣말로 "어린 것이 너무 총명하면 오래 못 산다고 했것다."라고 중얼 거린다. 리처드는 "그럼 전하, 나는 어머님한테 가서 런던탑으로 전하를 맞으려 나오시도록 권해 보겠소."라고 하여 런던탑으로 태자를 가게 한다.

리처드는 헤이스팅즈 경이 젊은 태자의 충실한 지지자임을 알게 된다. 왕세자의 대관식에 대한 의논을 한다고 하여 헤이스팅즈 경을 런던탑으로 초청한다. 스탠리 경이 헤이스팅즈 경에게 위험하니 가지 말라고 만류하는데도, 그 충고를 듣지 않고 회의에 참석한다. 헤이스팅즈 경이 런던탑에 도착하자 리처드는 그를 반역죄로 체포하여 바로 처형해 버린다. 리처드는 버킹엄 공작과 결탁하여 시장을 찾아가서 헤이스팅즈 경이 자기들을 암살하려 한다고 말하여, 시장으로 하여금 헤이스팅즈의 처형을 정당화한다.

리처드와 버킹엄 공작은 공모하여 왕좌를 자신들이 차지하기 위해 서거한 에드워드 4세 왕의 극심한 불륜의 관계와 왕자들은 모두 서출들이라고 소문을 퍼뜨린다. 그런 소식에 충격을 받은 시민들과 시장은 리처드에게 왕위 계승을 하라고 권한다. 리처드는 "호의는 감사하오. 허나 부덕한 나로선 그 청을 거절할 수밖에 없소."하고 극구 사양한다. 버킹엄 공작은 시민들과 적극적으로 왕위를 수용할 것을 권유한다. 리처드는 하는 수 없다는 듯이 수용하고, 즉시 왕위에 등극할 것을 계획하고, 앤에게 리처드 왕의 왕비로서 관을 쓰도록 급히 웨스트민스트로 오라고 한다.

리처드는 대관식이 끝나자 버킹엄 공작에게 두 사생아 왕자들을 살려두고 싶지 않다고 말한다. 버킹엄은 주저하는 눈치를 보인다. 리처드 왕은 왕비 앤이 중병으로 빈사 상태라고 소문을 내게 하고는 비밀하게 살해해 버린다. 그리고는 형 에드워드 전왕의 딸 질녀 엘리자베스와 결혼하려 한다.

리처드 왕은 버킹엄 공작으로부터 왕이 주기로 언약한 허퍼드 백작령과 기타 동산 등에 대한 요구를 외면해 버린다. 그리고 리처드 왕은 포악무도하기로 이름난 티렐이란 하수인을 시켜서 런던탑에 있는 서거한 에드워드 4세 왕의 세자와 둘째 왕자를 교살해 버린다.

리치먼드 백작과 헨리가 반군을 이끌고 런던으로 접근하고 있었다. 버킹엄 공작은 리처드 왕에게서 도망 처서 군사들을 이끌고 리치먼드 반군에 합류하지만, 버킹엄은 리처드 왕에게 체포되어 처형당한다.

리치몬드 백작 군사와 리처드 왕의 군사가 보즈워드 평원에서 최종 전투를 준비하고 있다. 리처드 왕은 리치먼드 백작의 군사는 6-7천 명 정도이나, 리처드 왕의 군사는 그 세 배가 된다는 보고를 듣는다. 리치먼드 백작은 잠자기 전에 무릎을 꿇고 기도한다. "하나님, 당신을 위하여 이렇게 궐기한 저의 군대를 은총의 눈으로 보살펴 주십시오! 그리고 장병들 손에 분노의 철퇴를 주어, 찬탈자에게 가담한 적의 투구를 격타로 박살나게 해 주소서!"

리처드 왕이 잠이 들자, 헨리 6세 왕자 에드워드의 유령이 나타난다. 헨리 6세의 유령, 클로런스의 유령, 리버즈, 그래이, 본의 유령들, 헤이스팅즈의 유령, 두 어린 왕자 에드워드와 둘째 왕자 요크의 유령, 앤의 유령, 버킹엄의 유령 등이 차례로 나타서 리처드 왕에게 "내일 네 영혼을 무겁게 짓눌러 줄 터이다! 그러니 절망 속에 죽어라!"라고 저주한다. 그러나 리치먼드에게는 "기운을 내세요, 리치먼드, 승리는 그대의 것이요!"라고 격려한다.

리처드 왕은 악몽에서 깜짝 놀라 깨어난다. 양 진영은 격렬하게 싸운다. 리처드 왕은 "전투 중에 리치먼드를 다섯 명이나 죽였는데, 모두가 대역이었어!"라고 불평한다. 전투 중에 리처드 왕의 말이 쓰러져 버려 도보로 분투한다. 리처드 왕은 "말을! 말을! 말을 주면 이 왕국을 주겠다!"라고 부르짖다가 리치먼드의 칼에 찔려 죽고 만다. 왕국을 차지하려고 그렇게도 많은 왕족들과 귀족들을 죽여 놓고, 전쟁터에서 말 한 마리를 주면, 그 대신 왕국을 주겠다고 한다. 이건 진정 왕권에 얽힌 아이러니임에 틀림이 없다. 리치먼드는 유령들이 예언한대로 승리하여 영국의 헨리 7세 왕으로 등극한다.

사무엘상 16:10-13에서, 사무엘은 이새의 일곱 명의 아들들을 본 다음, 막내아들 다윗을 보자, 주님께서 "바로 이 사람이다. 어서 그에 게 기름을 부어라!"라는 명령에 따라 다윗에게 기름을 부었다. 한 나라의 왕이 된다는 것은 하나님의 뜻이 있음을 말씀하고 있다.

31

"나"와 "너"와의 진정한 만남이 없기 때문에

에드워드 알비, 『동물원 이야기』

(Edward Albee, *The Zoo Story*)

빌립보서 2:4에서 "각각 자기 일을 돌아볼뿐더러 또한 각각 다른 사람들의 일을 돌아보아 나의 기쁨을 충만케 하라"고 하였다. 사람들은 다 자기 일을 구하고 그리스도 예수의 일을 구하지 아니한다고(빌 2:21) 말함으로써 인간의 이기주의적인 성향 때문에 "나"와 "너"와의 진정한 만남의 대화가 어려움을 말하고 있다.

20세기의 많은 사상가와 문인들이 탄식하는 것은, 고도로 산업화한 물질문명 속에서 인간들 사이에 "나"와 "너"와의 진정한 만남의 대화가 없다는 것이다. 유대계 실존주의 신학자 말틴 부버(Martin Buber)는 그의 저서 『나와 너』(I and Thou)에서, 인간들 사이에 "나"와 "너"와의 만남이 없는 이유는 인간들이 이기적이어서 서로를 인격적인 존재로 생각지 않고 단순히 하나의 "그것(it)"으로 취급하기 때문이라는 것이다.

현대의 미국 부조리 극작가 에드워드 알비는 『동물원 이야기』(The Zoo Story)에서, 진정한 "만남(contact)"을 가질 수 없는 부조리한 상황을 빚어내는 것은 인간의 이기주의적 잔인함에 기인한다고 보고 있다. 알비가 말하는 이기주의적 잔인함은 "무관심"한 "비개입 성"

의 태도와 자기만족을 성취하기 위하여 취하는 타자에 대한 살인적인 "잔인성"의 두 가지 형태로 나타난다.

알비는 부조리한 인간 상황이란 결국 인간이 자기만의 안정된 영역을 구축하여 안주하기 위해 타자에 대한 비 개입적인 태도를 취하기 때문에 인간들 사이에 진정한 대화(만남)의 어려움으로 나타나는 형상이라는 것이며 그리고 "폭력"이란 인간은 자기 자신 가운데 이기주의적인 잔인함을 타고났기 때문에 반드시 희생자를 찾게 되기에 나타나는 현상이라는 것이다.

『동물원 이야기』 속에 "제리(Jerry)와 개에 관한 이야기"가 있다. 제리의 하숙집 개는 제리가 들어올 때는 "왕… 그르르르…" 하고 짖으나, 제리가 나갈 때면 짖지 않고 바라보기만 한다.

이 개의 태도는 하숙집이라는 자신이 소유한 영역을 지키려는 강한 이기주의적인 본능 때문에, 자신의 영역이 침범당할 때는 공격을 가해오는 잔인함을 보이나, 자신의 영역이 침범당하지 않을 때는 무관심함을 나타낸다.

그래서 제리는 개와의 "만남"을 위하여 먼저 친절을 베풀고 다음에는 폭력을 통하여 만남을 시도한다. 제리는 먼저 햄버거 고기를 사 와서 개에게 던져줌으로써 친절을 통한 만남을 시도한다. 그러나 개는 햄버거 고기를 잽싸게 먹고 난 뒤에는 제리에 대한 공격을 조금도 늦추지 않고 또 "왕"하고 가해온다. 개의 이기심 때문에 친절을 통한 만남이 불가능함을 보여주고 있다.

친절을 통한 개와의 만남이 실패하자 제리는 햄버거 고기에다 쥐약을 넣어 개를 죽여 버리려 한다. 그러나 쥐약을 먹은 며칠 뒤 개는 죽지 않고 다시 살아나게 된다. 그 후 개는 제리가 하숙집에 들어와도 더 이상 짖지도 않고 멍하니 쳐다보기만 한다. 이로써 제리와 개는 "타협"을 했는데, 타협이란 바로 "무관심"이었다.

알비가 말하는 "무관심"이란 타자의 고뇌를 외면하는 현대 인간들의 이기주의가 빚어낸 잔인함의 발로이다. 이 이기주의 쇠창살이 마치 동물원의 사자들을 쇠창살로 서로 갈라놓는 것처럼 인간들을 서로 갈라놓아 "나"와 "너"와의 만남이 없는 부조리한 상황을 빚어내고 있다고 알비는 고발하고 있다.

또한 알비는 제리의 잔인함도 고발하고 있다. 제리는 자신과 개와의 만남이 실패하자 개에게 쥐약을 먹여 죽여 버리겠다는 자기중심적인 잔인함을 보인다. 개가 제리에 대한 공격적인 태도나 무관심한 태도 모두가 개의 이기주의적인 잔인함의 말로인 것처럼, 제리의 개에 관한 관심과 살기 띤 폭력도 결국은 제리 자신의 이기주의적인 잔인함의 표출이다.

이 극에서의 등장인물은 제리(Jerry)와 피터(Peter) 두 사람뿐이다. 피터는 부인과 두 딸을 가진 미국 중산층을 대표하는 인물로서, 일요일 오후면 항상 뉴욕의 센트럴파크 벤치에 혼자 앉아 독서를 즐기고 있다.

제리는 개와의 경험을 바탕으로 피터에게 자신에 관한 단편적인 이야기들을 해주고, 다음으로 피터의 가족 상황에 관심을 보여주는 것으로써 먼저 "친절"을 통한 피터와의 만남을 시도한다.

제리는 자신의 신상에 관한 단편적인 이야기들을 몽타즈 수법을 사용하여 병렬 형태로 늘어놓음으로 자신의 과거의 삶이 진정한 만남이 없는 단절된 것이었음을 말함으로써 피터의 무관심의 벽을 깨뜨리려 한다. 제리의 음탕한 어머니(good old Mom)가 자신의 이기심만을 충족하기 위해 남편과 아들을 버리고 외딴 남자와 도망갔다가 죽어서 크리스마스와 신년 사이에 죽은 시체로 돌아온 일, 그 결과 아버지(good old Pop)가 아들의 행복에 관한 책임은 조금도 고려치 않고 술에 취해 자동차 사고로 죽게 된 일, 희랍계열의 소년과 왜곡된 우정의 표현인 동성연애를 잠깐 한 일, 창녀들과 돈으로 한 시간 동안만의 접촉을 가진 일 등 조각난 작은 이야기들을 통해 가족들과 주변 인물들과의 관계에서 한 번도 진정한 만남을 가져보지 못한 것을 제리는 말한다. 제리가 접촉한 사람들은 모두 자기중심적인 사람들이기 때문에 제리는 이들과 진정한 만남을 한 번도 가질 수 없었음을 강조하고 있다.

또한 제리는 피터에게 현재 제리가 살고 있는 하숙집 4층의 사람들도 서로 단절된 상태에서 정신분열증적인 경향의 부조리한 삶을 살아가고 있는 상황을 말한다. 제리의 하숙집에 사는 혼자 생활하는 동성연애자, 문을 잠가 놓고 항상 눈썹을 빼면서 울기만 하는 여인, 한 방에 떼 지어 사는 퓨에르토리고 가족들, 제리를 음탕한 눈으로 바라보는 휴지통 같은 하숙집 주인 등은 모두 사회에서 소외되어 하숙집 작은 방에 팽개쳐진 자들이며 자아를 상실한 자들이다. 이 하숙집은 바로 인간들의 무관심 때문에 소외된 인간 동물원임을 말하고 있다.

그러나 피터의 반응은 단순히 "오, 저런", "예스", "노"라는 지극히 간단한 대답이나 "그건 정나미 떨어지네요, 그건 소름끼치네요. 미안해요. 그런 뜻이 아니었는데"와 같은 상투어를 사용함으로써 진정한 인간적인 관심이 결여함을 보여준다. 말하자면, 피터는 자신을 인습적인 중산계급의 조개껍질이란 안락한 환각 속에 유폐시켜 놓고 타인에 대해서는 무관심함을 보인다.

피터는 공원 벤치가 상징하는 자신의 이기주의적인 영역을 지키면서 미국 중산계급 특유의 자기만족 속에 도사리고 앉아서 다른 사람의 필요에는 무관심한 비개입의 잔인함을 표출함으로써 "나"와 "너"와의 만남이 없는 부조리한 상황을 빚어내고 있다.

제리는 인간의 언어를 통한 피터와의 만남이 불가능해지자 폭력을 통한 만남을 시도한다. 제리가 피터를 간질이자, 피터는 "오, 히히 히히… 오, 하 하 하 하…"라고 순간적인 반응을 보인다.

그러나 제리가 피터를 공원 벤치에서 폭력으로 밀어낼 때, 피터는 비로소 자신의 이기주의 성역인 벤치를 지키기 위해 마치 제리의 하숙집 개처럼 적의를 품고 자신의 영역을 침범한 자에게 결사적으로 대항하는 반응을 보인다.

제리는 최후 수단으로 칼을 꺼내어 피터에게 던져주고, 그리고 제리는 자신을 방어하기 위해 칼을 집어 든 피터로 하여금 자신을 찔러 죽이게 한다. 제리는 피터로 하여금 벤치를 포기하고 도망가게 한다.

피터는 그렇게도 떠나지 않으려던 공원 벤치, 즉 자신의 이기적인 영역을 이제 포기하고 떠난다. 피터는 이제 더 이상 존재의 표면에만 머물면서 타자와의 진정한 만남을 거부할 수 없으며, 또한 미국 중류층 특유의 자기만족의 껍질 속에 머물 수는 없는 것이다. 이제 그는 이기주의의 껍질을 깨뜨리고 나와서 인간 조건이 가진 소외와 절망의 현실을 직면하도록 제리의 죽음에 의해 강요당한 것이다.

이제 피터는 자신이 죽인 제리를 원하든 원하지 않든 영원히 기억할 것이다. 제리는 자신의 생명을 대가로 치르고서 마침내 한 인간과 만남을 이룬 것이다. 그래서 제리는 죽어가면서, 피터를 향해 "피터, 감사해요"라고 한다. 소외된 현대인의 이기적인 벽을 무너뜨리고 타자들과 진실한 만남을 이룰 수 있는 유일한 길은 제리가 치른 자기희생을 통한 방법뿐이며, 이 희생만이 이기적 자아를 파괴할 수 있는 위대한 힘이라는 것이다.

제리의 희생은, 비록 원시적이고 폭력적인 방법이긴 하지만, 피터와의 만남을 성취한 것이다. 이 만남이야말로 환희의 절정에서 이루어지는 하나의 친교를 경험한 것이다. 제리는, 마치 예수가 겟세마네 동산의 십자가에서 부르짖듯이, "오, 나의 하나님"이라고 절규하면서 최후를 마친다. 이러한 마지막 장면이야말로 제리(Jerry)의 "J"는 예수(Jesus)의 역할을 상징적으로 담당하고, 그리고 피터(Peter)는 예수를 세 번 부인한 베드로(Peter)의 역할을 담당한다고 하겠다.

제리는 자신의 죽음으로 피터로 하여금 자신의 이기적인 벽을 깨뜨리도록 강요하였고, 그 강요는 피터로 하여금 자신의 이기적인 영역인 벤치를 포기케 함으로써 효력을 발생하였던 것이다. 이러한 의미에서 알비는 마틴 부버의 "나와-너"의 만남의 경지에 접근하고 있다.

마가복음 12:30-31에 예수님은 "네 마음을 다하고 목숨을 다하고 뜻을 다하고 힘을 다하여 주 너의 하나님을 사랑하라"고 하시고는, "네 이웃을 네 몸과 같이 사랑하라"고 하셨다. 예수는 나와 하나님과의 관계에서도, 또한 "나"와 "너"와의 관계에서도 "사랑"이 제일가는 계명임을 말씀하심으로써 "사랑"을 통한 인격적인 만남만이 인간들 사이의 진정한 만남을 가능케 함을 말씀하신 것이다. 그래서 부버는 그의 저서에서 "나"와 "너"와의 인격적인 만남이 있는다음에야 "나"와 "그분(He=하나님)"과의 인격적인 만남의 바탕은 "사랑"임을 전재하고 있다. 그리스도의 "사랑"만이 인간의 이기주의적인 잔인함을 극복할 수 있으리라.

32

부패한 교회 지도자: 추기경 울시

셰익스피어, 『헨리 8세』

(Shakespeare, *Henry VIII*)

사무엘상 2:29-31에 보면, 하나님의 사람이 엘리 제사장에게 와서 제사장의 두 아들들이 성전 제물 가운데 가장 좋은 것들만 골라서 사용하도록 묵인한 것을 책망하시고 자손의 대를 끊어 버리겠다고 경고했다. 엘리 제사장이 98세 때 블레셋과의 전쟁에서 두 아들 홉니와 비느하스기 전사하고, 하나님의 궤는 빼앗겼으며, 엘리는 앉아 있던 의자에서 뒤로 넘어져, 목이 부러져 죽었다(삼상 2:11, 18). 제사장이 사명을 다하지 못할 때 본인과 그 가족과 나라까지 비극적인 상황에 처함을 증언하고 있다.

영국의 극작가 셰익스피어(1564-1616)는 『헨리 8세』에서 부패한 추기경 울시의 화려한 정치적 행각과 결국 초라한 죽음으로 삶을 끝맺는 장면을 진지하게 묘사하고 있다.

노포크 공작, 버킹엄 공작, 애버거베니 경 등 세 귀족이 만나, 추기경 울시의 무자비한 권력과 거들먹거리는 교만함에 대한 분노를 나타낸다. 영국 왕과 프랑스 왕 앞에서 마상시합의 화려한 행사의 총주관자가 성직자인 추기경 울시라고 비꼬면서, 그까짓 마상시합까지도 손을 대니 한심하다고 한다. 그자는 이제 왕에 버금가는 지위를 누리면서, 자만심이 그자의 온몸에서 밖으로 삐져나오고 있는 것이 보인다고 하고, 그자는 새로 지옥을 개업한 자라고 비난한다. 버킹엄 공작은 "저 여우 같은 성직자 놈은, 어쩌면 이리 같은 성직자일지도 모르고, 아마도 양쪽을 겸했을 거요."라고 한다.

왕실의 경호관들이 와서 버킹엄 공작, 애버거베니 경, 공작의 고해 신부, 비서 등 버킹엄 공작과 관계되는 사람들을 모두 국사범 죄인으로 체포한다. 버킹엄은 "내 집의 재산 관리인이 나를 배반했구나."라고 하고, 추기경이 재산 관리인에게 돈을 주었다고 한다.

캐드린 왕비는 헨리 8세 왕에게 울시 추기경이 세금을 자기 개인의 목적으로 남용하고 있다고 불평하고, 국민 각자의 재산의 6분의 1을 프랑스 원정 군비를 위한다는 명목으로 징수하고 있으므로 국민이 등골 빠지는 일로 왕실을 저주하고 있다고 말한다. 헨리 왕이 묻자, 울시 추기경은 자기는 잘 모르는 일이라고 한다. 헨리 왕은 중세법을 폐기하고 과세령에 반항한 자들은 모두 사면하라고 명령한다. 울시 는 비서에게 추기경의 주선으로 중세법은 파기되고 사면령이 나오게 된 것이라고 소문을 내게 한다.

캐드린 왕비는 버킹엄 공작의 체포도 울시 추기경이 한 짓이라고 항의한다. 울시는 버킹엄 공작 집안 재산 관리인이었던 자가 고발자 라고 하자, 헨리 왕은 버킹엄의 반역 재판을 시작하라고 명령한다. 관리인은 국왕에게 버킹엄 공작이 날마다 입을 열었다 하면 "만일 폐하가 후계자 없이 죽기만 하면, 황제의 홀을 기어코 자기 것으로 하고 말겠다고 하고, 자기 사위 애버거베니 경에게 그렇게 되는 날에 는 추기경에게도 복수하겠다."라고 증언한다.

울시 추기경이 개최한 가면무도회에 왕과 일행이 가면을 쓰고 등장한다. 왕은 앤 불런과 춤을 추고 나서, "저 미인은 누구요?"라고 묻자, 추기경은 서 토마스 불런의 영애로 왕비 전하의 시녀라고 한다. 왕은 "참으로 미인이군! 추기경, 오늘 밤은 유쾌히 보냅시다. 한 번 더 춤을 추겠소."라고 한다. 그 후에 왕은 앤에게 펜브루크 후작 부인이라는 명예스러운 칭호를 수여함과 동시에 연금 1천 파운드를 하사한다(앤은 캐드린 왕비 다음의 왕비가 된다).

신사들 두 명이 나타나서, 버킹엄 공작에게 대역죄의 선고를 내리게 되었다고 하고, 분명히 추기경이 뒤에서 조종하고 있으며, 그의 정치적 술책은 정말 더럽다고 혹평하고, 평민들도 모두 그자를 바닷속에 처넣어 버렸으면 시원하겠다고 한다. 또한 두 신사는 폐하와 캐더린 왕비가 이혼한다는 소문이 있는데, 추기경 울시가 왕비에 대한 원한에서 폐하의 가슴에 모종의 의혹을 불어넣은 수작이라고 하고, 결국 왕비는 당하고 말 것이라고 한다.

헨리 왕이 형수를 왕비로 삼은 일 때문에 종교재판이 열렸다. 추기경 울시가 뒤에서 조종했기에 20년간의 아름다운 결혼 생활이 문제가 되었다고들 한다. 그 때문에 헨리 왕과 왕비의 친정 조카인 스페인 황제 사이의 화친을 깨 놓았다고 한다. 국왕은 악한 울시 추기경에게 대해서는 장님이라고 한다. 추기경의 손에 걸려들면 진흙 덩어리나 다름없이 그자의 뜻대로 주물러지고 만다고 한다. 교황청에서 법전문 추기경을 파송하여 재판이 진행된다.

국왕과 왕비와 재판관들이 입석한 가운데 재판이 진행되었다. 캐더린 왕비는 20년간 충실한 아내로서 폐하를 섬겼으며, 둘 사이에는 많은 자녀까지 두었다고 말한다. 왕비는 "헨리 왕의 부왕과 저의 스페인 부왕께서 합의한 결혼이기에 우리의 결혼은 합헌적입니다."

라고 항변한다. 그리고 재판을 좀 연기해 달라는 왕비의 요청에 울시 추기경은 재판 연기는 무익하다고 말한다. 왕비는 울시 추기경을 재판관으로 받아들일 수 없다고 한다. 왜냐하면 폐하와 자기 사이에 불을 지른 불구대천의 원수이기 때문이라고 한다. 울시 추기경은 자신은 교황청 전체의 추기경 회의의 지시에 따른다고 한다.

헨리 왕은 추기경에게는 허물이 없다고 한다. 문제가 제기된 것은 프랑스 대사 베이욘 주교의 입에서 나온 말이라고 하고, 헨리 왕은 "짐이 죽은 형의 미망인과 결혼한 점을 고려할 때 짐의 딸이 정당한 적출이 될 수 있는가에 대해 훈령을 받고 싶다고 한 말에서 문제가 되기 시작했소. 훌륭한 성직자와 석학들에 의해 이 양심의 치료를 받고 싶었던 것이오. 이 결혼이 정당하다는 결론이 내리면 그대로 따르겠소."라고 한다. 울시 추기경은 라틴어로 "저는 마마께 충성을 다해서 섬기려는 까닭에…."라고 하자, 왕비는 "이상한 말로 하지 말고 영어로 하세요."라고 한다. 추기경은 "양 폐하에 대한 저의 변치 않는 충성심이 이처럼 불신받다니 참으로 뜻밖입니다."라고 한다. 왕비는 "더러운 배신자, 아주 악인밖에 안 되는 군요. 부끄러움을 아시거든 마음을 고쳐먹으세요. 사이비 성직자의 수작 그만 하세요."라고 한다.

서포크 공작과 노포크 공작은 머지않아 왕의 두 번째 결혼이 공포될 것 같다고 하고, 캐더린 왕비는 왕비가 아니라고 아더 황태자의 미망인으로 돌아가게 된다고 한다. 울시 추기경은 심복인 크롬웰에게 앤 불런이 왕비가 된다는 것은 절대로 안 된다고 하고, 아름다운 용모만으로는 안 된다고 한다.

헨리 왕은 노포크 공작에게 울시 추기경을 데리고 오라고 한다.

추기경은 실수하여 여러 가지 서류 속에 자신의 재산 목록과 로마 교황에게 보내는 밀서를 함께 왕에게 보냈다. 추기경은 왕의 승인도 없이 비밀리에 교황의 대리인이 되어 영국 주교들의 권한 삭감을 획책했으며, 로마 교황과 외국 군주에게 서한을 보낼 때 "나와 나의 국왕"이라고 씀으로써 폐하를 자기의 신하로 보는 행위를 했으며, 옥새를 마음대로 들고 다녔으며, 화폐에 성직자의 두건의 도안을 새겨 넣었으며, 많은 재물을 로마 교황에게 헌납하여 자기 출세의 길을 닦으려고 함으로서 왕권 경시 죄에 해당하며, 착취한 돈으로 그 많은 재물을 자기 소유로 한 것은 국고를 손해 보인 것이요, 그리고 교황에게 폐하를 팔아먹으려 한 밀서는 군주에 대한 반역죄에 해당한다.

서포크 공작은 추기경의 모든 소유물, 영지, 동산 및 부동산 일체가 몰수될 뿐 아니라 시민권까지 박탈될 것이라고 한다.

국왕은 울시 추기경에게 "짐이 왕위에 오른 후 짐은 경을 심복으로 소중히 여겨왔소. 수입이 좋은 직책을 맡겼을 뿐 아니라 짐의 소유물을 나누어서까지 경에게 은혜를 베풀었소. 경이 짐에게 은혜를 느끼고 있는지, 아닌지, 말해 보오."라고 물었다.

재산 목록과 교황청으로 보낸 밀서가 왕의 손에 들어간 것을 모르는 울시는 "평소의 소원은 오직 폐하의 옥채의 안녕과 국가의 이익만을 생각했습니다. 앞으로 죽는 최후 순간까지 더욱 충성을 다 할 생각뿐입니다."라고 충성 맹세를 한다. 국왕이 "충성에는 명예가 무엇보다도 좋은 포상이오. 반대로 부정에는 오명이 벌이오."라고 하자, 울시는 "저는 폐하를 위하여 자신의 이해를 초월하여 노력해 왔습니다."라고 답한다. 국왕은 "훌륭한 말이오. 보시오, 제경들, 과연 충의의 마음을 가진 사람이 아닌가요."라고 하고는 울시 추기경에게 서류를 주고는, 추기경을 노려보고 나가버린다. 울시는 왜 국왕이 성난 사자가 자기에게 상처를 준 사냥꾼을 노려보며 잡아 죽일 것 같은 눈초리로 보는지 의아했다. 울시는 서류를 보고는 깜짝 놀랐다. 자신의 재산 목록과 교황에게 보낸 밀서와 자신이 교황이 되기 위해 로마의 심복들에게 뿌려 줄 자금 내용이었다. 그는 "아, 실수했구나, 바보 같으니. 이제는 영광의 절정으로부터 몰락을 향하여 달음질치는 것뿐이군!"이라고 탄식한다.

노포크 공작은 울시에게 "국세를 당장 우리 손에 인도해요!"라고 하고, 서리 백작은 "오만불손한 반역자로군, 성직자 주제에, 진홍색 법의에 감긴 죄악 덩어리 같으니!"라고 한다.

울시 추기경은 그의 심복인 크롬웰에게 "내가 폐하께 봉사한 열성 절반의 열성만 가지고 하나님께 봉사했더라면, 이렇게 벌거숭이로 정적들 수중에 내던져지지는 않았을 거다!"라고 탄식한 얼마 후 그는 죽었다.

레위기 21:4-6에서 "제사장은 그의 백성의 어른인즉 자신을 더럽혀 속되게 하지 말지니라… 그들의 하나님께 대하여 거룩하고 그들의 하나님의 이름을 욕되게 하지 말 것이며…"라고 하였다.

33
땅의 도시의 속성: 이단사상과 이교사상

성 어거스틴, 『하나님의 도시』
(St. Augustine(Aurelius Augustinus), *The City of God*)

베드로후서 2:1에서 "그러나 백성 가운데 또한 거짓 선지자들이 일어났었나니 이와 같이 너희 중에도 거짓 선생들이 있으리라 그들은 멸망하게 할 이단을 가만히 끌어들여 자기들을 사신 주를 부인하고 임박한 멸망을 스스로 취하는 자들이라"하고, 골로새서 2:8에서 "누가 철학과 헛된 속임수로 너희를 사로잡을까 주의하라 이것은 사람의 전통과 세상의 초등학문을 따름이요 그리스도를 따름이 아니니라"고 했다.

기독교 초기의 교부 어거스틴(성 아우구스티누스, 354-430)은 『하나님의 도시』에서 땅의 도시에 속한 자의 속성 중의 하나는 이단 사상과 이교사상을 가진 자임을 말하고 있다.

어거스틴이 『하나님의 도시』를 쓰기 시작했을 때 로마는 북쪽으로 부터 온 무리들로 인해 붕괴 직전이었다. 이들 침략자들은 기독교도들로서 아리안 이단의 무리였다.

아리우스주의(Arianism)는 4세기 초엽 콘스탄티누스가 개종한 시대에 나타난 신학 사상이었다. 그 당시 기독교 국가의 중요한 중심지인 애굽의 알렉산드리아에 아리우스(Arius, 56?-336)라는 신학자가 주장한 신학 사상이 아리우스주의이다. 아리우스는 태초에 하나님 아버지만 계셨지만, 영원한 어느 과거에 아들인 그리스도가 존재하게 되었으며, 하나님은 아들인 그리스도를 통해서 만물을 창조하셨다는 것이다. 말하자면, 예수는 하나님이 아니며, 하나님 아버지의 제일 첫 번째 창조된 자라는 것이다. 아리우스는 "아들이 존재하지 않은 때가 있었다."라고 했다.

아리우스의 가르침은 로마 제국을 통해 기독교인들 사이에 갈등을 불러일으켰다. 사도들은 예수는 하나님이면서(요 10:30-33, 20:28, 롬 9:5) 사람(요일 4:2, 요이 1:7)이라고 믿었기 때문이다. 아리우스에 의하면, 그리스도는 신적 존재이지만 하나님의 첫 번째 창조된 자로서 하나님에게 종속되었다는 것이다.

아리우스가 야기한 논쟁과 갈등은 콘스탄티누스 황제로 하여금 325년 5월 25일에 니케아 공의회를 소집하게 했으며, 공의회는 니케아 신조를 발표함과 함께 아리우스와 그의 가르침을 이단으로 정죄했다. 아리우스와 같은 이단 사상은 땅의 도시(사탄의 도시)의 사상이라는 것이다.

어거스틴은 고대 희랍인들이 주장한 인간 존재와 인간 역사에 대한 윤회설을 거부했다. 윤회설은 인간이 계속적으로 다른 물질(생물)의 형태로 태어나기를 반복한다고 한다. 윤회설은 인간은 속성상 궁극적으로 하나님과 영원히 함께하는 축복을 누린다는 사상과는 맞지 않는다.

윤회설은 그리스도가 모든 인류를 구원하시기 위해서 죽으셨다는 것에 반대하고 있다. 그리스도가 죽음에서 부활하셨을 때 그리스도는 죽음이 더 이상 인간을 지배하지 못한다는 것을 증명하셨다. 그리스도를 믿는 자는 결코 죽지 않고, 영원히 그리스도와 함께 살 것이다. 개인적으로 불멸함은 모든 인류를 위해서도 존재한다.

어거스틴은 윤회설을 수용하지 않고, 인간은 시간 안에서 창조되었음을 주장한다. 어거스틴은 시간과 공간은 인간 존재에 특유한 것이라고 하고, 인간이 하나님의 뜻을 수행하기까지 인간을 위해서 과거와 현재와 미래가 존재한다고 한다. 하나님의 계획은 세계의 시간의 역사를 통해서 펼쳐지게 된다.

어거스틴이 말한 기독교적인 역사관은, 윤회설을 거부하고, 창조부터 종말적인 심판의 날까지 직선상으로 이어지는 것이다. 역사의 모든 사건은 하나님의 설계와 계획을 펼쳐지게 하는 것이며, 그 설계와 계획으로 하나님은 그리스도의 재림 때 영원한 하나님의 도시의 확립을 성취하실 것이다. 하나님을 향한 믿음과 사랑을 가진 모든 축복 된 사람들은 하나님과 함께 영원히 행복함으로써 영원히 살 것이다. 지상의 변화무상한 일들을 사랑한 자들은 하나님으로부터 떨어지게 되어, 그들의 종말은 어둠의 도시에서 영원히 비참함 가운데 살 것이다. 어둠의 도시에 거주하는 나쁜 천사들은 하나님의 사랑을 박탈당하여 무저갱으로 투옥될 것이다.

기독교의 교부들 가운데 고대의 한 학설이 있었는데, 하나님께서 인간을 창조하신 것은 타락한 천사들이 떠남으로써 하나님 나라의 빈자리를 메우기 위해서였다는 것이다. 어거스틴은 이런 학설에 동의하고 있다.

어거스틴은 기독교 이전에 발생한 역사적인 큰 재해를 겪는 동안, 로마의 이교도 신들의 존재를 질문하면서, 이교 사상(우상숭배)을 공격했다. 옛날의 이교도 신들은 재난을 방지하는데 무기력했다. 더욱이, 옛날의 이교도 신들은 인간의 고결한 삶을 개선해 나가기 위한 방법으로 인류에게 아무런 것도 해 줄 수 없었다. 옛날 이교도 의식들은 추잡하고 많은 음탕한 행동을 지속적으로 행하였다.

기독교가 들어오기 오래전에 로마는 전적으로 부패하였다. 로마 사회의 타락상은 이교도 신들이 로마 사회를 바로잡는데 얼마나 무기력했는가를 증언하고 있다. 이교도 로마인들이 지독하게 사악하고 부패했었다. 로마인들의 신들은 사람들로 하여금 부패하지 못하도록 지켜주는 일은 아무것도 할 수 없었음이 분명했다. 어거스틴은 이교도들이 악을 방지하는데 무기력하고, 오히려 로마의 타락에 기여까지 한 옛 신들을 포기하도록 독려했다.

어거스틴은, 재난을 방지하는데 이교도 신들의 무기력함을 증명하기 위하여, 고대 세계에서 발생한 육체적인 악행에 관심을 돌렸다. 어거스틴은 재난을 방지하는데 신들의 무기력함을 보여주기 위해 특별히 트로이의 함락과 희랍의 파괴를 예로 들었다. 아폴로 신상은, 소문에 의하면, 희랍이 로마에 함락되자 울었다고 한다. 이 사실은 이교도 신은 재난을 방지하는데 무기력한 증거라고 했다.

아폴로[헬, Ἀπόλλων]는 제우스와 리토우(Leto) 사이에 태어난 아들로서, 고대 희랍과 로마 종교와 신화에서 올림포스 신들 중의 하나로서 희랍의 국가적인 신이다. 아폴로는 궁술, 음악과 춤, 진리와 예언, 치유와 질병, 태양과 빛, 시(詩) 등을 주관하는 신이다.

트로이 전쟁 때, 트로이의 왕자 헥토르는 아폴로 신의 총애를 받았다. 아킬레스와의 대결 때, 헥토르가 불리해지자 헥토르를 보호하기 위해 안개구름을 일으켰으나, 결국 헥토르가 죽게 되자, 아폴로는 그의 시체 위에 요술적인 구름을 끼게 하여 시체를 절단하지 못하도록 막았다고 한다. 아폴로 신이 무기력한 증거이다.

어거스틴은 포도주, 양조, 다산, 제식의 광란, 종교적 환희, 연극을 주관하는 로마의 주신(酒神)인 박카스 신(Bacchus, 그리스신화에서는 디오니소스라 함)과 로마 신화의 농업, 풍요, 결혼의 여신인 케레스 신(Ceres, 그리스의 데메테르에 해당)을 언급하면서, 박카스 신 이외에는 술 한 잔을, 케레스 신 이외에는 빵 한 조각을 받아낼 수 없다고 한다면, 이방 신들은 그 누구도 무한히 위대한 가치인 영생을 줄 수 있겠는가를 질문하고 있다. 케레스 신은 빵의 신이기에, 술 한 잔을 줄 수 없다면 어떻게 불멸을 줄 수 있겠느냐는 것이다. 어거스틴은 영원하고 참된 행복을 주시는 하나님에게 우리는 헌신해야 한다고 했다.

시편 23:1-3에서 다윗은 "여호와는 나의 목자시니 내게 부족함이 없으리로다 그가 나를 푸른 풀밭에 누이시며 쉴 만한 물가로 인도하시는도다 내 영혼을 소생시키시고 자기 이름을 위하여 의의 길로 인도하시는도다"라고 했다.

34

불륜 행위와 가정의 비극

레오 톨스토이, 『안나 카레니나』
(Lep Tolstoy, *Anna Karenina*)

고린도전서 10:8에서 "그들 중의 어떤 사람들이 음행하다가 하루에 이만 삼천 명이 죽었나니 우리는 그들과 같이 음행하지 말자"라고 함으로서, 간음(불륜의 행동) 하다가 화를 당한 역사적인 사실(민 25:9)을 증언하고 있다.

러시아 소설가 레오 톨스토이(1828-1910)는 『안나 카레니나』에서 19세기 후반부 러시아를 통해 휩쓴 거대한 역사적인 변화를 배경으로 아내 된 안나 카레니나와 브론스키 백작과의 불륜의 행위는 가정을 파괴하고 자신의 비극적인 죽음으로 끝남을 묘사하고 있다.

러시아 고급 장교인 알렉세이 키릴로비치 브론스키 백작이 페트르부르크 기차역에서 안나 카레니나 부인을 만난 후 그들은 서로 사랑에 빠지게 되었다. 안나는 러시아 고급 장교인 알렉세이 카레닌의 부인이며 8세 된 아들 세료자가 있었다.

모스크바에서 무도회 날. 브론스키 백작은, 자기와 결혼할 상대인 매력적인 키티를 제쳐놓고, 안나 카레니나와 계속 춤을 추었다. 브론스키는 모스크바로부터 안나를 따라 페테르부르크로 가는 기차 안에서 안나에게 사랑한다고 고백했다. 브론스키는 안나를 만날 수 있는

곳이라면 어디든지 나타나서, 안나에게 사랑을 고백했다. 카레닌은
아내와 브론스키와의 지나친 친밀한 관계를 알고서, 아내에게 주의
를 하라고 경고했으나, 안나는 듣지 않았다. 거의 일 연간 브론스키와
안나 두 연인은 행복한 환상에 젖어 있다가, 결국 안나는 브론스키의
손을 자기 젖가슴으로 끌어당기고, 자기 몸을 브론스키에게 전적으
로 맡겨버렸다. 그들은 환희에 차서 서로를 마음껏 즐겼다. 브론스키
에게 가장 고통스러운 존재는 안나의 아들 세료자였다. 아이는 브론
스키를 의혹에 찬 눈으로 자꾸만 뚫어지게 쳐다보는 것 같았다.
　안나는 빨개진 얼굴로 브론스키를 바라보면서 작은 목소리로 "나
임신했어요."라고 했다. 브론스키는 갑자기 걷잡을 수 없는 혐오감을
경험했다. 더는 남편을 속일 수 없다는 것을 깨달았기 때문이다.
　카레닌은 경마 선수권 소지자였으며, 우수한 고급 장교였다. 브론
스키는 장교들의 장애물 경주에 출전 신청을 했고, 순종 영국산
암말을 사들였다. 경주에 참여한 장교는 모두 17명이었다. 경기 도중
브론스키는 말의 동작을 따라잡지 못한 결과 말의 척추를 부러뜨려
말과 함께 넘어졌다. 브론스키가 낙마하자, 안나가 크게 비명을
질렀다.
　카레닌은 아내가 흐느낌을 억제하지 못하는 것을 보고서, 몸으로
아내를 가려줌으로써 진정하도록 했다. 흥분한 안나는 남편에게 "난
그 사람을 사랑해요. 난 그 사람 연인이에요. 난 당신을 증오해요."라
고 실토하고 말았다. 아내의 간음 행위를 들은 후에, 아내를 "타락한
여자"로 저주하면서도, 카레닌은 끈질기게 일상생활에 집착하여,
마치 변한 것은 아무것도 없는 것처럼 살려고 애를 썼다. 그는 또한
아들 세료자와도 거리감이 생김을 느꼈다.

안나는 브론스키에게 자기들 불륜의 행위를 남편에게 말했다고
했다. 카레닌이 나쁜 소문이 사회에 퍼져나가는 것을 두려워하여
결투 같은 것은 원하지 않는다고 했다. 브론스키는 안나에게 아들
세료자를 남편에게 맡기고, 이혼하라고 했다. 안나의 남편 카레닌은
이혼 문제가 대두되자, 불륜의 행동을 한 것은 안나가 아니라, 카레닌
자신이라고 말함으로써 안나가 공적인 수치를 당하지 않게 하겠다고
했다.

안나는 딸아이를 출산하게 될 때 심한 열로 고통받게 되고, 생명이
위독한 지경에 이르게 되었다. 브론스키는 안나의 침상 곁에 대기하
고 있었다. 안나는 분명히 죽는다고 생각하고, 남편에게 용서를 구하
고, 브론스키를 용서해 달라고 했다. 카레닌은 눈물 어린 표정으로
용서하겠다고 했다. 카레닌은 브론스키에게 자신은 안나를 용서했음
을 말하고, 안나 곁에 있겠다고 했다. 카레닌은 새로 태어난 안나의
딸(브론스키와의 관계에서)의 이름을 에니(안나의 애칭)라고 하고
부드러운 애정으로 대하겠다고 했다.

브론스키는 집에 도착하여 안나가 죽을 것을 생각하면서 권총을
꺼내어 가슴에 대고 방아쇠를 당겼다. 탄환이 빗나가서 브론스키는
중상을 입었으나, 하인이 급히 의사를 불러옴으로써 브론스키는 위
기를 면하게 되었다.

안나와 브론스키가 회복되자, 그들은 함께 이탈리아로 여행하여,
궁전 같은 저택을 빌려 3개월 동안 있기로 했다. 브론스키는 안나의
초상화를 그리기 시작했다. 마침 러시아 초상화가 미카이로브가 그
고장에 왔다는 소식을 듣고, 그를 초청하여 안나의 초상화를 그리게
했다. 그들은 이탈리아에서 낙원에서의 삶을 사는 것같이 보였다.

그들은 부유하고, 하인들이 있고, 아름다운 저택에서, 소요 생활을 하면서 행복했다. 브론스키는 그의 욕망이 만족하게 되었음을 느끼고 있었다.

안나와 브론스키가 페트르부르크로 돌아와서, 고급 호텔에 머물렀다. 그들은 사회생활을 회복하기를 희망했으나, 모든 사람이 그들을 피했다. 아들 세료자를 만나게 해달라고 간청했으나, 남편 카레닌은 거절했다. 안나는 세료자에게 줄 장난감들을 사서 아무도 모르게 옛집을 방문했다가 카레닌을 만나자 그대로 나왔다. 안나는 그들의 딸에 대한 배려를 하지 않은 브론스키를 마음속으로 원망하고 있었다.

안나는 브론스키에게 오페라에 갈 계획이라고 했다. 브론스키는 안나에게 상류사회의 사람들이 안나를 멸시하고 굴욕적인 말을 할 것이라고 경고했다. 안나는 브론스키의 만류에도 불구하고 오페라에 갔다. 상류사회 지인들로부터 모욕을 당하고, 분노하고 절망하여 집으로 돌아왔다. 안나는 상류사회로부터 완전히 소외당한 것이다.

안나와 브론스키는, 비록 그들의 관계가 긴장된 것이지만, 계속해서 모스크바에서 살았다. 안나는 자기가 필요한 것은 브론스키의 사랑이라고 했다. 브론스키와의 사랑을 위해 아들, 남편, 친구, 사회를 버렸기 때문에. 안나는 몹시 질투하고 과대망상증 현상을 보였다. 안나는 브론스키가 더 이상 자기를 사랑하지 않고 다른 여인과 관계가 있음이 분명하다는 터무니없는 주장을 했다. 브론스키는 "정말 견딜 수 없군! 당신은 왜 내 참을성을 시험하는 거요?"하고 소리를 질렀다. 안나는 "날 버리라고요! 난 타락한 여자예요. 당신 목에 달린 맷돌이에요."라고 하면서 울음을 터뜨렸다. 브론스키는 "안나, 왜 자기 자신과 나를 이렇게 괴롭히는 거요?"라고 하면서 그녀의 손에 키스했다. 안나는 그를 끌어안고 머리와 목덜미와 손에 키스를 퍼부었다.

안나는 브론스키에게 즉시 시골로 가자고 했다. 브론스키는 안나의 제안에 동의했다. 하지만, 브론스키는 위임장에 어머니의 서명을 받아야만 했기에 시골로 어머니를 만난 다음에 떠나자고 했다. 안나는 "늙었든 안 늙었든, 당신 어머니든 아니든, 난 관심 없어요."라고 불평을 했다. 브론스키는 "안나, 부탁인데, 내가 존경하는 어머니에 대해 불경스러운 말은 하지 마시오."라고 언성을 높였다. 안나는 아편을 복용하고서야 얕은 잠에 빠져들었다.

브론스키는 마차에 올라 어머니가 계시는 시골로 떠났다. 안나는 "그는 떠났어! 끝났구나!"라고 창문 옆에 서서 혼잣말했다. 안나는 쪽지를 써서 하인에게 급히 주인 백작님에게 전달하라고 했다. 그 쪽지에는 "내가 잘못했어요. 집에 돌아와요. 얘기 좀 해요. 제발 돌아와요. 난 무서워요."라고 적혀있었다. 하인은 쪽지를 전달하지 못하고 돌아왔다. 안나는 그 집의 하인들이며 물건들 전부가 혐오감과 적의를 불러일으키고 있다고 느꼈다.

안나는 "그래 역으로 가겠다. 만일 그가 없으면 찾아내야 해."라고 생각했다. 안나는 기차역으로 갔다. 하인이 쪽지를 건넸다. "당신 쪽지를 받지 못해 매우 유감이오. 10시에 가겠소."라고 휘갈긴 필체로 적혀있었다. 기차가 서서히 움직이기 시작하여 중간 지점이 그녀와 평행을 이룬 순간, 안나는 기차 밑으로 몸을 던졌다. 바로 그 순간 안나는 공포를 느꼈다. "뭘 하는 거지? 무엇 때문에?" 그녀는 일어서고 싶었다. 그러나 거대한 무엇인가가 그녀의 머리를 찧고 등을 끌고 갔다. "주여, 저의 모든 것을 용서하소서!"

브론스키가 미친 사람처럼 기차역의 창고로 달려와서, 창고의 책상 위에 피투성이가 된 여자의 몸, 조금 전까지도 살아 있던 모습이 생생한 몸이 아무렇지도 않게 널브러져 있었다. 상처가 없는 상한 머리는 땋아 내린 숱 많은 갈래머리와 관자놀이에서 곱슬거리는 머리카락을 보이며 뒤로 젖혀져 있었다. 반쯤 벌어진 매혹적인 얼굴의 장밋빛 입술에는 기이하고 가련한 표정이 얼어붙어 있었고, 감기지 않은 눈에는 마치 그들이 싸울 때 했던 끔찍한 말, 즉 그가 후회하게 될 거라는 말을 내뱉는듯한 표정이 어려 있었다.

브론스키는 안나를 처음 만난 곳도 기차역이었다. 그녀의 생의 마지막에 보여주는 흉포한 심판자의 모습을 보여준 곳도 기차역이었다. 안나가 자살하고 난 후, 브론스키는 자비로 중대를 이끌고 세르비아 전투에 참여했다.

작가 톨스토이가 소설 시작에 "복수는 나의 것이니 내가 갚으리라"라고 한 것은 "내 사랑하는 자들아 너희가 친히 원수를 갚지 말고 하나님의 진노하심에 맡기라"(롬 12:10)라는 말씀과 "내가 보복하리라"(신 32:35)라는 말씀에서 인용한 것이었다.

35
7가지 치명적인 죄와 연옥

단테, 『신곡』「연옥편」
(Dante, *The Divine Comedy: Purgatory*)

바울은 고린도전서 3:12-15에서 "만일 누구든지 금이나 은이나 보석이나 나무나 풀이나 짚으로 이 터 위에 세우면 각 사람의 공적이 나타날 터인데 그 날이 공적을 밝히리니 이는 불로 나타내고 그 불이 각 사람의 공적이 어떠한 것을 시험할 것임이라 만일 누구든지 그 위에 세운 공적이 그대로 있으면 상을 받고 누구든지 그 공적이 불타면 해를 받으리니 그러나 자신은 구원을 받되 불 가운데서 받은 것 같으리라"고 했다.

주의 재림의 날에 나무나 풀이나 짚은 타고 없어지나, 금이나 은이나 보석은 그대로 남게 된다. 즉 그리스도의 재림 때에 불로 심판하실 일을 가리킨다. 가톨릭교회는 이 구절에서 연옥 설을 발전시켜, 완전치 못한 신자들을 연옥의 불에서 연단을 받은 후에 완전한 구원에 이른다고 한다(신교는 이 설에 반대함).

이탈리아의 시인 알리기에리 단테(1265-1321)는 『신곡』의 「연옥편」에서 7개의 테라스(계단 모양의 광장)가 있는데, 7개의 테라스는 7가지 치명적인 죄(교만, 부러움, 분노, 나태, 탐욕, 탐식, 정욕), 혹은 7가지 죄의 근원과 관련되어 있다. 이 죄는 "지옥 편"에서 행동의 결과인데 대조하여, 「연옥편」에서는 심리적이요 동기에 바탕을 두고 있다.

"연옥"은 평화와 애정의 왕국이요, 우정과 친절의 왕국이요, 동정심과 기대의 왕국이다. 단테의 "연옥"의 기본 분위기는 희망이다. 영혼들은 애정을 가지고 아직도 그들의 지상의 삶을 기억하고 있지만, 지상의 삶을 초월하여 그들이 희망하는 천국에 대한 새로운 삶을 마음속에 그리고 있다.

가톨릭교회는 "연옥"이란 이름을 하나님의 은총 가운데 죽었으나, 아직도 죄를 완전히 씻지 못한 자들이 최종적인 정결을 하는 곳이다. 가톨릭 신앙에 의하면, 인간이 죽으면 즉시 심판을 받아, 하나님을 믿는 자는 하나님과 영원히 연합하여 끝없는 축복의 낙원인 천국에 가게 된다. 그와는 반대로 하나님을 믿지 않고 범죄한 인간은 하나님과 분리되어 영원히 돌이킬 수 없는 상태의 지옥에 가게 되어, 거기서 불 가운데서 끝없는 고통을 당하게 된다. 그렇지만 죄의 영향에서 완전히 벗어나지 못했으나, 지옥 갈 상태는 아닌 영혼은 먼저 "연옥"에서 완전히 정화를 한 다음에 천국에 들어간다는 것이다. 단테는 가톨릭 신앙의 "연옥"을 인정하고 있다.

하나님으로부터 흘러나오는 사랑은 순수하지만, 그 사랑이 인간을 통해서 나타날 때 죄가 될 수 있다. 인간은 사랑을 부적당하고 악한 목적(교만, 질투, 분노)으로 사용함으로서 죄가 되고, 사랑을 충분히 강하지 못하게 나태(게으름)하여 사용함으로서 그리고 너무 강하게 사용함으로서 죄(탐욕, 탐식, 정욕)가 되게 한다. 단테는 출교당한 자와 늦게 회개하고 죽은 자들이 있는 "연옥 이전의 곳"과 연옥 제일 위의 에덴동산을 합쳐 10개의 테라스를 그리고 있다. 단테는

"연옥"을 출애굽에서 약속의 땅으로, 그리스도인의 죄의 비참함과 슬픔에서 은총의 구원으로의 길과 비교하고 있다. 그래서 단테와 버질이 "연옥"에 도착하는 것은 예수님 부활의 날인 주일이었다.

단테는 각 테라스(구렁길)의 문을 열어달라고 천사의 발밑에 꿇어 엎드리고, 자비로서 문을 열어주기를 청하였다. 천사는 단테의 이마에다 칼끝으로 7개나 되는 "P"자를 썼다. "P"자는 이탈리아어로 죄라는 뜻의 "peccatum"으로, 7가지 치명적 죄를 상징한다. 칼(말씀의 검)로 상처(죄를 상징)를 냄으로써 참회(회개)하게 됨을 뜻한다 (9옥). 단테가 치명적인 7가지 죄와 관련된 각각의 테라스를 통과할 때마다 천사는 딘테의 이마의 "P"자를 하나씩 지워주었다. "연옥"의 영혼들은 단테를 보고 놀란다. 단테의 그림자가 있기에 아직도 죽지 않는 사람임을 알았기 때문이다.

고린도전서 3:15에서 바울은 "누구든지 그 공적이 불타면 해를 받으리니 그러나 자신은 구원을 받되 불 가운데서 받은 것 같으리라" 고 했는데, 가톨릭교회는 이 말씀을 연옥으로 해석하고 있다.

단테는 『신곡』의 "연옥편"에서 7가지 치명적인 죄, 즉 교만, 부러움, 분노, 나태, 탐욕, 탐식, 정욕의 죄를 어떻게 씻어버리는 가를 연옥의 산의 7개의 테라스(계단 모양의 광장)를 통해 묘사하고 있다.

연옥은 거대한 산으로 7개의 오르는 테라스(구렁길)를 갖고 있으며, 각 테라스는 7가지 치명적인 죄 중의 하나에 할당된다. 연옥의 산 정상에는 지상의 낙원이 위치하고 있다. 연옥에서 영들이 받는 고통은 영들이 자신들의 죄를 속죄하기 위해 자발적으로 받아들인 것이다. 각 죄에 대한 고행은 그 죄에 반대되는 현상에서 오는 고통이다. 교만은 무거운 짐을 지고 허리를 굽힘으로, 나태는 쉬지 않고 달림으로, 탐식은 굶음으로 속죄한다. 영들은 각 테라스에서 각 죄에 대한 형벌로 그 죄에 반대되는 미덕의 모법을 보이게 된다.

단테가 무릎을 꿇고 공손하게 천사에게 테라스를 통하는 문을 열어 달라고 하자, 천사는 칼(말씀의 칼) 끝으로 7가지 치명적인 죄를 뜻하는 7개의 "P"자를 단테의 이마에 새겼다. "P"는 이탈리아어 "peccatum(죄)"로 7가지 치명적인 죄를 뜻한다.

버질의 인도로 단테가 첫째 테라스(구렁길)에 왔을 때 교만의 죄를 지은 영들은 등에 거대한 바위를 지고 땅바닥까지 허리를 굽히고 두렁 길을 걸으며 주기도문을 외우고 있었다. 그들은 조상에 대한 교만과 권력에 대한 교만 등 과도한 교만 때문에 무거운 바위(교만)의 짐을 지고 있었다. 그들은 회개하고 겸손함으로써 바위를 제거하고 천국을 바라게 된다. 그 다음 테라스로 갈 때 천사는 단테의 이마에서 "P"자 하나를 지워 주자 몸이 홀가분해졌다.

둘째 테라스는 부러움(질투)이 속죄되는 곳이었다. 영들은 그들의 눈꺼풀은 철사로 꿰매어져 있었다(더 이상 질투의 눈으로 보지 못하게), 눈꺼풀 사이로 눈물을 흘리며 질투의 죄를 씻고 있었다. 자애의 천사가 단테의 이마에서 "P"자를 또 하나 지워주었다.

셋째 테라스는 분노에 지배당한 자들이 연기로 눈멀게 하고 화나게 하는 구름 속을 걸어가고 있었다. 그들은 하나님께 기도하면서 노여움의 죄를 씻고 있었다. 단테의 질문에 분노의 부류에 속하는 바르코 롬바르디(13세기의 궁정인)란 영은 인간의 죄가 필연성의 결과라는 설의 오류를 지적하고, 성격상 자유의지로 된 것이라고 설명한다. 평화의 천사가 날개로 구름을 치우고 길을 비추어 주었다.

넷째 테라스는 결함 있는 사랑과 불충분한 열정으로 사랑의 임무를 게을리 한 나태(게으름)의 죄가 타오르는 영들의 무리가 있는 곳이었다. 그들은 쉬지 않고 달림으로써 게으름의 죄를 씻어내고 있었다.

다섯째 테라스는 탐욕이나 방탕의 죄가 속죄되는 곳이었다. 그들은 얼굴을 먼지 속에 처박고, 울면서, 시편을 외우며, 기도함으로써 죄를 씻고 있었으며, 그들의 회개는 품위 있는 가난과 관대함을 체험하는 것이었다.

여섯째 테라스는 탐식(낭비)의 죄를 지은 영들이 말라비틀어져 눈은 움푹하고 피골이 상접한 모습으로, 생전에 지나치게 잘 먹었기에 연옥에서 굶주림과 목마름으로 포식했던 죄를 씻고 있었다.

일곱째 테라스는 호색의 죄를 범한 영들이 맹렬한 불의 강 속에서 불로 정욕의 죄를 태우며 "우리를 불쌍히 여기시는 지극히 높으신 주여" 하고 찬송을 부르며 죄를 씻고 있었다.

단테가 일곱째 테라스를 떠날 때 천사는 마지막 "P"자를 지워주었다. 시편 51:9에서 "주의 얼굴을 내 죄에서 돌이키시고 내 모든 죄악을 지워주소서"라고 하고, 마태복음 1:21에서 "아들을 낳으리니 이름을 예수라 하라 이는 그가 자기 백성을 그들의 죄에서 구원할 자이심이라"고 했다.

36

원수 집안의 자녀들의 불운한 연인들:
사랑과 증오

셰익스피어, 『로미오와 줄리엣』
(Shakespeare, *Romeo and Juliet*)

요한일서 3:15에서 "그 형제를 미워하는 자마다 살인하는 자니 살인하는 자마다 영생이 그 속에 거하지 아니하는 것을 너희가 아는 바라"라고 했다.

영국의 극작가 셰익스피어(1564-1616)의 『로미오와 줄리엣』은 이탈리아의 베로나에서 두 원수 집안의 자녀들로 태어난 로미오와 줄리엣의 불운한 사랑의 아름다운 서정시가 감동적으로 묘사되고 있다. 부모들의 이웃 가문에 대한 증오심이 결국 자기들의 자식을 죽게 하는 비극을 빚게 하였다.

셰익스피어 극에서는 어떤 사건이 발생했을 때, 주인공의 성격 때문에 주어진 환경에서 그런 식으로 행동하고 말하고 생각할 수밖에 없는 인과 관계에 의한 개연성을 가진다. 그와는 대조적으로 희랍극이 운명극이란 것은 인간의 의지로서는 어쩔 수 없는 우연의 일치나 우발적으로 발생한 사건과 같은 운명의 장난으로 이루어지는 것을 말한다.

『로미오와 줄리엣』에서 비극의 원인은 주인공들(연인들)이 나이가 어리기에 성급하고 충동적으로 행동하는 것도 있긴 하지만, 분별력 없는 성격의 "비극적 결함" 때문도 아니요, 부모님들의 소원과는 반대되기도 하지만 부모님들에 대한 불충 때문도 아니다. 이 극의 주인공들의 사랑의 여정이 어찌할 수 없는 환경의 힘에 의해 조종당하는 사건들이 많기 때문에 이 극은 운명 비극이라 하겠다.

셰익스피어도 이 극의 서막에서 "이 원수 되는 두 가문의 기구한 숙명의 뱃속에서/ 한 쌍의 불운한 연인이 태어났다./ 그들의 불쌍한 사랑은 파탄이 생겨/ 둘 다 죽으니 양가의 끈질긴 싸움이 끝나도다." 라고 함으로서 운명적인 요소를 강조하고 있다.

극이 시작되자 베로나의 광장에서 양 가문의 하인들이 칼과 방패로 싸움질을 하는 장면이 나온다. 몬터규의 조카 벤볼리오는 싸움을 말리려 하지만, 캐퓰리트 부인의 조카 티볼트는 싸움을 부추긴다. 많은 시민이 몰려와서 자기들이 좋아하는 가문의 편이 되어 싸움에 가담한다. 몬터규와 캐퓰리트도 동부인 하여 등장한다. 베로나의 영주가 시종들과 함께 등장하여 싸움을 중단시키고, 또다시 싸움질을 하고 질서를 파괴하면 처벌하겠다고 한다.

로미오와 벤볼리오가 광장을 지나가는데, 캐퓰리트 가의 무식한 하인이 우연히도 로미오에게 초청된 사람들의 명단을 읽어달라고 한다. 로미오는 캐퓰리트가 무도회에 사랑하는 로잘린도 초청된 것을 알게 되어 그 무도회에 가기로 한다.

무도회에서 로미오가 줄리엣을 보자 그 아름다움에 즉시 사랑에 빠진다. 둘은 춤을 추며 첫눈에 사랑에 빠진다. 로미오는 줄리엣에게 키스한다. 티볼트가 로미오를 알아보고 결투를 하자고 한다. 캐퓰리트는 조카인 티볼트를 책망하며 무도회에 초청된 손님에게 무례하지 말라고 한다. 로미오와 줄리엣은 서로가 원수 집안의 사람임을 알게 된다.

로미오는 밤에 캐퓰리트 저택의 정원에 숨어서, 줄리엣이 발코니에 나타나는 것을 보고 "쉿, 창문을 통해 비쳐오는 저 빛은 무엇인가? / 줄리엣은 동쪽으로부터 비쳐오는 태양이구나!… 그대는 하늘에서 내려온 천사처럼/ 이 밤을 영광스럽게 하는구나!"라고 독백을 한다.

로미오는 줄리엣의 로미오에 대한 사랑의 고백을 엿듣게 된다.

아, 로미오, 로미오, 왜 이름이 로미오인가요?
아버지를 잊으시고 그 이름을 버리세요.
그렇게 못하시겠다면, 절 사랑한다고 맹세만이라도 해 주세요.
그러면 저도 캐퓰리트의 이름을 버리겠어요….
이름 속에 무엇이 있다는 거예요.
장미는 어떤 다른 이름으로 불러도 똑같이 향기롭답니다.
그래서 로미오라 안 불러도, 그 이름이 없어도
로미오가 갖고 있는 고귀함은 그대로 있는 거예요.
로미오, 그대 이름을 버리세요.
그대와는 상관없는 그 이름 대신에 저의 모든 것을 가지세요.

로미오는 로렌스 신부에게 가서 줄리엣과 결혼시켜달라고 간청한다. 신부는 두 젊은 연인들을 결혼시킴으로서 원수 된 양가의 불화를 종식시킬 희망으로 연인들을 결혼시킨다.

머큐쇼와 벤볼리오가 로미오를 찾아 광장에 나타난다. 티볼트가 나타나서 로미오가 오는 것을 보고 싸움을 걸어온다. 로미오는 이제 줄리엣과 결혼을 했기에 줄리엣의 사촌인 티볼트에게 친절하게 대한다. 그러나 티볼트의 도전에 화가 난 머큐쇼가 칼을 빼 들고 티볼트와 싸운다. 로미오가 두 사람의 결투를 만류하기 위해 칼로 막았으나, 티볼트가 로미오의 팔 밑으로 비겁하게 머큐쇼를 찔러 죽게 한다. 화가 난 로미오가 티볼트와 결투하여 티볼트를 죽이고 로렌스 신부의 수도원에 가서 숨는다.

시민들이 몰려오고, 몬터규와 캐퓰리트가 부인들과 달려오고, 베로나의 영주가 와서 로미오에게 추방 명령을 내린다. 로렌스 신부는 로미오에게 그 날 밤에 약속대로 줄리엣에게 가서 하룻밤을 지내고, 새벽에 만투아로 도피했다가 안전하게 베로나로 돌아오라고 말한다.

한편 오늘 월요일에 캐퓰리트 부부는 베니스 영주의 귀족 집안의 패리스와 줄리엣의 결혼을 수요일에 거행하겠다고 선언한다.

로미오는 약속대로 밧줄을 타고 줄리엣의 침실로 가서 그 밤을 함께 보낸다. 날이 밝아오자 줄리엣과 로미오의 애절한 대화가 이어진다. "날이 밝았어요! 어서 떠나셔요. 점점 더 밝아 와요." "점점 더 밝아 올수록 우리들의 괴로움은 점점 더 어두워지는 구려."

유모가 줄리엣을 부르고, "어머님께서 지금 아가씨 방으로 올라오십니다."라고 황급히 알려준다. 캐퓰리트 부인은 줄리엣에게 패리스와의 결혼식이 수요일에 거행될 것임을 알려준다. 줄리엣이 거절해도 소용이 없다.

로렌스 신부는 줄리엣에게 비밀 계획을 말해 준다. 결혼식 전날 밤에 수면 약을 먹으면 완전히 죽은 사람같이 된다고 한다. 줄리엣이 캐퓰리트 가의 묘실에 죽은 것 같이 누워있으면, 로미오가 만투아에서 베로나로 와서 줄리엣을 데리고 만투아로 가면 된다는 것이다.

결혼식이 올려 질 수요일 아침 유모가 줄리엣을 깨우러 침실로 간다. 줄리엣이 죽은 것을 발견한다. 캐퓰리트 부인이 들어오고, 뒤를 따라 캐퓰리트, 패리스, 로렘스 신부가 들어온다. 캐퓰리트는 결혼을 위해 준비한 모든 것을 장례를 위해 쓰라고 한다.

베로나로부터 로미오의 하인 발자사가 와서 줄리엣이 죽었다는 소식을 전한다. 로미오는 가난한 약사를 매수하여 독약을 구입한 후 베로나로 달려간다. 로렌스 신부의 편지를 가지고 로미오에게 전달하려던 존 신부는 도중에 전염병으로 길이 막혀 베로나로 뒤돌아 온다. 그 편지에는 줄리엣이 죽은 것이 아니라 잔다는 내용이 상세히 적혀 있었다. 로렌스 신부는 줄리엣이 곧 일어날 시각이라 급히 캐퓰리트 가의 납골당으로 달려간다.

로미오는 하인 발자사와 캐퓰리트 가의 납골당의 문을 열려고 하는데, 패리스 백작이 나타나서 결투를 벌인다. 패리스는 죽임을 당한다. 발자사는 야경꾼을 부르러 간다. 로미오는 납골당에 들어가서 관 위에 누워있는 줄리엣을 보고 "아 당신은 아직도 이렇게 예쁘오. 생명의 문인 입술로 순결한 키스를 함으로서 모든 것을 독점하는 죽음과 영원한 계약을 맺으리. 자 사랑하는 사람에게 건배를!"라고 하면서 독약을 마시고 죽는다.

줄리엣은 깨어나 "아 고마우신 신부님, 저의 남편은 어디에 있습니까?"하고 찾는다. 줄리엣은 로미오가 죽은 것을 보고, "아직도 입술이 따뜻하구나."라고 한다. 사람들이 오는 소리를 듣고, 로미오의 단도를 잡아 빼고 "오 행복한 단도여, 이 가슴이 그대의 칼집이구나. 나를 죽게 해다오."하고 찌르고 죽는다.

베로나의 영주와 몬터규 가와 캐퓰리트 가의 사람들은 로렌스 신부의 설명을 듣고 모든 사실을 알게 된다. 영주의 권유로 몬터규와 캐퓰리트는 화해하고, 로미오와 줄리엣의 동상을 세우기로 한다. 젊은 연인들의 죽음의 값을 치루고 비로소 두 가문은 화해하게 된다.

베드로전서 4:8에서 "무엇보다도 뜨겁게 서로 사랑할지니 사랑은 허다한 죄를 덮느니라"라고 하였다. 두 자녀들의 죽음을 초월한 사랑이 그 오랜 기간의 원수 된 두 가문의 부모들의 죄를 덮고 화해시킨 것이다.

37

신앙과 욕정 사이에서

서머셋 모음, 『비』
(Sumerset Maugham, *Rain*)

요한1서 2:16에서 "이는 세상에 있는 모든 것이 육신의 정욕과 안목의 정욕과 이생의 자랑이니 다 아버지께로부터 온 것이 아니요 세상으로부터 온 것이라"라고 했으며, 데살로니가전서 4:5에서 "하나님을 모르는 이방인과 같이 색욕을 따르지 말고"라고 경고했다.

영국의 소설가 서머셋 모음(1874-1965)은 단편소설 『비』에서 성직자인 데이비드슨 선교사의 내적 갈등 즉, 신앙적 힘과 억제하든 사디즘(가학성 변태성욕)적인 욕정 사이의 불을 뿜는 대결에서 회개시키려던 창녀의 유혹에 빠져 결국 자살하고 만다는 기막힌 이야기를 하고 있다.

'사모아'로 향하던 선박이 '파고파고'에 닻을 내리게 된다. 의사 맥페일 부처와 30대의 선교사 데이비드슨 부처 사이에 선상의 친교가 맺어졌다. 선교사 데이비드슨은 키가 후리후리하고, 깎은 듯한 볼에 광대뼈가 이상스럽도록 솟아 있었고, 여윈 데다가 기다란 팔다리가 느슨하게 붙어있었고, 입술만이 풍요하고 관능적이었다. 그에게 인상적인 것은 불길을 억누르고 있는듯한 느낌을 주었다. 그의 열정적인 몸짓과 나직하고 울리는 음성에 그의 성실성이 잘 나타났다. 데이비드슨이 맡은 구역은 '사모아' 북방 일군의 섬들이었다. 의사는 선교사를 바라보면서 웬일인지 모르게 약간 몸서리를 쳤다.

마침 홍역 전염병이 발생하여 항해가 금지되어 얼마간 그 섬에서 머물지 않으면 안 되었다. 호텔도 없는 섬이라, 그곳 상인의 집 이층에 의사 내외와 선교사 내외가 방을 얻게 되었다. 같은 배에 이등실을 타고 온 톰슨이란 창녀도 아래층에 묵게 되었다. 그녀는 27세 정도 나이에 통통하고 예쁜 편으로 흰 드레스를 입고 있었다. 그녀의 살찐 종아리가 희고 반들반들한 가죽 장화 위로 불룩하게 삐어져 있었다. 의사 부인은 "나보기에 그녀는 좀 말괄량이 같더군요."라고 했다. 비는 멎을 것 같지 않고 계속 쏟아지고 있었다.

선교사 데이비드슨은 멕페일에게 "토민들은 천성이 타락해 있어서 스스로 죄악을 알게 할 수가 없어요. 그들이 자연스럽다고 생각하는 행동을 우리는 죄악으로 만들어야 했습니다. 간통이나 거짓말이나 훔치는 것뿐만 아니라 하체를 노출하고 춤추는 거나, 여자가 유방을 드러내는 것도 죄로 만들었으며, 교회에 안 나오는 것도 죄로 만들어서 벌금을 내게 했습니다."라고 했다.

아래층에서는 술 마시고 떠드는 소리가 그치지 않았다. 톰슨 양의 손님들은 유명한 노래를 합창하고 있었으며, 그녀의 거칠고 커다란 목소리도 들렸다. 데이비드슨은 벌떡 일어나서 "저 여잔 태평양에서 가장 추문으로 이름난 홍등가에서 온 거야. 내가 가만두지 않을 거야!"라고 했다. 선교사는 아래층으로 갔다. 음악이 그쳤다. 축음기를 마룻바닥에 내던진 것이었다. 톰슨의 소리가 나더니 몇 사람이 한꺼번에 내지르는듯한 소란한 소기가 들였다. 그날 밤 선교사는 흥분 상태로 밤을 새우고 있었다. 또 비가 내리기 시작했다.

데이비드슨 선교사는 톰슨 양을 만나보고 난 후에 행동하겠다고 했다. 선교사는 "그녀에게도 불멸의 영혼이 있으니, 나는 그녀를 구원하기 위해서 전력을 다해야 하오. 죄가 아무리 크다 해도 주 예수의 사랑은 그런 자에게도 미치는 법이요."라고 했다. 톰슨을 만나고 온 데이비드슨은 "회개하라고 타일렀습니다. 악한 여자예요."라고 했다. 그는 다시 아래층으로 내려가는 소리가 들렸다. 톰슨의 영혼을 위해 기도하는 소리가 들렸다.

톰슨은 데이비드슨 일행을 보자 분 바른 얼굴에 음산한 표정을 띄웠다. 비가 양철 지붕을 세차게 내리쳤다. 그때 톰슨이 갑자기 활짝 문을 열고 들어오더니 데이비드슨을 향해 "이 치사한 능구렁이야, 총독한테 뭐라고 내 이야기를 했니? 다음 배로 떠나라는 거요."라고 고함을 질렀다. 데이비드슨은 "총독에게 자기 의무에 맞는 유일한 방도를 취하라고 간청했지요."라고 답했다. 톰슨은 "날 내버려두지 못해?"라고 하면서 할퀼 듯이 달려들었다.

톰슨은 의사 맥페일에게 부탁하여 총독을 설득해 달라고 간청했다. 총독은 이상한 곤혹의 빛을 보이면서 톰슨은 가능한 한 빨리 섬을 떠나야 한다고 했다. 톰슨의 태도는 완전히 달라졌다. 그녀는 풀이 죽어서 눈물을 흘리면서 "제가 잘 못 했어요. 용서해 주세요. 제발 저를 '창부 교정 소'로 보내지 마세요. 착한 여자가 될 거예요. 하나님 앞에 맹세해요."라고 했다. 의사도 한번 기회를 주는 것이 어떠냐고 했다. 그러나 데이비드슨은 "화요일에 '샌프란시스코'로 떠나야지요."라고 했다. 톰슨은 처참한 비명을 터뜨리고 제 머리를 땅바닥에 마구 부딪쳤다. 의사가 달려가서 그녀를 일으켰다.

데이비드슨은 톰슨에게 예수님께서 간음한 여자와 만나는 이야기를 쓴 성경을 읽어 주었다. 그리고 무릎을 꿇고 톰슨의 영혼을 위해서 기도하고는 주기도문을 외우자고 했다. 톰슨은 "난 나쁜 여자였어요. 참회하고 싶어요."라고 했다. 데이비드슨은 "감사합니다!"를 연발하고 "하나님이 우리 기도를 들으신 것입니다."라고 말하고는 톰슨과 둘만 있게 해 달라고 했다.

그들 둘은 새벽 두 시까지 함께 있었다. 데이비드슨은 창백하고 지쳐있었으나 눈만은 불타듯 번쩍거리는 것이 사람 눈이 아닌 듯했다. 넘쳐흐르는 즐거움으로 가득 차 있는 듯했다. 그는 의사에게 "어젯밤에 나는 길 잃은 영혼을 예수의 사랑의 품에 안기게 했습니다."라고 했다. 그 후 사흘 동안 선교사는 대부분 시간을 톰슨과 같이했으며, 식사 때만 다른 사람들과 같이했다. 의사는 선교사가 거의 아무것도 안 먹는 것을 알았다.

데이비드슨은 이상한 꿈을 꾼다고 했다. 미국 대륙을 횡단하면서 기차 창에서 둥그렇고 뭉실뭉실한 커다란 두더지 언덕 같은 것이 두 개가 평야에 불쑥 솟아 있는 것을 보았다고 했다. 의사는 그것들이 여자의 유방 같아서 퍽 놀랐다고 했다.

데이비드슨은 "밤처럼 새까맣던 그녀의 영혼이 지금은 갓 내린 눈처럼 깨끗해요."라고 감탄했다. 의사는 톰슨을 '샌프란시스코' 감옥에서 삼 년 복역하지 않도록 구해주자고 제안했으나, 선교사는 "그런 고난은 견뎌야지요. 나는 그녀를 내 아내나 누이처럼 사랑하지만, 그녀가 하나님에 대한 속죄로 사람이 주는 벌을 받기를 바랍니다."라고 했다. 선교사는 톰슨과 함께 기도하곤 했다. 톰슨은 선교사에게 노예처럼 모든 것을 맡기고 그에게 매어 달렸으며, 선교사가 곁에 없으면 불안해 보였다. 그녀는 무척 울었고, 성경을 읽었고,

기도를 드렸다. 그녀는 딴사람이 된 것이다. 어떤 때는 기진해서 무감각하기도 했다. 비는 잔인할 만큼 줄기차게 내렸다.

아침 일찍 의사 멕페일이 일어났다. 집주인 호은 상인이 의사를 찾아와서 조용히 따라오라고 했다. 한길에는 토인들 오륙 명이 기다리고 있었다. 호은은 의사를 바닷가로 안내했다. 의사가 오자 토인들이 물러섰다. 의사는 반은 물속에 젖고, 반은 물 밖으로 나온 채 누워있는 무시무시한 데이비드 선교사의 시체를 보았다. 시체를 뒤집어 놓았다. 귀에서 귀까지 목을 끊었는데, 그의 바른손에는 그 짓을 한 면도칼을 그대로 쥐고 있었다.

의사 멕페일은 숙소로 돌아왔다. 톰슨 양이 문 앞에서 어떤 선원하고 지껄이고 있었다. 그녀는 돌변을 해서, 어제의 겁에 질린 노예가 아니었다. 흰 드레스에 흰 번쩍이는 장화를 신고 무명 양말을 신은 통통한 다리가 불룩 삐어져 있었다. 얼굴에는 분을 바르고 눈썹은 새까맣게 그리고 입술은 주홍빛이었다. 그녀는 허리를 꼿꼿이 하고 서 있는 건방진 말괄량이었다. 선교사 부인이 와서 멈추자, 입속에 침을 모아서 뱉었다. 톰슨은 의사 멕페일을 보자 "당신들 사내들! 치사하고 더러운 돼지 새끼들! 당신들은 다 똑같아. 어떤 놈이든 말이야, 돼지 새끼들! 돼지 새끼들!"이라고 욕설을 퍼부었다.

작가 모음은 톰슨이란 모든 남자가 경험하고 있는 남자들 내부의 성적인 욕정과 신앙적인 힘과의 불을 뿜는 갈등을 묘사하고 있다. 데이비드슨은 겉보기에는 신앙심 깊은 하나님의 젊은 투사같이 보이지만, 실상은 그도 사디즘적인 성욕에 굴복하여 톰슨과 범죄하고만 것이다. 결국 데이비드슨은 죄의식 때문에 면도칼로 자살한 것은 이성을 상실한 반(反) 성서적인 행동을 자행한 것이다. 토민들의 춤이나, 노출 경향의 옷 입는 모양도 죄악시하고, 톰슨을 창부 교도소로 보내겠다는 등 데이비드슨의 잔인한 과격성은 일종의 사디즘의 발로였다. 데이비드슨이 여인의 유방 같은 두더지 두둑의 꿈을 꾸는 데서도 육체의 정욕이 무의식 속에 도사리고 있음을 말해 준다. 끊임없이 내리는 비는 끊임없이 지속하는 인간의 욕정을 상징한다. 인간의 욕정은 가장 원시적인 힘의 하나이기 때문에 비처럼 줄기차고 강력한 것이다.

데이비드슨 선교사가 받은 유혹은 창세기 3:6에서 하와가 경험하는 "여자가 그 나무를 본즉 먹음직도 하고 보암직도 하고 지혜롭게 할 만큼 탐스럽기도 한 나무인지라 여자가 그 열매를 따 먹고 자기와 함께 있는 남편에게도 주매 그도 먹은지라"라는 사건과 같은 맥락의 것이리라!

갈라디아서 5:16에서 사도 바울은 "너희는 성령을 따라 행하라 그리하면 육체의 욕심을 이루지 아니하리라"라고 했다.

38

인간의 이기주의와 미국인의 꿈의 상실

에드워드 알비, 『미국인의 꿈』
(Edward Albee, *The American Dream*)

빌립보서 2:21에서 "모두 다 자기의 일에만 관심이 있고, 그리스도 예수의 일에는 관심이 없습니다"(표준)라고 함으로서, 자신의 생계, 안전, 소유, 권위, 위치 등을 유지하기 위한 이기주의자는 예수 그리스도가 말씀하는 하나님 나라에 대한 관심은 상실하고 있음을, 그래서 인간과의 관계도 단절되어 있음을 말씀하고 있다.

현대 미국 극작가 알비(1928-2016)는 『미국인의 꿈』이란 단막극에서 인간의 이기주의가 결국 삶의 불확정성, 서로의 만남을 단절시키는 단편화 현상, 표현 불가능성, 삶의 소극적인 익살, 자아의 상실 등을 표출하는 근원적인 이유라고 강변하고 있다.

인간의 이기주의는 결국 타자에 대한 비 개입적인 태도에서 표출되며, 이러한 비 개입적인 태도는 결국 타자의 고통을 외면하는 사랑의 부정을 의미하면서 동시에 자신만의 안전한 영역을 구축하려는 잔인함의 발로로 나타난다고 보았다.

알비는 인간의 이기주의적 잔인함은 자신의 욕망이나 만족감의 충족을 위해 타인을 무자비하게 희생시켜 버리는 폭력으로 나타나며, 이 폭력 때문에 인간은 부조리한 상황을 표출하고, 그리고 이러한 부조리한 상황에서 인간의 진정한 만남은 이루어질 수 없다는 것이다. 인간들 사이의 폭력은 바로 삶의 본질인 것이다.

알비는 인간들 사이의 친밀성도, 인격적인 대화도, 진정한 만남도 없는 부조리한 상황은 결국 인간의 이기주의적인 자기만족을 위한 잔인한 폭력에 그 근원적인 이유가 있음을 "미국인의 꿈"을 상실한 미국인들의 가정생활에서 풍자적으로 보여주고 있다.

미국인의 가족 관계에서 구성원들은 자기만족 충족을 위한 이기주의적인 잔인함 때문에 진정한 만남의 대화를 상실한 부조리한 상황을 창출하고 있다. 그 결과 미국의 가족 관계에서 보여주는 것은 위선적인 상투어로 가득 찬 애정 표현, 진정한 만남의 부재, 유약한 남성을 지배하는 여성 우위적 페미니즘, 패러디와 익살로 가득 찬 가시 돋인 대화뿐이다. 이러한 그로테스크한 비인간적이고 잔인한 이미지가 빚어내는 일상생활의 공허함은 현대의 부조리한 상황을 극명하게 표출하고 있으며 미국 가정의 전통적인 모든 가치체계를 해체해 버렸음을 보여주고 있다.

『미국인의 꿈』에서 사용하는 언어는 담론적인 횡설수설이요, 의미를 상실한 일종의 산만한 잡담에 지나지 않는다. 두 등장인물 마미(엄마)와 대디(아빠)는 "당신은 나의 달콤한 대디예요." "난 나의 마미를 사랑해요."라고 서로 말하지만, 이 말 속엔 서로를 뜨겁게 연결하는 진정한 사랑과 관심은 전혀 없는, 이제는 의미가 사라져 버린 형식적인 애정에 불과하다.

그 결과 『미국인의 꿈』에서 삶의 사건들은 명확한 상호 연관성이 없는 단편적인 이야기에 불과하다. "젊은이"를 양자로 하는 이야기,

"젊은이"의 쌍둥이 형제인 "입양아"에 관한 이야기, 할머니를 양로원에 보내고 마미와 대디가 만족하려는 이야기, 아이스박스를 고치는 이야기, 베이지 빛깔의 모자 이야기, 할머니의 상자 이야기 등과 같은 상호 연관성이 없는 에피소드들을 이 작품은 병렬함으로써 미국 가정의 삶의 단편화 현상을 나타내고 있다.

위에서 나열한 삶의 단편화 현상에는 삶의 분명한 목적이 없기 때문에 이 극은 T. S. 엘리엇(미국 태생 영국으로 귀화, 1948 노벨문학상)의 "황무지"(1922)에서 보듯이 정신적 영적인 죽음을 나타내는 황무지 현상을 표출하고 있다. 〈바이-바이 양자회〉의 대표인 베이커 부인 자신이 마미와 대디의 집을 방문한 목적을 모르고 있는 일, 마미와 대디 사이의 메마른 결혼 생활, 남편과 집안을 지배하는 남성화된 마미, 아이를 갖지 못하는 불모성, 가족 상호 간의 적개심 같은 것들이 이 극의 황무지 현상을 극명하게 보여주고 있다.

알비는 이러한 황무지 현상과 단편화 현상으로 채워진 부조리한 삶의 현상을 표출시키는 근원적인 이유는 인간의 자기만족 위주의 이기주의가 빚어내는 폭력적인 잔인함에 있다고 본다. 마미와 대디는 베이커 부인을 통해 "입양아"를 입양시키지만, 마미와 대디는 그 입양아에게서 만족감을 얻지 못한다면서 이 아이의 눈을 빼고, 손과 성기와 혀를 잘라서 마침내 죽여 버리는 잔인함을 보인다. 사랑해야 할 성 기관, 보아야 할 눈, 접촉해야 할 손, 말을 나누어야 할 혀를 자른 것은 인간과 인간 사이를 연결해 줄 모든 인간적인 만남의 기능을 잔인하게 없애 버렸음을 의미한다. 인간들은 자기만족의 이기적인 추구를 위해 사랑이란 이름 밑에서 잔인함을 거침없이 발휘함으로써 삶의 부조리한 상황을 낳고 있다.

　"입양아"를 잔인하게 살해해 버린 마미와 대디는 만족을 얻어야 하겠다는 이기심 때문에 베이커 부인에게 또 다른 입양아를 구해줄 것을 요청한다. 마미와 대디는 가증스럽게도 새로 입양되는 아이는 그들에게 물질적인 보상과 아울러 만족을 줄 수 있어야 한다는 것이다. 새로 입양된 "젊은이"는 할머니의 말대로 외견상 "미국인의 꿈"으로 보이는 패기에 찬 젊은이 같으나, 실제로는 "입양아"의 쌍둥이 형제로서 그의 잠재의식 속에 막연하나마 태어나자 헤어져서 토막나버린 쌍둥이 동생을 인식하고 수년 동안 계속해서 피학대증 상실감을 맛보아 왔다.

　그 결과 그에겐 인간적인 만남에 대한 감정은 메말라 버리고, 활력이 넘치는 욕망과 희망찬 소망도 상실해 버린 상태이다. 그러나 그는 돈벌이를 위한 것이라면 심지어 마미의 침실의 향락을 위한 대상도 되어줄 가능성도 있을 정도로 무슨 일이든 기꺼이 할 젊은이이다.

할머니: 하하… 네 몸의 근육 좀 봐!
젊은이: (팔을 구부려 근육을 보이면서) 예, 꽤 근육이 좋지요?
할머니: 야야, 그래, 근육이 좋군. 원래 그렇게 타고난 거야?
젊은이: 기본적으로 타고났어요.
　　　　그렇지만 체육관에서 좀 단련했지요.
할머니: 그랬을 거야. 너, 영화에 출연해도 좋겠구나.
젊은이: 저도 알아요.
할머니: 정말 근사해. 넌 얼굴도 잘생겼어.
젊은이: 예, 꽤 괜찮지요. 말쑥하고, 중서부 시골 소년풍이고, 거의
　　　　무례할 정도로 잘생긴 미국풍이고. 좋은 옆모습에다, 똑바로
　　　　선 코에, 정직한 눈에, 근사한 미소에….

할머니: 그래. 너는 너 자신을 알고 있지. 안 그래? 넌 미국인의
       꿈이야. 그게 바로 너야. 다른 사람들은 자신들이 무슨 이야
       기를 하고 있는지 모른단 말이야. 넌, 넌, 미국인의 꿈이야.
젊은이: 감사해요.
할머니: 지금 무슨 일을 하고 있지?
젊은이: 일거리를 찾고 있어요.
할머니: 그래! 좋아, 무슨 일을 찾고 있지?
젊은이: 오, 거의 무슨 일이든지요. 돈 많이 주면 무슨 일이든지요.
       돈벌이만 된다면 무슨 일이든지 할 것입니다.

"젊은이"는 미국 기성세대의 자기만족을 위한 이기주의적인 잔인함에 희생된 젊은 세대로서 불모성(不毛性)을 나타내는 "미국인의 꿈"을 대표한다. 이 "미국인의 꿈" 세대에게 삶이란 사랑과 증오의 진정한 감정표현이 없는 공허한 상투어로 가득 찬 삶인 것이다. 그 결과 자신감과 개척정신으로 충만한 긍정적인 가치관을 가진 할머니의 죽음과 함께 이들 기성세대는 정신적이고 지적인 침체 상태로 인해 할머니의 말처럼 전적으로 비인간화된 "불구의 세대"로 남게 될 것이다.

고린도전서 10:24은 "누구든지 자기의 유익을 구하지 말고 남의 유익을 구하라"라고 하고, 고린도전서 13:5은 "무례히 행하지 아니하며 자기의 유익을 구하지 아니하며 성내지 아니하며 악한 것을 생각하지 아니하며"라고 우리에게 충고하고 있다.

39
트로이의 헬렌과 파우스트 박사

괴테, 『파우스트』
(Johann Wolfgang von Goethe, *Faust*)

이사야 14:12-15에서 "너 아침의 아들 계명성이여 어찌 그리 하늘에서 떨어졌으며 너 열국을 엎은 자여 어찌 그리 땅에 찍혔는고 네가 네 마음에 이르기를 내가 하늘에 올라 하나님의 뭇별 위에 나의 보좌를 높이리라 내가 북극 집회의 산 위에 좌정하리라 가장 높은 구름에 올라 지극히 높은 자와 비기리라 하도다 그러나 이제 네가 음부 곧 구덩이의 맨 밑에 빠치우리로다"라고 하였다.

독일의 문호 괴테(Johann Wolfgang von Goethe; 1749-1832)는 『파우스트』에서 주인공 하인리히 파우스트(Heinrich Faust) 박사는 철학, 법률, 의학, 신학을 통달한 박사로서 하나님과 같은 경지의 지혜에 도달하기 위해 마술에 심취하여 프랑스의 점성가 노스트라다무스(1503-1566)의 책을 열어보고 주문을 외워 사탄의 사자 메피스토펠레스를 불러낸다.

파우스트 박사는 메피스토펠레스의 요구로 법적인 효과를 갖도록 피 한 방울로 거래 조건에 서명하고 메피스토펠레스에게 자기 생명을 판다. 거래 조건은 "파우스트 박사가 사는 날 동안 메피스토펠레스가 파우스트 박사의 종이 되어 파우스트 박사를 위해 일할 것이지만 파우스트 박사가 죽은 다음에는 파우스트 박사가 메피스토펠레스의 종이 되어야 한다"는 것이다.

메피스토펠레스는 파우스트 박사를 트로이 전쟁 이후 시대로 과거의 시간으로 데리고 가서 말로 표현하기 어려운 아름다움의 극치인 트로이의 헬렌과 사랑에 빠지게 한다. 트로이의 파리스 왕태자가 헬렌을 취하여 트로이로 도망간 이후, 헬렌의 남편인 메네라우스 왕과 그의 형제인 아가멤논 왕은 희랍군을 이끌고 트로이와의 10년 전쟁을 치른다. 그 유명한 트로이의 목마의 계략으로 희랍군에 의하여 트로이는 파괴되고 파리스 왕태자는 죽게 된다. 헬렌은 남편인 메네라우스 왕과 스파르타로 돌아온다.

멀리서 나팔 소리 요란하게 들리고, 합창 소리는 파우스트의 군대가 접근하고 있음을 알리고 있다. 헬렌과 그녀의 시녀들은 조심하면서 성주인 파우스트에게 나아가지만, 결국 파우스트를 믿고 의지한다. 시녀들은 헬렌을 위해 여왕에게 합당한 풍요로운 보좌를 마련하고 화려하게 방을 장식한다.

파우스트는 중세 기사의 복장을 하고, 사슬로 묶은 감시병 린세우스를 대동하고 나타난다. 파우스트는 감시병 린세우스가 사슬로 묶인 이유를 설명한다. 감시병은 성루에서 접근하는 모든 사람을 보고해야 하는데, 헬렌의 접근을 보고하지 않음으로써, 여왕이 받아야 할 환영 절차를 갖추지 못한 책임으로 사슬에 묶였다는 것이다. 파우스트는 헬렌이 원하는 대로 감시자를 처벌하겠다고 한다. 감시병 린세우스는 헬렌의 아름다움에 너무나 감탄하여, 그 아름다움에 도취 되어 감시병의 의무 수행을 잊어버렸다고 한다. 헬렌은 자기의 아름다움에 찬사를 보내는 감시병에게 벌을 줄 수 없어 용서한다.

파우스트도 헬렌의 아름다움에 찬사를 보내고, 렌세우스는 많은 시종을 거느리고 보물 상자들을 헬렌 앞에 내려놓는다. 파우스트는 헬렌에게 충성을 맹세하고 왕국에 있는 모든 것을 헬렌이 원하는 대로 처리하라고 말한다. 헬렌은 파우스트로 하여금 자기 옆에 있는 보좌에 앉게 하고 함께 통치를 하자고 제안한다. 헬렌과 파우스트는 사랑의 말을 시(詩)로 표현한다.

헬렌과 파우스트는 격리된 동굴 속에서 감동적인 사랑을 나누며 헐떡거린다. 그 결과 헬렌과 파우스트 사이에 놀라운 아들이 태어난다. 그 소년은 삶에 기쁨을 누리면서 아름답고, 달콤하고, 영원한 음악에 충만한 환희의 아들이었다. 헬렌과 파우스트와 그들의 아들이 사는 작은 방으로부터 절묘하고 순수한 음악이 흘러나온다. 헬렌과 파우스트는 그들의 아들의 이름을 유포리온(Euphorion)이라 부른다.

유포리온은 땅에 붙어서 살기보다는 땅으로부터 공중으로 높이 솟아올라 이상적인 영역으로 솟아오르기를 좋아하는 낭만적인 기질이 있었다. 헬렌과 파우스트는 아들 유포리온에게 솟아오르기를 좋아하는 감정을 억제하라고 한다. 유포리아는 그렇게 하겠다면서 처녀들과 우아한 춤을 춘다.

그러나 유포리온은 도망치는 소녀들을 뒤따라가서 껴안기 놀이를 즐긴다. 파우스트와 헬렌은 아들의 격정을 제한할 길이 없구나 하고 탄식한다. 아름다운 소녀가 도망하여 험한 바위 위로 올라가서 유포리온을 보고 따라오라고 한다. 유포리온은 열광적인 기쁨으로 높은 절벽 위에 기어오르자, 더욱 높이 올라가서 넓은 온 세계를 보고 싶다고 한다. 헬렌과 파우스트는 아들을 향해 "너는 아직도 삶의

아침에 겨우 들어갔는데, 높이를 향해 너무 빨리 서둘지 말라!"고
한다. 유포리온은 위험은 목표를 달성하려는 남자의 삶의 일부분이
라고 답하고는, 절벽 꼭대기에서 공중으로 높이 뛰어 솟았다. 유포리
온는 바람의 힘에 공중에 잠깐 머물더니, 급하강하여 양부모님들
발 앞에 떨어졌다. 그의 몸은 사라지고, 옷과 그의 칠현금만이 땅에
놓여 있었다.

헬렌과 파우스트는 아들을 잃어버린 슬픔에 잠겼다. 저 깊은 곳에
서 유포리온은 "어머니 나를 버리지 마세요."라는 외치는 소리가
들려왔다. 헬렌은 파우스트에게 "행복과 아름다움은 한 몸에 가질
수 없답니다. 이제 나의 삶과 사랑은 가버렸으니, 저도 가야만 되겠어
요."하고 파우스트를 포용한 다음 사라져 버린다. 그녀의 명주옷만이
파우스트 박사의 손에 남아 있을 뿐이다. 파우스트의 종말은 너무나
비극적이고 슬펐다.

파우스트는 마가렛과 헬렌과의 사랑도 해보고 세상 권력도 행사해
보았다. 그러나 파우스트는 초기에 꿈꾸던 과도한 신(神)의 경지의
지식을 충족시키려는 욕망에 빠지지 아니하고, 인류의 유익을 위해
계획하는 일을 하고 싶다고 한다. 놀랍게도 파우스트는 구원받을
가능성의 표적을 보여주기 시작한다. 메피스토펠레스는 파우스트에
게 무엇을 원하느냐고 묻는다. 파우스트는 해안선을 따라 제방을
건립함으로써 바닷물이 땅을 범람하지 못하게 하고 싶다고 한다.
북소리 요란하게 울리면서 메피스토펠레스는 파우스트에게 황제를
도와 전쟁에 승리하면 해안의 땅을 사들일 충분한 돈을 마련할 수
있다고 한다. 파우스트는 높은 산 정상에 올라가서 적군의 진지를
내려다보고 쉽게 승리할 수 있다고 한다. 황제는 파우스트를 군사령

관으로 임명한다. 파우스트는 메피스토펠레스의 도움으로 쉽게 승리하여 적군들이 가지고 있던 모든 보화를 제방 건립에 사용하려 한다. 그러나 그 왕국의 탐욕적인 대주교는 황제와 파우스트의 과거 죄를 들추어내면서 협박하고, 그 보물은 모두 교회에 헌금해야 한다고 한다. 작가는 교회의 부패성을 폭로하고 있다.

파우스트는 어린 시절 살던 고장으로 돌아와서 아직도 자기를 돕던 노부부가 살고 있는 것을 본다. 파우스트는 해변의 넓고 황폐한 불모지를 꽃피는 정원과 들판으로 바꾸어 놓았다. 노인이 된 파우스트는 아직도 만족하지 못했다. 그런데 두 노부부는 자신들의 오막살이를 팔지 않겠다는 것이다. 파우스트는 메피스토펠레스에게 좋은 집을 대신 주어 옮기게 하라고 지시한다.

메피스토펠레스가 파우스트의 2척의 배를 가지고 무역에 나선 것이 20척의 배로 성공하여 돌아온다. 그리고 두 노부부의 문제도 해결되었다고 한다. 그러나 실제로는 메피스토펠레스가 노부부를 죽여 버리고 그 땅을 빼앗은 것임을 파우스트는 알게 되었다. 파우스트는 메피스토펠레스를 힐책한다. 파우스트는 눈이 멀어져 보지를 못하게 된다.

파우스트는 성의 발코니에 서서 죽음이 임박해 오는 것을 느끼게 된다. 파우스트는 자신의 모험을 통해서 배우게 된 것은, 사람은 삶에서 가능한 것만을 생각해야지, 무한과 영원을 추구해서는 안 된다고 말한다. 파우스트는 실생활에 사용되는 실제적인 지혜가 인간의 기쁨이요 행복이라고 말한다. 그는 간단한 진리를 깨우친 것이다. 인간은 신(神)처럼 되려고 해서는 안 되고, 인간처럼 되기를 힘써야 한다는 회개에 찬 깨달음을 말한다. 그리고 파우스트는 뒤로 넘어져서 죽는다. 하인리히 파우스트 박사의 생애는 100세로 끝난 것이다.

　메피스토펠레스는 악령들과 함께 죽은 파우스트의 영혼을 지옥으로 데리고 가기 위해 죽은 영혼이 오기를 기다리고 있었다. 갑자기 주변은 천사들의 노래 소리로 가득 찬다. 천사들이 내려와서 장미 꽃잎들을 뿌린다. 메피스토펠레스와 그의 시종들이 장미의 아름다움에 취해 있는 동안 천사들은 파우스트의 영혼을 데리고 천국으로 가버린다. 천군들과 성자들이 찬양하며 파우스트를 맞이하고, 그리고 죄를 지었으나 믿음으로 구원을 받은 여인들이 찬양한다. 그 여인 중에는 마가렛도 있었다. 마가렛은 환희에 차서 고통 속에서 사람의 순수한 영혼을 환영하며 노래하기를 "땅에서의 불충분한 것이 하나님 나라에서 충만함으로 채워지는 도다. 땅에서 표현할 수 없었던 것이 하나님 나라에서 사랑으로 완성되어 졌도다."라고 노래한다. 마가렛처럼 파우스트도 구원받은 것이다. 메피스토펠레스는 패한 것이다.

　골로새서 2:14-15에서 "우리를 거스리고 우리를 대적하는 의문에 쓴 증서를 도말 하시고 제하여 버리사 십자가에 못 박으시고 정사와 권세를 벗어버려 밝히 드러내시고 십자가로 승리하셨느니라"라고 하였다.

40

쾌락주의와 인간의 부패

오스카 와일드, 『도리언 그레이의 초상』
(Oscar Wilde, *The Picture of Dorian Gray*)

디모데후서 3:4-5에서 바울은 "배신하며 조급하며 자만하며 쾌락을 사랑하기를 하나님 사랑하는 것보다 더하며 경건의 모양은 있으나 경건의 능력은 부인하니 이같은 자들에게서 네가 돌아서라"라고 했다.

아일랜드 시인이며 런던의 극작가 오스카 와일드는 『도리언 그레이의 초상』에서 초상화가 바질 홀워드가 감탄을 금치 못할 만큼 비범한 미모의 도리언 그레이의 전신(全身) 초상화를 그리고 있는데, 방종한 쾌락주의자 헨리 위튼 경(Lord Henry Wotton)이 쾌락주의 철학과 퇴폐적인 재담으로 도리언 그레이를 부패시킴으로써 결국 파멸되게 하는 씁쓸한 이야기를 하고 있다. 도리언 그레이는 미남이지만 헨리 경의 "새로운" 쾌락주의에 매혹된 나르시스적인 젊은이다. 도리언은 모든 향락에 빠져 실재적으로 모든 죄를 범하게 되고, 그 결과 죽음에 이르게 된다.

헨리 경은 전제적인 귀족이며, 퇴폐적인 멋쟁이로서, 방종한 쾌락주의 철학을 지지하는 재담가이다. 헨리 경은 원래 초상화가 바질의 친구였으나, 바질이 도리언의 미모에 빠지는 일에는 관심을 두지 않는다. 헨리 경의 방탕 주의적 세계관이 도리언을 부패하게 한다. 도리언은 헨리 경에게 지지 않으려고 애를 쓴다. 관찰력이 예리한 예술가 바질은 귀족 헨리에게 "당신은 도덕적인 것을 결코 말하지 않지만, 잘못된 짓을 하지도 않잖아요."라고 한다. 헨리 경은 재치와 능변으로 자신의 지인들에게 감명을 주고, 영향을 주고, 잘못된 길로 현혹되게 하지만, 자기 자신의 쾌락주의적 충고가 어떤 결과를 낳는 지는 과학적인 초연함으로 연구해 보는 것에는 관심이 없다. 그의 특이한 모습은 자기 행동의 결과에 대해서는 전적으로 무관심하다.

헨리 경은 낭만적인 올리브색 얼굴과 얼굴의 초췌한 표정과 느릿느 릿 이어지는 낮은 목소리가 무엇인지 모르게 도리언의 마음을 사로잡 는 무엇인가가 있었다. 하얀 피부에 시원해 보이는 꽃과 같이 아름다 운 그의 손도 묘한 매력을 지녔으며, 그가 말할 때면 손을 음악연주 하듯 움직임으로 그의 손은 언어를 지닌 것 같이 보였다. 도리언은 헨리 경이 두려웠다.

헨리 경은 뛰어나게 매력적인 도리언을 보고 충동적인 말을 했다. "그레이 씨, 당신은 정말 아름다운 얼굴을 지녔소. 그 잘생긴 얼굴에, 미(美)는 천재성의 한 형태지요. 그 미는 그 미를 지닌 사람을 군주로 만듭니다. 그레이 씨, 신들이 당신에게 잘해 준 것이오. 신들이 당신 에게 부여한 것을 당장이라도 뺏어 갈 수 있어요. 당신이 진정으로 온전하고 충만한 삶을 살 수 있는 기한이 몇 년밖에 남지 않았어요. 당신의 젊음이 가면 당신의 아름다움도 더불어 사라질 것이오. 항상 새로운 감동을 찾아 나서시오. 또 하나의 새로운 쾌락주의 이것이 우리 세기가 원하는 것이지요. 우리는 젊은 시절로 되돌아갈 수 없습 니다."

초상화가 바질 홀워드는 초상화가로서 철저하게 도덕적이다. 그는 도리언의 미모에 매혹되었으며, 도리언의 후견인으로서 도리언의 예술가로서의 잠재력을 인식하게 된다. 도리언 그레이의 초상화는 바질의 걸작품이다.

바질 홀워드가 도리언 그레이의 초상화를 그리고 있는 동안, 도리언은 헨리 경과 대화를 나누고 있었다. 헨리 경은 도리언이 뛰어나게 아름다운 젊음을 유지하는 동안, 그 젊음이 살아지기 전에 쾌락주의적 감동을 마음껏 누리라는 퇴폐적인 충동질을 했다. 헨리 경의 방탕주의적 세계관이 도리언을 부패하게 한다. 헨리 경은 재치와 능변으로 도리언에게 감명을 주고, 영향을 주고, 잘못된 길로 현혹되게 하지만, 자기 자신의 쾌락주의적 충고가 어떤 결과를 낳는지는 과학적인 초연함으로 연구해 보는 것에는 관심이 없었다.

헨리 경은 도리언에게 "유혹에서 벗어나는 유일한 길은 그 유혹에 빠져보는 것이네."라고 하고는 젊음을 지니고 있을 때 그 젊음의 최고의 아름다움을 이용하라고 했다. 도리언은 그 말에 도취하였다. 헨리 경의 말은 도리언의 내부에 있는 비밀스러운 심금을 울린 것이다.

초상화가 바질 홀워드가 붓을 쥔 손을 멈추고, 도리언 그레이의 전신 초상화를 완성했다고 했다. 헨리 경은 "현대 초상화 가운데 가장 훌륭한 초상화야."라고 격찬했다. 도리언 그레이는 마치 꿈을 꾸다 깨어난 것처럼 깜짝 놀라는 표정이었다. 그의 뺨에 잠시 기쁨에 겨운 불그레한 기운이 감돌았다.

도리언이 재능에 찬 여배우요, 가수요, 절세 미녀인 17세 난 시빌 베인과 사랑에 빠지게 되었다고 했다. 헨리는 아름다움의 추구가 우리 인생의 진정한 비밀이라고 하고, "도리언, 자네는 영원히 사랑을 받을 테고, 언제나 사랑과 사랑을 할 텐데 말이야."라고 했다.

도리언은 헨리 경에게 시빌 베인과 결혼하기로 했다고 말했다. 도리언은 헨리 경과 초상화가 바질 홀워드를 초청하여 극장에 가서 시빌 베인의 연기를 보기로 했다. 도리언은 "그녀가 사람들을 영적으로 정화해, 누구든 다른 사람들을 자기와 똑같은 육신과 피를 지닌 사람으로 여겨 일체감을 느끼게 합니다."라고 했다. 헨리 경은 "자기 자신과 똑같은 육신과 피라! 오, 난 그러고 싶지 않네!"라고 답했다. 헨리 경은 무대에 등장한 시빌을 보고 "매력적이야! 너무 멋져!"라고 중얼거렸다. 그러나 시빌의 연기는 그날따라 형편이 없었다. 무능한 연기자였다. 서투른 예술이었다. 헨리 경은 실망하여 코트를 입고는 "우리 가자고."라고 했다.

시빌은 도리언에게 무대에서의 줄리엣과 같은 가공스러운 여주인공은 그림자에 불과하기에 이젠 지긋지긋하다고 하고는 "당신은 저에게 모든 예술보다 더 소중한 존재입니다."라고 호소했다. 도리언은 "당신은 내 사랑을 죽였어! "당신은 내 삶의 로맨스를 더럽혔어. 당신의 예술이 없으면 당신은 아무것도 아니야. 지금 당신은 그냥 예쁘장한 얼굴을 지닌 삼류 배우에 불과하다고."하고 모욕적인 공격을 했다. 그리고는 "제발 제 곁을 떠나지 마세요!"하는 시빌의 처절한 호소에도 불구하고 도리언은 떠나가 버렸다. 그다음 날 헨리 경이 찾아와서 도리언에게 시빌이 음독자살했음을 알렸다. 헨리 경은 시빌이 도리언에게 싫증이 나게 했을지도 모른다고 했다.

초상화가 바질 홀워드는 도리언에게 "초상화를 그릴 때 내 화실에 앉아 있던 때는 정말 소박하고 자연스럽고 애정이 넘치는 젊은이였어. 자네는 이 세상 전체에서 아름다움을 가장 잘 간직한, 티끌 하나 묻지 않은 순수한 청년이었어. 그런데 지금은, 심장도 없고 연민의 정도 없는 냉혈한 같아. 이게 다 헨리 경의 영향 때문이야."라고 했다.

헨리 경의 쾌락주의에 영향을 받은 도리언은 시빌 베인을 사랑한다 기보다는 시빌 베인의 예술성 있는 연기를 사랑한 것이다. 이런 쾌락 주의는 하와가 선악과를 바라보면서 "먹음직도 하고 보암직도 하고 지혜롭게 할 만큼 탐스럽기도 한 나무인지라"(창 3:6)의 태도이다. 그 결과 하와가 그 열매를 따 먹고 자기와 함께 있는 남편(아담)에게 도 주어 그도 먹었기에 둘 다 파멸에 이른 것이다. 헨리의 쾌락주의는 결국 여배우 시빌 베인을 자살하게 하고, 도리언 그레이로 하여금 파멸의 길을 가게 한 것이다.

헨리 경은 도리언에게 어떤 파리 사람에 관한 이상한 소설을 보냈 다. 그 파리 사람은 이전 세기들의 사상의 양식과 열정, 즉 덕과 죄를 인식하려고 노력하면서 그의 생애를 보냈었다. 그것은 지독한 쾌락주의적 책이었지만, 도리언을 매혹시켰다. 여러 해 동안 그 책은 도리언에게 영향을 주었다. 그 책은 도리언 자기 자신의 삶의 이야기 인 것 같았다.

도리언에 관한 이상한 나쁜 소문들이 런던 시내를 통해서 흘러나왔 다. 도리언의 초상화는 나이 먹고 악해진 흉한 얼굴에 앞이마에는 섬뜩한 주름이 지어졌으며, 몸은 흉하게 일그러져있었다. 거울 속에 비친 자기 얼굴의 놀라운 아름다움은 그대로였다. 도리언은 향수를 연구하고, 음악에 헌신하고, 보석과 자수품을 수집하고 연구했다.

도리언의 38세 생일날 저녁에, 초상화가 바질이 늦은 밤에 도리언을 찾아와서, 도리언의 좋지 못한 평판에 대해서 훈계하기 시작했다. 화가 치민 도리언은 초상화가에게 잔혹하고 역겹게 생긴 자신의 초상화를 보게 했다. 바질은 몸서리를 쳤다. 바질이 도리언에게 기도하라고 충고하자, 도리언은 미친 듯이 화를 내면서 칼로 초상화가 바질을 찔러 죽였다.

도리언은 자신의 초상화를 쳐다보자, 고통의 부르짖음이 터져 나왔다. 초상화에는 잔혹하고 역겹고 위선과 교활한 얼굴에 더하여 초상화의 손에 피까지 묻어 있었다. 도리언은 칼을 잡고는 초상화를 찔렀다. 부르짖는 소리와 '쿵' 하는 소리가 났다. 하인들이 문을 박차고 들어왔다. 하인들은 주인의 아름답고 절묘하게 젊고 놀라운 자태의 초상화가 벽에 걸려 있는 것을 보았다. 마룻바닥에는 칼로 가슴에 찔린, 죽은 시들고 주름지고 역겨운 용모를 하고 있는 남자를 보았다. 하인들은 죽은 남자의 반지가 자기들 주인의 것임을 알았다. 헨리 경의 쾌락주의가 도리언 그레이를 역겨운 용모의 시들은 남자로 죽게 한 것이다.

요한1서 2:16-17에서 "이는 세상에 있는 모든 것이 육신의 정욕과 안목의 정욕과 이생의 자랑이니 다 아버지께로부터 온 것이 아니요 세상으로부터 온 것이라 이 세상도, 그 정욕도 지나가되 오직 하나님의 뜻을 행하는 자는 영원히 거하느니라"라고 했다.

41

기회 상실과 제국의 상실

셰익스피어, 『안토니와 클레오파트라』
(Shakespeare, *Antony and Cleopatra*)

사무엘하 17장에 보면, 다윗 왕에 항거하여 반란을 일으킨 왕자 압살롬을 따르는 모사 아히도벨은 군사 1만 2천 명을 주면 왕과 그의 일당이 지쳐서 힘이 없을 때 덮쳐서 일당을 죽이겠다고 했다. 그러나 다윗 왕이 보낸 모사 후새는 왕과 그 신하들은 용사들인데다가, 지금은 새끼를 빼앗긴 들녘의 곰처럼, 무섭게 화가 나 있고, 더구나 왕은 노련한 군인이어서, 밤에는 백성들과 함께 잠도 자지 않기 때문에 지금 공격하는 것은 좋지 않다고 말했다. 결국 압살롬은 후새의 말대로 공격을 하지 않고 천재일우의 기회를 상실한다. 다윗과 그의 일행은 밤 동안에 요단강을 건너 무사히 도망간다. 아히도벨은 자기의 고향집으로 돌아가서 목을 매어 자살한다.

영국의 극작가 셰익스피어(1564-1616)는 『안토니와 클레오파트라』에서 폼피(섹스터스 폼피어스) 장군은 심복 부하인 미내스의 선상에 초청한 적장들을 죽이자는 충언을 듣지 않고, 실리보다 명예를 존중한다면서, 천재일우의 기회를 상실한 결과 훗날 비참한 패배를 당하고 죽게 되는 역사적인 이야기를 들려주고 있다.

로마 세계는 제2 삼두정치의 지도자들인 옥테이비어스 시저, 마크 안토니, 레피더스 등 세 장수들이 지배하고 있었다. 안토니는 알렉산 드리아의 클레오파트라 여왕과 사랑에 빠져 헤어나지를 못하고, 옥 테이비어스 시저는 안토니와의 불화 조종에 온 신경을 소모하고 있었다.

이런 기회를 이용하여 추방당한 폼피는 선친인 폼페이의 명성을 참칭하고 강력한 군사력을 키우고 있었다. 폼피의 해상 세력은 강대 하며, 옥테이비어스 시저를 두려워만 하던 무리도 이제 폼피를 따르 는 실정이었다.

폼피의 선친인 마그누스 폼페이는 줄리어스 시저와 크라수스와 함께 로마의 제1 삼두정치의 지도자였으나, 줄리어스 시저와의 갈등 에서 패하여 애굽으로 도망갔으나 심복 부하에게 배신당하여 살해되 는 비운을 맞는다.

폼피는 심복 부하인 미내스에게 다음과 같이 말한다. "민중은 나를 사랑하고 바다는 내 것이요. 그리고 병력은 늘고 있고, 내 운명은 보름달과 같이 될 것 같소. 마크 안토니는 이집트에서 흥청대는 중이 고, 시저는 백성들을 착취하여 민심을 읽고 있소. 레피더스는 둘에게 아첨하고, 그들은 피차 사랑하거나 존중하는 사이는 아니오."

폼피가 의기양양하게 현실정세 분석을 하고 있을 때, 폼피의 부하 가 들어와서 안토니는 부인 풀비어의 죽음과 폼피 각하의 반란 소문 에 자극받아 로마로 오고 있다고 보고한다. 안토니가 로마에 도착하 자, 옥테이피어스 시저는 안토니와의 전략적인 화해와 단결을 위해 자기 누이 옥테이비아를 안토니와 결혼하게 한다.

폼피의 세력이 제2 삼두정치 지도자들의 세력과 대등해지자, 두 세력이 모여 평화 회담을 갖는다. 옥테이비어스 시저는 담판이 상책이지만, 안 그러면 상대방 용사들은 몰살당할 것이라고 위협한다. 폼피는 자신의 함대를 가지고서도 선친을 모욕한 로마 시민의 망언을 응징할 것이라고 한다. 안토니는 육지에서는 자기들 쪽이 압도적이라고 한다. 레피더스가 중재의 역할을 하여 서로의 조건을 말하자고 제안한다. 시저 쪽에서는 시실리와 사르디니아를 양보하고, 폼피는 해적들을 소탕하고 로마에 일정한 밀을 조공 바치기로 합의한다. 그들은 평화 조약을 성문으로 작성하기로 하고 서로 악수한다. 폼피는 시저와 안토니와 레피더스를 모두 배로 초청한다.

폼피의 심복 부하 미내스는 혼잣말로 "당신 아버지 같으면 그따위 조약을 체결하지는 않았을 것이오."라고 불만을 토로한다. 안토니의 심복 부하 이노바버스는 "우리가 여기 온 것은 당신네와 싸우기 위해서였는데요."라고 한다. 미내스는 "폼피는 오늘 일생의 행운을 웃음으로 내던져 버리는 셈입니다."라고 응수한다. 미내스가 계속해서 "이번 안토니와 옥테이비아의 결혼은 쌍방의 우정보다는 정략에 목적이 있는가 보구려."라고 하자, 이노바버스는 "나 역시 그렇게 생각하오."라고 동의한다.

폼피의 거대한 기함의 갑판 위에서, 하인들은 로마의 세 지도자들과 폼피는 모두 술을 너무 많이 마셔서 다리가 휘청거리고, 바람이 조금만 불어도 쓰러질 지경이라고 하고, 실력 없이 큰 분내들 축에 낀 레피더스에게 모두 술을 퍼먹인다고 한다.

시저, 안토니, 폼피, 레피더스와 부대장들이 갑판 위에 등장하고, 폼피는 레피더스를 부축하고 있다. 지도자들은 화기애애하게 환담을 하면서 술을 더 권한다. 이때 폼피의 심복 부하인 미내스가 폼피에게 귓속말로 "폼피 각하, 잠깐 자리를 뜨셔서, 제 이야기를 좀 들어보십시오."라고 한다. 폼피는 "잠깐만 기다리게."라고 하고는, 큰 소리로 "자, 잔 받으시오, 레피더스 각하!"라고 파티 분위기를 돋운다.

미내스는 폼피에게 한참 무엇을 속삭인다. 폼피는 "제기랄! 그따위 소리가 어디 있어?"라고 인상을 찌푸리고 말한다. "소생의 과거의 공로로 보아 제 얘기를 좀 들어보십시오." "자네가 충성을 다해 온 건 나도 알고 있네. 그밖에 무슨 얘기가 있는가?" "각하 천하의 주인 공이 되고 싶지 않으십니까?" "거 무슨 얘긴가?" "온 천하의 주인공 이 되고 싶지 않으시냐 말입니다." "그게 어떻게 하면 될 수 있나?" "그럴 의향만 있으시면 됩니다. 저는 온 천하를 각하께 드릴 수 있는 사람입니다." "자네는 어지간히 취했나 보군." "아닙니다. 각하. 술잔 엔 손도 대지 않았습니다. 의향만 있으시면 각하는 로마 제국의 주인 이 될 수 있습니다. 가지실 의향만 있으시면 말입니다." "그 방법을 말해보게."

미내스는 굳은 결의를 보이면서, "세계의 세 공동소유자이며, 각하 의 경쟁자 세 사람은 지금 각하의 배 안에 있습니다. 제가 닻줄을 끊어놓겠습니다. 그리고 바깥 바다로 나가서, 그분네들의 목을 자릅 니다. 그러면 전부가 각하의 차지가 됩니다."라고 진지하게 말한다.

폼피는 기가 차단 듯이 다음과 같이 말한다. "야, 그건 자네가 실행했어야 할 것이지, 입 밖에 내지 말고! 나로선 비겁한 일이야. 자네가 하면 충성이 됐을 것이지만, 여보게 실속을 차리는 것이 내 명예는 되지 못하네. 명예가 있고서야 실속도 있지 않겠는가. 계획을 입 밖에 낸 것을 후회하게. 나 몰래 했으면 나중에 칭찬받았을 것 아닌가. 그러나 이제는 안 되네. 포기하고 술이나 들게."

미내스는 이때까지 섬기든 폼피 장군의 천하를 보는 스케일이 너무나 좁고 소심한 데 대해 크게 실망했다. 더구나 실속보다는 명예를 더 중요시한다는 폼피 장군의 순진한 문학소년 같은 정치 철학에 아연실색한다. 미내스는 혼잣말로 "그러면 이제 나는 각하의 시들어 가는 운명을 그만 따르겠어. 탐내면서도 주겠다는데 받지 못하는 위인이 무엇을 차지하겠느냐 말이야."라고 실망한 표정으로 중얼거린다.

폼피는 "자. 이 잔은 레피더스 각하께 건배요!"하고 건배를 한다. 안토니의 심복인 이노바버스는 시종 한 사람이 레피더스를 업고 나가는 것을 보고서, "천하의 삼분의 일을 업고 가는 걸 좀 보시오."라고 한다. 이 말을 들은 미내스는 "그렇다면 세계의 삼분의 일이 취해 있는 계로구면, 나머지 삼분의 이마저 취하게 된다면 세상은 잘 돌아가겠습니다그려."라고 뜻있는 말로 응답한다. 폼피의 심복 부하인 미내스는 로마 세계를, 홈피를 포함하여 사분의 일이라 하지 않고 삼분의 일이라고 함으로서, 폼피가 머지않아 현재의 4인지도 체제의 평화 조약이 무너져서 폼피가 제거 될 것을 예견하고 말한 넋두리였다.

배가 파도에 밀려 움직이자, 옥테이비어스 시저는 안토니에게 "그만 물러갑시다. 그렇게 경솔하게 굴면 우리의 중대한 임무에 체면이 서지 않습니다. 그만 헤어집시다."라고 하면서 급히 배에서 내려 육지로 상륙해 버린다.

결국 역사는 증언하기를, 평화 조약을 체결한 지 몇 년 후, 폼피는 옥테이비어스 시저와 시저의 지지자인 마크스 아그리파와 레피더스 등의 연합군과의 전쟁에서 패하여 도망을 가게 된다. 그러나 폼피는 B.C. 35년에 체포되어 안토니오의 충신인 마크스 티투스에 의해 재판 없이 처형되었다(로마 시민을 재판 없이 처형하는 것은 불법이었다). 폼피 장군은 마그나 폼페이아란 딸자식 하나를 남기고 비극적으로 삶을 마감했다.

충실한 부하인 미내스의 충언을 듣고 자신의 선상에서 천재일우의 기회를 이용하여, 명예보다 실속을 중요시하여, 제2 삼두정치 지도자들을 처형했더라면 역사의 방향은 달라졌을 것이리라!

이사야 14:4-7에서 "너는 바벨론 왕에 대하여 이 노래를 지어 이르기를 압제하던 자가 어찌 그리 그쳤으며 강포한 성이 어찌 그리 폐하였는고 여호와께서 악인의 몽둥이와 통치자의 규를 꺾으셨도다 그들이 분내어 여러 민족을 치되 치기를 마지아니하였고 노하여 열방을 억압하여도 그 억압을 막을 자 없었더니 이제는 온 땅이 조용하고 평온하니 무리가 소리 높여 노래하는도다"라고 했다. 여호와 하나님께서 바벨론을 멸망시키시고 바벨론의 멸망으로 온 땅이 평온케 되고 사람들과 자연계도 기뻐한다고 한다. 역사의 방향은 하나님의 뜻으로 이루어진다는 것이다.

42
초상화가의 걸작과 죽임당함

오스카 와일드, 『도리언 그레이의 초상』
(Oscar Wilde, *The Picture of Dorian Gray*)

사무엘하 14:25에서 "온 이스라엘 가운데에서 압살롬 같이 아름다움으로 크게 칭찬받는 자가 없었으니 그는 발바닥부터 정수리까지 흠이 없음이라"라고 하고 압살롬의 제일 아름다운 것이 그의 머리털이라고 했다. 압살롬이 노새를 타고 큰 상수리나무의 울창한 가지 밑으로 달려갈 때, 아이러니하게도 압살롬이 자랑스러워하든 그의 아름다운 머리채가 상수리나무에 휘감기는 바람에, 그는 공중에 매달리게 되고, 결국 요압에 의해 죽임을 당한다. 자신의 아름다운 것 때문에 자신이 죽임당하는 아이러니를 보게 된다.

아일랜드 시인이며 런던의 극작가 오스카 와일드는 『도리언 그레이의 초상』에서 초상화가 바질 홀워드는 비범한 미모의 도리언 그레이의 전신 초상화를 그렸으나, 아이러니하게도 초상화가는 자기 예술의 극치요 아름다움의 절정인 모델 도리언 그레이로부터 죽임당하는 비극적인 실상을 기술하고 있다.

좀처럼 찾아보기 힘들 정도로 빼어난 아름다움을 지닌 도리언의 초상화를 세워놓고, 그 초상화 앞에 초상화를 그린 화가 바질이 앉아서 얼굴에 기쁨의 미소를 짓고 있었다.

바질 홀워드(Basil Hallward)는 초상화가로서 철저하게 도덕적이었다. 그는 도리언 그레이의 미모에 매혹되었으며, 도리언 그레이의 초상화는 바질의 걸작품이었다.

쾌락주의자요 퇴폐적인 재담가인 헨리 워튼 경은 느릿한 목소리로 "가장 멋진 작품이야, 바질. 네가 그린 작품 가운데 단연 최고야! 이 작품을 내년에 그로브나 갤러리(1877년 런던에서 창설된 화랑)에 보내야 해."라고 했다. 바질은 도리언 그레이의 초상화를 전시하지 않겠다고 한다. "그 이유는 그 그림 속에 내 영혼의 비밀을 드러낸 것이기 때문이야."

바질 홀워드는 헨리 경에게 말했다. "브렌드 부인 집에서 열린 어느 환영회에 갔었네. 그때 처음으로 도리언 그레이를 보게 되었지. 그가 너무나 매력적이어서 그냥 내버려 두면 나의 온 본질과 영혼, 바로 내 예술마저도 모조리 다 빨아들일 것 같았어. 운명의 신이 나에게 격렬한 쾌감과 격심한 슬픔을 예비해 놓은 것 같은 묘한 느낌이 들더군."

바질은 심각한 표정으로 말을 이었다. "지금 나에겐 그 젊은 친구가 내 예술의 전부야. 도리언의 초상화는 내 생애에서 가장 뛰어난 작품이지. 전에는 몰랐던 완전히 새로운 양식의 스타일로 삶을 재창조할 수 있게 되었어. 그는 스무 살이 넘었지만, 나에게는 소년의 모습인 도리언. 아! 낭만적 정신의 그 모든 열정, 영혼과 육체의 조화. 바로 그것이었지. 내가 살아 있는 한 도리언 그레이의 개성이 나를 지배하게 될 거야."

도리언도 자신의 초상화를 보는 순간 그의 뺨에는 기쁨에 겨운 불그레한 기운이 감돌았다. 황홀에 겨운 듯 꼼짝하지 않고 서서,

어떤 계시를 받은 것처럼 자신의 아름다움에 도취해 있었다.

헨리 경은 도리언에게 "유혹에서 벗어나는 유일한 길은 그 유혹에 빠져보는 것이네."라고 하고, 젊음을 지니고 있을 때 그 젊음의 최고의 아름다움을 이용하라고 했다. 헨리 경의 말은 도리언의 비밀스러운 심금을 울렸다. 화가는 퇴폐적 재담가인 헨리 경에게 도리언의 단순하고 아름다운 성품을 망쳐놓지 말라고 했다.

도리언은 오페라 하우스에서 셰익스피어의 『로미오와 줄리엣』의 줄리엣 역을 하는 17세의 여배우 시빌 베인의 뛰어난 미모와 찬란한 연기에 마음이 빼앗겨 사랑에 빠지게 되었다. 여배우 시빌 베인도 도리언의 사랑 고백과 그의 아름다운 젊음에 빠져들었다. 순수한 시빌 베인은 결혼하자는 도리언의 사랑에 빠져들게 되었다.

그러나 도리언이 헨리 경과 초상화가 바질 홀워드를 초청하여 연극을 관람하는 그날 시빌의 연기는 수준 미달이었다. 시빌은 줄리엣의 역을 하는 가공스러운 사랑이 아니라 도리언과의 환상적인 사랑의 희열만을 생각하고 있었기 때문이었다. 도리언은 "당신은 내 사랑을 죽였어!"하고는 시빌을 버리고 떠나가 버렸다. 시빌은 자살하게 된다. 헨리 경이 말하는 쾌락주의적 삶의 태도가 빚어낸 비극이었다. 헨리 경은 "그녀는 다시 살아날 수는 없어. 마지막으로 맡은 역을 해낸 거니까. 여배우 때문에 눈물을 흘리지 말게." 했다.

도리언이 자신의 초상화를 바라보았다. 초상화는 입가에 은근히 잔인함과 섬뜩하게 하는 표정으로 이상하게 바뀌어져 있었다. 거울 속의 자기 모습은 잔인함이 없었다. 도리언은 영원한 젊음, 다함이 없는 열정, 은밀하게 찾아오는 쾌락, 미친 듯한 기쁨과 거침없는 죄악 등 이 모든 것을 다 누리려 했다. 그의 불명예의 모든 짐은 초상화가 대신 짊어지고 가는 것 같았다. 도리언의 나르시스적인 행동이 초상화에 표출되고 있었다.

초상화가 바질 홀워드가 도리언을 찾아왔다. "여배우 시빌 베인은 어느 더러운 방구석에 죽어 누워 있는데, 자네는 오페라 극장에 갔단 말이지? 어떻게 그럴 수 있는가?" "그만하세요, 바질! 그런 말 듣기 싫습니다!" 도리언은 소리를 질렀다. "자네는 이 세상 전체에서 아름다움을 가장 잘 간직한 티끌 하나 묻지 않은 순수한 청년이었어. 그런데 지금은 심장도 연민의 정도 없는 냉혈한 같아. 이게 다 헨리 경 때문이야." 바질은 "내가 그린 최고의 그림인데, 좀 봐야겠어."라고 했으나, 도리언은 단호하게 거절했다.

도리언은 바질 홀워드가 그려 준 초상화 앞에 거울을 들고 서서 캔버스의 사악하게 늙어 가는 얼굴을 보고 난 다음엔 거울에 비친 자신의 아름다운 젊은 얼굴을 보곤 했다. 도리언은 멋 부리는 것, 우아한 옷차림, 맵시 있는 취향, 진한 향수, 음악과 보석에 관한 것을 연구하여 젊은 멋쟁이들에게 눈에 띌 정도로 영향을 미쳤다.

초상화가는 도리언에게 "런던에서 자네를 비난하는 끔찍한 험담들을 자네가 알아야 하네. 자네도 사람들이 자네를 형편없는 저급한 인간이라고 말하는 것을 듣기를 원치 않을 걸세. 왜 B 공작 같은 분이 자네가 클럽 방에 들어서면 방을 나가버리는지? 런던의 그 많은 신사가 자네 집에 찾아오지도 않고 자네를 자기네 집에 초대하지도 않는 이유가 뭔가? 왜 자네와 우정을 나누던 친구들이 모조리 비참하게 파멸되는가? 자네가 그들에게 쾌락을 향한 광기 어린 욕망만 심어준 것일세. 난 자네한테 설교 좀 하고 싶네."

도리언의 입술에서 조롱하듯 하는 웃음이 새어 나왔다. "따라오세요. 당신의 손으로 직접 그린 초상화를 보세요. 못 볼 이유가 없잖습니까?"

바질은 자신이 그린 도리언의 초상화를 보자 기겁에 가까운 외마디 비명을 질렀다. 초상화는 추악하고 역겹고 혐오감에 차 있었다. 반인 반수의 얼굴이었다. 악마의 눈이었다. 도리언 그레이는 냉소적인 표정으로 "이게 바로 제 영혼의 얼굴입니다."라고 했다.

도리언의 흐느끼는 소리가 들렸다. 바질 홀워드는 "기도해, 도리언. 기도하라고. 우리를 시험에 들지 말게 하소서! 다만 악에서 구하시옵소서. 우리의 죄를 용서하소서! 라고 기도해요."라고 했다. 도리언이 힐끗 자기 초상화를 쳐다보는 순간, 갑자기 초상화가 바질 홀워드를 향한 억누를 수 없는 증오심이 그의 온몸을 휘감았다. 도리언은 갑자기 칼을 빼어 들고서 초상화가의 귀 뒤 큰 혈관을 찔렀다. 그의 머리를 테이블 위에 처박으면서 찌르고 또 찔렀다. 바질은 자신이 그렇게도 미(美)의 극치요 예술의 최고봉으로 자랑하던 자기 모델에 의해 아이러니하게도 죽임을 당한 것이다.

도리언은 완전한 고백만이 자기 잘못에 대한 죄 사함을 받게 될 것으로 생각했다. 그런데 그는 자기 범죄에 대한 남아 있는 증거, 즉 그림을 파괴해야 하겠다고 결심했다. 도리언은 홧김에 바질 홀워드를 살해했던 칼을 취하여 자기 초상화를 찔렀다. 잠겨진 방으로부터 외마디 고함과 함께 '쿵' 하고 쓰러지는 소리가 들렸다. 거리를 지나가던 사람들도 외마디 고함치는 소리를 듣고 경찰을 불렀다. 하인들이 달려와서 문을 열었다. 땅바닥에 늙고 주름살이 늘어진 흉측한 얼굴을 한 사람이 죽어 있었다. 하인들은 외관이 손상된 흉측한 늙은이의 손가락들에 끼여져 있는 반지들을 보고서야 주인인 도리언임을 확인했다. 우아하고 아름다운 주인의 초상화가 마치 살아 있는 듯한 표정을 하고서 미소를 지으면서 벽에 걸려있었다.

도리언 그레이 증후군(Dorian Gray syndrome, DGS)은 외모의 우수함과 체격의 적절함에 남성의 극단적인 자존심을 지니고 있으나 육체의 노령화에 따르는 심리적인 성숙함을 유지하기 어려운 현상을 말한다.

단명의 젊음을 유지하기 위하여 DGS 증후군으로 시달리는 남성은 화장품, 머리카락 다듬기, 반(反) 무기력증 약품, 미용 수술을 하는 경향이 있다. 그래서 그런 남성은 증후군의 심신증적인 설명이나 정신 역학적인 설명을 싫어한다.

마태복음 26:40-41에서 예수님은 "제자들에게 오사 그 자는 것을 보시고 베드로에게 말씀하시되 너희가 나와 함께 한 시간도 이렇게 깨어 있을 수 없더냐 시험에 들지 않게 깨어 기도하라 마음에는 원이로되 육신이 약하도다"라고 하셨다.

제 9 장
신(神)을 상실한 잔인한 인간상

43
신을 상실한 부조리한 세계 속의 부조리한 인간상

알베르 까뮈, 『이방인』
(Albert Camus, *The Stranger*)

시편 14:1에서 "어리석은 자는 그 마음에 이르기를 하나님이 없다 하도다 저희는 부패하고 소행이 가증하여 선을 행하는 자가 없도다" 라고 했다. 하나님이 없다 하는 자는 가증한 일을 함으로 부조리한 상황에 처하게 됨을 말하고 있다.

프랑스의 실존주의적 부조리 문학 소설가이자 극작가인 알베르 까뮈(1913-1960, 1957년 노벨 문학상)는 『이방인』(1942)에서 신을 상실한 반(反)주인공 뫼르쏘(Meursault)가 아무런 뜻도 없고 살만한 가치도 없는 무의미한 부조리한 세계 속에서 완전히 무관심한 태도로 살다가, 살인죄를 범하고 사형선고를 받아 세상에서 버림받고 죽음에 직면하는 부조리한 인간상을 묘사하고 있다.

루마니아 태생 프랑스 극작가 유진 이오네스코에 의하면 부조리란 것은 목적이 없는 것, 즉 종교적이고 형이상학적이며 초절적인 뿌리로부터 단절되었을 때 인간의 모든 행동은 무의미하고 부조리하여 무용한 것을 말한다.

주인공 뫼르쏘(Meursault)는 북아프리카의 알제에 사는 평범한 하급 샐러리맨이다. 그는 양로원에서 죽은 어머니의 사망 통지서를 받고 사장에게서 이틀 동안의 휴가를 받아 양로원을 찾아간다. 그는 양로원의 원장을 만난다. 원장은 어머니가 양로원에 3년 전에 들어왔었는데, "어머니가 의지할 사람이라고는 당신 하나 밖에 없었소."라고 한다. 뫼르쏘는 관리인의 안내로 어머니의 빈소로 갔으나, 뫼르쏘의 무관심은 충격적이다. 뫼르쏘는 어머니를 보지 않겠다고 한다. 그는 어머니의 시체 옆에서 커피 한잔을 마시고 관리인과 함께 담배를 피웠다. 열린 문을 통해서 밤의 그윽한 꽃향기가 흘러 들어 오고, 뫼르쏘는 졸기 시작한다. 그는 슬픔을 느껴야 할 때 자연의 꽃향기에 기쁨을 느끼는 모순된 감정을 느낀다.

무엇인가 스치는 소리에 뫼르쏘는 눈을 떴다. 어머니의 친구들 여러 명이 들어왔다. 그들은 말없이 조용히 앉아있었다. 뫼르쏘는 늙은 여자들이 배가 부르다는 것과 남자들은 몹시 여위었다는 것을 알았다. 한 여자가 한없이 울었다. 뫼르쏘는 그 울음소리가 듣기 싫었으나, 그런 말을 할 수는 없었다. 관리인은 그녀는 어머니와 각별히 친하게 지낸 분이라고 하고, 이제 혼자가 되고 만 것이라고 한다. 뫼르쏘는 오랫동안 앉아있었기에 피곤하고 허리가 아픔을 느꼈다.

뫼르쏘는 어머니만 아니었다면 산책하기 즐거운 날이라고 생각을 했다. 장의사가 "한 번 더 어머니를 보시겠습니까?"라고 묻자, 뫼르쏘는 보고 싶지 않다고 했다. 뫼르쏘는 어머니의 관 위로 굴러떨어지는 붉은 흙 소리를 들으며, 장의사의 안내로 어머니의 장례를 마쳤다. 뫼르쏘는 이제 실컷 잠을 잘 수 있겠구나 하고 생각했을 때 기뻤다고 한다. 뫼르쏘는 어머니의 죽음에 대해서 깊은 슬픔은 느끼지 못하고, 장례식은 정해진 순서에 따라 단조롭게 끝났다.

어머니의 장례식이 끝난 이튿 날, 뫼르쏘는 특별한 종류의 자유를 누린다. 그는 육적인 향락을 추구한다. 그는 해수욕을 하러 갔다. 전차로 해수욕장에 도착하자 곧 바닷물 속으로 뛰어들었다. 해수욕장에서 전에 회사의 타이피스트로 있었던 마리 카르도나를 만났다. 전날에 서로 사랑하던 사이었다. 마리가 부표 위로 오르는 것을 거들어 줄 때 그의 손이 그녀의 가슴을 스쳤다. 그도 부표 위 그녀의 곁으로 기어올랐다. 둘은 그렇게 하고 있었다. 그는 마리의 배가 오르락내리락하는 것을 느꼈다.

뫼르쏘는 마리에게 영화 구경을 가지 않겠느냐고 했다. 마리는 웃으면서 가고 싶다고 했다. 옷을 입었을 때 뫼르쏘가 검은 넥타이를 매고 있은 것을 보고 마리는 놀라는 표정을 지었다. 뫼르쏘는 어머니가 돌아가셨다고 했다. 영화를 보면서 마리는 다리를 뫼르쏘의 다리에 기대고 있었다. 뫼르쏘는 마리의 젖가슴을 어루만졌다. 영화관을 나와 마리는 뫼르쏘의 집으로 왔다.

마리와 하룻밤을 즐기고 난 후, 뫼르쏘가 눈을 떴을 때, 마리는 가버리고 없었다. 뫼르쏘는 침대 속에서 몸을 뒤척여 마리가 베개에 남긴 머리털의 소금기 냄새를 더듬으면서 10시까지 잤다. 그 날이 일요일이었다. 뫼르쏘는 일요일을 좋아하지 않았다. 그는 침대에 누운 체 12시까지 담배를 피웠다.

뫼르쏘는 어머니의 장례일 다음날 도덕적으로 지탄받을 행위를 자행하지만, 그런 것이 그에게는 아무것도 문제 될 것이 없다고 느껴지는 것이다.

  뫼르쏘는 한 주일 동안 일하고 토요일에 찾아온 마리와 함께 갈대가
우거진 바닷가로 가서 해수욕을 즐겼다. 둘은 물결 속을 뒹굴었다.
그리고 둘은 버스로 뫼르쏘의 집으로 오자 침대 속으로 뛰어들었다.
마리는 뫼르쏘에게 자기를 사랑하느냐고 물었다. 뫼르쏘는 그런 것은
아무 의미도 없는 말이지만, 사랑하는 것 같지 않다고 대답한다. 마리
는 슬픈 빛을 보였다. 마리는 뫼르쏘에게 결혼을 하자고 하지만, 뫼르
쏘는 결혼이든 단순한 성관계든 아무런 차이를 발견할 수 없다고
말한다. 어느 일요일, 뫼르쏘는 마리와 그곳에서 사귄 친구들 레이몽
과 마송과 함께 해변으로 갔다. 그들은 함께 해수욕을 즐기고, 바다를
끼고 걸었다. 바닷가 저편 멀리서 푸른 화부 작업복을 입은 아라비아
사람 둘이 뫼르쏘 쪽을 향해 걸어오고 있었다. 뫼르쏘의 친구 레이몽
은 "싸움을 걸어오는 자들이 저놈들이야."라고 했다. 싸움이 붙었다.
아라비아인들은 단도를 끄집어 내어 레이몽의 팔을 찌르고 달아났다.
  뫼르쏘 일행은 바닷가 끝까지 산책을 했다. 그 곳에서 아라비아
사람들을 다시 만났다. 그곳에는 햇볕과 침묵과 졸졸 흐르는 샘물
소리와 아라비아 사람이 부는 피리 소리만 들릴 뿐이었다. 레이몽이
권총을 뫼르쏘에게 주었다. 그 위로 햇빛이 반사되어 번쩍거렸다.
아라비아 놈들이 바위 뒤로 달아나버렸다.
  뫼르쏘와 친구들은 집으로 돌아가기 위해 버스를 타러 가고 있었
다. 태양이 작열하여 더위가 한꺼번에 몰려와 걸음을 막았다. 그때
아라비아 녀석들이 다시 돌아와 있었다. 뫼르쏘는 뜨거운 햇볕에
뺨이 타고 땀방울이 눈썹에 맺히고, 머리가 아프고, 이마의 모든
핏줄이 피부밑에서 한꺼번에 뛰는 것을 느꼈다. 돌연 아라비아 사람
이 단도를 뽑아서 태양에 비춰 뫼르쏘에게로 겨누었다. 길쭉한 칼날

이 뫼르쏘의 이마에 와서 부딪치는 것 같았다. 뫼르쏘의 눈썹에 맺혔던 땀방울이 한꺼번에 눈꺼풀 위로 흘러내려 두터운 베일처럼 눈을 덮었다. 뫼르쏘는 번쩍이는 단도로부터 튕겨 나오는 눈부신 빛의 칼날만을 느낄 수 있을 뿐이었다. 뫼르쏘는 권총을 움켜쥐고 방아쇠를 당겼다. 그리고 움직이지 않는 몸뚱이에 다시 네 방의 총을 쏘았다. 뫼르쏘는 아라비아인을 죽일 생각은 없었다. 단지 위협하려고 한 것뿐인데, 바로 그 순간 내리쬐는 햇볕 때문에 자기도 모르게 방아쇠를 당겨버렸다고 한다.

뫼르쏘는 체포되어 재판을 받게 된다. 변호사는 어머니의 장례식 날 뫼르쏘가 '냉정한 태도를 보였다' 는 사실을 판사가 알고 있다고 했다. 변호사는 뫼르쏘에게 장례식 날 슬프더냐고 물었다. 뫼르쏘는 물론 어머니를 사랑하였으나, 그런 것은 아무 의미도 없다고 했다. 변호사는 매우 흥분된 표정을 지었다. 판사는 뫼르쏘에게 어머니를 사랑했느냐고 물었다. 뫼르쏘는 "네, 다른 사람들과 마찬가지로 사랑했습니다."라고 답했다.

판사는 뫼르쏘의 침묵과 수동적인 태도는 가책과 죄의식이 결여되었음을 나타내는 것이라고 했다. 판사는 살인 사건 자체보다는 뫼르쏘가 어머니의 장례 때 울려고도 하지 않고 울지도 않는 것을 더 중요시하였다. 뫼르쏘는 혼자 말로 자신의 삶에서 단순히 어떤 가책이나 개인적인 감정을 느껴본 적이 결코 없었다고 말한다. 판사는 뫼르쏘에게 하나님을 믿느냐고 물으면서 훈계를 하였다. 뫼르쏘는 믿지 않는다고 대답했다. 판사는 뫼르쏘 같은 인간은 가책을 느끼지 못하는 영혼이 없는 괴물임에 틀림없기 때문에 자기가 저질은 범죄에 대해 당연히 사형선고를 받아야 한다고 했다. 판사는 최종 선고에서 뫼르쏘는 궁중 앞에서 참수형에 처 해질 것이라고 말할 때 뫼르쏘는 놀란다. 판사는 뫼르쏘에게 자신의 행동을 후회하고 있느냐고 묻는다. 뫼르쏘는 후회라기보다는 귀찮음을 느낀다고 대답한다. 재판 중에 검사는 살인한 동기를 물었다. 뫼르쏘는 아라비아 사람을 죽이려는 의도는 없었다고 말하고, 그것은 태양 때문이었다고 말했다. 장내에는 웃음이 터졌다.

감옥에서 뫼르쏘는 단두대에서 사형집행을 기다리는 동안 신부의 면회를 세 번째 거절하고 신부를 만나게 되지만, 신부가 뫼르쏘에게 하나님에게로 돌아오라는 기회를 거부하고, 하나님은 시간 낭비라고 설명한다. 신부가 뫼르쏘를 무신론으로부터 그리고 냉담함으로부터 구원하기 위해 끈질기게 설득하자, 뫼르쏘는 인간의 부조리한 상황과 인간 존재의 무의미함에 대한 개인적인 고뇌와 좌절감에 분노를 터뜨렸다. 그는 다른 사람들이 자신의 행동과 자신의 존재에 대해 판단할 자격이 없다고 분노하여 부르짖었다. 그는 인간에 대한 우주의 무관심을 궁극적으로 파악하고 사형집행을 받아들인다.

뫼르쏘는 죽음이란 극한 상황에 직면하여 자아와 사회와 세계에 대한 이방인이라는 것을 깨닫게 되고, 신이 없는 부조리한 세계 속에서 자신의 무관심 때문에 영원한 이방인으로 죽음을 기다리는 것이다.

전도서 2:17은 "그러니 산다는 것이 다 덧없는 것이다. 인생살이에 얽힌 일들이 나에게는 괴로움일 뿐이다. 모든 것이 바람을 잡으려는 것처럼 헛될 뿐이다."라고 하여 하나님을 거부하는 자의 생애는 헛됨을 증언하고 있다.

44
메스꺼움

쟝 폴 사르트르, 『구토』
(Jean Paul Sartre, *The Nausea*)

시편 10:4에서 "악인은 그의 교만한 얼굴로 말하기를 여호와께서 이를 감찰하지 아니하신다 하며 그의 모든 사상에 하나님이 없다 하나이다"라고 하였다. 하나님이 없다는 자는 삶의 목적의식이 없으며, 인간관계에서도 외로움을 느끼고, 그래서 삶이 부조리하다 할 것이다.

프랑스의 무신론적 실존주의 작가 사르트르(1905-1980)의 『구토』(1938)는 역사학자 앙투안 로캉탱이, 부빌 출신이며 18세기의 유럽 정치가 롤르봉 후작에 관한 연구를 완성하기 위해, 부빌이란 항구도시에 정착하면서 일기 형식을 빌려 쓴 소설이다. 로캉탱은 3년 동안 롤르봉의 순고한 삶을 재구성하기 위해 부빌 도서관의 문서들을 연구하면서 자신과 자신의 환경, 지인들, 관련된 것들과의 관계를 탐구한 결과 자신은 중산 계급의 거짓과 자기기만의 세계로부터 전적으로 소외된 것을 인식하게 되었다.

3년이 지난 후, 1932년 겨울 동안, 로캉탱은 일련의 혼란스런 심리적 경험을 하게 되었는데, 그것을 "구토"라고 했다. 그는 진흙투성이의 돌을 집어서 연구한 결과, 돌은 본래 존재하지만, 로캉탱

자신은 생성(生成)한다는 것, 즉 변화한다는 것이다. 여기서 그는 자기 자신의 형태 없음을 인식하고, 자신의 정체성을 발견해야 했다. 자기 자신의 부조리함을 인식하게 되자, '구토'가 그를 사로잡는다.

로캉탱은 자신의 경험을 이야기할 상대가 아무도 없었다. 그가 아는 사람이라곤 도서관에 있는 모든 책을 읽는 별명이 "독학자"란 자와 자기와 육체적 사랑을 나눈 카페 "랑데부"를 경영하는 프랑스와즈란 여인뿐이었다. 그리고 고독 가운데 3년 전에 여행도 같이 하고 서로 사랑했던 영국 처녀 안니를 생각했다. 그는 고독(혼자됨)이란 무서운 경험을 하게 되는데, 무엇보다도 나쁜 것은 '구토'가 더욱더 그를 괴롭힌다는 것이다.

로캉탱은 '구토'를 경험한 직후, 어느 날 저녁, 성욕을 채우려고 유일한 피난처인 카페로 갔으나, 문을 연 순간, 웨이트리스가 큰 소리로 "주인아주머니는 안 계세요. 장 보러 갔어요."라고 했다. "뭘 드시겠어요, 앙투안 씨?" 그때 '구토'가 치밀었다. 그는 토하고 싶어서 참을 수 없었다. 그때부터 '구토'는 그를 떠나지 않고 그를 사로잡고 있었다.

낡은 축음기에서 음악 소리가 들리자, '구토'가 살아졌다. 그는 자신이 음악 속에 있는 것처럼 느꼈다. 가수의 목소리가 "머지않아 그대는 날 그리워하리. 내 사랑!"이라고 노래할 때 '구토'가 사라졌다.

로캉탱은 오후에 부빌 미술관에 갔다. 벽에는 150점이 넘는 초상화들이 걸려 있었다. 로캉탱은 "나는 우연히 이 세계에 나타나서 돌처럼, 식물처럼, 세균처럼 존재하고 있다."라고 생각했다. 로캉탱은 철저하게 국외자였다.

로캉탱은 3년간의 연구 후에 정치가 롤르봉 후작에 대해 써내려
가다가, 더 이상 쓰지 않기로 했다. 로캉탱은 갑자기 기만당했다고
느꼈다. 그의 존재 자체가 3년 동안 롤르봉으로 인해 도둑맞은 것
같았으며, 롤르봉 후작이 그의 자리에 대신 살아온 것이었다. 로캉탱
이 이런 느낌을 갖게 된 것은, 후작은 일평생 사람들을 자기 자신의
목적을 위해 이용한 소문난 악당이었다는 진실을 발견했기 때문이
다. 롤르봉 후작에 대한 호기심에서, 좌절로, 결국 실증을 느끼게
된 것이다. 로캉탱은 자신의 존재 문제가 갑자기 조바심 나게 급부상
하는 것을 느끼게 되었다.

로캉탱은 기대치 않게 파리의 옛 주소로부터 전달된 안니의 편지를
받았다. 그녀는 며칠 후에 파리에 도착하니 만나고 싶다고 했다.
그는 3년이 지난 지금 처음으로 부빌을 떠나, 파리에서 안니를 만날
계획을 세웠다.

몇 날이 지나, 이상하게도, 독학자가 로캉탱과 친하게 지내려고
노력하는 것이 보였다. 로캉탱이 여행을 많이 한 것을 알게 된 독학자
는 로캉탱에게 사진들을 보여 달라고 하고, 모험담을 듣고 싶다고
했다. 그리고 독학자는 로캉탱을 수요일 저녁 식사에 초대했다. 독학
자는 로캉탱을 설득하여, 자기처럼 인도주의자요 사회주의자가 되기
를 원한다고 했다. 이런 사상들만이 우주를 위한 참된 이유임을 발견
하게 될 것이라고 했다. 로캉탱은, 토론하는 동안, 너무나 불안함을
느끼게 되고, 외로움이 그를 압도하게 되자, '구토' 증세가 그를
덮치게 되어, 그는 급히 식당을 떠나버렸다.

로캉탱이 파리로 가서 안니를 만났을 때, 안니가 변한 것을 발견했
다. 그녀는 체중이 불었으나, 로캉탱을 괴롭게 한 것은 그녀의 외모가

아니라 그녀와의 관계성에서 오는 느낌이었다. 그들의 만남은 우울하게도 실패였다. 안니는 로캉탱에게 아무런 가치 없는 사람이라고 비난하고, 방으로부터 나가라고 했다. 그는 안니가 다른 남자와 함께 기차를 타는 것을 보았다. 그는 감정이 마비된 상태에서 부빌로 돌아왔다. 로캉탱이 하는 일은 단지 먹고 자고 하는 것뿐이었다. 생명 없는 물질의 존재와 다를 바 없는 존재였다. 로캉탱은 안니와의 관계를 새롭게 하려고 했으나, 안니는 그를 거부했다. 사랑을 통해 삶의 성취감을 가지려는 유일한 희망이 깨어진 것이다. 그는 환멸을 느끼게 되고, 혼자 고독하게 되었다. 공포가 그를 사로잡았다.

로캉탱은 부빌에 며칠 더 남아 있었다. 그는 고독하고 불행하여, 도서관으로 독학자를 찾아갔다. 두 소년이 난로 옆에 서 있었다. 그중 어린 소년은 아름다운 갈색 머리와 섬세하리만치 고운 피부에, 아주 작은 입이 더없이 거만해 보였다. 그 아이의 친구는 거뭇거뭇 수염이 나기 시작한 체격 좋은 소년이었다. 그들은 서가에서 사전 한 권을 골라 가지고, 독학자 쪽으로 가서, 그 바로 옆에 앉았다. 갈색 머리의 소년이 독학자의 왼쪽에, 체격 좋은 소년은 갈색 머리 소년의 왼쪽에 앉았다.

로캉탱은 그때부터 불쾌한 사건이 일어날 거라는 예감이 들었다. 열중한 모습으로 책을 읽는 듯이 고개를 숙이고 있는 사람들은 모두 연기를 하고 있는 것처럼 보였다. 두 소년은 독학자의 이야기에 빠진 것처럼 보였다. 그러나 발칙한 소년의 손이 독학자에게 무슨 짓을 하고 있는 것일까? 마치 못된 꼬마들이 고양이 한 마리를 물에 빠뜨려 죽이려는 것 같았다. 그 손은 담배에 절어서 누레진 남자의 성기처럼 볼품없는 굵은 손가락을 쓰다듬기 시작했다. 로캉탱은 독학자의 눈이 마주치기를 바라며 그에게 경고하기 위해 크게 헛기침을 했다. 그러나 독학자는 눈을 감고 미소 짓고 있었다. 그의 다른 손은 책상 밑으로 사라지고 없었다. 소년들은 얼굴이 파랗게 질려 있었다. 갈색 머리 소년은 입술을 일그러뜨리고 있는 것이, 겁에 질린 것 같았다. 독학자는 저녁마다 와서 열심히 책을 읽었고, 이따금 도둑처럼 소년의 하얀 손이나 다리를 애무했던 것이다.

도서관 직원인 듯 한 코르시카인이 분노를 토하며 소리쳤다. "난 분명이 봤어! 당신이 하는 짓을. 당신 이름을 쉬리에 씨지. 프랑스엔 당신 같은 작자들을 위해 법이 있는 거야. 교양을 완성시킨다고? 이 더러운 놈!" 가까이 서 있던 여자가 "저 사람이 하는 짓을 나도 봤어요. 그래요! 내가 본 것이 오늘이 처음이 아니에요. 요전 월요일에도 봤다고요."

독학자는 놀라는 기색도 없었다. 이러한 결말이 오리란 것을 몇 년 전부터 예상하고 있었던 것이 분명했다. 그는 "여보시오, 예의를 지켜주세요."라고 엄숙하게 말했다. 아마도 그는 자백하고 달아나고 싶었을 것이다. 그는 눈을 거의 감고 있었다. 그의 얼굴은 무서울 정도로 창백했다. 코르시카인은 "예의라고? 비열한 놈! 내가 몇 달이나 감시하고 있었다고."라고 하고는, 순식간에 독학자의 코에 주먹을 날렸다. 독학자의 코에서 피가 쏟아지기 시작했다. 코르시카인이 다시 입 언저리를 때렸다. 로캉탱 옆에 있던 여자는 "더러운 놈, 꼴좋다."라고 했다. 로캉탱은 화가 나서, 코르시카인의 목덜미를 움켜잡고 들어 올렸다. 코르시카인은 무서워하면서 "이것 놔, 망할 놈아. 당신도 남색이야?"라고 했다. 코르시카인은 "나가! 다시는 도서관에 발을 들여놓지 마, 경찰에 신고해서 잡아가게 할 터이니."

라고 했다. 로캉탱은 수치스럽고 어색해서 뭐라고 말해야 좋을지
몰랐다.

로캉탱은 파리로 떠나기 전에 작별 인사를 하고 싶은 사람은 카페
"랑데부"를 경영하는 프랑스와즈 여자였다. 프랑스와즈를 찾아갔을
때, 그녀는 잠깐 동안 만나주었다. 다른 사람이 그녀를 만나려고
기다리고 있었다.

로캉탱은 공허하게 느껴졌다. 혼잣말을 했다. "나는 나 자신을
확실하게 느낄 수 없다. 그만큼 나는 잊혀진 존재다. 내 안에 여전히
남아 있는 현실적인 것이라고는 내가 존재한다고 느끼는 것이다.
누구에게도 앙투안 로캉탱은 존재하지 않는다. 앙투안 로캉탱이란
도대체 무엇인가? 갑자기 '나'라는 것이 희미해진다. 끝없이 희미해
지다가 마침내 모든 것이 사라진다. 지금은 이름 없는 벽돌과 이름
없는 의식 하나가 있다."

로캉탱은 파리로 가는 기차를 타기 위해 역으로 갔다. 그는 소설을
쓰기를 희망한다. 그래야 롤르봉 후작에 관한 역사를 쓸 때와는 달리,
귀찮은 인간 존재 문제를 생각하지 않을 것이니 말이다.

시편 68:6에서 "하나님은, 외로운 사람에게 영원히 머무를 집을
마련해 주시고, 갇힌 사람을 풀어내서, 번영을 누리게 해주신다. 그러
나 하나님을 거역하는 사람은 메마른 땅에서 산다."라고 하였다.

45
독재자는 "전쟁은 평화"라고 했다

조지 오웰, 『1984』
(George Orwell, *1984*)

이사야 13:15-16에서 이사야는 "만나는 자마다 창에 찔리겠고 잡히는 자마다 칼에 엎드러지겠고 그들의 어린아이들은 그들의 목전에서 메어침을 당하겠고 그들의 집은 노략을 당하겠고 그들의 아내는 욕을 당하리라"고 하여 전쟁의 참상을 묘사하고 있다.

영국의 소설가 조지 오웰은(1903-1950)은 『1984』에서 전체주의적 독재국가인 오세아니아는 "전쟁은 평화" "자유는 노예" "무지는 힘"이라는 슬로건을 내 걸고 있다고 했다. 오웰은 독재국가에서 왜 "전쟁"은 처참한 것이 아니라 "평화"이냐는 의미를 논하고 있다.

주인공 윈스턴 스미스(39세)는 오세아니아에서 3번째로 인구가 많은 런던의 바토라 맨션의 7층에 있는 그의 아파트로 올라가면서 오른쪽 발목의 정맥류 궤양 때문에 몇 번이나 쉬며 천천히 발을 떼어놓았다. 각 층마다 엘리베이터의 맞은편에 붙어 있는 거대한 얼굴의 포스터가 윈스턴을 노려보고 있었다. 초상화 밑에는 "대형(大兄 Big Brother, 오세아니아의 지도자)은 당신을 감시하고 있다"고 적혀 있었다. 윈스턴이 서 있는 앞쪽의 거대한 진리성 콘크리트 건물에는 흰 글씨로 당의 3가지 슬로건이 똑똑히 보였다. "전쟁은 평화"

"자유는 노예" "무지는 힘".

왜 "전쟁은 평화" 인가: 그 당시 세계에는 초강대국으로 유라시아, 동아시아, 오세아니아 등 3개 국가가 있었다. 모두가 자립 경제로 유지하고 있었기에 외부적 원조가 필요 없었다. 세 초강대국의 지도자들은 계속 전쟁상태를 유지했다. 사회는 전쟁 상태로 조직되었다. 인구의 2퍼센트는 최고 기관으로 결정권을 행사하는 내부당원이었으나, 그 외는 외부당원과 노동자로서 밀집하여 만성적인 식량 부족 상태에서 살았다.

『1984』에서는 전쟁은 이기려고 하는 것이 아니라, 국가 간에 현상유지를 하기 위해서 하는 것이었다. 그래서 전쟁은 현상유지 하는 평화였다. 지속적인 전쟁상태는 사회적 균형을 유지하게 하기 때문이었다. 전쟁은 계속되지만 너무 과열하지 않으면서, 세 초강국의 백성들은 전쟁을 치러야 하는 일에 너무 바빠서 사회적 정치적 개혁이나 체계를 변화시키려는 방법을 생각할 여유가 없었다.

39세의 윈스턴 스미스는 외부당원으로서 오세아니아 국가의 목적에 대한 회의를 갖게 되고, 당에 대한 충성심이 파괴되려는 사상죄를 범하게 될지도 모르는 위험한 지경에 처해 있었다. 그는 자신의 사상이 자신을 묻음으로, 더 악화되면 사상경찰의 손에 들어갈 수도 있음을 알고 있었다. 그러나 그는 전체주의적 독재정권에 대한 혐오감을 어찌할 수가 없었다. 그는 일기장에 "대형 타도"를 5번이나 적었다. 그의 파멸은 언젠가는 일어날 것이다.

세 초강대국들은 비록 주기적으로 사생결단하는 원수지간으로 서로 간에 광적인 증오심을 유발하지만, 다른 한편으로는 불안한 동맹

국으로 서로에게 버팀목이 되어 평화를 유지하게 한다는 것이다.

당원들이면 근면하고, 지적이며, 유능하기를 기대하고 있지만, 동시에 당원들은 무지(無知)한 광신도로서, 지도자 대형(大兄)에 대한 공포와 저주와 찬사의 마음가짐으로 승리감에 취하도록 했다. 당원들로 하여금 이런 이중적인 모순되는 사고에 빠지게 함으로서, 당이 찬성하지 않는 생각은 아예 생각조차 하지 못하도록 조종했다.

전체주의자는 "자유는 노예"라고 했다: 조지 오웰은 『1984』에서 전체주의국가에서 왜 자유는 노예(예속)가 되느냐를 극명하게 설명하고 있다.

윈스턴은 일터에서 두 사람을 알게 되는데, 그들은 윈스턴의 생애에 큰 영향을 끼치게 된다. 줄리아는 26세의 처녀로서, 일부분 당에 도전하는 행위로, 윈스턴의 정부(情夫)가 된다. 오브라이언은 강력한 내부당원으로서, 처음부터 계획적으로 줄리아와 스미스를 국가 지도자인 대형(Big Brother)을 타도하려는 방향으로 유도하여, 결국은 배신하여 줄리아와 스미스가 스스로 반역죄를 덮어쓰도록 한다.

윈스턴과 줄리아는 진리성에 고용된 외부당원이었다. 당은 모든 결혼을 인준하고, 남편과 부인 사이에 어떤 성적인 본능을 발휘하는가 어떤 낭만적인 사랑을 하는 가를 감시했다. 부부간에 애착이 강하면, 백성의 지도자인 "대형"에 대한 애정이 약화 된다는 것이다. 훌륭한 당원은 『1984』의 사회 도처에 붙어있는 "대형"의 초상화를 더 사랑해야 된다는 것이다. "좋은 성교(Good sex)"는 아동 출산을 목적으로 하는 성교라고 했다.

줄리아는 윈스턴을 유혹했다. 그녀는 사상경찰 요원도 스파이도 아니었다. 그들은 은밀한 사랑에 빠져들었으나 결혼은 할 수 없었다. 당이 허락하지 않기 때문이었다. 윈스턴은 결혼 상태에 있기 때문이다. 윈스턴은 벌써 죽은 인간이었다. 윈스턴과 줄리아 사이에 사랑의 행동을 하면 당에 대한 정치적인 도전이란 것이다.

윈스턴과 줄리아는 런던의 쓸모없는 지역에 사는 나이 많은 차링턴 씨가 경영하는 고물상의 윗방에 텔레스크린의 감시가 없는 방을 구했다. 그곳에서 둘은 자주 엄밀한 사랑을 자유롭게 즐겼다. 그런데 어느날 침대에 누워 있는데, 사상경찰이 그들을 잡으러 왔다. 차링턴 씨도 위장한 사상경찰이었다. 그들이 잡혀간 곳은 오브라이언이란 지적집행관이 있는 취조실이었다. 그들의 죄는, 당에 충성하기보다, 서로를 자유롭게 사랑한 반역의 죄였다. 오브라이언은 "윈스턴 씨 내가 당신을 구원할 것이요. 내가 당신을 완전하게 만들 것이요"라고 했다. 몇 년 동안 윈스턴과 줄리아의 행동은 감시당하고, 사진이 무수히 찍혀지고, 그들의 음성은 녹음된 것이 구속의 증거였다. 당은 배신자를 죽여 버리는 것은 너무 간단했지만, 배신자를 지능적으로 고문하여, 정신적으로 영적으로 파괴시켜서, 당에 충성하도록 노예화시키는 것이었다. 줄리아와 윈스턴의 자유로운 사랑은 결국 당의 노예가 되게 했다.

독재체제에서 "무지는 힘"이다: 조지 오웰은 『1984』에서 전체주의국가에서 왜 자유는 노예(예속)가 되느냐를 주인공 윈스턴 스미스와 그의 정부 줄리아 두 사람을 통해 극명하게 표출되고 있다.

윈스턴은 일터에서 두 사람을 알게 되는데, 그들은 윈스턴의 생애에 큰 영향을 끼치게 된다. 한 사람은 줄리아로서 26세의 처녀이다.

그녀는 윈스턴 스미스의 정부가 되는데, 이것은 당에 도전하는 행위이기도 하다. 다른 한 사람은 오브라이언이란 강력한 내부당원으로서, 처음부터 계획적으로 줄리아와 윈스턴을 국가 지도자인 "대형"을 타도하려는 방향으로 유도하여, 결국은 배신하여 줄리아와 윈스턴이 스스로 반역죄를 덮어쓰도록 유도한다.

주인공 윈스턴 스미스(39세)라는 이름에서 스미스는 영어에서 가장 보편적인 이름을 상징하며, 윈스턴은 2차 대전 때 불굴의 영국 수상 윈스턴 처칠의 이름을 딴 것이다. "윈스턴"과 "스미스"란 두 이름을 합침으로서 윈스턴 스미스는 개성이 뚜렷하고 지적인 사람이었으나, 전체주의적 독재국가에서 개성을 상실하고 로봇같이 되고, 자식들조차 부모를 사상경찰에 고발하는 것에 대해 경계하는 얼간이가 되어버렸다.

소설 『1984』의 마지막 장면들 대부분은 윈스턴 스미스의 심문, 고문, 윈스턴의 잘못에 대한 부인, 배교행위, 궁극적인 고문에 더하여, 가장 사랑한다는 인간인 줄리아의 배신, 그리고 영적인 파괴는 너무나 철저하여, 소설 마지막 장면에서는 윈스턴은 "대형"을 사랑하게 된다.

당은 그를 철저하게 파괴한 것이다. 당이 윈스턴을 통해 원하는 것은 무엇인가를 당의 무자비한 고문 자행자인 오브라이언이 윈스턴에게 고문을 계속 가하면서 설명하고 있다.

당은 신(神)인 것이다. 당의 집합적인 노력은 윈스턴 개인보다 훨씬 지적이었다. 내부 당의 목적은 필요한 어떤 수단으로든지 권력을 유지하는 것이었다. 권력유지를 위해서 고문이 필요했다. 무자비한 고문이 오래 지속 되어, 윈스턴의 지능은 서서히 파괴되었다.

당이 명령을 하면, 윈스턴은 검은 것은 흰 것이요, 2 곱하기 2는 5라는 것을 믿도록 했다.

윈스턴은 오브라이언의 손에 무자비하게 지능적으로 고문을 당했다. 윈스턴은 당이 개조한 인간이었다. 윈스턴은 당이 인정하지 않는 생각은 생각할 수 없도록 만들어졌다. 오세아니아 국가의 평화성은 전쟁과 관련된 기관이요, 전쟁은 『1984』세계에서는 진실로 사회의 평화였다. 국가의 애정성은 방어할 수 없는 희생자에게 끊임없는 지긋지긋한 고문을 가하여, 백성들을 위한 "대형"의 사랑이 드러나도록 하는 곳이었다. 윈스턴 스미스는 쇠하여지고 붕괴되었다. 윈스턴은 육체는 살아 있으나 사실은 죽은 인간이었다. 윈스턴은 당이 하라는 것 외에는 모르게 되어, 무지는 힘이었다.

요한복음 8:32, 36에서 예수님은 "진리를 알지니 진리가 너희를 자유롭게 하리라… 그러므로 아들이 너희를 자유롭게 하면 너희가 참으로 자유로우리라"고 하셨다.

46

부조리한 세계와 인간의 반항

알베르 까뮈, 『페스트』
(Albert Camus, *The Plague*)

예레미아 9:21-22에서 "죽음이 우리의 창문을 넘어서 들어왔고, 우리의 왕궁에까지 들어왔으며, 거리에서는 어린아이들이 사정없이 죽어가고, 장터에서는 젊은이들이 죽어 간다…. 사람의 시체가 들판에 거름 더미처럼 널려 있다. 거두어 가지 않은 곡식단이 들에 그대로 널려 있듯이, 시체가 널려 있다."라고 탄식하고 있다.

프랑스의 부조리 문학 소설가이자 극작가인 알베르 까뮈(1913-1960, 1957년 노벨 문학상)는 『페스트』에서 인간들이 페스트로 죽어가는 "부조리한" 우주에 직면하여 인간의 존엄성을 확인하려고 발버둥치는 모습을 그리고 있다. 인간이 부조리한 것은 인간은 신을 상실하고 더 이상 형이상학적인 초월적인 존재와 관계를 갖지 못하고, 우주에 근원적인 관련성을 갖지 못하기 때문이다. 무신론자인 까뮈에게 인간은 신의 계획의 일부가 아니며, 인간은 죽을 수밖에 없는 존재이기 때문에, 인간의 행동은, 개인적이나 집단적이나, 결국은 무로 돌아간다는 것이다. 유일한 질문은 인간이 어떻게 그의 부조리를 취급할 수 있느냐 하는 것이다.

까뮈의 대답은 "반항"이란 개념에 두고 있다. 인간은 먼저 무(no

-thing)로 끝나는 인간 상황을 이해함으로서, 인간 조건에 반항하고, 인간의 우주적인 무의미성에 직면하여, 인간은 스스로 자유이고 스스로 책임지는 인간 자신의 의미를 창조하자는 것이다. 까뮈는 『페스트』에서 인간을 도덕적 철학적 분석에서 사회적인 존재로 확대하여 취급함으로서, 인간이 부조리한 우주에 직면하여 인간의 다른 인간과의 관계나 책임이 무엇이냐를 묻고 있다. 까뮈의 반항의 개념에 중심사상에 놓여있는 역설은 영웅적인 쓸데없음의 개념이다. 인간은 궁극적으로 반드시 패한다는 것을 알면서도 투쟁한다는 것이다. 부조리 사상이 인간의 우주적인 의미를 부정한다면, 인간의 보편적인 유대는 인정하자는 것이다. 모든 인간은 반드시 죽기때문에, 모든 인간은 형제들이라는 것이다. 상호간의 협력이, 제멋대로 하기가 아니라, 까뮈가 부조리한 시각으로부터 찾아낸 논리적인 윤리인 것이다.

까뮈는 『페스트』(1947)에서 콜레라 전염병이 북아프리카 지중해 서단에 있는 알제리아의 오랑 시를 휩쓸어 버린 이야기를 하고 있다. 의사 베르나르 리유 박사는 오랑 시에서 쥐들이 이상한 행동을 하는 것에 별로 관심을 기울이지 않았다. 어느 날 아침 3마리의 쥐가 코에서 피를 흘려 장미꽃 모양을 이루고 맥없이 뻗어있는 것을 발견했다. 수위가 이상한 일이라고 불평을 하고 있었다.

리유 박사는 바쁜 분인데 더하여 개인적으로도 돌보아야 할 일이 많았다. 리유 부인은 오란 시를 떠나 다른 도시로 가고 있었다. 부인은 오래된 질병으로 고생을 하고 있었기에, 리유 박사는 다른 도시의 요양원이 부인을 위해 좋다고 생각하여 그리로 보낸 것이다. 부인이 없는 동안에 리유 박사의 어머니가 집안을 돌보기로 했다. 레몬 랑베르 기자가 찾아와서 도시의 삶에 대해 인터뷰를 요청한 것도 리유 박사는 거절했다.

매일 오랑 시에서 쥐들이 거리로 나와 비틀거리다가 죽어가는 쥐 떼가 곳곳에서 계속 증가했다. 얼마 후에는 주민들은 몰랐지만 매일 아침 수천 마리의 쥐들이 죽어서 여러 대의 트럭으로 죽은 쥐들을 운반해 나갔다. 사람들이 어두운 길을 걸어가노라면, 죽은 쥐들을 밟고 다녔다. 지방 신문들이 이 사실을 보도하기 시작했으며, 시 당국은 죽은 쥐들을 모아서 소각처분 하도록 했으나, 쥐들이 페스트를 전염시키는 촉매제라는 것을 모르고 있었다.

리유 박사의 첫 발열 환자는 계단의 쥐들을 치워야 한다고 불평을 털어놓던 수위였다. 그 수위는 고열에다가 부푼 종기들로 아프다고 하다가 죽었다. 리유 박사는 동료 의사에게 전화로 상의한 결과 페스트가 도시를 휩쓸어가고 있다고 결론을 지었다. 시장은 시민들의 동요를 염려하여 강력한 행동을 취하기를 주저했다. 그러나 하루에 30명 사망자가 발생하자, 시장과 시의 담당자들은 공식적인 경고문을 붙였으나. 그 내용은 상황의 긴급성을 알지 못하고 낙관적이었다. 병원의 특별 병동을 개방했으나 3일 만에 80개의 침대가 모두 환자들로 차버렸다. 일 주간의 사망률이 900명을 넘게 되자, 매일의 사망자 통계만 보도했다. 시체가 쌓이기 시작하고 장지가 모자라고, 치료약이 고갈되고. 상황이 급격히 악화되자, 페스트(흑사병)에 대한 공식적인 포고문이 선포되었다.

오란 시는 페스트에 휩싸이게 되고, 격리되었다. 성문은 닫히고, 철도여행은 금지되고, 모든 우편은 정지되고, 전화도 긴급한 것 외에는 불통이었으며, 짧은 전보만이 오난 시 외에 있는 친구와 친척에게 연락수단이었다. 페스트가 모든 사람들을 강타하기 시작했다.

파리로부터 온 특파원인 레몬 랑베르 기자는 오난 시를 탈출하여 파리에 있는 애인에게 가려다가 시 직원으로부터 거절당하자, 지하 범죄조직자들과 연결하여 몰래 빠져나가려 하였다. 파늘루 신부는 페스트는 시민들의 죄악상을 징벌하려는 하나님의 진노라고 함으로서 도시에서의 자신의 지위를 강화할 기회로 삼았다. 그의 통렬한 비난 조의 설교는 많은 시민을 감동시켜 떼를 지어 교회로 오게 하는 효과도 있었다. 밀수꾼 범죄조직의 일원인 코타르는 경찰에 체포될 것이 두려워 목매어 자살하려다가 시의 직원인 조제프 그랑에 의해 발견되어 자살미수로 그친다. 그랑은 여러 해 동안 시의 임시직 원으로 있으면서 소설의 첫 문장만을 계속 교정만 해온 기괴한 자로 리유 박사의 환자이다.

8월 중순에 접어들자, 죽은 시체 처리가 시 당국의 긴급한 문제가 되었다. 시체들을 화장하기 시작했다. 장례 예식 없이 빨리 장례가 진행되었다. 죽은 자의 가족의 감정 같은 것은 고려되지 않았다. 산 자들은 수동적으로 추방, 이별, 낙심에 찬 감정을 가지고 육체적으로 정서적으로 황폐해지고 있었다.

마침내, 구덩이 두 개를 파서 하나는 남자들 시신을, 다른 것은 여자들 시신을 위해 사용했다. 그러나 두 개의 구덩이가 채워지자, 큰 구덩이 한 개를 파서 남녀 구별 없이 묻었다. 시체를 구덩이에 던져 넣고는, 그 위에 생석회를 뿌리고 흙으로 얇게 덮었다.

리유 박사는 병동 중의 하나를 책임지고 있었다. 그가 할 수 있는 일은 아무것도 없었다. 파리로부터 온 혈청주사가 아무런 효과를 발휘하지 못했기 때문이다.

9월과 10월에 오란 시는 완전히 페스트의 감염이 절정에 도달했다. 파늘루 신부는 설교를 통해 오란의 페스트는 하나님의 징벌이라고 했다. 10월 말경 카스텔 박사의 새로운 혈청 주사가 나왔다. 치안판사 작크 오톤의 아들은 카스텔 박사의 새로운 혈청 주사를 맞았으나 다소 저항을 하다가 결국 고통스러운 죽음을 맞았다. 죄 없는 소년의 죽음을 바라보고 있던 파늘루 신부는 페스트는 더 이상 하나님의 징벌로 생각할 수 없었다. 신부의 다음 설교는 혼란했다. 신부는 죄 없는 어린이의 고통은 기독교인의 믿음을 시험하는 것이라고 말하면서, 신부는 인간은 모든 면에서 하나님의 뜻에 맡겨야 한다고 말하는 것 같았다. 신부는 교인들에게 싸움을 포기하지 말고 가능한 모든 것으로 페스트와 싸워야 한다고 말했다. 신부 자신이 열병에 걸리자, 리유 박사의 치료에 맡기는 수밖에 도리가 없었다. 신부는 어리둥절하게 된 상태에서 죽었다.

랑베르 기자는 오란 시민이 아니기 때문에 불법적인 방법으로 도시에서 도망치려 하였다. 그러나 랑베르 기자는 페스트 때문에 인간이 고통당하는 것을 보고, 그는 자원하여 리유 박사의 의료 팀을 돕기로 한다. 그는 인간의 공통의 적과 싸움으로서 그는 영적인 위로를 발견할 수 있음을 깨달았기 때문이다.

잔 타루는 재판관의 아들로서 아버지의 판결로 죄수들이 처형당하는 모습을 보고서, 그는 페스트가 발발하기 전에 오란 시로 도망와서 정치 선동가로 활동을 하다가, 페스트가 창궐하자 자원하여 리유 박사를 도우면서, 의료 방사 팀을 조직하고, 페스트의 사회적 영향을 상세히 기록하였다. 타루는 결국 감염되어 리유 박사의 집에서 죽었다.

시의 임시직원 조제프 그랑은 페스트에 감염되어 리유 박사에게 자기의 원고를 모두 불태워 버리라고 부탁했다. 그러나 그는 기적적으로 살아났다.

1월 달의 찬 기운이 돌기 시작하자, 페스트는 사라졌다. 리유 박사는 부인이 세상을 떠나갔다는 전보를 받았다.

오란 시의 거리들은 다시 연인들로 분비기 시작하고 그리고 남편들과 부인들이 재회하게 되었다. 리유 박사는 별다른 감정도 없이 인간의 무리들을 바라보고 있었다. 그는 인간의 만남이 모든 사람을 위해 중요하다는 것을 알게 되었다. 그는 사람이 질병과 고통에 대항하여 투쟁할 수 있도록 도움을 준 것으로 만족하고 있었다.

까뮈에 의하면, 아무런 죄가 없는 아이들이 죽어가는 것은 과연 신의 인간에 대한 단죄인가? 그럴 수 없다는 것이다. 인간은 마지막 순간까지 최선을 다하는 존재이며, 어떤 재앙이 와도 모두 이겨내고, 희망을 잃지 않는 존재라는 것이다. 그렇기에 삶의 의미가 있다는 것이다.

여기서 페스트는 프랑스를 전쟁으로 휩쓸어 넣은 나치스 침략의 상징으로 보기도 한다. 따라서 페스트의 종언은 파리의 해방을 의미한다. 페스트가 끝난 것은 반드시 주민들의 노력의 결과가 아니고 자연현상이었다는 결말은 프랑스 민중의 저항운동의 한계를 말하고 있다.

이 작품을 통해 까뮈는 인간은 개인주의에서 벗어나 인간 사이의 연대가 소중하다는 것을 말하고 있다.

　　까뮈에게 필요한 말씀은 요한복음 11:25-26에서 예수님께서 마르다에게 하신 말씀이다. 예수님은 "나는 부활이요 생명이니 나를 믿는 자는 죽어도 살겠고 무릇 살아서 나를 믿는 자는 영원히 죽지 아니하리니"라고 하시고 "이것을 네가 믿느냐"라고 질문하시고 죽은 마르다의 오라버니 나사로를 살리셨다.

47

출세를 위한 선택: "적"과 "흑"

스탕달, 『적과 흑』
(Stendhal, *The Red and the Black*)

야고보서 1:15은 "욕심이 잉태한즉 죄를 낳고 죄가 장성한즉 사망을 낳느니라"라고 함으로서 자기 욕심만의 삶은 비극으로 끝남을 말씀하고 있다.

프랑스의 소설가 스탕달(1783-1842)은 『적과 흑』에서 쥘리앵 소렐이란 청년은 가난한 목수의 아들로서 자신의 뛰어난 지능과 잘생긴 외모를 무기로 출세하기 위해 여성들을 사랑의 이름으로 이용하고 신학교까지 이용하지만, 비극적으로 단두대에서 삶을 마감하는 슬픈 이야기를 하고 있다.

쥘리앵 소렐은, 1820년대, 프랑스의 작은 지방 도시 베리에르에서, 가난하고 무식한 목수의 아들로 태어났으나, 어릴 때부터 출세해야겠다는 강한 욕망에 사로잡힌 젊은이였다. 그가 잘 사용하는 무기는 위선이었다.

쥘리앵은 천성 생각에 잠긴 듯한(멜랑콜리 한) 표정으로 잘생긴 용모를 타고났기에, 여인들이 그를 보면 저항할 수 없이 그의 용모에 빨려 들어갔다. 그는 책 읽기와 공상하기를 좋아하고, 놀라우리만치 탁월한 기억력을 갖고 있어서, 성경 전체를 라틴어로 줄줄 외웠다.

그러나 그는 거의 믿음이 없는 자이기에, 교회를 그의 야심 돌다리로
이용할 생각을 하고 있었다.

 "흑(黑)"은 사제복으로 대표되는 교회와 교권을 상징하고, "적(
赤)"은 교회와 귀족에게 맞섰던 나폴레옹 군대나 자유주의와 공화주
의 사상을 상징했다. 쥘리앵이 자신의 출세를 위해서 사제가 되는
"흑"을 선택할 것인지, 아니면 나폴레옹 군대나 기병이 되는 "적(붉
은 제복이 상징하는)"을 선택할 것인지를 결정해야 했다. 그는 왕정
이 복구되었는데도, 나폴레옹을 열정적으로 숭배하고 있었으나, 출
세를 위해서 자신의 사상을 드러내지 않고 감추었다.

 쥘리앵은 출세를 향한 첫 단계로 베리에르의 시장인 드 레날 씨의
아이들을 위한 가정교사로 들어가게 되었다. 드 레날 시장은 돈에
지나치게 집착하는 부르주아화 된 시골 귀족이었다. 시장은 정치적
경쟁자들을 누르고 자신의 힘을 구축하는데 쥘리앵을 이용할 속셈이
었다.

 드 레날 부인은 단순하고, 아름다운 여인으로, 남편인 시장의 돈과
정치 중심의 삶을 지겨워하고 있었다. 드 레날 부인은 감수성 있고
매력이 넘치는 쥘리앵이 마음에 들었다. 쥘리앵은 드 레날 부인을
유혹하기로 결심했다. 쥘리앵의 젊음과 섬세함이 드 레날 부인의
마음을 끌었다. 4번째 만남에서 그들은 미친 듯이 사랑하게 되고,
서로를 마음껏 즐겼다.

 프랑스 국왕이 베리에르에 행차하게 되었다. 거리는 온통 흥분의
도가니였다. 이 사건은 쥘리앵에게 군대와 교회, 이 두 가지 삶을
모두 경험할 수 있는 기회를 만들어 주었다. 드 레날 시장은 국왕의
방문을 기념하기 위해 두 가지 거창한 행사를 준비했다. 하나는 의장

대의(적) 시가행진이고, 다른 하나는 유서 깊은 교회(흑)에서의 특별 미사였다.

드 레날 시장 부인은 쥘리앵이 가정교사가 입는 검정 양복(흑) 대신에 붉은 제복(적)을 입은 의장대원으로 임명되게 했다. 국왕이 행차하시는 날 베리에르 시는 인근에서 모여든 사람들로 술렁거렸다. 의장대의 행진 속에서 아홉 번째 첫 줄의 기수는 잘생긴 청년으로 모든 사람의 시선을 끌었다. 그는 말 위에서 마치 나폴레옹의 부관으로 붉은 제복을 입고 말 위에 앉아서 포대를 공격하는 상상도 해보았다. 드 레날 부인은 짜릿한 전율을 느꼈다. 쥘리앵은 빨간색 제복을 입은 기마병으로도 출세할 수 있다는 확신을 갖게 되었다.

의장대 행사가 끝나자, 쥘리앵은 재빨리 검은 신부복으로 갈아입고 미사 장소로 향했다. 그는 젊은 주교를 보면서 자신의 야망을 다시 일깨웠으며, 성직자가 된 자신을 상상해 보았다.

시장의 막내아들이 병들게 되자, 드 레날 부인은 자신의 간음에 대한 하나님의 징벌로 생각했다. 두 사람의 추문이 베리에르 시에 퍼지기 시작하자, 쥘리앵은, 드 레날 부인과 의논한 끝에, 브장송 신학교에 입학하기로 했다.

피라르 학장 신부와 쥘리앵의 대화가 라틴어로 계속되자, 쥘리앵의 대답이 정확한 것을 듣고 피라르 신부는 쥘리앵이 건전한 정신의 소유자라고 생각했다. 교회 의식을 주관하는 샤 베르나르 신부는 쥘리앵의 우수함과 미사 준비에 철저함을 보고 감탄하여 쥘리앵을 껴안기까지 했다.

피라르 학장 신부는 쥘리앵을 불러 자기는 신학교를 떠나게 되었다고 하고, 쥘리앵을 신구약성서의 복습 교수로 임명했다고 했다. 그

진급은 쥘리앵에게 엄청난 특혜였다. 학생들도 쥘리앵이 일등을 하는 것은 당연하다고 생각했다. 그런데 시험의 결과 쥘리앵은 198등으로 발표되었다.

시험관들의 책임자는 드 프릴레르 부주교로서 권력자였다. 그는 피라르 신부와 앙숙 관계였기에, 피라르 신부의 수제자인 쥘리앵이 일등 하는 게 못마땅하여 그를 낙제시킬 작정이었다. 그래서 드 프릴레르 부주교는 피라르 신부를 신학교 학장에서 해임하고 쥘리앵에게 198등의 성적을 준 것이었다.

쥘리앵은 신학교를 그만두고, 피라르 신부를 따라 파리로 가기로 했다. 그 전에, 드 레날 시장 부인 방에 숨어서, 이틀을 즐겼다.

파리에서 쥘리엥은 피라르 신부의 추천으로 드 라몰 후작의 비서로 일하게 되었다. 후작의 아들은 돈 노르베르 백작이고, 19세의 딸 마틸드는 영민하고 뛰어난 미모와 금발의 보석처럼 반작이는 매력적인 눈을 가진 처녀였다. 백작, 후작, 백작의 군 장교 친구들이 그녀를 중심으로 모여들었다.

몇 달 뒤 쥘리앵은 후작의 비서로서 완벽하게 일을 처리할 수 있었다. 후작은 쥘리앵의 성실함과 총명함을 높이 평가하여 그를 신뢰하게 되었다. 드 라몰 후작의 가족은 드 레츠 후작의 집에서 열리는 무도회에 초대되었다. 쥘리앵도 함께 초대되었다. 청년들은 마틸드를 보고 격찬을 했다. "정말 무도회의 여왕이야!" 많은 남자가 마틸드를 흠모하고 있었다. 마틸드의 아름다움은 눈이 부셨다. 쥘리앵은 문득 그 아름다움을 자신만의 것으로 만들고 싶은 욕망이 생겼다. 쥘리앵은 마틸드로부터 사랑을 고백하는 편지 한 통을 받았다. 마틸드는 답답한 나머지, 쥘리앵에게 밤 한 시에 자기 침실로 오라고 했다. 쥘리앵은 사다리를 타고 마틸드의 방에 가서, 용감한 연인으로 행동했다. 그날 밤 쥘리앵이 마틸드와 나눈 사랑은, 오래전에 드 레날 시장부인과 나눈 열정적인 사랑 같은 것은 느끼지 못했다. 마틸드는 "내가 실수했단 말이야?"하고 생각했다.

얼마 후, 후작이 갑자기 쥘리앵에게 파리에서의 중대한 정치적 모임에 함께 가자고 했다. 쥘리앵의 비상한 기억력을 이용해서 집회에서 듣게 될 모든 이야기를 암기하라는 것이었다. 쥘리앵은 임무를 훌륭하게 해낸 결과 후작은 쥘리앵의 능력과 충성심과 용기를 믿게 되었다.

어느 날 마틸드로부터 임신했음을 알려왔다. 마틸드는 아버지에게 편지로 임신한 사실을 알렸다. 후작은 화가 났다. 쥘리앵은 유서를 쓰고, 후작에게 정원에 있는 자기를 하인으로 하여금 총으로 쏘라고 했다. 그러나 후작은 쥘리앵에게 영지와 돈을 주어, 소렐 드 라베르네이 씨라는 귀족 행세를 하게 하고, 제15 기병대 장교 사령장을 보내 붉은 장교복을 입게 했다. 이제 검은 사제복을 벗어버리고 붉은 장교로 출세하게 되었다. 스트라스부르에서 "드 라베르네이" 중위가 제15 기병대의 장교로 거리 행진에 나섰을 때, 거의 많은 여성은 근사하게 생긴 미남 청년의 기품에 넋을 잃고 바라보았다.

그러던 어느 날 아침, 훈련을 하고 있던 쥘리앵은 마틸드로부터 편지 한 통을 받았다. 드 레날 시장 부인이 쥘리앵과의 과거를 폭로하면서 "그자는 탐욕스런 자이지요!"라고 썼다. 쥘리앵에게 모든 것이 끝장나는 순간이었다.

쥘리앵은 베니에르로 향하는 첫 마차를 타고 가서, 무기 총포상에서 권총 두 자루를 샀다. 미사가 시작할 무렵, 그는 교회 안으로 들어가서, 드 레날 시장 부인이 항상 앉아 있는 의자 뒤쪽으로 갔다. 그는 한때 사랑했던 여인을 향해 방아쇠를 당겼다. 총알이 빗나갔다. 두 번째 총을 발사했다. 부인이 쓰러졌다. 그는 베리에르 감옥에 갇혔다. 총알이 부인의 어깨를 관통했으나 생명에는 지장이 없었다. 드 레날 부인은 죽고 싶었다. 쥘리앵은 간수로부터 드 레날 부인이 살아났다는 소식을 듣고 한없이 울었다.

마틸드가 감옥으로 찾아와서 쥘리앵을 용서한다고 했다. 그녀는 쥘리앵을 살리기 위해 배심원들에게 금전 공세를 취했다. 마틸드는 아버지 드 라몰 후작의 정적인 교활한 드 르릴레르 부주교 신부까지 설득하여 쥘리앵을 무죄 석방시키려 했다.

재판 날, 쥘리앵은 "저는 끔찍한 범죄를 저질렀습니다. 그것은 계획적이었습니다. 제가 벌을 받는 것은 당연합니다."라고 했다. 여자들은 모두 눈물을 흘렸다. 배심원의 선고는 참수형이었다. 쥘리앵은 참수형을 받았다.

마틸드는 쥘리앵의 머리를 탁자 위에 올려놓고 그 이마에 오래도록 입을 맞추었다. 다음날 여러 명의 신부가 관을 들고 산 정상 근처에 있는 동굴로 올라갔다. 쥘리앵이 부탁한 그 동굴이었다. 드 날레 부인은 쥘리앵이 죽은 지 사흘 만에 자신의 아이들을 껴안아 본 뒤 영원히 눈을 감았다.

잠언 4:7에서 "스스로 지혜롭게 여기지 말지어다 여호와를 경외하며 악을 떠날지어다"라고 하고, 그러면 이것이 너의 몸에 보약이 되어, 상처가 낫고 아픔이 사라질 것이라 했다.

제 10 장
잘못된 사랑

48

예수와 막달라 마리아의 결혼설

댄 브라운, 『다빈치 코드』
(Dan Brown, *The Da Vinci Code*)

요한1서 2:22에서 "거짓말하는 자가 누구냐 예수께서 그리스도이심을 부인하는 자가 아니냐 아버지와 아들을 부인하는 그가 적그리스도니"라고 했다.

댄 브라운(1964- 미국 스릴러 소설 작가)은 『다빈치 코드』에서 예수님과 막달라 마리아가 결혼을 했으며, 사라라는 딸을 낳았다고 신성모독적인 거짓 증언을 하고 있다.

티빙 교수는 소피에게 예수가 막달라 마리아와 결혼을 했다면서 "좀 더 구체적으로 말한다면 예수 그리스도와 막달라 마리아(번역판에는 마리아 막달레나라 함)의 결혼 문제였어!"라고 하고는, "필립복음"을 펼쳐 다음과 같은 구절을 읽어주었다. "그리고 그리스도의 짝은 막달라 마리아였다. 그리스도는 모든 제자들보다 그녀를 사랑했다. 그리고 그녀의 입술에 자주 키스하곤 했다…." 티빙 교수는 계속해서 "고대 시리아 언어인 아람어의 학자들은 '짝'이란 말이 당시에는 그대로 '부부'를 뜻하는 것이라고." 했다.

티빙은 소피에게 예수가 십자가에 처형될 것임을 알고 교회를 베드로에게 물려준 것이 아니라 막달라 마리아에게 물려주었다고 다음과 같이 설명했다. "그것뿐이 아니라. 단순한 애정 이상의 문제였던 거지. 복음서에 나온 이 시점은, 예수가 곧 십자가에 처형될 것이라는 것을 예수 자신이 알고 있던 때였어. 그래서 예수는 자기가 죽은 뒤에 교회를 어떻게 이끌어갈지에 대한 지시를 막달라 마리아에게 내렸거든… 그리스도가 기독교 교회를 세우라는 지시를 내린 사람은 베드로가 아니라 막달라 마리아였어… 예수는 원래 페미니스트였거든. 그래서 자기 교회의 미래를 막달라 마리아의 손에 둘 생각이었지."라고 했다.

티빙 교수는 막달라 마리아가 베냐민 지파에 속한다는 것과 창녀가 아니라 왕족의 후손이며, 예수가 십자가에 처형당할 당시 막달라 마리아는 임신 중이었으며, 예수님의 신실한 삼촌인 아리마대 요셉의 도움을 받아, 프랑스에 있는 유대인 공동체에서 안전한 장소를 찾고 있었으며, 프랑스에서 딸을 낳았는데, 그 아이의 이름은 "사라"라고 했다는 것이다.

막달라와 딸 사라는 가톨릭교회의 박해를 피하여 프랑스로 도망을 갔으며, 사라의 후손들이 프랑스의 메로빙기안 왕조로서 시온 수도원이란 비밀 단체의 회원들에 의해 보호를 받고 있다고 했다. 티빙 교수는 세상 사람들이 예수와 막달라 마리아 사이에 혈통을 이어갈 아기가 있다는 것을 알게 되면 교회에 치명적인 위협이 된다는 것을 교회가 알기에 교회가 막달라의 이미지를 창녀로 만들고, 그녀와 예수가 결혼한 증거를 묻어버리려 했다는 것.

댄 브라운의 『다빈치 코드』에 의하면, 십자군 원정 때 예수와 막달라 마리아에 대한 비밀과 그들의 후손들을 보호하기 위해서 1099년 예루살렘에서 비밀조직인 '시온 수도회'가 조직되고, '템플 기사단이 조직되었다고 한다. 시온 수도회는 폐허가 된 헤롯 신전 밑에 비밀문서 상자가 묻혀 있다는 것을 알게 되어, 이 비밀문서를 끄집어 내기 위해 9명의 기사들로 군사 조직을 만들었는데, 이것이 '템플 기사단'으로 알려졌다는 것이다. 9명의 기사들은, 9년 만에, 성전의 바위들 사이에서 예수와 막달라가 결혼했다는 문서들을 발견했다고 했다.

예수와 막달라 마리아에 관한 비밀과 그들의 후손들을 지키기 위한 '시온 수도회'와 템플 기사단 운운하는 것은 댄 브라운이 소설 가운데 지능적인 속임수로 창작한 허구적인 이야기에 불과한 것이 드러났다. 문제는 이 비밀문서들은 타자로 쳐서 인쇄가 되어 있었다 는데 있었다. 그 문서들은 타자기가 발명되기 이전에 쓰인 것인데, 타자로 쳐서 인쇄가 되었으니 허위로 된 서류임이 탄로 났기 때문이 다. 1967년 피엘 프란탈드는 거짓말로 꾸며낸 비밀문서(레 도씨에르 세크레)를 도서관에 엄밀히 가져다 놓은 것이다. 『다빈치 코드』는 세계를 놀라게 한 위대한 거짓말이었다.

요한계시록 19:7-9에 보면, 어린 양의 혼인 잔치는 예수님과 성도 들의 혼인잔치를 말하고 있으며, 우리가 공동체를 이루고 있는 교회 를 신부라고 하셨다. 그때는 어린양의 결혼식 만찬에 우리와 함께 막달라 마리아도 초청을 받을 것이다.

• 예수의 결혼비밀과 템플 기사단

출애굽기 23:1에서 "너는 거짓된 풍설을 퍼뜨리지 말며 악인과 연합하여 위증하는 증인이 되지 말며"라고 하여 거짓된 풍설을 퍼뜨리는 위증자가 되지 말라고 했다.

댄 브라운(1964-미국 스릴러 소설가)은 『다빈치 코드』에서, 템플 기사단은 예수님과 막달라 마리아 사이에서 태어났다는 '사라' 라는 딸과 그녀의 후손들을 보호하기 위한 사명을 감당하고 있다고 하는 충격적인 이야기를 역사적인 사실처럼 꾸미고 있다.

댄 브라운의 『다빈치 코드』에 의하면, 십자군 원정 때, 1099년 프랑스의 고드프루아 왕은 예루살렘을 정복한 직후, 예수와 막달라 마리아 사이에 태어난 '사라' 라는 딸과 그녀의 후손들을 보호하기 위해서 '시온 수도회'가 조직되고, 9명으로 된 '템플(성전) 기사단'이 조직되었다고 한다. 템플 기사단은 폐허가 된 헤롯 신전 마룻바닥에서 예수가 막달라 마리아와 결혼했으며 '사라' 라는 딸이 있다는 비밀문서를 찾아서 보관하고 있다는 것이다.

템플 기사단은 그 문서를 유럽으로 가지고 왔는데, 기사단의 영향력은 하룻밤 사이에 막강해져서 유럽의 왕들과 교황들을 누르고 무제한의 권력을 행사하게 되었다. 기사단이 결혼한 예수의 비밀을 폭로하게 되면, 교회의 신앙과 권력과 부에 끝장이 나기 때문이었다.

템플 기사단의 과업은 성배를 보호하는 일이었는데, 이 성배는 전설에 나오는 성배가 아니라 예수의 진짜 혈통 즉 예수의 후손들의 혈통을 상징한다는 것이다.

기사단이 비밀문서를 가졌다는 것을 알게 된 교황 이노센트 2세는 즉시 기사단에게 무제한의 힘을 부여하는 교황청의 교서까지 유례없이 발표했다. 기사단은 왕들과 고위 성직자들의 모든 간섭에서 벗어나 자유롭고 독자적인 군대가 되었으며, 정치적으로나 종교적으로 자유를 누렸다. 그 결과 템플 기사단은 12 나라에서 조직의 세력을 급속하게 키워나갔다.

　1300년경, 바티칸이 인정한 기사단이 너무 많은 힘을 행사한다고 판단한 교황 클레멘트 5세는 프랑스 왕 필리프 4세와 공모하여 기사단을 제거해 버리고, 그들이 축적한 부를 빼앗아버릴 계획을 세웠다. 교황 클레멘트는 비밀 군사 작전으로 1307년 10월 13일 금요일, 유럽 전역에 있는 교황의 군사들에게 동시에, 템플 기사단이 악마 숭배와 동성애, 십자가 모독, 남색, 그 외에 불경한 행동의 이단적 죄인들로 몰아 고문하고 처형하도록 했다. 예수가 결혼했다는 템플 기사단의 비밀을 말하는 자는 신성모독 죄로 잔인한 죽음을 당했다. 그 결과 오늘날에도 13일의 금요일은 운이 나쁜 날로 인식된 것은 그 비극의 메아리가 현대 문화에까지 영향을 주었기 때문이란 것이다.

　그렇지만 시온 수도회는 실제로 오늘날까지 예수의 딸인 사라의 후손들을 교회의 공격으로부터 안전하게 보호하고 있다는 것이다. 그들의 대 지도자는 모든 시대의 가장 저명한 예술가와 사상가들이란 것이다. 『다빈치 코드』에 의하면, 뛰어난 대 지도자는 이탈리아의 레오나르도 다빈치(1452-1519), 영국의 아이자크 뉴턴(1642-1727), 이탈리아의 산드로 보티첼리(1444?-1510), 프랑스의 빅토르 위고(1802-1885) 등이라고 했다. 레오나르도 다빈치의 유명한 그림 '최후의 만찬' 은 그 구성 속에 비밀의 단서가 숨어있다는 것이다.

　그러나 실상은 전 세계를 속인 시온 수도회는 1953년 프랑스인 피엘 프란탈드에 의해서 장난으로 창설된 클럽에 불과하다. 그리고 템플 기사단의 창설 목적은 '형제들' 의 종교적 기사단으로 빈곤, 순결, 순종의 이념으로 힘을 다하여 예루살렘 성지 순례자들의 안전을 도모한다는 것이었다. 특별히 순례자들의 안전을 위하여 도둑과 노상강도들의 습격을 막기 위해 길과 고속도로를 지키도록 특별한 명령을 받은 자들이었다. 그러나 기사단의 정치적 세력이 확장되고 경제적인 이권에 개입하고 재정적인 풍요로움을 누리게 되자 부패하였다. 기사단의 위협을 느끼게 되고 부패한 생활을 감지하게 된 프랑스의 필립 4세 왕은 자신의 공권력으로 기사단을 일망타진해 버린 것이다.

시편 1:1에서 "복 있는 사람은 악인들의 꾀를 따르지 아니하며 죄인들의 길에 서지 아니하며 오만한 자들의 자리에 앉지 아니하고 오직 여호와의 율법을 즐거워하여 그의 율법을 주야로 묵상하는 도다"라고 했다.

• 레오나르도 다빈치의 '최후의 만찬'과 막달라 마리아

잠언 11:12에서 "지혜 없는 자는 그의 이웃을 멸시하나 명철한 자는 잠잠 하느니라"라고 함으로서 이웃을 멸시하는 자는 지혜 없는 자요, 차라리 잠잠한 것이 명철하다고 했다.

댄 브라운(1964 미국 스릴러 소설가)은 『다빈치 코드』에서, 레오나르도 다빈치의 "최후의 만찬"의 예수님의 오른쪽 인물은 막달라 마리아라고 절묘하게 독자들을 오도함으로서 그의 지혜는 독자들을 멸시하고 있다.

『다빈치 코드』의 티빙 교수에 의하면, 예수와 막달라 마리아의 비밀을 알고 있는 레오나르도 다빈치는 '최후의 만찬'을 그리면서 예수의 오른쪽 자리에 요한이 아니라 실제로 막달라 마리아를 그렸다고 말하고. "보다시피 성배는 '최후의 만찬'에서 그대로 모습을 드러내고 있어요. 다빈치가 그녀를 눈에 띄게 포함 시켰다고 했어요.”
“잠깐만요. 당신은 성배가 여자라고 했어요. 하지만 ‘최후의 만찬’은
열세 명의 남자를 그린 그림이에요.” 소피가 말했다. 티빙이 물었다.
“그리스도 바로 오른쪽에 앉는 영광을 차지한 사람은 어때요? 소피
는 예수의 오른쪽에 앉은 인물을 면밀히 들여다보았다. 인물의 얼굴
과 몸을 살피는 동안, 내부에서 충격이 일어났다. 흐르는 듯 한 붉은
머리칼과 모아 쥔 섬세한 손, 그리고 살짝 솟은 가슴으로 보아, 의심할
여지 없는 여자였다. “‘최후의 만찬’은 열세 명의 남자를 그린 것으로
알려져 있는데, 이 여자는 누굴까?” ‘이 여자가 한손으로 교회를
박살 낼 수 있는 그런 사람이란 말인가?’ “이 여자는 누구죠?” 소피가
물었다. “막달라 마리아.” 티빙이 대답했다. 티빙은 예수의 오른쪽
인물이 수염이 없는 것을 보면 남자가 아닌 여자란 것이다.

요한의 수염 없는 여성다운 젊은 자태는 ‘최후의 만찬’ 속의 이
인물에만 유난하게 그려진 것은 아니다. 르네상스 시대 플로렌스의
주인공다운 남성은 가끔 천사 같고, 다소 여성적인 남성의 모양으로
나타난다. 이탈리아 르네상스에서 남성을 여성화된 이상형으로 그리
는 화가들은 보티첼리, 부론지노, 체리니, 기암보로나, 패루기노, 미
케렌제로 등도 있다.

1150년과 1700년 사이에 뿌리 깊은 르네상스 인본주의적인 가치
에 대한 부흥과 함께 르네상스 플로렌스 스타일의 젊은 남자를 그릴
때 남녀 양성을 나타내는 젊은이 모양의 여자 같은 나약한 인물로
그린다는 정평이 있다. 레오나르도 자신의 벽화에 있는 인물들의
배치에 대한 노트도 예수의 오른쪽에 있는 인물이 요한이라고 했다.

‘최후의 만찬’을 관찰해보면, 예수의 오른쪽에 앉은 요한은 실제

로 여자같이 나약하게 보인다. 브루스 바우처는 요한을 여성스럽게 그리는 것은 플로렌스에서는 다른 그림들에서도 그런 식으로 그린다 하고, 그 그림의 가슴이 부풀어 오른 흔적은 없는 것 같다고 했다.

요한복음에서 예수의 사랑하는 제자가 "예수의 품에 의지하여 누웠는지라… 예수의 가슴에 그대로 의지하여" 배신하려는 자가 "누구니이까"라고 물었다라고 묘사하고 있다. 예수가 사랑하는 제자는 물론 요한이다. 요한은 예수의 품에 의지하여 기댈 만큼 가까운 사이였다.

댄 브라운은 예수를 중심으로 'V'자 모양의 공간을 두며 제자들을 두 그룹으로 나누어 균형을 잡고 있는데, 'V'자 모양은 성배를 상징하고 여성의 자궁이나 거룩한 여성을 상징한다고 주장한다. 예수와 그의 오른쪽에 앉은 제자들이 'M'자 모양을 형성하고 있는데, 'M'은 아마도 막달라 마리아(Mary Magdalene)의 'M'을 나타낸다고 한다. '최후의 만찬'의 구성을 댄 브라운 식의 상징으로 말하자면, 온갖 글자로, 온갖 사람의 형상으로 상징적인 해석을 붙일 수 있다. 댄 브라운의 주장대로 'V'자와 'M'자를 상징적으로 해석한다면, 'V'는 '빈치(Vinci)'의 'V'도 가능하고, 그리고 'V'와 'M'을 합쳐서 '동정녀 마리아(Virgin Mary)'를 상징함으로서 예수는 동정녀 마리아에게서 태어났다는 것을 나타낸다고도 할 수 있으리라.

댄 브라운처럼 지혜로운 사람이 잠언 9:10의 "여호와를 경외하는 것이 지혜의 근본이요 거룩하신 자를 아는 것이 명철이니라"란 말씀을 마음에 새기기를 바라는 마음 간절하다.

49

아내는 인형이 아니라 사람이기에

헨릭 입센, 『인형의 집』
(Henrik Ibsen, *A Doll's House*)

창세기 1:27에서 "하나님이 자기 형상 곧 하나님의 형상대로 사람을 창조하시되 남자와 여자를 창조하시고"라고 하심으로서 아내는 남편을 위한 인형이 아님을 말씀하고 있다.

노르웨이의 극작가 헨릭 입센(1828-1906)은 『인형의 집』에서 아내는 인형이 아니라 사람임을 묘사하고 있다. 노라는 남편인 토발드 헬메르의 아내로서 "노래하는 종달새"요, 아름다운 "작은 다람쥐"요, "작은 낭비가"이다.

노라가 돈을 헤프게 쓰는 여인인 것처럼 보인 것은 남편 토발드의 건강 회복을 위해 꼭 필요한 일 년간 이탈리아에서의 휴양을 남편과 함께 다녀올 때 노라가 남편 몰래 여행비용을 빌린 돈을 남편 모르게 조금씩 갚고 있었기 때문이었다. 노라는 그 비용을 충당하기 위해 그 당시 죽어가는 친정 아버지의 이름을 위조해서 은행으로부터 채무를 진 것이다.

크리스마스 전날에 노라 헬메르는 크리스마스 쇼핑하느라 바빴다. 노라는 팔 년간 결혼 생활에서 돈 때문에 위축되지 않고 크리스마스 쇼핑하는 일은 처음이었다. 토발드는 "거기서 지저귀는 것은 나의 작은 종달새요?"라고 물었다. 노라는 "예, 그렇습니다."라고 답했다.
"언제 나의 작은 다람쥐는 집에 왔지요?" "지금 왔어요. 여보 내가
무엇을 샀는지 보아요." "무엇을 샀다고? 나의 작은 낭비가가 또
돈을 썼다고?" "절절매지 않고 선물을 사기는 이번이 첫 크리스마스
예요."

　토발드는 신년부터 은행 지배인으로 발령이 났기에 헬메르 가문에
는 더 이상 돈 걱정할 필요는 없게 되었다. 노라는 크리스마스트리와
세 아이들을 위해서 값싼 선물들을 샀다. 이발을 위해서는 새 옷
한 벌과 검(칼)을, 밥을 위해서는 말과 나팔을, 엠미를 위해서는 인형
과 침대를 샀으며, 하녀들을 위해서는 긴 옷과 손수건을 샀으며,
그리고 노라 자신이 좋아하는 마카롱 과자도 샀다. 토발드는 로라가
마카롱을 먹는 것을, 이빨이 상한다고, 좋아하지 않았다. 토발드는
"돈 잘 쓰는 당신은 무엇이 필요해요?"라고 물었다. 노라는 "돈이
요."라고 했다. 토발드는 아내 노라를 극진히 사랑했지만, 마치 아버
지가 딸에게 하는 것처럼 노라를 마음에 드는 인형처럼 취급하는
것이었다.

　실제로는 노라는 인형이 아니라, 부인으로서의 사랑과 희망과 두
려움을 가진 여인이었다. 그 증거로서, 노라는 칠 년 전에 첫 번째
아기를 가진 후에, 토발드는 주야로 너무나 과로한 결과 병들게 되었
다. 의사들은 토발드가 남쪽 지방인 이탈리아로 가서 휴양하지 않으
면 죽는다고 했다. 일 년간 휴양 비용은 250파운드였다. 노라는 절망
적이었다. 왜냐하면 토발드는 돈을 빌리기보다는 차라리 죽는 것이
좋겠다고 하기 때문이었다. 친정아버지에게 도움을 요청할 수도 없
었다. 그는 노환으로 죽어가고 있었기 때문이다. 노라는 남편의 생명

을 구하기 위하여 친정아버지의 이름으로 위조 서류를 작성하여 고리대금업자인 크로그스타드로부터 250파운드를 빌렸다.

크로그스타드는 가혹한 인간이기에 노라는 정규적으로 빚을 갚아야만 했다. 남편이 옷값을 주면 헐한 옷을 사서 입고 돈의 반은 빚 갚는 데 사용했으며, 남편 몰래 대서하는 일도 했다. 남편은 장인께서 도와준 줄만 알았다.

크로그스타드는 토발드가 지배인이 되는 은행에 근무하고 있었기에, 이 기회를 이용하여 승진할 계획을 짜고 있었다. 토발드는 크로그스타드를 해고할 작정이었다. 크로그스타드는 서류를 위조한 적이 있었기 때문이다. 그때 노라의 옛 동창생이며, 자녀도 없이 과부가 된 지 삼 년 된 크리스틴 린드 부인이 찾아와서 은행에 취직하기를 원했다. 토발드는 크로그스타드를 해고하고 크리스틴을 채용할 계획이었다.

크로그스타드는 이런 사실을 알고서 노라를 찾아와서 만일 자기를 해고한다면 노라와 노라의 남편을 파멸시켜 버리겠다고 협박했다. 그는 노라의 친정아버지가 서명한 은행의 차용증서는 친정 아버지가 사망한 삼일 후의 날짜이기에 노라가 위조했음을 알고 있다고 했다. 놀란 노라는 남편에게 크로그스타드를 해임하지 말 것을 간절히 부탁했다. 토발드는 노라의 부탁을 쌀쌀하게 거절하고, 크로그스타드를 해고한다는 서류를 발송한다. 크로그스타드는 노라의 위서 내용을 상세히 기술한 편지를 토발드에게 알리기 위해 헬메르 집 우편통에 집어넣었다.

토발드는 마치 휴일을 즐기는 듯한 기분을 내고 있었다. 노라가 무도회에서 남이탈리아 풍의 활발한 타란텔라 춤을 추게 되어있었기 때문이다. 노라는 남편이 우체통에 가지 못하게 하도록 타란텔라 춤 연습을 하는 동안 남편에게 피아노를 쳐달라고 했다. 노라는 춤 연습을 하면서 어떻게 해야 할지 궁리하고 있었으나 절망적이었다.

과부가 된 크리스틴 린드 부인과 크로그스타드는 옛날 서로 사랑하는 사이였다. 노라는 크리스틴에게 부탁하여 크로그스타드의 마음을 돌리게 해달라고 부탁해 놓았다. 크리스틴은 최선을 다해보겠다고 했다. 노라는 자살해 버릴까 하는 생각도 했다.

헬메르 집 위층에서 무도회의 밤은 환상적으로 진행되고 있었다. 크리스틴은 헬메르 집 아래층 응접실에 혼자 앉아 있었다. 그때 크로그스타드가 크리스틴의 쪽지를 받아보고 찾아왔다. 그는 난파선의 잔해에 매달려 있는 신세라고 한탄했다. 크리스틴도 같은 형편에 있다고 했다. 크리스틴은 같은 처지에 있는 두 사람이 서로 돕는 것이 어떠냐고 말하고, 자기는 보람 있는 삶을 영위하기 위해 일자리가 필요하고 자기는 언제나 크로그스타드를 믿는다고 했다. 크로그스타드도 옛날 사랑했던 크리스틴과 결합하기를 원한다고 하여 둘은 함께 살기로 한다. 크리스틴은 크로그스타드에게 토발드에게 보낸 편지를 돌려받으라고 하고는 헬메르의 집을 빨리 떠나라고 한다.

무도회가 끝나고 토발드와 노라가 아래층으로 내려오자, 하녀가 크로그스타드의 편지를 가지고 와서 노라에게 주려고 하자, 토발드가 그 편지를 받아 읽는다. 토발드는 편지를 읽고서 "불쌍한 인간, 무슨 짓을 했어요?"라고 한다. "저 때문에 고통을 느낄 것 없어요. 당신이 책임질 일은 아니에요." "나에게 설명을 해 봐요. 무슨 짓을 했는지 알겠어요? 대답해 봐요." 노라는 남편의 얼굴을 냉정하게 쳐다보면서 "이제 철저히 알기 시작한다고요."라고 했다. 토발드는 흥분된 어조로 말한다. "무서운 각성이군! 지난 팔 년 동안 나의 기쁨이요 자랑인 그 여자가 위선자요, 거짓말쟁이요, 더욱더 나쁜 것은 범죄자라니! 말할 수 없이 추하다고! 창피해! 미리 알았어야 했는데. 당신 아버지의 모자라는 근본이 당신에게 나타났어. 종교도 없고, 도덕도 없고, 의무감도 없고. 나는 모든 것을, 당신을 위해 했는데. 이것이 당신이 나에게 보답하는 거구면." "그래 그렇게 되었어요." "노라 당신이 나의 모든 행복을 파괴했어. 나의 모든 미래를 파괴했어. 끔찍해! 나는 그 파렴치한 자의 힘에 잡혔군. 그자가 원하는 대로 해야 하니. 분별없는 여자 하나 때문에 내가 비참한 심연에 빠져야 한다니!" "제가 없어지면, 당신은 자유로워질 것이요." "입 다물어요. 당신이 없어진다고 무슨 소용이 있겠어. 소문은 퍼져나가기 마련이요. 당신은 내 집에 남아 있어요. 그러나 아이들을 돌보는 것은 허가하지 않겠어요."

그때 초인종이 울린다. 토발드는 "이 늦은 밤에 누구란 말이야. 노라, 당신 숨어요. 아프다고 할 터이니"라고 한다. 노라는 움직이지 않고 서 있었다. 하녀가 들어와서 "사모님께 편지가 급히 왔어요."하고 편지를 전한다. 토발드가 편지로 받아 읽는다. 크로그스타드는 모든 것을 취소하겠다는 간단한 말과 함께 노라의 위조 편지를 보내왔다. 토발드는 "노라, 이제 살았다고. 우린 살았다고. 모든 것이 나에겐 하나의 꿈이었어."라고 하고는 그 위서를 난로에 집어넣어 태워버린다. "노라, 내가 당신을 용서한 것을 믿을 수 있겠어요. 당신은 나를 사랑했기 때문에 한 일이요." "예 그랬어요." "당신은 나를 사랑해서 한 일이요. 당신이 판단한 방법의 지혜가 충분하지는 못했지만. 노라, 나는 당신을 용서할 것을 맹세하오."

노라는 말한다. "나는 당신의 인형의 아내였어요. 아빠의 인형의 딸이었던 것처럼. 아이들은 나의 인형들이었고. 우리의 결혼도 재미있는 놀이였어요. 놀이는 끝났어요. 아이들 기를 자격이 없다고 했지요?" "화가 나서 한 소리요." "정말, 당신 말이 전적으로 맞아요. 이제 나는 집을 떠날 거요." "정신 나갔어요! 내가 허락하지 않을 거요!" "내일 나의 옛날 집으로 갈 거예요." "이 어리석은 여자! 집과 남편과 자식들을 버리다니. 사람들이 무엇이라고 말할지 생각해 봤어?" "나는 나에 대한 의무가 있어요." "당신은 내 아내요. 아이들의 어머니요." "나는 더 이상 그런 것은 믿지 않아요."

노라는 처음으로 남편의 실체를 알게 되었다. 이기적이고 허세 부리는 위선자는 가정에서 부인 노라의 지위는 전연 고려하지 않고 있다는 것을 알게 되었다. 노라는, 토발드의 이기적인 허영심에 아첨하는 인형이 아니라, 정당한 인간이 되어, 세상을 이해하고, 여인이 되려고 한다는 것을 선언한다. 노라는 돌이키지 않을 최종 선언을 하고서 인형의 집의 문을 꽝 닫고 나와 버렸다.

창세기 2:18에서 "여호와 하나님이 이르시되 사람이 혼자 사는 것이 좋지 아니하니 내가 그를 위하여 돕는 배필을 지으리라"라고 하셨다.

50

가짜들의 세상

세린저, 『호밀밭의 파수꾼』

(J. D. Salinger, *The Cather in the Rye*)

로마서 1:27에서 "그와 같이 남자들도 순리대로 여자 쓰기를 버리고 서로 향하여 음욕이 불 일듯 하매 남자가 남자와 더불어 부끄러운 일을 행하여 그들의 그릇됨에 상당한 보응을 그들 자신이 받았느니라"라고 함으로서 사람들이 이상한 행동에 몰입하게 된 것을 지적하고 있다.

미국 소설가 샐린저(1919-2010)는 『호밀밭의 파수꾼』(1951)에서 사춘기의 고등학교 학생인 홀든 코울필드(Holden Caulfield)가 정서적으로 복잡한 상황 가운데서 순진성을 상실하고 기괴한 일에 물들게 되는 과정을 묘사하고 있다.

그의 어머니는 허약하고 신경질적이고, 그의 아버지는 사업에만 몰두하여 아들과 대화를 나눌 시간도 없었다. 홀든은 사춘기 청소년에게 필요한 부모와의 대화도 거의 없었다. 그가 다니는 펜실베이니아주의 펜시 고등학교 경영자들도 기부금을 많이 내는 사람들을 환대하고, 교장 선생님은 부자들에게 아부하기 일쑤였다.

홀든은 부모에게도 학교 당국에도 관심을 받지 못한 데다가, 4과목에 낙제 점수를 받게 되었다. 홀든의 눈에는 사회는 "엉터리(phony,

가짜)”들로 가득 찬 것 같았다. 그래서 그는 “엉터리” 세계로부터 멋진 해방을 찾으려 하였다. 홀든은 자기를 이해해 줄 사람이 필요했으나, 학교에선 찾을 수 없었다. 역사 선생님은 훈시는 잘하나 문제 해결에 친절하게 도움을 주지 못했다. 친구들은 여드름이나 짜고, 머리칼 손질이나 하고, 섹시한 여학생과 데이트하는 데만 관심이 있었다. 4과목이나 낙제하여 고민하는 친구가 어떤 처지에 있는지 전혀 관심을 주지 않았다. 홀든의 친구 제임스 케슬이 학생 깡패들에게 몰려 높은 기숙사 건물에서 뛰어내려 죽었는데도, 부잣집 학생들이 관련되었기에 처벌도 하지 않고 슬쩍 사건을 얼버무려 버렸다.

홀든은 창밖을 쳐다보면서, “나는 갑자기 너무나 외로워졌어. 나는 거의 죽고 싶었어. 기분이 나쁘단 말이야. 내가 제기랄 너무 외롭단 말이야.”라고 소외된 자의 고독감을 토로했다.

홀든은 자기 주변의 세계로부터 접속에 끊긴 것처럼 느껴져서 소외감을 느끼게 되고 그래서 사람들과 의미 있는 접촉을 형성하기 위해 버둥거렸으나 의미 있는 만남을 가질 수 없었기에 고립된 감정을 갖게 되었다.

홀든은 학교를 떠나 뉴욕의 어느 호텔에 들어갔는데, 호텔의 엘리베이터 아저씨가 “아가씨 한 명 불러 줄까요?”라고 했다. 기분도 언짢고 얼떨결에 좋다고 대답했다. 창녀가 들어오자, 어떻게 할 바를 몰라, 자기의 속을 시원히 털어놓고 싶어서, 앉아서 이야기만을 나누고, 처음 약속대로 5달러를 주었다. 창녀는 10달러를 달라고 우겼다. 홀든이 못 주겠다고 버티자, 창녀는 엘리베이터 아저씨를 데리고 와서 홀든을 실컷 패주고 또 돈까지 빼앗아 갔다. 홀든의 눈에는 “엉터리” 사회의 어두운 상황을 보는 것 같았다.

홀든은 호텔을 빠져나와 여자 친구인 셀리 헤이예스에게 전화하여 오후에 극장 데이트를 하게 되었다. 홀든은 셀리에게 먼 숲속으로 함께 도망가자고 간청했다. 셀리는 쌀쌀한 태도로 학교는 지겹긴 하지만 대학을 마친 후에 결혼하여 훌륭한 곳으로 가고 싶다고 하면서 가버린다.

홀든은 옛날 친구인 칼 루스를 불러 신상 문제를 의논했다. 칼은 쌀쌀하게 더 이상 토론하기를 피하면서, 정신병 의사에게 가보라고 한다.

홀든은 마지막으로 존경하는 안토리니 선생님을 찾아갔다. 이 선생님은 제임스 켓슬이란 학생이 기숙사에서 투신자살했을 때 학생의 시신을 안고 간 학생들을 헌신적으로 돌보는 선생님이었다. 안토리니 선생님은 교육은 끝까지 받아야 장래를 위해 좋을 것이란 이야기를 하고는, 잠자리를 마련하면서 홀든이 휴식하기를 친절히 권유했다.

홀든은 소파에서 곤히 잠들었다가, 무엇인가 이상하여 깜짝 놀라 깨어보니, 안토리니 선생님이 홀든의 머리를 쓰다듬으면서 이상한 짓을 하는 것이었다. 홀든은 선생님이 동성연애자인 것을 알고는 뛰어 일어나 도망쳐 버린다. 훌륭하다고 생각되었던 선생님이 이상한 성적 괴벽인 것을 보고, 사회는 완전히 "엉터리(가짜)" 인간들로 가득 차 있는 것 같이 보였다.

홀든은 친구들과의 잘못된 관계에서 그리고 안토리니 선생님에게서 동성연애의 괴벽 성을 보고서 다른 사람들에 대해 계속적인 판단을 하게 되었다. 그 결과 그의 냉소주의적이고 자기방어적인 구조는 오히려 그의 고독과 소외의 다른 사람들을 향한 비판적 태도에도 불구하고 홀든은 인간관계를 간절히 원함과 상호 관련성을 갖기를 원하는 것은 인간은 친교와 이해를 위한 깊은 만남의 필요성을 나타내고 있다.

홀든은 멀리 도망가기 전에 그의 여동생 피비를 만나 계획을 이야기했다. 순진한 여동생은 큰 트렁크를 질질 끌면서 홀든을 따라가겠다고 한다. 홀든은 여동생의 진정한 관심과 순수한 사랑에 감동되었다. 그러나 홀든은 여동생 피비에 대한 책임을 질 수 없었다. 피비가 학교에서 갖게 될 여러 가지 좋은 기회를 빼앗기를 원하지 않았다. 학예회 때 피비가 연극에 참가하게 되어 있었다. 홀든은 피비를 위해서 집으로 돌아가기로 결심한다.

집으로 가기 전에 홀든은 피비를 데리고 박물관에 견학하기로 한다. 홀든은 박물관 여기저기에 음탕한 낙서를 보게 된다. 피비가 다니는 학교에도 음탕한 낙서가 있다는 것을 듣고 홀든은 놀라고 실망한다. 홀든은 이제야 세상에서는 멋지고 평화로운 곳은 찾을 수 없음을 알게 된다. 홀든은 여동생 피비의 순진성을 보호해야겠다는 관념에 사로잡혀 있게 된다. 홀든은 어린 시절을 순수하고 오염되지 않는 것으로 이상화했다. 홀든은 어린 시절의 단순성과 성인 시절의 복잡성 사이의 갈등에 잡혀있는 가운데서 그가 어디에 속했느냐에 대한 자리를 찾으려고 하는 것이 이 소설의 중심 갈등이다.

집에 오는 도중에 홀든은 피비를 데리고 회전목마를 타기로 한다. 아이들이 회전목마를 타고 빙빙 돌면서 '금색 바퀴'를 잡으려고 애를 쓴다. 홀든은 피비가 금색 바퀴를 잡으려다 떨어지면 어쩌나 염려하면서도 가만히 두고 본다. 홀든은 인간 행위를 있는 그대로를 받아들이게 된다. 홀든은 자기가 피하려던 바로 그 거짓되고 "엉터리” 세계에 참여하고 있음을 알게 된다.

홀든의 딜레마는 그가 생존하고 있는 세계의 “엉터리 짓거리”를 보는 한편, 애정이란 인간 유대를 통해 “엉터리” 세계가 연결 지어져 있다는 것을 알게 되는 데 있다. 이제 홀든은 자신의 이상주의가 이기적인 데서 나온 것임을 알게 된다. 완전한 순진함과 평화의 세계는 죽은 동생 엘리나나 죽은 친구 제임스 케슬의 세계임을 알게 된다. 자연박물관에 전시되어 있는 ‘미라’는 평화와 영원을 상징한다고 하지만, 거기에 적혀 있는 음탕한 낙서들도 무의미하지만 하나의 삶의 단면임을 알게 된다.

홀든은 우울증, 고뇌, 정신적 충격의 징세를 나타낸다. 특별히 그의 동생 엘리나의 죽음에 관계되어 그는 정신적 고뇌를 갖게 된다. 홀든의 지적 건강을 이해하기 위해서 홀든의 괴상한 행동과 내적 투쟁을 이해하는 것이 필요하다. 홀든의 시각에서는 어른들의 세계는 파상적이고 위선적인 “가짜(phony)”의 세계이다. 홀든은 자기가 누구이냐 하는 정체성과 자기가 어디에 속했는가 하는 소속감을 위한 탐구가 필요했다.

홀든은 세계를 있는 그대로 받아들인다. 그런 다음에라야 홀든은 비로소 인간은 격리되고 소외된 존재가 아니라는 것을 인식하게 된다.

회전목마의 ‘금색 바퀴’는 인생의 약속을 암시한다. 어떤 아이들은 바퀴를 잡으려다 말에서 떨어지듯, 경험 부족과 세상 악에 의해 패배할 것이고, 어떤 아이들은 ‘금색 바퀴’를 따지 못하듯, 인생의 약속을 성취하지 못하고, 그리고 어떤 아이들은 ‘금색 바퀴’를 따듯, 인생에 성공을 거두리라.

이 모든 것은 삶의 한 조건임을 홀든은 인식하게 된다. 홀든이 세상을 있는 그대로 받아들였을 때, 그는 비로소 엘리베이터 아저씨 모리스도, 자기에게 돈을 뜯어낸 창녀도, 수많은 친구와 사람들도 좋게 볼 수 있었고, 그리고 자기 여동생을 보고 "그녀는 정말 너무 근사하게 보여!"라고 말할 수 있었다. 이때야 비로소 홀든은 '호밀밭의 파수꾼'의 역할은 필요 없음을 깨닫게 된다. 작가 셀린저는 삶을 있는 그대로 받아들이면서 서로를 사랑하면서 인류애를 가지고 살아가자는 것이다.

예수님은 간음한 여인을 돌로 치려는 군중들을 향해 "너희 중에 죄 없는 자가 먼저 돌로 치라 하시고" 여인을 향하여 "나도 너를 정죄하지 아니하노니 가서 다시는 죄를 범하지 말라"라고 하셨다. 그리고 예수님을 3번이나 부정한 베드로를 향해 3번이나 "시몬아 네가 나를 사랑하느냐?" 물으시고, "내가 주님을 사랑하는 줄 주님께서 아시나이다"라고 대답하는 제자에게 "내 양을 먹이라"라고 하셨다(요 21:15-17). 예수님은 십자가에 함께 달린 강도가 "예수여 당신의 나라에 임하실 때에 나를 기억 하소서"라고 하니, 예수님은 "내가 진실로 네게 이르노니 오늘 네가 나와 함께 낙원에 있으리라"라고 하셨다(눅 23:42-43). 예수님은 정말 멋있는 분이시다.

51
헌신적인 사랑과 이기적인 사랑

앙드레 지드, 『전원교향악』
(Andre Gide, *La symphonie Pastorale*)

요한복음 15:12에서 예수님은 "내 계명은 곧 내가 너희를 사랑한 것 같이 너희도 서로 사랑하라 하는 이것이니라"고 하셨다.

프랑스의 소설가 비평가 앙드레 지드(1869-1951)(1947년 노벨 문학상 수상)는 『정원교향악』(1919)에서 목사님은 눈먼 고아 소녀 제르트뤼드를 헌신적인 사랑으로 길러내는 것을 마치 베토벤의 교향악이 시골 전원이 주는 편안함과 특별한 애정의 표현으로 연주하는 것처럼 아름답게 그리고 있다.

라브레베이 교회 목사는 죽어가는 불쌍한 노파가 있으니 급히 와 달라는 연락을 받고 마차로 달려갔다. 죽은 노파에게는 눈먼 계집아이 조카딸이 있었다. 그 눈먼 딸은 열댓 살 되는데, 바보요 말도 알아듣지도 못했다. 목사님은 꿇어앉아 기도를 드린 후, 그 아이를 데리고 가야겠다는 결심을 했다.

목사님은 그 애를 마차에 태웠다. 그 애의 얼굴은 꽤 아름다웠다. "주여, 굽어살피시어 내 사랑으로 하여금 이 영혼 속에서 무서운 암흑을 물리칠 수 있게 하소서."

그날 밤 목사님의 사모 아멜리는 "아니, 또 무슨 짐을 맡아 가지고 오는 거예요?"라고 했다. 계집 아이에게 이가 우글거렸다. 아이들은 무슨 일인가 하고 놀라 입을 벌린 채 그대로 서 있었다. 자녀들은 자크와 사라와 두 어린 동생이 있었다. 목사님은 "나는 길 잃은 양을 데리고 왔소."라고 했다.

제르트뤼드의 처음 몇 차례의 미소에 목사님은 모든 고된 수고가 백배로 보상받은 것 같았다. 목사님은 자기 아이들 중 어떤 아이의 웃음도 소경 딸아이의 웃음만큼 순결한 기쁨으로 넘치게 한 적은 없었다고 생각했다.

목사님은 제르트뤼드에게 더운 것, 찬 것, 단 것, 쓴 것, 거친 것, 부드러운 것을 가르쳤다. 목사님은 그 아이를 데리고 자연 속으로 들어가서 새들의 소리도 듣게 했다. 그녀는 "나는 새처럼 즐거워요." 라고 했다. "땅은 새들이 노래하는 것처럼 아름다운가요? 저는 새들 이 말하는 것을 모두 알아들을 수 있는 것 같아요."라고 했다. 가끔 그녀의 질문은 목사님을 놀라게 했다.

목사님의 아들 자크가 신학 대학에 다니다가 크리스마스 휴가 동안 스케이트를 타다가 넘어져서 팔이 부러졌다. 의사 마르탱이 쉽게 팔을 붙여놓았다. 치료하는 동안 자크는 집에서 제르트뤼드에 게 관심을 가지고 그녀의 읽기 공부를 도와주었다. 제르트뤼드는 눈에 띄게 진보했다.

그녀의 지력은 걸음도 채 배우기 전에 뛰기 시작하는 것과 같았다. 그녀는 자기의 의사를 표현하게 된 것이 어찌나 빨랐던지 감탄하지 않을 수가 없었다. 목사님은 그녀를 음악 연주회에 데리고 가서 악기 들의 음색에 대해 가르쳐주었다. 목사님은 붉은 빛과 오렌지 빛은 호른과 트롬본의 음색과 비슷하고, 노랑과 초록은 바이올린, 첼로,

콘트라베이스의 음과 비슷하다는 등 색깔과 음질에 대해 가르쳐주었다. 색에 대한 개념, 빛과 열에 대한 개념도 알려주었다. 목사님은 그녀의 현명함에 감탄하여 그녀를 끌어다 키스했다. 제르트뤼드는 "제가 예쁘게 생겼어요?"하고 갑작스러운 질문을 했다.

제르트뤼드의 배우는 속도는 놀랄 만큼 빨랐다. 그녀는 책 읽기에 몹시 욕심을 부렸다. 아들 자크가 풍금 앞에 그녀 옆 의자에 앉아서 그녀의 손을 잡아 건반 위로 인도해 주면서 풍금 치는 것을 가르쳐 주었다. 자크는 갑자기 시계를 보드니 "이제 가야겠어. 아버지가 곧 돌아오실 테니."라고 했다.

자크는 방학 동안 친구와 알프스 산봉으로 여행을 가기로 계획했는데, 갑자기 집에 있겠다고 했다. 목사님은 자크에게 비꼬듯이 "너는 집에서 할 일이 생긴 모양이지?"라고 물었다. 자크는 아버지를 쳐다보기만 했다. 아버지와 아들은 다투기 시작했다. "네가 제르트뤼드의 깨끗한 영혼을 어지럽히는 것을 보기보다는 차라리 다시는 너를 안 보는 편이 났겠다. 나는 제르트뤼드에 대해 책임을 지고 있다. 이제부터 그 애에게 말을 걸고, 그 애를 만지고 보고하는 것을 절대로 금한다." 목사님은 화가 머리끝까지 치밀었다. 목사님에게 피그말리온 현상이 나타나기 시작했다.

"아버지께서 제르트뤼드를 아끼는 만큼 저도 아끼고 있다는 것을 믿어주십시오. 저는 제르트뤼드를 사랑합니다. 제르트뤼드의 의지가 되고, 남편이 되는 것이 제가 그녀에 대해 가진 생각입니다."

목사님은 자크를 뜰 안쪽으로 끌고 갔다. "제르트뤼드에게 네 마음을 고백했느냐?" "아뇨. 저의 사랑을 깨닫고 있을는지는 모릅니다." "그 애에게 결혼 이야기는 절대로 하지 마라." "전 아버지 말씀에 순종하겠습니다."

목사님은 아멜리 사모에게 자크가 제르트뤼드를 사랑한다는 것과 결혼하고 싶어 한다는 이야기를 솔직히 말했다. 사모는 "나는 그 애가 우리 집에 있는 걸 처음부터 반대했지 않아요?"라고 했다. 목사님은 사모에게 제르트뤼드를 눈먼 계집아이들을 돌보는 루이즈 M양에게 맡기는 것이 좋겠다고 했다. 사모는 "가엾은 양반."하고 방을 나가버렸다. 목사님은 매일 그녀를 만나러 갔다. 부활절에 제르트뤼드는 첫 성찬식을 받았다. 사모와 자크는 성찬식에 참석하지 않았다.

목사님은 날씨가 좋은 날, 제르트뤼드를 산 기슭으로 데리고 갔다. 목사님은 알프스 산이 보인다고 했다 "자크가 가는 곳이 저기예요?" "내일 떠날 예정이지. 그 애가 그러던?" "그런 말 없었어요. 그렇지만 전 알고 있어요. 오랫동안 나가 있겠지요?" "그이는 떠나기를 싫어하더군요." "그래? 그 애가 널 사랑한다고 했니?" "그런 말은 안 했어요. 그렇지만 말하지 않아도 전 그걸 알아요. 그래도 자크는 목사님만큼은 절 사랑하지 않아요. 제가 사랑하는 건 목사님이라는 걸 잘 아시면서…" 목사님은 제르트뤼드의 완전한 행복은 죄를 조금도 모르는 데서 오는 것이고, 그녀 안에는 오직 밝음과 사랑밖에는 없다고 생각했다.

루이즈 M양은 제르트뤼드에게 춤과 파이프 오르간을 가르쳐주었다. 제르트뤼드는 주일마다 오르간을 맡아 찬송가에 짧은 전주곡까지 붙여 칠 수 있게 되었다. 목사님의 아이들도 제르트뤼드를 좋아한다. 목사님은 제르트뤼드와 밖으로 나가 산책을 했다. 목사님은 꽃을 꺽어서 그녀의 모자에 꽂아주었다. 그때 그녀는 별안간 "자크가 아직도 절 사랑하고 있다고 생각하세요?"라고 물었다. "단념한 모양이더라.” “하지만 목사님이 절 사랑하시는 걸 그이가 알고 있을까요?” “제르트뤼드야, 내가 너를 사랑한다는 것은 세상 사람이 다 아는 사실이 아니냐?” 목사님은 그녀를 오랫동안 껴안고, 입을 맞추었다. 그녀는 조금도 뿌리치지 않았다.

의사 마르탱과 의논하여 로잔에 있는 안과 전문의 루 박사에게 제르트뤼드의 눈 검사를 받았다. 수술할 수가 있다고 했다. 제르트뤼드는 로잔의 병원에 입원했다. 의사 마르탱에게서 수술이 성공했다는 편지가 왔다. 목사님과 모두는 제르트뤼드가 마차를 타고 오는 것을 기다리고 있었다.

M양의 말에 의하면, 제르트뤼드가 시냇가를 따라 걸으면서, 잔뜩 우거진 물망초를 따려고 하다가 갑자기 발을 헛디뎌서 얼음같이 찬물에 빠졌다는 것이다. 의사 마르탱이 혼수상태의 제르트뤼드를 겨우 소생시켜 놓았는데, 폐충혈을 일으키지나 않을까 염려하고 있다고 했다. 목사님은 그녀를 찾아갔다. “목사님은 손재주가 좋으시니, 꽃다발을 만들어 여기 침대 옆에 놓아주시고 다시 오세요.” 목사님이 물망초 꽃다발을 가지고 갔을 때 그녀는 잠들어있었다. 목사님은 그녀 곁에 서 있었다.

“아무래도 저는 죽을 것만 같아요. 다 털어놓겠어요. 오늘 아침 저는 목사님께 거짓말을 했어요. 꽃을 따려던 게 아니었어요. 자살하려고 했어요. 용서해 주시겠어요?” 목사님은 그녀의 가냘픈 손을 잡은 채 침대 옆에 털썩 무릎을 꿇었다. “제가 목사님 곁으로 돌아왔을 때 깨달은 것은, 제가 목사님 가운데 차지하고 있는 자리가 사모님의 것이고, 그분은 서러워하고 있다는 것을 깨달았어요. 그냥 저를 떠나게 놓아두시고 그분을 다시 기쁘게 해드리세요.” 목사님은 그녀의 손을 와락 잡아 입 맞추면서 눈물로 뒤덮었다.

"목사님이 제 눈을 보이게 해주셨을 때, 저는 정말 아름다운 세상을 발견했어요. 해가 이렇게도 밝고, 하늘이 이다지도 넓은 줄은 상상도 못했어요. 목사님 집에 돌아왔을 때 제가 처음 본 것은 우리들의 죄였어요." 바울은 "전에 율법을 깨닫지 못했을 때에는 내가 살았더니 계명이 이르매 죄는 살아나고 나는 죽었도다"했어요. "누가 그 구절을 읽어주었니?" "자크예요. 그이가 가톨릭으로 개종한 걸 알고 계세요? 제가 자크를 보았을 때, 곧 제가 사랑하던 건 목사님이 아니고 자크였다는 것 알았어요." "그이는 성직에 들어간걸요."라고 하고서 그녀는 몸부림치며 흐느껴 울었다. "나가주세요. 목사님은 더 이상 견딜 수 없어요."

제르트뤼드는 밤새도록 헛소리를 하다가 해 뜰 무렵에 죽었다. 제르트뤼드의 임종 후 몇 시간 후에야 자크가 도착했다. 자크는 목사님에게 제르트뤼드가 가톨릭으로 개종한 것을 알려주었다.

야고보서 1:15에서 "욕심이 잉태한즉 죄를 낳고 죄가 장성한즉 사망을 낳느니라"고 하시고, 베드로전서 4:8에서는 "무엇보다도 뜨겁게 서로 사랑할지니 사랑은 허다한 죄를 덮느니라"고 했다.

52

불륜 행위를 통한 희열감

레오 톨스토이, 『안나 카레니나』

(Lep Tolstoy, *Anna Karenina*)

출애굽기 20:14에서 "간음하지 말라"라고 하고, 갈라디아서 5:19에서 "육체의 일은 분명하니 곧 음행과 더러운 것과 호색과"라고 함으로서 성적인 죄는 육체의 죄로서 조만간 나타나고 숨기지 못할 것임을 말씀하고 있다.

러시아 소설가 레오 톨스토이(1828-1910)는 『안나 카레니나』에서 기혼녀인 안나 카레니나와 브론스키 백작과의 불륜의 관계는 비밀리에 진행되더라도 결국 세상에 알려지고 파괴적인 힘으로 작용함을 말하고 있다.

부자요 씩씩한 고급 장교인 알렉세이 키릴로비치 브론스키 백작은 페트르부르크 철도역으로 어머니(브론스카야 백작 부인)를 마중 나갔다가, 그곳 계단에서 향락을 즐기는 귀족인 오블론스키 스티바를 만나게 된다. 스티바는 같은 기차를 타고 도착하는 여동생 안나 카레니나를 맞이하러 나왔다.

브론스키는 차장의 안내로 객차 안으로 들어가다가 기차에서 내리는 귀부인에게 길을 내주기 위해 입구에서 잠깐 멈춰 섰다. 사교계의 절도가 몸에 밴 브론스키는 겉모습만 힐끗 보고도 그녀가 상류층 귀부인임을 확신할 수 있었다. 그는 묵례하고 객차 안으로 들어가려 했지만, 그녀의 다정다감하고 유난히 상냥하면서도 부드러운 표정 때문에 한 번 더 그녀를 돌아보았다. 그녀도 역시 고개를 돌렸으며, 그를 알아보는 것 같았다.

브론스카야 백작 부인(브론스키의 어머니)은 그 귀부인에게 "오라 버니를 찾았나요?"라고 물었다. 그제야 브론스키는 그 여인이 안나 카레니나 부인임을 기억했다. 브론스키는 "당신 오라버니는 여기 있습니다."하고 말했다. 안나 카레니나는 오라버니를 보자마자 기 차에서 내려, 우아한 동작으로 스티바 오빠의 목에 왼팔을 두르고 재빨리 자기 쪽으로 당겨 힘차게 키스했다. 브론스키는 눈을 떼지 못하고 그녀를 바라보고 빙그레 웃었다. 백작 부인은 아들 브론스키 에게 "정말 사랑스럽지? 기차를 같이 타고 왔단다. 여덟 살 먹은 아들이 있단다."라고 했다. 안나와 브론스키는 악수했다. 이렇게 해 서 안나가 브론스키를 처음 만나게 된 것은 현대화의 상징인 기차에 서였다. 그녀는 제법 풍만한데도 그녀의 육체는 신기할 만큼 가볍게 움직였다.

갑자기 몇 사람들이 공포에 질린 얼굴로 역장과 함께 뛰어갔다. 한 경비원이 선로 바꾸는 작업을 하다가 실수하여 기차에 치인 것이 다. 브론스키와 스티바는 훼손된 시신을 보았다. 이 불길한 징조는 마치 안나와 브론스키의 비극적인 앞날을 예시하는 듯도 했다.

모스크바에서 무도회 날이었다. 브론스키 백작은 자기와 결혼할 상대인 매력적인 셰르바츠카야 키티와 왈츠를 추었으며, 안나 카레 니나와도 왈츠를 추었다. 안나는 러시아 고급 장교인 알렉세이 카레 닌의 부인이며 8세 된 아들 세료자가 있었다. 브론스키는, 5명의 젊은이의 신청을 거절하고 기다리는 키티는 외면 한 채 안나하고만 계속 추었다. 안나는 담백한 검은 드레스를 입고 풍만한 매력으로 브론스키와 춤을 즐기면서, 내일 페테르부르크로 떠나야 한다고 말했다. 안나는 모스크바를 떠난다는 전보를 남편에게 보냈다.

브론스키는 모스크바로부터 안나를 따라갔다. 눈보라가 맹렬히 치는 날이었다. 안나는 좌석에 앉아 무도회를 상기하자 브론스키가 사랑에 빠진 눈으로 쳐다보는 얼굴이 떠올랐다. 그때 바로 옆에서 군인 외투를 입은 사람이 흔들리는 불빛을 가로막았다. 브론스키였다. 안나는 대단히 기쁜 표정을 지었다. 브론스키는 "안나 당신이 있는 곳에 있고 싶어서 가는 겁니다. 그러지 않고는 견딜 수가 없으니까요."라고 했다. 이제 안나에게는 무서운 눈보라가 더 멋지게만 느껴졌다. 이들 두 남녀는 처음 만나는 순간부터 그들의 마음속에 서로를 향해 음욕을 품음으로써 간음을 시작한 것이다(마 5:28).

페테르부르크에 도착하자, 역장이 그녀의 남편을 공손하게 안내해 들어오고 있었다. 안나는 남편 카레닌을 만나자, 불쾌한 감정이 가슴을 짓눌리는 것을 느꼈다. 안나는 "우리 아들 세료자는 건강한가요?"라고 물었다. 카레닌은 "건강하오."라고 답했다. 골반 전체와 둔한 다리를 흔들며 걷는 카레닌의 걸음걸이가 특히 브론스키에게 혐오감을 주었다. 브론스키는 그들이 만나는 위선에 가까운 장면을 보고서, 안나가 남편 카레닌을 사랑하지 않는 것을 볼 수 있었다. 안나는 남편에게 "브론스키 백작이에요."라고 소개했다. 브론스키는 안나에게 "댁을 방문하는 영광을 가졌으면 합니다."라고 했다. 카레닌은 피로한 눈으로 브론스키를 쳐다보았다. 안나가 집에 도착하자, 아들 세료자는 신뢰와 사랑에 가득 찬 시선으로 뛰어와 어머니 목에 매달렸다.

브론스키와 안나는 브론스키의 사촌인 벳시 크베르스카야 공작부인 집에서 자주 만났다. 브론스키는 안나를 만날 수 있는 곳이라면 어디든지 나타났으며, 기회만 되면 안나에게 사랑을 고백했다. 안나와 브론스키의 사랑 행각은 거의 눈에 띄지 않고 진행되었다. 안나는 빨갛게 달아오른 표정으로 "난 당신이 모스크바로 가서 키티에게 용서를 구하길 바라요. 당신 말처럼 날 사랑한다면, 나를 편하게 해줘요."라고 마음에도 없는 말을 했다. 브론스키는 "당신은 내게 삶 전부입니다."라고 했을 때 안나는 환희에 찬 표정을 지었다. 그때 안나의 남편 카레닌이 어색한 침착성으로 응접실에 들어왔다.

카레닌은 아내와 브론스키를 흘끗 보고 나서 집주인인 벳시 공작부인에게로 가서 사람들과 이야기를 나누었다. 카레닌은 30분 정도 앉아 있다가 멋쩍은 표정으로 안나에게 다가가 함께 집에 가자고 했다. 안나는 남편을 쳐다보지도 않고, 저녁을 먹고 가겠다고 했다. 카레닌은 상한 마음을 나타내지 않으려고 태연한 태도로 사람들에게 인사를 하고 떠났다. 카레닌에게 감정의 억제는 생활 방식이 되어서, 그의 삶은 전적으로 냉담할 정도로 합리적이었으며, 인위적이었다. 그는 처음으로 아내가 다른 누군가를 사랑할 수 있다는 가능성을 깨닫고는 공포를 느꼈다.

카레닌은 집에 와서 옷을 벗지 않은 채 식당 마룻바닥과 응접실의 양탄자를 밟으며, 얼마 전에 제작된 자신의 초상화를 바라보면서 왔다 갔다 했다. 아내가 들어오자 "안나, 당신에게 경고해야겠소. 브론스키 백작과 지나치게 열중해서 이야기하고 있었기에 사람들의 이목을 끌었소. 우리의 결합은 신이 맺어준 거요. 이것을 깨뜨리면, 큰 벌이 따를 거요. 중요한 사람은 우리 아들과 당신 자신이요."라고 했다. 안나는 "난 할 말이 없어요. 정말이지 이제 잘 시간이에요."라고 했다.

그날 밤 이후 카레닌과 안나 부부에게 전과는 다른 형식만의 가정 생활이 시작되었다. 안나는 늘 그렇듯이 사교계에 출입했고, 특히 벳시 공작부인 집에 자주 드나들었으며, 여기저기서 브론스키를 몰래 만났다. 카레닌은 관청에서 아주 영향력 있는 인물이지만, 이번 일로 인해 일상생활의 무력감을 느끼면서 마음속에는 도끼날을 세우고 있었다.

거의 일 년간 브론스키와 안나 두 연인은 행복의 환상에 젖어 있었다. 안나가 소파에서 일어서려다가 양탄자 위로 쓰러지려 하자, 브론스키는 안나를 붙들었다. 안나는 브론스키의 손을 자기 젖가슴으로 끌어당겼다. 이제 안나의 인생에는 브론스키 외에는 아무도 없었다. 안나는 자기 몸을 브론스키에게 전적으로 맡겼다. 그들은 환희에 차서 서로를 마음껏 즐겼다. 브론스키는 안나의 얼굴과 어깨에 키스를 퍼부었다. 안나는 그의 손을 잡고 미동도 하지 않았다. 그 손은 공범자의 손이었다. 안나는 "다 끝났어요. 내겐 당신 말고는 없어요."라고 했다. 브론스키는 "당신은 내 생명 자체입니다! 이 행복한 순간을 위해!"라고 했다. 그들은 그 순간, 말로는 표현할 수 없는 수치심과 기쁨과 공포를 느꼈다. 안나는 그녀가 원하는 모든 것을 얻는 순간 모든 것을 잃었다. 안나의 감정은 성취된 연인이 아니라, 탕녀가 된 연인이었다.

안나와의 관계에서 브론스키에게 가장 고통스러운 존재는 안나의 아들 세료자였다. 브론스키는 조심을 해도 자꾸만 자신을 뚫어지게 쳐다보는 아이의 의혹에 찬 시선에 부딪히게 되는 것이었다. 아이는 이 사람과 어머니 사이에 자신이 헤아리지 못하는 뭔가 중요한 관계가 있음을 감지하는 듯했다. 세료자가 있을 때는 안나와 브론스키는 불어로 사랑한다는 대화를 나누었다.

안나의 몸매와 머리, 목, 손은 정말 아름다워서 매번 브론스키를 놀라게 했다. 얼굴이 빨개진 안나를 보고 브론스키는 "무슨 일인가 일어났군요. 제발 말해 줘요."라고 했다. 안나는 작은 목소리로 "나 임신했어요."라고 했다. 브론스키는 기묘한 혐오감을 열 배는 더 강하게 경험했다. 더는 남편을 속일 수 없으며, 그들의 부자연스러운 상황을 타개해야 한다는 사실을 깨달았다. 브론스키는 "우리의 이 기만적인 삶을 끝내야 해요."라고 했다. 안나는 "남편을 버리고 우리 인생을 결합해야죠. 우리 인생은 이미 하나예요."라고 답했다. 브론스키는 안나가 지금 이런 상황에서 빠져나오기가 어려운 것은 아들 세료자 때문임을 짐작하지 못했다. 아들이 자신과 아버지를 버린 어머니에게 장차 어떤 태도를 보일지 생각하면, 안나가 저지른 일이 너무나 무서운 것이라는 사리 판단을 안나는 하지 못했다. 안나와 브론스키의 불륜 행위는 불행한 결과를 빚기 시작했다.

잠언 6:27-28에서 "불을 가슴에 안고 다니면서도 옷을 태우지 않을 수 있겠느냐? 숯불 위를 걸어 다니면서도 발을 데지 않을 수 있겠느냐?"라는 말씀처럼 간음은 결국 폭로되고 파괴 시키는 힘이 있음을 말씀하고 있다.

53

아름다운 집시 아가씨 분홍 신

빅토르 위고, 『노틀담의 꼽추』
(Victor Hugo, *The Hunchback of Notre Dame*)

잠언 1:4-5에서 "어리석은 자를 슬기롭게 하며 젊은 자에게 지식과 근신함을 주기 위한 것이니 지혜 있는 자는 듣고 학식이 더할 것이요 명철한 자는 지략을 얻을 것이라"라고 하였다.

프랑스의 문호 빅토르 위고(1802-1885)는 『노틀담의 꼽추』에서 집시 아가씨 에스메랄다는 순전함과 아름다움의 화신이기도 하지만 명철한 지략이 없기에 사악한 환경의 힘에 희생당하는 슬픈 운명을 그리고 있다.

프랑스 파리의 노트르담 광장에서 한 집시 아가씨가 춤을 추고 있었다. 그 아가씨의 상아 같이 흰 두 팔을 들어 올려 조그만 북을 치면서 춤추는 자태를 보고, 사람들은 모두 입을 벌린 채 바라보고 있었다. 그녀는 인간인지 천사인지 판단할 수 없을 만큼 눈부시도록 아름다웠기 때문이다. "아! 저건 요정이야, 여신이야, 박카스 신의 무녀야." 그녀는 에스메랄다였다. 그녀가 방울 달린 북을 사람들에게 내밀자, 북 안으로 동전이 비 오듯 쏟아졌다.

군중 속에는 준엄하면서도 침울한 표정의 36세 정도의 남자가 춤추는 아가씨에게서 눈을 떼지 않고 바라보고 있었다. 그는 노트르담 대성당의 클로드 부주교였다. 부주교는 추하게 생긴 노트르담의 종 치기 카지모도와 함께 춤추는 집시 아가씨를 납치하려 했다. 부주교는 그녀의 매력에 홀려 그녀를 강탈하려 했다. 그때 순찰하던 친위 헌병대의 페뷔스 중대장과 15-6명의 헌병들에 의해 구출되었다. 그녀는 중대장의 용기와 남자다운 미모로 인해 사랑에 빠졌다.

에스메랄다와 페뷔스 중대장은 서로 사랑하게 되어, 두 사람이 만나 포옹을 하고 있는데, 어둠 속에서 어떤 남자가(부주교)가 단도로 페뷔스 중대장을 찔렀다. 중대장은 피를 흘리면서 쓰러졌다. 에스메랄다는 기절했다. 에스메랄다는 중대장을 찌른 범인으로 체포되어, 마녀재판에서 교수형에 처해지게 되었다.

파리의 여자들은 집시와 보헤미아 사람을 무서워했다. 18살의 너무나 예쁜 처녀 파게트에게 발생한 사건 때문이었다. 파게트는 기베르토라는 음유 시인의 딸이었는데, 그가 바로 샤를르 7세의 대관식 때 시를 읊은 분이었다. 그 시인이 세상을 떠났을 때 파게트는 아직 어렸었다. 그래서 파게트는 어머니와 단둘이 살게 되었다. 파게트의 어머니는 착한 여자로서 거리에서 장난감 장수를 하면서 삶을 꾸려갔다. 파게트는 너무나 예뻤으며, 그녀는 아름다운 이빨을 갖고 있었기에 그것을 드러내 보이기 위해 웃기를 좋아했다. 아무튼 모녀는 어렵게 살림을 꾸려가고 있었다. 그들의 장난감 제조는 큰 수입을 얻지 못했으며, 그해 겨울에는 몹시 추웠는데, 이 두 모녀는 장작도 없이 지내야만 했다.

파게트가 어느 주일날 금 십자가를 걸고 성당에 혼자 나왔을 때 여자들은 결국 파게트가 할 수 없이 거리의 여인으로 타락하게 된 것과 그녀의 어머니도 세상을 떠났다는 것을 알게 되었다. 몇 여자들은 한숨을 쉬곤 눈물을 닦았다. 혼자 된 파게트는 사람들한테 손가락질을 받기도 하고, 경찰한테 두들겨 맞기도 하고, 그리고 나이가 들자, 몸을 파는 것도 전과 같지 않았다. 그녀는 수치와 서러움 속에서 살아왔다. 사랑을 파는 여자에겐 그 사랑만큼 채워줄 상대가 필요했다. 그래서 사랑하는 사람을 만나기는 어려운 일이라, 파게트는 외로워서 어린애를 달라고 간절히 기도했다.

파게트는 결국 딸을 낳게 되고, 어린이에게 젖을 먹이고, 자기 침대 이불로 기저귀를 만들어 주었다. 어린 딸의 이름을 '아네스'라고 했다. 아네스가 4개월 되었을 때 너무나 예뻤다. 파게트는 그 딸을 위해 예쁜 분홍 신을 만들었는데, 그 신이 얼마나 예뻤던지 이 세상에는 없을 것만 같은 것이었다.

파게트의 딸 아네스는 발만 예쁜 것이 아니라 얼마나 사랑스러웠는지, 놀랍게도 매력적인 검은 머리카락은 곱슬곱슬하였으며, 아이 어머니 파게트는 날이 갈수록 더욱 아이에게 빠져들었다.

그러던 어느 날 이상한 집시들이 그 고장을 지나갔는데, 그들은 손금도 보고, 점도 쳤다. 그들은 어린애와 돈을 훔친다는 소문도 있었다. 파게트도 점을 치려고 집시들에게 갔었는데, 집시들로부터 딸이 장차 여왕이 될 것이라는 말을 듣고 좋아했다. 파게트가 집으로 돌아와 보니, 딸애기가 없어지고 분홍 신 한 짝만 떨어져 있고, 딸 대신에 추악한 기형의 남자아이가 누워 있었다. 노트르담 대성전의 클로드 부주교가 그 추한 괴물을 데리고 가서 키웠다(훗날 노트르담 대성전의 종 치기가 됨). 파게트는 시내를 달리면서 "경찰 나리들 집시들을 모두 불태워 죽여요!"라고 외쳤다.

15여 년이 지나갔다. 사람들은 파게트를 귀뒬 수녀라고 불렀다.

15년이 지난 어느 날 아침, 저 푸른 하늘에 5월의 태양이 떠오르고 있었다. 귀뒬 수녀는 그레보 관장에서 수레바퀴와 말들이 우는 소리를 들었다. 귀뒬 수녀는 15년 동안 사랑하고 바라보고 있던 그 예쁜 분홍 신을, 무릎을 꿇고 바라보기 시작했다. 그날 아침, 귀뒬 수녀의 고통은 어느 때보다 가슴을 에는 듯했다. "오, 내 딸! 가엾은 귀여운 아가! 그래, 다시는 너를 못 보게 된단 말이냐! 그것은 언제나 꼭 어제 일어났던 일만 같구나! 오, 하나님! 그렇게 빨리 그 애를 데려가시려면 차라리 주시지 않은 게 더 좋았을 것을. 내가 잘못했지, 아이를 두고 외출하다니!

내 딸아 분홍 신은 여기 있는데 너는 어디 있단 말이냐? "오, 하나님, 그 엘 제게 돌려주소서! 당신께 15년 동안이나 기도드렸으니, 하루만이라도, 한 시간만이라도, 단 일분만이라도 좋아요. 주여, 꼭 한 번이라도 이 신을 신겨 줄 수 있도록 해주소서!"

그때 독방 앞을 지나가는 아이들의 즐거운 목소리가 들려왔다. "오늘 집시 계집애를 목매달아 죽인데!" 신부 한 사람이 시민을 위한 성무(거룩한 업무) 일과서를 읽는 체하며 지나가면서, 교수대에 전신이 팔려있는 것이 보였다. 바로 클로드 부주교였다. "신부님, 오늘 교수형에 처하려는 건 누구인가요?" "나도 몰라요." "아까 어린애들 말로는 집시 계집애라고 하던데요?" "그런 것 같소." 그러자 신부는 "당신은 정말 집시 여자들을 미워하는 거요?"라고 불었다. 귀뒬 수녀는 "제가 그들을 미워하느냐고요? 그들은 마녀예요. 어린애 도둑년들이에요. 그들은 제 어린 딸을 잡아먹었어요. 단 하나밖에 없는 제 딸을요!"라고 탄식했다.

귀뒬 수녀는 교수대로 끌려가려는 집시 아가씨 에스메랄다를 보고

"내 아기를 잡아먹은 계집애야!"라고 했다. 에스메랄다는 "전 그때 태어나지도 않았어요."라고 했다. 귀뒬 수녀는 "내 딸 아네스를 내놓아라! 이게 내 딸의 신이다."라고 하면서 수놓은 분홍 신을 보여주었다. 에스메랄다는 "어머나!" 하는 탄성과 동시에, 목에 걸고 있던 조그만 주머니를 재빨리 열고는, 똑같은 분홍 신을 꺼내었다. 귀뒬 수녀는 "내 딸아! 오, 내 딸아!"하고 외쳤다. 에스메랄다는 "어머니!"하고 같이 불렀다. 에스메랄다는 바로 파게트의 딸 아네스였다. 귀뒬 수녀는 창살 밖으로 내민 딸 에스메랄다의 팔에 수없이 입을 맞추었다. 귀뒬 수녀는 15년간을 하루도 빠짐없이 그 딸 아네스를 그리워하며 살아왔다. 그 딸 아네스는 귀뒬 수녀의 희망이었다. 생명이었다. 삶이었다. 존재의 의미였다. 그런데 귀뒬 수녀는 그 딸이 병사들로 인해 교수대로 끌려가고 있음을 발견했다. 귀뒬 수녀는 아네스(에스메랄다)를 교수대로 끌고 가려는 병사의 손을 물어뜯었다. 귀뒬 수녀의 이빨로 물어뜯음은 그 소중한 딸 아네스를 구원하려는 혼신의 노력이었다. 돌격이었다. 귀뒬 수녀를 교수대로 끌고 가던 병사가 귀뒬 수녀를 난폭하게 힘껏 밀어버렸다. 그녀의 머리가 돌 위에 퍽하고 부닥쳤다. 그녀는 죽어있었다. 귀뒬 수녀가 "단 일분만이라도 좋아요. 주여, 꼭 한 번이라도 이 신(분홍 신)을 신겨 줄 수 있도록 해주소서!"이라고 기도한 것처럼 그렇게도 그리워하던 딸과 만나자 죽임을 당했다. 모녀의 만남은 운명의 장난인가? 아니면 하나님의 뜻인가? 삶의 부조리인가? 클로드 부주교의 악행의 결과인가?

에스메랄다가 교수형 당하는 것을 부주교와 꼽추는 노트르담 종탑에서 보고 있었다. 꼽추는 형틀에 묶여서 물을 달라고 외칠 때 자기 입술에 작은 물통으로 물을 마시게 하던 천사 같은 집시 아가씨를 바라보면서, 한 번도 울어 본 적이 없는 꼽추의 눈에서는 눈물이 방울방울 떨어지고 있었다. 꼽추는 집시 아가씨를 향해 투박한 악마 같은 웃음을 짓고 있는 부주교를 보았다. 그 웃음은 자신이 겁탈하지 못한 집시 아가씨가 사형집행을 당하는 것이 고소하다는 듯한 냉소였다. 꼽추는 자기의 주인인 클로드 부주교의 비열하고 위선적인 부주교를 보는 순간, 억제할 수 없는 저주의 분노와 혐오감이 폭발하여 본능적으로 부주교의 등을 힘껏 밀어서 건물 아래로 떨어트려 버렸다.

전도서 1:2-5에서 솔로몬은 "헛되고 헛되며 헛되고 헛되니 모든 것이 헛되도다 해 아래에서 수고하는 모든 수고가 사람에게 무엇이 유익한가 한 세대는 가고 한 세대는 오되 땅은 영원히 있도다 해는 뜨고 해는 지되 그 떴던 곳으로 빨리 돌아가고"라고 했다.

제 11 장
인간의 미친 짓거리

54

왕자를 대신하여 매 맞는 소년

마크 트웨인, 『왕자와 거지』
(Mark Twain, *The Prince and the Pauper*)

고린도전서 4:2은 "맡은 자들에게 구할 것은 충성이니라"라고 말씀하고, 마태복음 25:23은 "그 주인이 이르되 잘하였도다 착하고 충성된 종아 네가 적은 일에 충성하였으매 내가 많은 것을 네게 맡기리니 네 주인의 즐거움에 참여할지어다"라고 함으로서 작은 일에 충성하면 큰일도 맡게 되고 주인(임금)의 즐거움에 참여하게 될 것이다.

미국 소설가 마크 트웨인(1835-1910)은 『왕자와 거지』에서 작은 일에 충성한 "매 맞는 소년"이 주인의 즐거움에 참여한 진기한 이야기가 있다.

『왕자와 거지』는 어느 오후 왕자와 거지가 서로 옷을 바꾸어 입고 왕자는 거지 노릇을 힘겹게 하게 되고, 거지는 왕자의 역할을 멋지게 해낸다는 두 소년에 관한 이야기이다. 많은 모험을 한 후에 왕자는 에드워드 6세 영국 왕으로 등극하게 되고, 거지 소년은 그의 타고난 착한 성품과 지력을 인정받아 왕의 호위 기사로 등용된다. 거지 소년은 런던의 가장 빈곤한 지역인 오팔코트 지역에서 단칸방에 6명이 어렵게 살고 있는 톰 캔티라는 소년이었다. 톰의 할아버지와 아버지

도 도둑이요 거지였으며, 톰의 아버지는 톰에게 도둑질하고 구걸하
도록 가르쳤다.

그러나 다행하게도 엔드류 신부님이 톰에게 라틴어도 가르쳐 주
고, 왕자에 관한 이야기도 해주었다. 톰은 왕자가 보고 싶어서 일월
어느 날 웨스트민스터 궁전의 담 위에 올라가 왕자를 보려고 했다.
궁전을 지키든던 군인이 고함을 지르며 톰을 거칠게 담에서 끌어
내렸다. 그 광경을 보게 된 영국 튜도 왕조의 헨리 8세(1491-1547)
왕의 에드워드 6세 왕자(1537-1553)는 그 군인을 꾸짖고, 톰을 궁궐
로 데리고 오게 한다.

톰과 에드워드 왕자는 서로의 삶에 이상한 호기심과 매력을 느끼게
된다. 에드워드 왕자는 톰을 호기심 어린 눈초리로 바라보더니 "너는
모든 점에서 나와 똑같구나. 옷을 벗으면 누가 누군지 모르겠는데"라
고 하면서 서로 옷을 바꾸어 입어보자고 한다. 옷을 바꾸어 입은
두 소년은 서로 너무나 닮은 것에 놀란다. 왕자는 톰의 손에 크게
상처가 난 것을 보고, 거지 옷을 입은 채로, 톰을 담에서 끌어 내린
군인에게 가서 사과하라고 한다. 그 군인은 거지 옷을 입은 왕자를
보자, 무조건 궁중 밖으로 끌고 가서 밀어내 버린다. 왕자는 "나는
에드워즈 왕자란 말이야!"라고 고함을 질렀으나 소용이 없었다. 왕자
는 사람들로부터 불량소년 취급을 당하고, 톰의 아버지 존 캔티는
자기 아들(왕자)이 미쳤다고 생각한다.

궁궐에서 홀로 남게 된 톰은 에드워드 왕자 주변의 사람들에게
자기는 오팔코트의 톰 캔티라는 거지 소년이라고 말한다. 궁중의
사람들은 '왕자가 미쳤다'라고 생각한다. 헨리 8세 왕도 귀족들도
왕자가 미친 것으로 생각한다. 라틴어를 아는 톰을 보고 진짜 왕자가

미쳤다고 생각한다. 헨리 8세 왕은 톰(왕자)에게 다시는 오팔코트 이야기를 하지 말라고 명령하고, 허트포드 경과 존 경으로 하여금 톰의 행동을 감시하라고 명령한다.

톰이 겪어야 할 첫 번째 의식은 저녁 만찬이었다. 톰은 가끔 실수했지만, 참석자들은 못 본 체했다. 톰은 영국 궁중 식탁 에티켓에 관한 책을 읽는다. 톰은 만찬회 때 화려한 음식 차림을 보고 감탄한다.

다음 날 아침에 허트포드 경은 톰을 왕국 접견실로 인도하여 많은 지루한 국사에 관한 보고를 듣게 한다. 접견을 마친 후에 톰은 엘리자베스, 제인 그레이, 메리 등 세 명의 숙녀와 즐거운 시간을 가진다. 그런데 헨리 8세 왕이 서거하고 에드워드 왕자가 에드워드 6세 왕이 되었다고 한다.

그런 후에, 톰은 12세 남짓한 가냘픈 소년이 인도되어 들어오는 것을 보았다. 그의 옷은 흰색의 풀이 센 높은 주름 칼라와 손목의 레이스 이외에는 상의나 스타킹이나 모두가 검은색이었다. 그는 애도의 상장(喪章)도 달지 않고 어깨에 자줏빛 장식 매듭을 달고 있었다. 그 소년은 주저하면서 다가와서 머리를 숙이고 톰 앞에 한쪽 무릎을 꿇어 인사를 했다. 톰은 가만히 앉아서 침착하게 생각을 하면서, "젊은이, 일어서게. 넌 누구냐? 무엇 하는 아이냐?"하고 물었다. 소년은 우아하게 일어섰지만, 얼굴에 염려의 빛을 보이며 "저를 아시잖아요, 전하, 저는 왕자님의 매 맞는 소년입니다." "나의 매 맞는 소년이라고?" "그렇습니다. 전하, 저는 험프리ー저, 저는 험프리 말로우 이라고 합니다."

톰은 "매 맞는 소년"이란 말을 들어 본 적이 없었다. 톰은 허트포드 경과 존경을 불러 물어볼까? 하다가, 톰은 당혹한 듯이 이마를 한

번 긁고는 "이제 기억이 나는 것 같구먼, 내 머리가 막혀서 침침해졌단 말이야."라고 했다. 매 맞는 소년은 갑자기 "아이고, 도련님!"하고 큰 소리로 말하고는 '왕자님이 돌았다더니, 불쌍해라. 사람들이 왕자님 앞에서 무엇인가 잘못되었다는 표정을 짓지 말라고 했는데…' 라고 생각했다. 톰은 "최근에 내 기억력이 조금 변덕을 부린단 말이야. 작은 실마리만 있어도 기억이 다시 되살아 날 것인데. 네가 하는 일을 말해보렴."하고 명령했다. "전하, 이틀 전에 전하가 아침 희랍어 학습 시간에 세 번 틀린 것은 기억하시지요?" "그, 그, 그래, 그랬지, 이제 기억나네, 계속하게." "그래서 선생님이 전하 대신에 저를 호되게 매로 때리셨지요." 톰은 놀라서 "너를 매로 때렸어!"라고 반문하고는 "내가 잘못했는데, 왜 너를 때렸느냐 말이야?"하고 되물었다. "전하가 다시 잊으셨군요. 전하가 공부를 잘 못하시면, 선생님은 저를 항상 때리시잖아요." "사실이야, 사실이야, 내가 잊어버렸어. 그래 네가 개인적으로 나를 가르쳤지. 내가 잘못하면, 네가 나를 잘못 가르친 데 대해 네가 책임을 져야 했지." "아이참 전하, 무슨 그런 말씀을? 저는 가장 미천한 하인인데, 어떻게 전하를 가르칩니까?" "그러면 왜 네가 책임을 져야 하나? 무슨 수수께끼야? 내가 돌았나? 네가 돌았나? 설명해 보란 말이야." "좋습니다. 전하, 간단히 말씀드리면, 전하는 신성한 웨일스의 왕자입니다. 누가 감히 매질하겠습니까? 그래서 왕자님께서 잘못하시면, 제가 대신 그 매를 맞는답니다. 그것은 바른 일이지요. 매 맞는 일이 저의 직업이요 생계입니다."

톰은 차분한 소년을 바라보고 마음속에 "이상하기도 하지. 놀라운 일이구나. 가장 이상하고 묘한 직업이구나. 내가 잘못한 것은 내가 매 맞아야지.”라고 생각했다. 톰은 큰 소리로 “불쌍한 친구야, 계약하고 계속 매 맞는단 말이지?” “아닙니다. 전하. 저의 매 맞는 일은 오늘로써 끝납니다. 헨리 8세 왕의 서거로 애도의 날들이 지나면 매 맞는 일도 취소됩니다. 그래서 감히 저의 일을 전하께 부탁드리려고, 저와의 은총의 약속을 기억나게 해드리려고 찾아뵈었습니다.” “무엇이라고, 매 맞는 일을 계속하게 해달라고?” “왕자님께서 기억하시는군요!” “내 기억이 돌아오는구나. 마음 편하게 가지게. 상처받지 않게 하겠네.” 소년은 “오, 감사합니다, 전하!”라고 소리치고는 다시 무릎을 꿇었다. 그리고 “감히 좀 더 말씀드려도 되겠습니까, 저, 저, 저….” 험프리가 주저하는 것을 보고는 톰은 소년을 격려하듯이 “모두 말하게.”라고 했다.

험프리의 설명에 의하면 왕자는 앞으로 왕이 되실 몸이니, 왕권신수설(王權神授說)에 의하면 하나님께서 기름 부어 세우신 분이시기 때문에 그 몸에 매로써 때리지 못한다는 것이다. 누구든지 왕자의 몸에 손질하는 자는 사형에 처해 진다는 것이다. 그래서 왕자가 잘못하면 왕자 대신에 “매 맞는 소년”이 매를 맞게 함으로써 왕자로 하여금 깨닫게 한다는 것이다. 험프리는 왕자 대신에 매 맞는 것을 긍지로 생각한다고 한다. 비록 매 맞는 일이 고통스럽긴 하지만 왕자에겐 유용한 것이며, 더욱 중요한 것은 험프리가 매를 맞으므로 그와 그의 두 누이의 생계가 유지된다는 것이다. “매 맞는 소년”의 직업 때문에 한 가족의 생계가 유지된다는 것이다.

험프리의 요구 사항은 궁궐에서 쫓아내지 말아 달라는 것이다. 이제 헨리 8세 왕이 서거하고, 왕자가 영국의 왕이 되셨기에, 더 이상 매 맞는 소년이 필요 없다는 것이다. 왕은 자기가 원하는 대로 명령하는 것이지, 누구로부터 명령을 받거나 배우지는 않는다는 것이다. 매 맞는 소년으로 있는 것이 험프리나 그의 두 누이의 생계를 위한 유일한 길이기 때문에 계속 그 자리에 있게 해 달라는 것이다.

매 맞는 소년의 애처로운 사정을 들은 톰은 왕다운 자비로운 태도를 보이며 "더 이상 불안해하지 말라. 젊은이, 그대의 직분은 영원하리라."라고 말한다. 그리고 톰은 검을 빼서 들어 올리고 검의 편편한 면으로 험프리의 어깨를 가볍게 툭 치고는 "일어서라, 험프리 말로우, 유전의 대영국 왕실의 매 맞는 소년! 슬퍼하지 마라. 짐이 책에 전력을 다 쏟아, 병들어 누울 정도로 공부할 테니, 공정히 하려면 그대의 급료를 세배나 올려야 할 것이야. 그대 직책의 중요성이 크게 증대할 것이다."라고 말했다. 험프리는 열렬하게 감사하다는 반응을 보였다.

성경은 "그 주인이 이르되 잘하였도다 착하고 충성된 종아 네가 적은 일에 충성하였으매 내가 많은 것을 네게 맡기리니 네 주인의 즐거움에 참여할지어다"(마 25:21)라고 말씀하고 있다.

55
배신자와 형벌

단테, 『신곡』「지옥편」
(Dante, *The Divine Comedy*)

마태복음 26:14-16에서 "그 때에 열둘 중의 하나인 가룟 유다라 하는 자가 대제사장들에게 가서 말하되 내가 예수를 너희에게 넘겨주리니 얼마나 주려느냐 하니 그들이 은 삼십을 달아 주거늘 그가 그 때부터 예수를 넘겨 줄 기회를 찾더라"라고 했다. 유다는 대제사장들에게 "내가 입을 맞추는 사람이 바로 그 사람이니, 그를 잡아서 단단히 끌고 가시오"라고 말해 놓고, 유다가 예수님께로 다가가서 "랍비님!" 하고 입을 맞춤으로 예수님을 잡혀가게 했다(막 14:44-45).

이탈리아의 시인 알리기에리 단테(Alighieri Dante, 1265-1321)의 『신곡』(La Divina Commedia)의 「지옥편」의 제34곡에 보면, 배신자들이 당하는 지옥의 형벌을 닭살 돋도록 소름이 끼치게 묘사하고 있다.

제9 옥의 넷째 원은 주데카(가룟 유다의 이름을 따서 붙인 이름)라는 지옥의 맨 밑바닥으로서, 주인이나 은인을 배신한 자들이 형벌을 받기에 합당한 곳이다. 버질(고대 로마의 신인 베르길리우스, 70-19 B.C.)의 안내를 받은 단테는 지옥의 소름끼치는 장면을 다음과 같이 설명하고 있다. 배신자들은 완전히 얼어붙은 호수 속에 잠겨있었다.

단테는 "그들은 모두 우리 속에 볏짚처럼 투명하게 보인다./ 어떤 자는 길게 누워 있고, 어떤 자는 똑바로,/ 어떤 자는 머리끝으로 곤두박질쳐 거꾸로 서 있으며/ 얼굴이 발에 닿게 활처럼 구부리고 있는 자도 있었다."라고 읊고 있다. 누워 있는 자는 단테와 같은 지위에 있는 자, 똑바로 서 있는 자는 지자기보다 지위가 낮은 자, 곤두박질쳐 있는 자는 자기보다 높은 자, 구부리고 있는 자는 제 은인을 배반한 자가 벌을 받고 있는 모습이다.

지옥의 한복판에는 졸라매는 얼음으로부터 가슴 위를 드러내고 있는 슬픔의 영역의 제왕인 악마 대왕 사탄이 버티고 있었다. 단테는 "지금은 참으로 추하지만 예전에 매우 아름다웠었는데/ 그 아름다움에 우쭐해서 창조주에 대해 반역들 하였기에/ 모든 재난이 그에게서 원천을 이루는 것도 당연한 이치로다."라고 했다. 루시퍼(타락하기 전의 사탄의 이름)는 천상에서 하나님께 반역하여 처벌받기 전에는 빛의 아들들인 천사들 중에서 가장 아름다운 자였다. 단테가 너무나 추해진 사탄을 보자 "나는 그때 몸과 마음이 얼어붙어 목소리마저 쉬어버렸다."라고 하고 "나는 죽지도 않았고 그렇다고 살아 있는 것 같지도 않았다."라고 했다.

사탄은 머리에 얼굴이 셋 있었다. 하나는 붉은 물감을 쏟은 듯이 새빨갛고, 오른쪽 얼굴빛은 흰색과 누런색의 중간이고, 왼쪽 얼굴빛은 나일강 상류의 골짜기에서 나온 검둥이와 똑같은 색깔이었다. 사탄의 세 얼굴은 사탄이 지배하는 세계의 세 종족을 상징한다. 붉은 색은 야벳의 종족으로 유럽인들을, 누런색은 셈의 존족으로 아시아 인들을, 검은 색은 함의 종족으로 아프리카인들을 각각 나타낸다. 그러나 그들은 또한 축복된 삼위일체인 사랑과 지혜와 권능에 반대되는 증오심과 무지와 무기력을 나타낸다.

사탄의 얼굴 밑에는 각각 두 개씩 큼직한 날개가 돋아 있는, 총 여섯 개의 날개로 있었는데, 그 날개에는 깃털은 없었으나, 박쥐와 똑같은 모양이었다. 그 날개들을 퍼덕이니 순식간에 세 가닥의 바람이 일어나, 그것으로 인해 코치토스(유데카)가 모두 얼어붙는 것이었다. 사탄이 여섯 개의 눈에서 눈물을 흘리니 세 개의 턱에서 피 섞인 침과 눈물이 고드름이 되었다. 그 바람은 너무나 강해서 단테는 버질의 등 뒤에 몸을 숨겼다. 단테는 찬바람이 너무나 강해서 "나는 죽지도 않았다. 그러나 살아 있지도 않다."라고 했다. 단테는 생명과 죽음 둘 모두를 빼앗겨 버린 것 같다고 느꼈다고 했다.

단테의 지옥의 중심부에 대한 그림은 전통적으로 지옥이란 사악하고 영리한 악마(사탄)가 거주하는 뜨거운 유황불이 이글거리는 곳이란 개념과는 달랐다. 단테는 지옥 불 대신에 완전히 얼어서 붙어버린 얼음이 있는 곳으로 묘사하고 있다. 단테는 루시퍼(사탄)란 타고난 어리석음 때문에 하나님을 반역하고 성취한 것은 자기 자신을 무기력하게 한 것뿐임을 증명하고 있는 것이다. 사탄은 자신이 만든 영원히 얼어붙은 호수 가운데서 완전히 얼어붙어 완전히 무기력하게 된 것이다. 사탄이 할 수 있는 동작이란 박쥐의 날개처럼 생긴 여섯 개의 날개를 펄떡이는 것뿐이었다. 루시퍼(사탄)가 갇혀 있는 호수를 얼게 하는 것은 이들 날개들이었다. 시인 단테가 강조하는 것은 악은 어리석음 뿐 아니라 자멸적인 것임을 극명하게 말하고 있다.

단테가 사탄의 여섯 개의 날개에서 나오는 찬바람이 너무나 강해서 "나는 죽지도 않았다. 그러나 살아 있지도 않다."라고 한 것은 사탄은 영적으로 완전히 죽었기 때문이다. 사탄은 하나님을 반역한 결과 우주의 죽음의 중심부에 얼어붙어 있게 된 것이다.

사탄의 입에는 죄인 하나씩을 물고 이빨로 마치 삼 찢는 기계처럼 죄인을 물어 찢고 있었다. 그 중의 한 사내는 더욱 무참하게 발톱으로 찢기고 있었으며, 껍질이 벗겨지고 등뼈가 훤히 드러나 있었다. 이쯤 되면 입으로 물리는 것은 문제가 아니었다고 했다. 가장 무거운 형벌을 받고 있는 자는 가룟 유다로서, "머리는 악마 대왕의 입속에 있고 발만 내놓고 있었다." 다른 두 놈은 머리를 밖에 내놓고 있는데, 브루투스와 케시우스 였다.

유다는 12 제자들 가운데 하나님의 아들이신 예수님을 배반하여 은전 30냥을 받고 스승을 팔았다. 그는 나중에 후회하여 목메었으며 동시에 배가 터져 죽었다. 브루투스와 케시우스는 로마 제국의 지도자 줄리어스 시저(카이사르: 로마의 장군·정치가·역사가, 100-44 B.C.)를 배신한 자들이다. 시저는 황제는 아니었지만, 로마 제국의 창립자이다. 단테의 생각은 시저는 하나님의 뜻으로 세계를 통치하도록 된 분인데, 브루투스와 케시우스가 시저에 충성을 맹세해 놓고 반역을 한 것임으로 제국에 대역죄를 범한 것과 같은 맥락의 것이었다고 했다. 유다는 종교적으로 브루투스와 케시우스는 정치적으로 배신을 한 것이다.

이 모든 비극적이고 잔인한 고통의 관경을 보고 난 후에 단테는 버질을 꽉 잡고 사탄의 조잡한 옆구리 쪽을 따라 소름에 떨며 내려갔다. 사탄의 엉덩이에 도달했을 때 버질은 거꾸로 서서 사탄의 머리카락을 쥐고 내려가는 것이었다. 단테는 다시 지옥으로 간다고 생각했다. 그러나 단테는 사탄의 "그 큰 다리가 위를 향해 거꾸로 뻗어있는 것"을 알게 되었다. 버질은 단테에게 이제 지구의 한 가운데를 통과했다고 설명해 준다. 그리고 지구의 남방구의 표면으로 올라가야 한다고 말했다.

단테는 버질에게 "사탄은 왜 이렇게 거꾸로 서 있습니까?"하고 물었다. 버질은 네가 "저 사악한 벌레(파리)의 털을 잡고 기어오를 때" 지구의 중심부를 통과했기에 지구의 저쪽에서 이쪽으로 거꾸로 옮겨 왔기 때문이라고 했다. "저 사악한 벌레"라는 것은 바알세불, 즉 사탄을 지칭하는데(마 12:24), 바알세불은 "파리들의 제왕"이란 뜻이다(눅 11:15). "바알"이란 성경의 블레셋의 신 "바알"에서 그 어원을 찾을 수 있다. 예루살렘에서 내려온 율법학자들은, 예수가 바알세불이 들렸다고 하고, 또 그가 귀신의 두목의 힘을 빌어서 귀신을 내쫓는다고도 하였다(막 3:22).

단테에 의하면, 사탄은 사람들을 천상으로 안내해 가는 아름다움의 정반대인 추함 그 자체인 것이다. 단테는 추함의 충만한 세력 가운데로 가서, 죄의 추함을 진실로 보고 난 다음에야 버질(이성을 상징함)의 인도를 받아 빛이 있는 곳으로 오르기 시작했다. 어두운 동굴에서 밖으로 나왔을 때 별들이 빛나는 것을 보았다. 단테는 어둠의 영역을 통해 여행을 하고 나서야, 빛이 생명을 회복하는 곳으로 인도했다. 이 생명은 예수 그리스도를 말하며, 이 생명은 하나님나라에서 충만함을 약속하고 있다. 단테에게 별들은 최고의 희망을 상징하고, 하나님의 질서를 상징한다. 이 별들, 이 생명을 따라 단테는 지옥에서 나와서 여행의 마지막 종착지인 부활의 아침에 이르게 된다. 그래서 이 별들은 단테 자신을 인도하는 명확한 길잡이 이다.

단테는 다음과 간이 읊었다. "길잡이와 나는 어두워진 굴들로부터 밝은 세상으로 돌아가기 위해/ 위로 분투하며 올라갔다. 쉰다는 것은 염두에 두지 않고/ 버질을 앞세우고, 나의 긴장된 감각은/ 동그란 구멍으로 천상에 있는 아름다운 것들을 보았다./ 그곳을 지나 우리는 밖으로 나와 다시 하늘의 별을 우러렀다.”

잠언 17:11에서 “악한 자는 반역만 힘쓰나니 그러므로 그에게 잔인한 사자(사신)가 보냄을 받으리라”라고 하였으나, 그 반면에 마태복음 25:23에서 “그 주인이 이르되 잘하였도다 착하고 충성된 종아 네가 적은 일에 충성하였으매 내가 많은 것을 네게 맡기리니 네 주인의 즐거움에 참여할지어다”라고 했다.

56

자연 속에서의 삶과 구원

헤밍웨이, 『큰 두개의 심장을 가진 강』
(Hemingway, *Big Two-Hearted River, Part I and II*)

창세기 2:10-14에 보면 하나님께서 에덴동산을 창설하시고, 강 하나가 에덴에서 흘러나와서 동산을 적시고, 에덴을 지나서는 네 줄기로 갈라져서 네 강을 이루었는데, 첫째 강의 이름은 비손이라 하고, 둘째 강은 기혼, 셋째 강은 티그리스, 넷째 강은 유프라테스로 서, 사방으로 흘러나갔다.

미국의 저널리스트요 소설가 헤밍웨이(Ernest Hemingway, 1899-1961)는 단편소설 『큰 두개의 심장을 가진 강』에서 닉 아담스(Nick Adams)는 전쟁에서 부상하고 정신적 쇼크로 쇠약해졌지만, 자연 가운데 강에서, 흥미 있게도, 송어잡이를 함으로써 심신이 회복되고 자기 삶의 구원을 누리고자 하는 이야기를 하고 있다.

고기(송어)는 초기 교회에서 기독교의 상징이었다. 이크디스(ichthys) 혹은 이크두스(ichthus)는 희랍어 "이크두스(ίχθύς)"에서 온 말로 고기라는 뜻이다. 예수님께서 고기 잡는 베드로에게 사람 낚는 어부가 되게 하겠다는 내용과 관계가 있다.

강을 "두 개의 큰 심장 가진 강"이라 한 것은 상징적으로 강은 고기(음식)의 형태로 생명(삶)을 주고 구속(치유)을 해주기 때문이다.

닉 아담스는 제1차 세계대전에서 육체적으로 정서적으로 상처를 받고 환멸을 느껴, 집으로 돌아와서 북 미시간으로 캠프 여행을 떠난다. 그는 혼자서 여행을 떠나서, 자연(숲속) 속에서 캠프 하기 좋은 장소를 선택하고, 천막을 치고, 고기를 잡을 준비를 함으로써, 부상(어떤 부상이라고는 말하지 않음)과 정신적 충격으로부터 헤어 나와 평화를 회복하고 평형감각의 균형을 가지려 한다. 헤밍웨이의 자연은 특별히 사냥꾼이나 어부들이 먹이를 잡는 순간에 느끼는 그들의 실존적인 초월감(희열감)을 갖는 바탕이 된다.

숲으로 가는 도중에, 닉은 폐허가 되고, 파괴되고, 잿더미가 된 미시간주의 "세니" 도시를 통과하게 된다. 도시는 없어지고, 남은 것은 철로와 황폐한 시골 풍경뿐이었다. 세니 도시의 황폐한 장면은 닉이 전쟁(제1차 세계대전)에서 큰 육체적 부상과 광범한 황폐함과 공포를 직접 경험한 것과 전쟁 이후의 삶과 죽음의 문제에 대한 정신적인 갈등과 붕괴로 고통을 당하는 것과 연결지어 생각한다.

닉은 "내가 만일 부상하여 미쳐버려서 충격적인 악몽에 사로잡히면 어떡하지?"라고 생각했다. 허리까지 오는 습지에서 공격당하고 공격하는 상황에서, 닉은 부상한 후 신고 있는 두 장화가 따뜻한 물로(피로) 채워져 짓누르는 듯한 것을 기억했다. 닉은 황폐해진 땅을 지나가면서 메뚜기들이 검댕으로 덮혀 있는 것을 보고서, 닉은 자기 자신이 전쟁으로부터 검댕으로 덮여 있는 것을 보았다. 검게 타버려 검댕투성이 된 세니 도시는 전쟁의 흉악함과 닉의 정신과 정서에 끼치는 파괴적인 영향을 나타낸다.

닉은 자기 생애의 타버리고 파괴된 부분을 뒤로하고 떠나서, 큰 두 개의 심장을 가진 강의 풍요롭고 푸르고 기름진 강둑을 바라보았다. 도시를 지나 강 위의 다리는 아직 그대로 있었다. 강은 시간과 무(無)시간을 상징하고, 치료와 삶과 죽음의 자연적인 순환을 상징한다.

닉은 바로 강으로 가지 않고, 다리 위에 멈추어 서서, 다리 저 아래 있는 강과 송어를 바라보았다. 닉은 송어가 빠르게 흐르는 깊은 강 물속에서 온전히 건실하게 떠 있는 것을 보고서, 오랫동안 느끼지 못했던 의기양양함을 느꼈으며 심장이 강해짐을 느꼈다. 닉은 세계와 하나가 된 것이다. 강과 송어는 살아서 숨 쉬고 있는 것을 상징하며, 닉의 치료를 위해 필수적이었다.

닉은 찬란한 색깔의 물총새가 물표면 밑에 있는 고기를 잡으려 하는 것을 보게 된다. 물총새는 평온과 평화로운 날들을 상징한다. 물총새의 고기잡이는 닉이 혼자서 캠프 여행에서 추구하는 손쉽고 건전한 영적 상태를 위한 가장 뚜렷한 은유이다. 새의 나는 능력은 이 세상의 근심 걱정의 한계를 넘어서는 능력과 정신적 승화를 말하는 전통적인 상징이다. 그리고 새가 물밑으로 들어가서, 강으로부터 무엇을 잡아서, 먹어 소화 시킨다는 능력은 닉이 불쾌한 기억을 바꾸어버리려 하는 데 필요한 은유이다.

숲속에서, 닉은 예배당처럼 보이는 나무들이 늘어선 작은 숲에서 멈추어서 잠을 잤다. 그 숲에서 닉은 전쟁 이후에 처음으로 잠을 잘 잤다. 그곳에서 닉은 치료받기 시작한 것이다. 닉은 작은 소나무 숲속에 깊이 들어가서 푸른 초장이 있는 곳에 캠프를 세웠다. 이것은 안정을 상징한다.

닉은 천막을 내려놓고, 땅을 고르고, 나무로 말뚝을 만들고, 천으로 덮었는데, 이 모든 것은 닉을 행복하게 했다. 닉은 저녁을 돼지고기와 콩과 스파게티가 혼합된 깡통 음식으로 맛있는 냄새를 맡으면서 간단하게 먹었다. 단순한 캠프의 삶은 닉의 마음이 스트레스와 나쁜 기억과 세상의 염려에서 벗어나서 홀로 반복성의 질서정연한 단순한 삶을 나타내며, 단순한 자연 속에서의 삶이 닉을 치료할 것이다. 이 소설의 1부에는 닉이 잠자기 위해 준비하는 것으로 끝난다. 그는 천막 속에 들어가서 잠을 청한다.

이 소설의 제2부는 강물로 들어가기 전에 고기잡이를 위한 제식적인 준비를 시작한다. 그다음 날 아침에 닉은 강으로 가서, 고기를 잡으려 물속으로 들어갔다. 처음에는 물살이 강해서 겁이 났으며, 얼마간 몸의 중심을 잡기가 힘이 들었다. 그는 성공적으로 송어 두 마리를 잡는다. 그는 앞날에 강을 건너 거무잡잡한 늪에서도 고기잡이할 수 있도록 용기를 모으기 시작한다. 늪은 닉의 두려움과 불확실성의 상징이다. 분명히 닉은 벌써 전쟁의 충격으로부터 회복하기 시작함으로 희망을 보여주고 있다.

닉은 고기잡이를 준비하고서, 송어를 잡기 위해 강물로 들어감으로써 그의 정서와 반응을 시험해 본다. 닉은 계속 강물 속에서, 강을 따라서, 끝에 가서는 강의 종점인 늪 쪽을 바라본다. 강은 이 소설의 제2부의 핵심이 된다. 강은 닉의 잠재의식과 잠재의식 속의 기억과 평형을 이루는 계속되는 실마리이기도 하다.

강이 닉의 잠재의식이라고 한다면, 메뚜기들은 닉에게 안정을 가져다주고, 두려움 없이 무의식 속으로 잠길 수 있게 하는 현실의 조직적인 캠프 생활 문제를 나타내고 있다. 제1부의 물총새도 마찬가지이다.

닉은 모든 준비를 하고서, 물속으로 들어가 준비했다. 캠프를 떠나서, 모든 도구를 올려 매고서, 샌드위치를 두 개의 앞주머니에 넣고, 메뚜기 병을 목에 걸고서, 고기를 집어넣을 부댓자루와 낚싯대를 가지고 갔다.

초목은 이슬로 축축했다. 닉은 해가 떠서 풀을 마르게 하기 전에 미끼로 사용하기 위해 메뚜기를 잡았다. 태양이 뜨기 전이라 메뚜기들은 추운 날씨에 이슬로 축축해져서 뛰지를 못했다. 닉은 메뚜기들을 잡아서 안에 넣었다.

닉이 잡은 첫 번째 고기는 작아서, 미끈미끈한 외피를 상하지 않도록 조심스럽게 송어를 다시 물속에 던져 넣었다. 이 작은 송어는 닉의 연약함을 상징한다. 닉은 낚싯바늘에 미끼를 다시 끼우고, 행운이 따르라는 습관으로 침을 미끼에 뱉었다. 거대한 송어가 걸려들어서, 물 위로 높이 뛰었다. 그렇게 큰 송어는 본 적이 없었다. 닉은 송어의 크기에 압도되었다. 그런데, 운 사납게도 낚싯줄이 끊어져서 송어가 도망가고 말았다. 헤밍웨이는 사람이 감정적으로 무언가에 압도되면, 모든 것을 상실한 위험에 처한다는 것이다.

닉은 얼마간 쉬면서 담배를 피우고서, 이번에는 물속에 들어가서, 조심스럽게 미끼를 끼우고서, 조심스럽게 낚시 줄을 던졌다. 이번에는 좋은 송어 한 마리를 잡았다. 또 한 마리를 잡았으나, 또 도망갔다. 이번에는 송어가 깊은 물 속에 깊이 들어가 버렸기 때문이었다. 닉은 즉시 또 한 마리를 잡았다. 잡아 올리기 힘들었으나, 자루 속에 집어넣었다. 닉은 좋은 두 마리 송어라고 생각했다. 두 마리가 모두 수놈이었다.

닉은 샌드위치를 먹고, 완전히 만족하여 캠프로 돌아왔다. 닉은 더 깊은 늪으로 가서 고기를 잡겠다고 생각한 것은 정신적인 원기 회복을 나타내지만. 전적인 원기 회복은 아니다. 깊은 늪으로 고기잡이를 가지 않았기에.

닉의 회복을 위한 진전은 늪에서의 고기잡이에 대한 정서적인 반작용이다. 늪은 고기잡이를 하기에는 위험한 장소이다. 깊은 곳의 빠른 물살로 때때로 발생하는 위험은 소용돌이 때문이다. 큰 송어는 소용돌이치는 그늘지고 시원한 곳을 찾아간다. 늪은 전쟁과 전쟁에서 경험한 모든 나쁜 기억들이 있는 닉의 잠재의식 속의 어두운 곳으로 본다. 닉에게 늪의 낚시는 전쟁 경험을 치료하고 바꾸어 버리는 최후의 전방이다. 닉은 이 도전은 다음에 하겠다고 하고, 현재 치료의 과정으로 만족하고 있다. 닉은 전쟁의 공포를 뒤로하고, 치유되어, 적절한 삶의 자리를 찾게 될 것이다.

헤밍웨이는 자연과 고기잡이가 상징하는 기독교적인 구원이 관련된다는 것을 알면서도, 하나님이 창조하신 자연과 고기잡이를 통한 치유를 넘어 창조주이신 하나님에 대한 신앙에 이르지 못함이 안타깝기도 하다.

시편 95:3에서 "여호와는 크신 하나님이시요 모든 신들보다 크신 왕이시기 때문이로다 땅의 깊은 곳이 그의 손안에 있으며 산들의 높은 곳도 그의 것이로다 바다도 그의 것이라 그가 만드셨고 육지도 그의 손이 지으셨도다"고 하셨다.

57

사자와 여우

니콜로 마키아벨리, 『군주론』
(Niccolo Machiavelli, *The Prince*)

사무엘하 13장에 보면, 다윗의 아들 암논이 아름다운 이복누이 다말을 강간하고 버렸다. 다말의 친 오라비 압살롬이 암논의 행동을 괘씸하게 여겨, 형 암논과 모든 형제를 초청하여 연회를 베풀고, 암논이 술에 거나하게 취했을 때 신호하여 주변에 미리 매복시켜 둔 부하들로 하여금 암논을 죽이게 했다. 압살롬은 마키아벨리적 수법을 사용하여 암논을 죽인 것이다.

이탈리아의 정치학자 니콜로 마키아벨리(1469-1527)는 『군주론』에서 실제로 정치에서 성공하려면 이상적인 정치 철학보다는 실제로 있는 그대로의 정치 철학을 펼치면서 정치는 사자와 여우(the lion and the fox)의 정치를 해야 한다고 했다. 사자는 정치적 힘을 상징하고 여우는 정치적 지혜(술책, 계략)를 상징한다.

마키아벨리적 수법은 다양하다. 예를 들어, 정적을 제거하는 방법의 하나는 연회에 정적을 초청하여 독살시키든지 혹은 군사를 매복시켜 놓고 살해하라는 것이었다. 마키아벨리는 백성을 다스리는 방법의 하나는 정치지도자는 백성들에게 세금이란 이름으로 착취하고, 그 세금으로 백성들에게 조금씩 혜택을 주라고 한다. 한번 크게 혜택을 받은 백성들은 작은 혜택에 대해선 불만을 품게 되기 때문에 조금씩 계속 혜택을 주라는 것이다.

마키아벨리에게 일반적인 정치적 규칙은 "다른 사람을 강력한 지도자로 만들기 위해 도움을 준 자는 누구든지 자기 자신이 파멸한다."라고 했다. 그 이유는 당신의 도움으로 정치적 힘을 획득한 자는 당신을 신용하지 않을 것이다. 왜냐하면 그는 당신이 얼마나 술책에 능하고 강력할 수 있는지 알기 때문이다. 정치적으로 당신이 상대방을 파멸시키지 않으면, 당신이 파멸할 것이다. 국가 통치에서 가장 중요한 것은 좋은 법과 좋은 힘(무력)이여, 이 둘은 함께 가야 한다. 왜냐하면 법이 힘(무력)으로 뒷받침되지 않고서는 운영될 수 없기 때문이요, 힘(무력)은 법 없이는 무용지물이기 때문이다.

『군주론』의 18장에서 권력을 획득하고 유지하기 위해서 어떻게 해야 하는지를 취급하고 있다. 사람들은 군주가 약속을 지키고 청렴함을 유지하면 훌륭하다고 생각한다는 것이다. 그러나 역사가 말하는 것은 약속을 지키지 않고 이중적으로 행동하는 군주가 아주 성공적이라는 것을 증명한다고 한다. 교활하고 이중적 군주는 존경받는 군주를 이긴다는 것이다.

싸움에는 두 가지 방법이 있는데, 법으로 싸우는 것과 힘으로 싸우는 것이다. 사람은 법으로 싸우고, 동물은 힘을 사용한다. 그러나 전자의 방법, 즉 법(합법적)으로 승리하지 못하면, 후자의 방법, 즉 힘(권력, 군사력)을 사용해야 하지 않겠느냐는 것이다. 현명한 군주는 두 가지 방법을 모두 배우고 사용해야 한다고 하면서 다음과 같은 유명한 충고를 하고 있다.

"동물처럼 행동해야 할 군주는 여우와 사자(the fox and the

lion)를 모방해야 한다. 왜냐하면 사자는 함정(계략)에서부터 자신을 보호할 수 없고, 여우는 늑대로부터 자신을 방어할 수 없기 때문이다. 그래서 군주는 함정(계략)을 인식하기 위해서 여우가 되어야만 하고 늑대를 내쫓기 위해서 사자가 되어야만 한다. 단지 사자만 되고자 하는 자는 이런 진실을 이해하지 못한다. 그러기에 신중한 지배자는 신의를 지킴으로 이익이 되지 못할 때는 신의를 지킬 필요가 없으며 그리고 자신을 묶어놓는 이유는 더 이상 존재하지 않는다."

위의 인용문이 아주 분명히 말하고자 하는 것은, 군주는 힘(권력 혹은 군사력)이 요구될 때는 사자처럼 강해야 하며, 필요할 때는 여우처럼 교활(간계 혹은 술책)해야 한다는 것이다. 다시 말하면, 마키아벨리는 군주란 힘(권력 혹은 군사력)을 무자비하게 사용해야 하며 그리고 신뢰의 문제나 양심의 문제 같은 것에 너무 관여할 필요가 없다고 했다. 만일 모든 사람이 모두 선량하다면, 무력을 사용하는 무자비한 행동은 필요 없을 것이다.

마키아벨리는 교황 알렉산더 6세(재위 기간 1492-1503)를 그 예로 들고 있다. 알렉산더 6세 교황은 '볼기아' 란 이름으로 통했는데, 정부(情婦)들을 통해서 여러 명의 사생아도 두었다. 그는 사람들을 속이는 일만 했다고 한다. 그는 항상 희생자를 찾아내었는데, 아무도 이 교황만큼 큰 권력과 위엄을 가지고 약속하고는 아무도 이 교황만큼 큰 약속을 많이 파기한 자는 없었다고 한다. 그런데도 그의 속임수는 그가 원하는 대로 언제나 성공적이었다. 왜냐하면 이 교황은 인간의 이런 면(거짓된 면 혹은 악한 면)을 잘 이해하고 있었기 때문이다.

군주는 외관상 자비롭고, 인도적이고, 친절하고, 신실하게 보일 필요가 있다고 하더라도, 그렇게 될 필요는 없다는 것이다. 군주가 이런 성품들(인도적)을 갖는 것은 위험할 수도 있다는 것이다. 왜냐하면 이런 성품들은 군주의 행동 범위를 제한하기 때문이다.

군주는 신하들 앞에서는 모든 덕을 다 소유한 것처럼 보여야 한다. 사람들은 행동의 표면만 볼 수 있지만, 그 행동 아래 숨을 뜻은 이해하지 못하기 때문이다. 저들 소수의 사람은 자신들을 보호하기 위해 국가의 권위를 가진 다수에 반대하지 못한다. 군주가 행동할 때 "목적은 수단을 정당화한다"라는 것이다. 만일 군주가 권력을 쟁취하고 유지하는 데 성공한다면, 그의 수단들은 명예로운 것이며, 모든 사람에 의해 칭찬받을 것이다. 저속한(바보 같은) 대중은 단지 외형에만 관심을 가질 뿐이다. "세상은 저속한 인간들로 구성되어 있다"라고 한다. 마키아벨리에 의하면, 입으로는 평화와 좋은 신뢰만을 말하면서 호전적이고 계속해서 자신의 말한 것을 지키지 않는 한 군주를 안다고 했다. 만일 그 군주가 자신이 말한 대로 선하게만 행동했다면, 그는 오래전에 자신의 지위를 상실했을 것이라고 주장한다. 많은 해설가는 마키아벨리가 알렉산더 6세 교황을 두고 언급한 것으로 생각한다.

마키아벨리의 『군주론』의 18장에서 말하는 정치인의 "여우와 사자(the fox and the lion)"의 행태를 "마키아벨리주의(Machia -vellianism)"라고 한다. 마키아벨리의 『군주론』 이후에 모든 정치적인 악행은 마키아벨리적 악행이라는 명칭을 붙이게 되었으며, 일상생활에서 권모술수와 악행을 일삼는 자를 마키아벨리적 인간(악한)이라고 한다.

마키아벨리는 『군주론』의 19장의 제목을 "멸시받고 미움받는 짓은 피해야”라고 하고서 실제로는 군주가 직면해야 할 더 광범위한 문제를 “여우와 사자”의 방법으로 다루고 있다.

마키아벨리는 “여우와 사자”의 전략을 로마의 장군이며 교황인 셉티미우스 세베루스(Septimius Severus, 145-211)의 생애에 적용하여 설명하고 있다. 세베루스는 로마 제국의 제20대 황제 디디우스 주리아누스는 게으르기 때문에 자기가 제국을 지배할 기회라고 생각했다. 세베루스는 자신의 군대를 설득하여 로마로 진군하였다. 로마의 원로원들은 세베루스의 권력을 두려워하여 그를 황제로 선출하고 주리아누스 황제를 처형했다.

세베루스는 두 사람의 강자와 직면하게 되었는데, 아세아 군대를 지휘하는 니그리누스 장군은 자신을 황제라고 선포했으며, 서방 지역 군대를 지휘하는 알비누스 장군은 대단한 야심가임을 나타내고 있었다. 세베루스는 두 장군과 동시에 전쟁한다는 것은 위험한 일임을 알게 되었다. 그는 알비누스를 속이고 니그리누스를 먼저 공격하기로 했다. 그는 알비누스에게 편지를 보내어 로마 제국을 함께 통치하기를 원한다고 하면서 알비누스에게 ‘시저’라는 명칭을 주었다. 로마 원로원은 알비누스를 세베루스와 함께 로마의 공동 통치자로 임명했다. 알비누스를 제쳐 놓은 다음, 세베루스는 동쪽으로 진군하여 니그리누스 군대를 쳐부수고, 니그리누스를 죽였다. 그리고 자신의 심복을 그 지역의 지휘관으로 임명하고, 로마로 회군했다. 로마로 귀환한 세베루스는 알비누스가 자신을 암살할 음모를 꾸몄다는 구실을 달아 프랑스로 진격하여 그의 마지막 경쟁자인 알비누스를 제거했다.

마키아벨리는 세베루스 황제야말로 사나운 사자이면서 교활하고 영리한 여우라고 했다. 그는 모든 사람의 두려움과 존경의 대상이었으며, 그의 군대로부터 미움을 받지 않았다. 그의 위대한 명망 때문에 그의 탐욕이 백성들 사이에 적개심을 불러일으킬 가능성을 잠재우고 그를 지켜주었다.

세베루스의 아들 안토니우스도 위대한 능력을 갖춘 인물로서 아버지 황제처럼 '여우와 사자'의 기질이 있었다. 그러나 그의 광폭성과 잔인성이 너무나 강하여 로마와 알렉산드리아의 수많은 백성을 죽인 결과 그는 곳곳에서 미움을 사게 되었다. 안토니우스는 암살 음모를 두려워하게 되었으며 결국 자기 군대의 장교에 의해 살해되었다. 결국 안토니우스는 마키아벨리가 말하는 이상적인 '여우와 사자'는 아니었다.

시편 127:1에서 "여호와께서 집을 세우지 아니하시면 세우는 자의 수고가 헛되며 여호와께서 성을 지키지 아니하시면 파수꾼의 깨어 있음이 헛되도다"라고 함으로서 인간의 개인과 국가 역사의 주인공은 하나님이심을 말씀하고 있다.

58
믿음을 상실한 텅 빈 사람들

T. S. 엘리엇, 『텅 빈 사람들』
(T.S. Eliot, *The Hollow Men*)

욥기 21:15에서 "전능자가 누구이기에 우리가 섬기며 우리가 그에게 기도한들 무슨 소용이 있겠느냐 하는구나"라고 하고, 전도서 1:2에서 "전도자가 이르되 헛되고 헛되며 헛되고 헛되니 모든 것이 헛되도다"라고 하고 있다.

미국 태생으로 영국에 귀화한 시인이요 극작가인 엘리엇(1888-1965, 1948년 노벨 문학상 수상)은 『텅 빈 사람들』에서 신을 상실했기에 텅 빈 박제 된 허수아비 같은 현대인의 모습을 구토할 지경으로 그리고 있다.

시인은 노래하기 시작한다. "우리는 텅 빈 사람들/ 우리는 박제한 사람들/ 서로 의지하지만/ 두뇌 속엔 짚이 가득 찼네, 아!/ 우리가 함께 속삭일 때/ 우리의 메마른 목소리는/ 조용하고 의미가 없다./ 마치 마른 잎사귀의 바람과/ 혹은 우리의 메마른 지하실에/ 깨어진 유리 위에 쥐들의 발들과 같이"

"아!"라는 탄식 소리, "마른 잎사귀" "깨어진 유리" 등이 "메마른 목소리"와 메마른 지하실" 등의 이미지와 연결되어 무의미하고 공허한 삶의 상황을 표출하고 있다.

어린아이들이 허수아비 놀이를 하는 것처럼, 우리 현대인은 하나님을 상실한 나머지 신앙도 희망도 없기에 허수아비처럼 빈 인간이요, 박제된 인간이란 것이다. 서로 의지하여 살고 있지만, 그들의 머릿속엔 허수아비처럼 생명 없는 짚으로 가득 차 있다는 것이다. 그들은 하나님의 현상을 완전히 상실하고 생명력이 없기 때문이다. 그래서 시인은 "아!"라고 탄식한다. 그러기에 예배 의식 때 그들이 메마르게 지껄이는 단조로운 목소리는, 함께 속삭이지만, 활기도 없고 아무런 의미도 없다. 그 지껄임은 마치 마른 풀 위를 지나가는 바람과 같은 것이며, 메마른 지하실의 깨어진 유리 위를 딛는 쥐들의 발소리 같은 것이라고 한다.

시인은 "형태 없는 형상, 색깔 없는 그늘/ 마비된 힘, 동작 없는 몸짓"이라고 읊는다. 우리 현대인들의 모습은 형태 없는 형상만 있고, 색깔 없는 그늘만 있을 뿐이며, 그들의 힘은 마비 되어버려서 의미 있는 동작이 없는 몸짓만 있을 뿐이라는 것이다.

시인은 다음과 같이 노래한다. "똑바른 눈으로 보면, 죽음의 다른 나라로 횡단한 자들/ 우리를 기억하는 것은—대관절 기억 한다면—/ 잃어진 격렬한 영혼들로서가 아니라,/ 다만 텅 빈 사람들/ 박제한 사람들."

"바른 눈" 즉 신앙이 있는 사람의 바른 눈으로 기억한다면, 죽음의 나라로 건너가 있는 자들, 즉 영적으로 병든 생중사(生中死)의 세계에서 살고 있는 자들은—진리 가운데서 살아 움직이는 두려움이 없는 격렬한 영혼들이 아니라—텅 빈 인간들이요 박제한 인간들이다.

시인은 다음과 같이 말한다. "이것은 죽은 나라/ 이것은 선인장 나라/여기에 석상이/ 세워지지만, 여기서 그들은/ 사라져 가는 별 하나의 깜빡임 밑에서/ 죽은 사람 손의 탄원을 받을 뿐이다.// 그것은 이와 같은가/ 죽음의 다른 왕국에서/ 혼자 깨어서/ 우리가 허약으로 떨고 있는 시간에/ 키스하고 싶어 하는 입술들은/ 깨어진 돌에 기도 올린다."

위의 구절에서 시인은 하나님을 상실한 '텅 빈 인간들'은 "죽은 나라" 혹은 "선인장 나라"와 같은 죽은 불모의 땅에서 사는 것이다. 그들은 예배드리기 위해 석상을 세워놓지만, 사라져 가는 별 하나가 깜빡이는 것처럼 무관심한 우주는 인간의 목적과는 실제로 아무런 감정적인 관련성도 없는 불모의 환경 속에서, 그 예배는 죽은 사람의 탄원을 받을 뿐, 그들 '텅 빈 인간들'의 예배 의식은 생명력이 전혀 없는 무의미한 것이다.

'텅 빈 인간들'의 예배 의식은 그 신앙의 열정이 식었기 때문에 생명력 없는 죽은 나라에서, 그래도 그들은 허약하여 떨면서 한순간 고뇌에 사로잡혀 있기에, 신(神)께 예배하려 하지만, 그 대상으로 깨어진 돌에 기도 올리는 입술이 있을 뿐이다. "깨어진 돌"의 이미지는 '텅 빈 인간들'의 예배는 아무런 응답을 받지 못하는 생명력이 없는 죽음의 이미지를 나타낸다.

시인은 다음과 같이 탄식한다. "여기서 우리는 가시투성이의 선인장을 돌아서 간다,/ 가시투성이의 선인장을 가시투성이의 선인장을/ 여기서 우리는 가시투성이의 선인장을 돌아서 간다,/ 아침 다섯 시에//

관념과/ 현실 사이에/ 동작과/ 행동 사이에/ 그 '그림자' 가 떨어진다.//

(주님의 나라가)/ 개념과/ 창조 사이에/ 정서와/ 응답 사이에/ 그 '그림자' 가 떨어진다.//

(인생은 매우 길다)/ 욕망과/ 충동 사이에/ 잠재 능력과/ 존재 사이에/ 본질과/ 상속 사이에/ 그 '그림자' 가 떨어진다.//

(주님의 나라가)/ 주님의 것/ 인생은/ 천국은 주님/ 이렇게 세상은 끝난다./ 이렇게 세상은 끝난다./ 이렇게 세상은 끝난다./ 쾅이 아니라 훌쩍훌쩍 울면서."

'텅 빈 인간들' 이 선인장의 나라에서 선인장을 돌아다니며 예배 의식을 행하려 하지만, 너무 많은 가시투성이에 의해서 좌절되고 만다. '텅 빈 인간들' 이 예배하려 하지만, 그들의 희망과는 달리, 좌절되는 모습을 전개해 보여 주고 있다.

"관념"과 "현실"과 그다음의 "개념"과 "창조"는 현실에 대한 관념으로 창조하려는 마음가짐을 나타내며, 그리고 "동작"과 "행동"과 그다음의 "정서"와 "응답"은 행동하려는 움직임처럼 응답하려는 감정 등, 텅 빈 현대인들의 생애에 여러 가지 차원의 삶의 모습을 말하고 있다. 그러나 여러 가지 차원의 삶의 노력에 공포의 '그림자' 가 드리워져서 모든 것이 좌절로 끝나는 비애에 찬 노래를 하고 있다. 이 '그림자' 는 음울한 부정적인 어둠의 세력으로서 이 세계의 본질적인 공포의 '그림자' 이다.

우리의 삶을 좌절시키는 '그림자' 가 드리워진 삶의 상황을 극복하기 위하여 기독교의 주기도문 마지막 구절인 "주님의 나라(For Thine is the Kingdom)"가 삽입 어구로 인용된다. '텅 빈' 현대인들의 여러 가지 차원의 삶의 노력에 또한 공포의 '그림자'가 드리워져서 기독교의 개입에도 불구하고 모든 것이 좌절로 끝난다. 기독교가 '텅 빈' 허수아비가 되었기에, 예수 그리스도의 사랑의 복음 실천을 다 하지 못했기에, 공포의 '그림자'를 극복 하지 못했기에 시인은 탄식하고 있다.

여기에 "인생은 매우 길다"란 말이 삽입 어구로 등장한다. 매우 긴 인생을 삶의 과정에서 "욕망"과 "충동"은 섹스를 나타내며, "잠재력"과 "존재"는 섹스와 창조를 나타내며, "본질"과 "출신"은 섹스와 창조와 구원을 나타낸다. 이와 같은 여러 가지 차원의 삶의 과정 가운데 또다시 공포의 '그림자'가 떨어져서 모든 것이 좌절로 끝난다는 것이다.

또다시 시인은 기독교의 주기도문 마지막 구절인 "주님의 나라(For Thine is the Kingdom)"를 개입시킨다. 인간의 삶에 더 이상 공포의 "그림자"가 개입하지 못하도록 하나님 나라를 이 땅에 이루어지게 하려는 것이다. 주기도문은 계속 이어진다. 그러나 "주님의 나라" "인생은" "주님의 나라와 권…"이라는 토막으로만 아이러니하게 끝나고 만다. '텅 빈' 현대 크리스천들의 단편적이고, 신령과 진리가 상실된, 의미 없는 예배를 드리는 가련한 모습을 말하고 있다. 하나님의 나라가 임하고, 뜻이 하늘에서 이루어진 것같이 땅에서도 이루어지게 해 달라는 예수 그리스도가 가르치신 기도문은 기독교인들에게서 더 이상 보이지 않는다고 시인은 탄식한다.

그런데 '텅 빈' 기독교인들은 모호한 변명으로 단순히 "이렇게 세상은 끝난다."만을 앵무새처럼 반복하는 것으로 이 시는 끝난다. '텅 빈' 인간들은 그들을 좌절시키는 공포의 '그림자'에 도전하여

"쾅"하고 '그림자'를 빛으로 퇴치하고 극복하려는 것이 아니라, 무기력하게 훌쩍이며 그런 현실에 순응하는 태도이다.

엘리엇의 『텅 빈 사람들』은 현대인들이, 하나님을 상실하였기에 삶의 목적이 결여된 부조리한 삶 속에서, 텅 빈 인간들의 생애가 모든 차원에서 좌절된 삶 속에서 무기력하게 훌쩍이며 순응하며 살아가는 가련하고 비참한 모습을 그리고 있다. 텅 빈 인간들은 삶을 좌절시키는 '그림자'에 대하여 영적인 도전을 하는 것이 아니라 무기력함을 보여 줌으로써 그들은 '황무지'에서 살고 있는 박제된 허수아비에 불과한 것이다.

'텅 빈' 복제된 인간들이 생명을 되찾는 길은 시편 112:1의 "할렐루야, 여호와를 경외하며 그의 계명을 크게 즐거워하는 자는 복이 있도다"라는 말씀에서이다.

59
과거에 얽매여 복수하려는 여인상

찰스 디킨스, 『위대한 유산』
(Charles Dickens, *Great Expectations*)

로마서 12:19에서 "내 사랑하는 자들아 너희가 친히 원수를 갚지 말고 하나님의 진노하심에 맡기라 기록되었으되 원수 갚는 것이 내게 있으니 내가 갚으리라고 주께서 말씀하시니라"라고 했다.

영국 소설가 찰스 디킨스(1812-1870)는 『위대한 유산』에서 미스 헤비샴이란 부자인 귀족 미망인을 통해 과거의 원한에 찬 사건에 얽매여 복수심으로 자신의 삶뿐만 아니라 양딸과 그녀를 사랑하는 젊은이의 생애까지 망쳐 버리게 하려는 비극적인 여인상을 그리고 있다.

주인공 핍의 삼촌 펌블추크와 나이가 20세나 더 많은 누나 '조' 부인은 어린 핍을 그 도시에서 부요한 미망인 미스 헤비샴의 집으로 데리고 가서 미망인의 양 딸인 에스텔라와 놀게 했다. 핍의 삼촌과 누나는 핍으로 하여금 에스텔라와 결혼하게 함으로서 미스 헤비샴으로부터 유산을 받게 하려는 속셈이었다.

삼촌 펌블추크와 누나 '조' 부인은 핍을 깨끗하게 차려입게 하고 마차에 태워 미스 헤비샴의 큰 저택으로 갔다. 대문에 들어서자, 젊은 숙녀가 핍을 보고 "소년" 나를 따라와 하고는 핍을 인도해서 너저분한 큰 정원을 지나 큰 저택으로 갔다. 젊은 숙녀는 핍과 같은 나이이지만 핍보다 훨신 나이가 많고 세련되게 보였다. 그녀는 아름답고 여왕처럼 뽐내었다. 우리는 많은 어두운 통로를 지나 큰 문 앞에 왔다. 그 소녀는 핍을 거기에 두고 촛불을 가지고 가버렸다.

핍은 문을 두드렸다. 문이 열리자 핍이 들어간 곳은 거대한 방이었다. 커튼은 햇빛이 들어오지 못하도록 모두 닫혀 있었고, 촛불들만 비치고 있었다. 방 한가운데 탁자 앞에는 아주 이상하게 차려입은 미스 헤비샴이 앉아 있었다. 그녀는 가장 값진 것으로 장식한 결혼예복을 입고 있었으며, 그녀의 머리에는 신부의 꽃을 꼽고 있었으나, 그녀의 머리는 희였다. 그녀의 주변에는 마치 여행을 떠나려는 것처럼 의복과 보석으로 가득 찬 여행 가방들이 있었다. 그런데 그녀는 신을 한쪽만 신고 있었다. 흰 웨딩드레스는 누렇게 변했고, 머리의 꽃들은 죽어있었으며, 웨딩드레스를 입은 신부는 늙어 있었다. 방 안의 모든 것은 옛날 것으로 죽어가고 있었다. 그 방안에 유일하게 빛나는 것은 핍을 쳐다보고 있는 그 부인의 검은 눈동자뿐이었다.

미스 헤비샴은 핍을 보고 "가까이 와요."라고 했다. 핍이 그녀 가까이에 가서 본 것은 그녀의 손목시계와 방 한가운데 세워둔 큰 시계는 모두 9시 20분 전에 멈추어져 있는 것을 보았다. 그녀는 "네가 태어나서 한 번도 태양을 본 적이 없는 여인을 보고 두려워하는 것은 아니겠지?"하고 물었다. 핍은 "아니요!"라고 거짓말을 했다.

미스 헤비샴은 에스텔라에가 핍과 카드 놀이를 하게 했다. 에스텔라는 "이런 촌뜨기와 카드 놀이를 하라고요?"라고 했다. 미스 헤비샴은 "그 아이의 가슴이 미여지게 하렴!"하고 속삭였다. 에스텔라는 "이 소년의 손들은 너무 거칠잖아. 투박한 장화 좀 보아."라고 핍에게

핀잔을 주었다. 미스 헤비샴은 핍에게 "에스텔라가 어떠냐?"라고 물었다. 핍은 "그 소녀는 오만하지만 대단히 아름다워요. 무례해서 싫어요. 너무나 아름답지만 다시 보지 않을래요."라고 했다. 미스 헤비샴은 일주일 후에 다시 놀러 오라고 하고는 에스텔라에게 빵을 주어 보내라고 했다. 에스텔라는 빵을 대문 밖 땅위에 놓고는 핍을 개 취급하듯이 밀어내고 문을 닫았다. 핍은 대장간으로 돌아오면서 눈물 지었다.

미스 헤비샴의 삶은 단 하나의 비극적인 사건으로 정지되어 있었다. 그녀의 결혼식 날 신랑인 콤패이손이 도망가버린 것이었다. 그 순간으로부터 미스 헤비샴은 자신의 가슴이 미여진 그 순간 넘어 결코 움직이지 않기로 결심을 하고서, 그녀는 자기 저택의 모든 시계를 콤패이손이 떠나 가버린 것을 알게 된 시간인 9시 20전으로 정지시켜 놓았다. 그녀가 신랑의 배신을 알게 되었을 때 한쪽 발의 신만을 신고 있었기에, 그 이후 한쪽 발의 신만 신고 있었다. 미스 헤비샴은 일종의 조울증적인 잔인성에 사로잡혀 아름다운 에스텔라를 양녀로 삼아, 남자들에게 복수하게 하는 무기로 키웠다. 그녀가 파괴를 추구함으로서 복수하려는 단 하나의 마음가짐 때문에 그녀와 그녀 주위의 사람들은 크게 고통을 당했다. 미스 헤비샴은 자신의 복수에 찬 행동 때문에 핍과 에스텔라에게 상처를 입히고 있다는 사실을 전혀 느끼지 못하고 있었다.

미스 헤비샴은 핍의 목을 부여잡고서 "핍, 넌 에스텔라를 숭배하고 있지? 그녀를 사랑해요. 사랑해. 사랑하란 말이야! 그녀가 너를 좋아하면, 그녀를 사랑해. 만일 그녀가 너에게 마음의 상처를 주더라도 사랑하란 말이야! 너의 가슴을 찢어놓아도 사랑해!"라고 말했다.

그녀는 너무나 화가 나 있기에 사랑보다 미움, 복수, 죽음에 대해 말하는 것 같았다. 미스 헤비샴은 에스텔라가 사랑의 이름으로 핍을 괴롭히기를 원하고 있는 것 같았다.

핍은 자신이 런던에서 공부를 할 수 있도록 이름을 밝히지 않는 후원자가 미스 헤비샴일 것이라고 생각하고 있었다. 그러나 핍은 변호사 제걸즈를 통해서 자신에게 많은 유산을 주어 돕는 사람이 도망 다니는 죄수 멕위치임을 알게 되었다. 핍은 미스 헤비샴을 찾아와서 "저를 돕는 분이 미스 헤비샴인줄 알았어요. 저에게 그렇게 암시를 주면서 잘못한 것도 잘 한다는 듯이 격려를 했잖아요."라고 항변했다. 미스 헤비샴은 화를 내면서 "나에게 고통을 준 남자들에게 왜 내가 친절해야 해요?"라고 고함을 질렀다.

핍은 에스텔라에게 "에스텔라, 내가 너를 처음 만난 후부터 너를 사랑했단다."라고 했다. 에스텔라는 핍에게 조롱하듯이 "무슨 말을 하고 있어. 너의 말은 내 가슴에 아무런 영향도 주지 못해. 난 아무도 사랑하지 않아. 그러나 상류 사회의 시골뜨기 벤트리 드름리와 결혼할 거야."라고 했다. 핍은 "나하곤 결혼을 안 하더라도, 너 자신을 짐승 같은 벤트리 드름리에게 던지지 말란 말이야!"라고 했다. 이런 대화를 듣고 있던 미스 헤비샴은 동정과 죄의식이 뒤섞인 표정으로 핍을 바라보고 있었다. 미스 헤비샴은 자기 때문에 핍이 너무나 고통 당하는 것을 보고 핍에게 무릎을 꿇고 사과한다고 했다.

핍은 미스 헤비샴의 저택을 뒤로하고 정원을 걸어 나오다가 이상한 기분에 사로잡혔다. 핍은 뒤돌아서 미스 헤비샴이 있는 방으로 달려 갔다. 핍이 문을 열고 방으로 들어가니, 미스 헤비샴은 벽난로 가까이 앉아 있었다. 갑자기 불이 확 타오르더니 미스 헤비샴의 옷과 머리에 불이 붙어서 타기 시작했다. 핍은 코트를 벗어 급히 미스 헤비샴에게 덮어 쉬우고 불을 껐다. 핍은 급히 의사를 불러 그녀를 치료했으나 그녀는 크게 화상을 입고 반 무의식 상태가 되었다. 의사는 그녀를 말라붙은 웨딩케이크가 있는 식탁 위에 눕혔다. 핍은 미스 헤비샴을 의사와 간호사들에게 부탁하고 런던으로 왔다. 미스 헤비샴은 과거를 망각한 채 쓸쓸히 죽어갔다.

핍이 23세가 되었을 때 도망범인 멕위치가 나타나서 자신이 변호사 제걸즈를 통해 핍에게 위대한 유산을 주었다고 했다. 왜냐하면 핍이 어릴 때 경찰에 쫓기는 멕위치에게 먹을 것을 주고 족쇄를 끊을 줄을 가져다주었기 때문에 그 은혜에 보답하기 위한 것이라고 했다. 변호사 제걸즈도 핍에게 위대한 유산을 준 것은 멕위치라고 했다. 그리고 변호사 제걸즈는 에스텔라에 관한 비밀도 핍에게 알려주었다. 왜냐하면 핍에게 위대한 유산을 준 멕위치가 바로 에스텔라의 친아버지이며, 에스텔라의 어머니는 변호사 멕위치 집의 식모로 일하고 있다는 것이다. 에스텔라가 3세 때 에스텔라의 아버지 멕위치는 우연히 범죄조직에 가담한 결과 경찰을 피해 도망 다니는 처지에 놓이게 되었으며, 에스텔라의 어머니도 싸움을 하다가 상대방 부인을 칼로 찔러 죽게 했으나, 변호사 제걸즈의 변호로 형벌을 면했다는 것이다.

그 이후 핍은 친구인 허버트를 따라 인도로 가서 회사를 함께 경영하며 열심히 일하여 많은 돈을 벌었다. 11년이 지난 후 핍은 영국으로 돌아왔다. 핍은 에스텔라에 대한 기억을 상기하기 위하여 미스 헤비샴의 저택을 방문했다. 핍은 에스텔라의 남편이 에스텔라에게 잔인하게 굴었으며, 결국 서로 헤어지게 되고, 2년 전에 남편이 죽었다고 들었다. 에스텔라는 아마도 다른 남자와 결혼했겠지 하고 생각했다.

미스 헤비샴의 거대한 저택은 허물어져서 정원에 돌들이 쌓여 있었다. 핍은 달빛 아래 슬픔에 차서 돌아보았다. 갑자기 여인의 그림자를 보았다. 가까이 가보니 에스텔라였다. 그녀는 "내가 많이 변했는데 알아보는 군요."라고 했다. 그녀는 좀 늙었으나, 여전히 아름다웠다,. 그녀는 다정한 말씨로 핍을 대했다. 둘은 손을 잡고 나란히 걸어가면서 삶을 함께 하기로 했다. 그들은 재물과 사랑의 위대한 유산을 받는 축복을 누리게 된 것이다.

잠언 25:21-22에서 "네 원수가 배고파 하거든 먹을 것을 주고, 목말라 하거든 마실 물을 주어라. 이렇게 하는 것은, 그의 낯을 뜨겁게 하는 것이며, 주께서 너에게 상으로 갚아 주실 것이다."라고 했다.

60
신의 존재와 인간의 고통

아치볼드 멕리쉬, 『제이 비』
(Archibald MacLeish, *J. B.*)

욥은 10명의 자식과 재산과 모든 것을 상실하고, 욥의 온몸에 종기가 나서 재 가운데 앉아서 질그릇 조각을 가져다가 몸을 긁고 있는데, 그의 아내가 와서 "하나님을 욕하고 죽으라."라고 했다. 욥기는 왜 인간이 고통을 당해야 하는지에 대해 문제를 제기하고 있다. 욥기 1:20-22에서 "욥이 일어나 겉옷을 찢고 머리털을 밀고 땅에 엎드려 예배하며 이르되 내가 모태에서 알몸으로 나왔사온즉 또한 알몸이 그리로 돌아가 올지라 주신 이도 여호와시요 거두신 이도 여호와시오니 여호와의 이름이 찬송을 받으실지니이다 하고 이 모든 일에 욥이 범죄하지 아니하고 하나님을 향하여 원망하지 아니하니라"(욥 1:20-22)라고 하였다.

미국의 시극 작가 아치볼드 멕리쉬(1892-1982) 『제이 비』에서 구약성경 욥의 이야기에서 전체적인 구성을 충실히 따라 소통하는 현대인 제이비(J. B.는 영어의 Job에서 J와 B만을 사용했음)를 창조했다. 그는 욥과 마찬가지로 아름다운 부인 사라가 있고 다윗, 마리아, 요나단, 룻, 레베카 같은 자식들이 있었으며 은행과 공장을 소유한 부자였다.

그러나 다윗은 전쟁에서 전사하고, 마리아와 요나단은 자동차 사고로 죽고, 룻은 백치에게 강간당한 후 살해되고, 레베카는 실종된다. 그뿐만 아니라 제이 비가 소유한 은행과 공장은 폭격으로 파괴되어 제이 비는 고통 가운데서 죽기를 희망한다. 그 위에 부인 사라는 "하나님은 우리의 원수예요."라고 한다. 제이 비는 "하나님의 뜻은 나의 것과는 다르긴 해도 어디에나 있다오./ 나의 잠 속에서…. 나의 꿈속에서/ 내가 알기만 한다면! 내가 그 이유를 알기만 한다면!/ 무의미함…. 마비시키는 강풍이/ 비틀거리는 밤에 떨어졌도다."라고 말하고는 "하나님은 원인 없이 벌하지는 않지./ 하나님은 하나님이고 우린 아무것도 아니야─/ 껍질을 남기는 하루살이/ 우리의 조그마한 삶은 웃기는 것─소통하는 것/ 누군가가 어디에서 비웃어도/ 슬프지도 않은 것, 우리가 원숭이를 보고 웃듯이/ 우리가 순결하다면 하나님은 문제가 안 되지요."라고 한다. 제이 비는 "하나님은 정당하시다! 주신 분도 하나님이시고, 가져가신 이도 하나님이시다."라고 하자, 사라는 "하나님은 주시고, 하나님은 죽이신다! 죽이신다! 죽이신다!"라고 울부짖는다. 제이 비는 "하나님의 이름을 송축할지어다!"라고 한다. 사라는 제이 비에게 "하나님을 저주하고 죽어요!"라고 부르짖는다. 제이 비는 "오 하나님, 저의 죄를 보여 주세요!"라고 계속 반문한다. 그때 제이 비의 세 친구 빌닷, 엘리바스, 소발이 찾아온다.

구약성경의 욥의 세 친구는 전통적인 교리와 신앙으로 욥을 위로하려 한다. 엘리바스는 욥에게 인간이 신 앞에 의로울 수 없다고 하면서 인간의 불완전성을 강조하여 전래의 도그마(교리)를 역설한다. 빌닷은 신은 의로운 자를 저버리지 않고 악한 자를 멸하신다는 시적 정의(권선징악 사상)를 말하여 전래의 합리적인 신앙을 주장한다. 소발은 죄를 회개하고 낮보다 더 밝은 삶을 살아야 한다고 과거에서 내려오는 보편적이고 전통적인 충고를 해 준다. 세 친구는 각기 전통적인 과거의 교리와 신앙을 가지고 욥의 문제를 해결하려 했으나 욥은 이러한 피상적인 충고를 받아들이지 않았다. 왜냐하면 욥은 진실로 의로운 사람으로 죄가 없으면서도 고통받아야 했기 때문이다. 욥의 회의는 왜 악한 인간도 오래 살고 잘 살며 부자가 되느냐, 왜 신의 진노가 악인의 집에 내리지 않느냐는 것이었다. 욥은 고정되고 인습적이고 추상적이면서 합리적이며 논리적인 해석을 거부하고 좀 더 다이나믹한 개인적인 문제에 대한 해결을 요구했다. 즉, 인간의 고통에 대한 해석을 요구했다.

멕리쉬의 『제이 비』에서 세 친구는 전통적인 사상을 대표한다. 빌닷은 냉소적인 마르크스주의자로서 역사적인 결정론을 대표하고, 엘리바스는 냉철하고 객관적인 입장에 선 프로이드 학자로서 심리학적인 결정론을 대표하고, 소발은 설교를 잘하는 켈빈주의자로서 신학적인 결정론을 대표한다. 이 세 위안자가 각각 대표하는 역사, 무의식, 죄 등이 인간을 운명적으로 속박할 것이고 궁극적으로 이들은 제이 비를 실망하게 하듯이 인간을 구원하려는 것이 아니라 절망으로 이끌어 갈 것을 말한다.

빌닷은 제이 비에게 다음과 같이 말한다. "결백하다고?/ 국가들도 결백하다고 하다가 소멸되었소/ 계급들도 결백하다 하다가 사라졌어./ 젊은이들도 살육된 도시에서 결백하다고 전차들에 맞서다가/ 결백과 더불어 살아졌어. 당신의 깨끗함은 무엇이오?/ 하나님은 역사다. 당신이 하나님을 그슬리면/ 역사는 당신에겐 베풀지 않을 거요.

/ 역사는 결백을 위한 시간은 없다오.” 제이 비는 “하나님은 정의로우
시다.”라고 하자, 빌닷은 “역사는 정의다.”라고 한다.

엘리바스는 제이 비에게 “이봐요! 죄라는 것은 심리적인 상황이
요…/ 하나의 환상, 하나의 질병, 하나의 아픈 것,/ 손가락들에서
있는 그 불결한 느낌,/ 손톱들 밑에 있는 똥 냄새…/ 무의식의 바다
밑에서/ 세상을 불어버리는 바람 위에서/ 하늘과 바다 사이에 잡혀서
/ 자아는 의지가 없고, 죄를 지을 수도 없다…/ 친구여, 죄란 없다오.
우리는 모두/ 죄의식의 희생자라오… 죄가 없는데도….”라고 하자,
소발은 “죄란 것은 환상이라고? 죄는 실재요!/ 존재하는 하나의 실재
요!/ 모든 인류는 항상 죄 가운데 있다오…!/ 용서받을 필요를 알기
위해/ 우리의 죄들을 말할 필요가 있어요?/ 아들아, 회개하라. 회개하
라!”라고 한다. 제이비는 “내가 짓지도 않는 죄들을 회개하라고?”라
고 항의한다.

성경 욥기의 결론과 ‘제이 비’의 결론과의 차이는 중요하다. 구약
성경의 하나님은 마지막에 욥의 질문을 완전히 무시하여 욥의 고통에
대한 대답은 하지 않고 전혀 다른 대답을 해 주었다. 신의 대답에는
세 가지가 있었다. 첫째 욥에게 겸손함을 불러일으켜서 욥은 의로우
나 겸손한 점이 없었음을 인식시켰다. 즉, 욥은 신을 인간적인 이론으
로 증명하려 한 오만의 죄를 범했음을 보여 주었다. 둘째 욥에게
우주의 웅대함을 보여줌으로써 욥의 마음속에 경이로움을 불러일으
켰다. 셋째 신은 사랑이기 때문에 인간에게 관심을 두고 있다는 것을
말함으로써 신은 인간 개개인을 위하신다는 것을 보여 주었다.

욥은 “왜”를 질문했는데, 하나님은 전혀 엉뚱한 “누구”로 대답하
셨다. 여기서 욥은 회개한다. 욥의 회개는 죄에 대한 회개가 아니라,

“누구”를 몰랐던 무지에 대한 회개였다. 욥은 이 고통스러운 세계 넘어, 더 무한한 세계에 대한 인식을 갖게 되었는데, 그것은 “왜”보다 “누구”를 안 후, 완전하고 거룩하신 자와의 만남 후에 모든 회의적인 질문이 들어가 버리고, “나는 나 자신을 혐오한다.”라고 고백하면서 인간의 허약함만을 느끼게 된 때에 갖게 되는 인식인 것이다. 말하자면 욥은 자기중심에서 하나님 중심으로 전환하게 된 것이다.

『제이 비』의 결론 부분에서 제이 비는 텅 빈 하늘을 배경으로 “먼 곳에서의 소리”도 침묵해 버린 무대에 홀로 서 있다. 이것은 전통적인 개념의 신이 사라지고, 신이 부재한 우주 속에서 인간의 품위와 가치를 확립하려는 시도라 하겠다.

이러한 공허 속에 혼자 실존하는 제이 비에게 사라가 꽃봉오리 돋아나는 나뭇가지를 들고 찾아온다. 이 나뭇가지는 재생의 상징이다. 사라는 제이 비에 대한 사랑을 선언한다. 이것은 사랑이 새로운 사회의 바탕임을 말해 주는 것이다. 이러한 재회는 감사절 장면에서 이루어지는데, 전통적인 옛 신의 자리에다 신을 배제한 인간의 사랑을 대치시켜 놓은 것이다. 작가 멕리쉬는 이 새로운 사회에서 천상의 신이 존재하지 않은 사회를 보여 준다. 멕리쉬는 인간 사이의 사랑을 자연의 순화 속에 새로운 삶의 희망으로 내세우고 있다. 삶의 고통 속에서도 이 사랑으로 인해 삶의 가치를 인정하게 되고, 인간이 경이롭고 아름다운 존재로 나타나게 되는 것이다. 멕리쉬의 이러한 결론은, 현대인 가운데 신이 부재한 문화적 풍토와 인간의 고통과 신에 대한 회의의 시대에 인간적인 사랑만이 인간을 구원할 수 있음을 보여 주는 것이다.

그래서 ‘제이 비’는 다음과 같이 사랑이 고통을 이길 수 있음을 말한다. "그러나…/ 견디게 하는 것은 사랑하는 것./ 그리고 사랑이 다시 삶의 고통을 살아갈 것이다./ 다시 삶 자체의 패배에 빠지게 하겠지만/ 다시 모든 것의 상실을 견디게 하나니/ 그리고 다시금 그리고 다시금/ 의심 가운데, 두려움 가운데, 무지 가운데, 응답 없는 가운데/ 다시금 그리고 다시금, 앞에도 어두움/ 뒤에도 어두움…. 그리고 아직도 살아가리. 아직도 사랑하리!"

욥기 42:5-6에서 욥은 "내가 주께 대하여 귀로 듣기만 하였사오나 이제는 눈으로 주를 뵈옵나이다 그러므로 내가 스스로 거두어들이고 티끌과 재 가운데에서 회개하나이다"라고 고백했다.